文学研究丛书
WENXUE YANJIU CONG SHU

文学者的革命

论鲁迅与日本无产阶级文学

鲁迅と日本プロレタリア文学

陈朝辉 著

光明日报出版社

图书在版编目（CIP）数据

文学者的革命：论鲁迅与日本无产阶级文学 / 陈朝
辉著. -- 北京：光明日报出版社，2016.6
ISBN 978-7-5194-1078-0

Ⅰ.①文… Ⅱ.①陈… Ⅲ.①鲁迅研究 Ⅳ.
①I210

中国版本图书馆CIP数据核字(2016)第137563号

文学者的革命：论鲁迅与日本无产阶级文学

著　　者：陈朝辉

责任编辑：李壬杰　　　　　　　　　责任校对：邓永飞
封面设计：人文在线　　　　　　　　责任印制：曹　净

出版发行：光明日报出版社
地　　址：北京市东城区珠市口东大街5号，100062
电　　话：010-67017249（咨询），67078870（发行），67019571（邮购）
传　　真：010-67078227，67078255
网　　址：http://book.gmw.cn
E - m a i l：gmcbs@gmw.cn　Lirenjie111@126.com
法律顾问：北京德恒律师事务所龚柳方律师

印　　刷：北京市媛明印刷厂
装　　订：北京市媛明印刷厂
本书如有破损、缺页、装订错误，请与本社联系调换

开　　本：710mm×1000mm　1/16
字　　数：295千字　　　　　　　　　印　　张：17.5
版　　次：2016年8月第1版　　　　　印　　次：2016年8月第1次印刷
书　　号：ISBN 978-7-5194-1078-0
定　　价：52.00元

序　言

为陈朝辉博士著《文学者的革命——论鲁迅与日本无产阶级文学》作序

约在一百年前，胡适（1891-1962）在论文《建设的文学革命论》中，曾提出过"国语的文学、文学的国语"的标语。并在文中，略显几分生硬地推断说，正如在意大利、英国等欧洲国家文学创生了国语一样，在中国，也应该用口语文的力量先去创生出国语来。因为只有用国语创作的文学诞生了，藉由这一正统的文学，才能创生出作为标准的国语。想必在这一事关国语问题的讨论的延长线上，胡适所想象的，是有关建设国民国家的问题吧。

不过真正用文学去创生国语，并进而为创生出国民国家的事业实实在在的去奉献出自己终生精力的，应该说还是鲁迅 (1881 ~ 1936)。

本来，在儒教文化圈里，"文学"是指"文章博学"之意。是日本明治政府在导入西欧国家的新制度时，通过给这一来自中国古典语的概念注入新鲜意义的方式，才使其成为了现在以口语诗、小说、近代喜剧等文学形式为主要内涵的英文词"literature"的对译语。后来这一"和制"新汉语词又被中国"逆向进口"了去使用，才有了今天的这一涵义。而鲁迅当年，就在这样一个不断创造新词和新概念的新兴文学国家（即日本——译者按），度过了他的七年青春时光。并在森鸥外（1862）、夏目漱石（1867-1916）、芥川龙之介（1892-1927）等日本作家身上，学到了很多有关创作的方法。有关这方面的问题，我在拙著《鲁迅与日本文学——从漱石·鸥外到清张·春树》中，已有详细的讨论。

但是有一点，是须我们要留意的。那就是鲁迅的思考，并没有停留在只是对创生国民国家的想象这一点上。而思考的更多的，是对它的"超克"。在这一点上无疑鲁迅超越了前面我所提到的夏目漱石等日本作家。只是继其后，在第一次世界大战（1914-1918）的冲击下，很多先前充满活力的国民国家因其帝国主义的属性而纷纷崩溃，与其相反，打着国际主义旗帜的社会主义革命运动却因此而得到了迅速发展，并激发出了全世界人民对社会主义的想象。于是目睹了这一无产阶级文学勃兴之势的鲁迅，便开始积极地摸索和观察苏联以及欧美国家的社会状况。尤其是对日本无产阶级文学运动，予以了特殊的关照。

本书所讨论的，正是这一段从国民国家的想象向社会主义的想象过渡时期的鲁迅与日本文学之间的相互影响关系。众所周知，到了 1928 年，即在中国因中国国民党的变节而使得中国的国民革命发生质变，并因此而引发激烈的革命文学论战时，日本也开始把鲁迅视为是代表同时代中国的作家而予以了更多的关注。鲁迅的文学作品，也开始被相继翻译到了日本。1937 年出版的七卷本《大鲁迅全集》，可以说是把二战前的日本鲁迅阅读热潮推到了顶点。日本无产阶级文学阵营的人们，当然也对鲁迅的动向，寄予了更深切的关注。

只是日本无产阶级文学的力量，实在是太过虚弱了。它不仅最终未能给大日本帝国的现实带来任何变革，反而在军国主义政府的打压下，它自身迎来了彻底的毁灭。只是出乎意外的是，日本 1945 年战败后，日本人对鲁迅的阅读热情似乎愈加高涨了，甚至超过了二战前。例如曾为日本帝国的未来唱响过挽歌的太宰治（1909-1948）以及二战后持续揭露本应在民主框架下得以重建的国民国家的黑暗现实的松本清张 (1909-1992)，还有描写从工业化社会向后现代社会转型时的大变革期的村上春树（1949 年出生）等，这些二战后支撑日本文学的主要作家，几乎都曾受到过鲁迅的影响。有关这方面的议题，在拙著《鲁迅与日本文学》中，亦已予以了细致讨论。此处不再赘叙。

鲁迅在散文诗集《野草》中，曾借用匈牙利诗人裴多菲的话说："绝望之为虚妄，正与希望相同"。或许在引用这句话时，鲁迅已感悟到了承担建设国民国家之重任的文学，同时也会牵动出为了社会主义的革命这一复杂的关系吧。

而村上春树于 1979 年发表他的初期作品《且听风吟》时，之所以在该部作品的开篇处，像是有意写给鲁迅的献词一般，讲了一句"不存在十全十美的 文章，如同不存在彻头彻尾的绝望"的话，也一定是因为村上春树本人，此时亦已对后现代性有了一个深切的自觉。所以"文学者的革命"所讨论的问题，无疑是一个非常当下的问题。这本书最为核心的一个意义，想必也正存在于此处。

本书作者陈朝辉博士，自 2004 年起，在东京大学中文研究室博士课程学习过 4 年时间。在学习期间，曾得到过庆应大学教授，日本著名鲁迅研究者长堀祐造先生及日本大学教授山口守先生、东京大学文学部教授安藤宏先生、费利斯女学院大学教授岛村辉先生的热心指导，并在他们的指导下完成了博士论文《鲁迅与 1920–30 年代日本文艺思潮——日中无产阶级文学接受关系的研究——》，且于 2008 年，被东京大学授予了博士学位。博士论文中的一部分，还曾刊登在日本文学研究的核心学术期刊《国文学》（学灯社、2009 年 1 月）"无产阶级文学特集号"的卷头上。博士毕业后，陈君先是在地处日本九州地区的熊本学园大学担任了约两年的讲师，后被聘到南开大学日语系工作。今年又受聘于日本中部地区的名校名古屋大学，现任该校准教授。

他的这部博士论文稿，前后已修改 8 年。今天，陈君终于要将他的这部鲁迅文学论拿出来，使其问世了。我作为他曾经的指导教授及现在作为鲁迅研究的同行，在此真心为他祝贺。

2016 年 5 月 18 日 于本乡赤门楼

藤井省三

序

陳朝輝博士著『文学者的革命——論魯迅与日本無産階級文学』

　　約百年前、胡適（1891-1962）は論文「建設的文学革命論」において「国語の文学、文学の国語」という標語を提起した。イタリア、イギリスなどヨーロッパ諸国では文学が国語を作り出してきたように、中国でも口語文による文学が国語を作り出し、国語による文学が生まれてこそ正統的な文学による国語が生まれ、そして標準的国語も生み出されるのだ、と些か強引に断定したのである。彼は国語誕生の延長に国民国家を想像していたことであろう。

　　文学による国語および国民国家の創出に自らの生涯を捧げたのが魯迅(1881 ~ 1936)であった。

　　そもそも儒教文化圏では"文学"は「文章博学」の意味であったが、日本の明治政府が西欧の新制度を導入する際、口語詩や小説や近代劇を中心とするliteratureの訳語としてこの古典語の「文学」に新しい概念を盛り込んだものであり、中国もliteratureという新概念を受容する際に、新日本語の「文学」を逆輸入したのである。そのような新興文学国家で青春の七年間を送った魯迅は、森鷗外（1862 ~ 1922）、夏目漱石（1867 ~ 1916）、芥川龍之介（1892 ~ 1927）らの日本作家に創作の方法を多く学んだ。この点について、私は拙著『魯迅と日本文学——漱石・鷗外から清張・春樹まで』で詳述している。

　　しかし魯迅は国民国家の想像に留まることなく、その超克をも語ろうとした点において、前述の漱石ら日本人作家を越えているのである。第一次世界大戦（1914 ~ 1918）を経て有力な国民国家がその帝国主義的性質により崩壊し、インターナショナルを掲げる社会主義革命が登場するに伴い、プロレタリア文学が世界の人々に社会主義を想像させんとする活動を激化させていた。プロレタリア文学の勃興を目睹した魯迅は、ソ連・欧米の状況状況に周到な目配りを怠たらなかったが、特に関心を寄せたのが日本のプロレタリア文学であった。

　本書は、国民国家想像から社会主義想像へと歩み出した時期の魯迅と日本文学との相互影響関係を論じるものである。中国において国民党の変節により国民革命が変質し、革命文学論戦が沸き起こる 1928 年ともなると、日本でも魯迅は同時代中国を代表する作家と認識されていた。魯迅作品の翻訳が相い次ぎ、1937 年には『大魯迅全集』全七巻が刊行されて、日本における魯迅ブームは戦前期の頂点に達している。日本プロレタリア文学陣営も、魯迅の動向に深い関心を寄せていたのである。

　日本プロレタリア文学は力及ばずして大日本帝国を変革できず、軍国主義政府に弾圧されて絶滅した。しかし 1945 年の敗戦後、日本人は戦前にも増して魯迅の読書に励んだ。帝国日本の挽歌を唱った太宰治（1909 ~ 1948）、戦後に民主的再建が果たされるべきはずだった国民国家の暗部を暴き続けた松本清張（1909 ~ 92）、工業化社会からポストモダン社会への大変革期を描く村上春樹（1949 ~ ）ら、戦後日本文学の主要作家がいかに魯迅の大きな影響を受けたか、についても拙著『魯迅と日本文学』が詳論している。

　魯迅が散文詩集『野草』において、ハンガリー詩人ペテーフィの言葉を借りつつ「絶望の虚妄なることは、まさに希望に相同じい」と述べた時、国民国家建設を担うべき文学がその社会主義による革命をも牽引することの不条理を彼は大悟していたことであろう。

　そして村上春樹が 1979 年に最初の作品『風の歌を聴け』を発表する際、作品冒頭で「完璧な文章などといったものは存在しない。完璧な絶望が存在しないようにね」という魯迅への献辞を記したのは、自らのポストモダン性を深く自覚していたからであろう。「文学者的革命」は極めて今日的問題でもあり、本書の主要な意義の一つは、この点にこそあるのではないだろうか。

　著者の陳朝輝博士は 2004 年から 4 年間、東京大学中文研究室博士課程大学院で学び、魯迅研究者として著名な長堀祐造・慶應義塾大学教授を始め、山口守・日本大学教授、安藤宏・東大文学部教授、島村輝・フェリス女学院大学教授らのご指導により、博士論文『魯迅と 1920 ～ 30 年代日本文芸思潮——日中プロレタリア文学受容の比較研究——』を書き上げ、東大より博士号を授与された。博論の一部は、日本文学研究の中心的学術誌であった『国文学』(学燈社、2009 年 1 月) のプロレタリア文学特集号の巻頭を飾ってもいる。その後、陳君は九州・熊本学園大学専任講師を二年間勤めた後、南開大学日語系に招聘され、今年からは中部日本の名門校である名古屋大学准教授を務めている。

　博論改稿を続けること 8 年、ここに陳君は魯迅文学論を世に問わんとしている。私はかつての指導教授として、そして現在の魯迅研究仲間として、心よりの祝意を表したい。

2016-5-18 於本郷赤門楼

藤井省三

目　录

引　言

（一）

开篇处，笔者还是想以"引言"的形式对本书为什么要以《文学者的革命》为题，做一点简单的解释与说明。希望它能够起到一点开宗明义或是点题的作用。

但凡做过父母的人，可能都有过这样一个经历。即当我们面对一个新鲜的生命且要给他（她）起一个理想的名字时，会发现原来找出一个能把我们内心集聚的感情一并都包容进去的词，并不容易。试想也是，一个生命一生的意义毕竟太过丰富，父母寄托给孩子的情感又是那般的庞多，近乎贪婪。怎好用三两个汉字所附带的意义，将其全部涵盖呢。

不过，当我们几经摸索与挣扎，最后从众多的选项中确定下来一个相对最为理想的名字时，也会发觉，这个名字的含义其实也已涵盖了我们心中诸多情绪中最为核心最为重要的那个寓意以及寄托了。起初茫然与未察觉，只因我们对自己的情绪与愿望未能予以足够的提炼与凝聚。等到遇上一个好的名字时，就会突然眼前一亮，明白了自己内心对孩子所抱有的期望中，最为核心的东西，到底是什么的问题。

给自己的文章拟定题目的过程，颇与此心理过程相似。

比如我，在没有际遇《文学者的革命》这一书名之前，内心其实是非常迷茫和朦胧的。总是不由自主地想追问自己：这洋洋洒洒的三十万言，我到底想向读者释放一个什么样的思想和见解？

这一追问，在很长一段时间里，都像一个卡在我咽喉中的菜梗，时时逼着我去思考、去整理、去寻找，甚至达到倘不明白这一终极目的是什么，都已无法下笔的程度。因为如果仅是为了解决几个有关鲁迅与日本文学者之间的小问题，那么此前以单篇论文的形式发表过的文章已经替笔者完成了这一学术使命。① 时隔数年后，重新再来整理和改写这些论文并要将其出版时，才又觉得，倘若只是把自己的几篇论文合成一本论文集，多少有些索然无味。

说的再直白一些吧，我希望我的思想认识能够借此机会实现一次质的飞跃。真正做到从"论文集"到"专著"的升华。否则总还是心有不甘。

（二）

当然，这不是一件容易的事。于是提交过博士论文之后，我又将这些文稿搁置、沉淀了八年。

在这八年时间里，我通过重新审视鲁迅与日本近代文学者之间的影响与相互接受的关系，终于找到了这一追问的最根源所在。即我内心所探寻的，其实是文学者参与社会革命运动的缘起、路径、结局以及这一结局背后所蕴含的文化史寓意到底是什么的问题。

而后，为了能够清楚地回答这一问题，我借助鲁迅与七位日本无产阶级文学者参与革命的全过程，又重新梳理了一遍文学者在大革命时代的集体命运。发现当社会处于大的变革时期时，无论初始立场如何，绝大多数的文学者都会被卷入这一革命大浪潮中。就这一点来说，无论是中国文学界还是日本文坛，情景大致相同。但是由于文学的审美性和政治的现实性之间，终究还是会有不能完全调和的部分，所以文学者也会因此而陷入既不能完全走出文学的象

---

① 本书稿中有关鲁迅与厨川白村、片上伸、青野季吉、藏原惟人、上田进和平林初之辅的内容，均已以单篇论文的形式发表过。具体刊载信息如下：

（1）《魯迅と上田進 ——魯迅の日本プロレタリア文学受容に関する一考察——》，《東方学》，2004 年 1 月，第 137–152 页。

（2）《中国における片上伸受容史試論 ——プロレタリア文学の様式と内容を探究する人々——》，《東京大学中国語中国文学研究室紀要》，2005 年 4 月，第 92–117 页。

（3）《「象牙の塔」を出る「苦悶」 ——魯迅と厨川白村に関する再検討——》，《東京大学中国語中国文学研究室紀要》，2007 年 11 月，第 49–76 页。

（4）《魯迅と藏原惟人》，《東方学》，2008 年 1 月，第 118–156 页。

（5）《魯迅と青野季吉》，《熊本学園大学・文学と言語学論集》，2008 年 1 月，第 151–171 页。

（6）《魯迅因何与平林初之辅失之交臂？》，《上海鲁迅研究》，2016 年春，第 58–75 页。

牙塔，也不能全身心投入到社会政治及革命运动中去的尴尬境地。最后，便都
走上了一条非常特殊的"文学者的革命"道路。时苦时甜，亦喜亦悲，有成有
败。过程跌宕起伏，波澜壮阔。更有甚者会因此而成为一个似是而非的革命
者，或是一个似是而非的文学家。理解这一现象的本质，事关我们如何去解读
20 世纪 20 年代至 30 年代中日两国文学者及文学作品的大问题。于是《文学
者的革命》，便成了这本书的题目。

际遇这一题目之后，笔者真的是欣喜至极。因为它的出现让我终于看清
了自己多年来一直在追问但又不是很清晰的那个学术关怀的本质。即此间零零
散散发表的几篇论文，刨根问底起来，其实在有意或无意之间，其问题意识都
在指向一个方向：即文学者与同时代的社会、政治（革命）运动，到底应该保
持怎么样的关系？或是距离？

（三）

在这一方向的指引下，如本书目录的各章节所示，《文学者的革命》主要
以考证鲁迅与日本无产阶级文学者之间的交流史实为对象，作为研究方法，采
取的是"编年史"性的叙述体例，即按时间年代顺序为轴，对中日两国文学者
近三十年的相互借鉴与相互参照的交流过程，予以了一次纵向且立体的再现与
论证。在每一章的叙述中，笔者又把文学者为什么会去参与社会政治（革命）
运动？参与的方式是怎样的？其结果又如何？他们的参与具体又给当时的革命
运动带来了怎样的社会性及历史性的影响等议题放在了首位。可以说，这是一
本讲述上世纪二三十年代中日两国文学者因身处大革命时期而不得不去参与社
会政治运动但又不甘心放弃自己作为文学者的灵魂与秉性之后，不得不去面对
的巨大的内外纠葛之苦的传记故事书。而讲述这一故事的意图，已不言而喻，
就是为了全面、立体地揭开近代中日两国文学者去参与社会政治革命运动之后
的命运及成败细节，以资后人借鉴。

（四）

不过选定这样一个题目，可能也会令一些人感到无趣。毕竟有关"革命"
的问题在今天已然成为过去式。在法律、自由、民主、平等、全球化等概念成

为当下普世价值的大背景下，重新探讨这一把"国民"或划分成左右两派、或分割成"革命"和"非革命"的两个营垒来推动社会斗争的老问题，到底还有多少研究的价值和意义？

我的回答，当然是肯定的。因为毕竟"'革命'是并不稀奇的，惟其有了它，社会才会改革，人类才会进步，（中略）凡是至今还未灭亡的民族，还都天天在努力革命"。[①] 何况回顾历史本身，在任何时代都是一件有意义且是有必要的工作。这一点无须再多解释。且如上引文中鲁迅所指出，人类想迈向更理想、更美好的生存状态的意愿终究还是会引发"革命"这一历史必然性的角度去看，对人类的革命意识及行为进行反复思考，在任何年代都是必要的工作。尤其是对知识分子、文化人士的革命意识，更要保持一种审视与警惕的态度。因为他们是引领一个时代革命思潮的源动力，不能不去反思与借鉴。

当然，在不同的历史时期或是在不同的社会状况下，"革命"的形式也会有不同的存在方式。但无论形式或方式怎样，作为推动人类社会文明不断前进的"革命"力量及"革命"精神，历来都是人类社会得以发展和进化的核心动力之一。只是不是所有的革命行为都会对推动人类文明的进步和发展有益。有时，带着善意的革命行为也会走向"反革命"的方向。所以如前文所述，我们需要不停地借鉴历史、总结过去，尽可能地去积攒共识、理性与科学的认识，让后来的人少走一些弯路。

尤其是在今天这样一个世界局势瞬息万变，各种新思想新思潮跌宕起伏，科学信息技术的高速发展带来了前所未有的新生活模式的当下，我们更需要重新审视和反思上世纪二三十年代中日两国文学者及知识分子们所经历的那场革命运动，以史为鉴、承前启后、继往开来。毕竟，这一发生在上世纪初的革命文学运动本身，其规模之大、影响之深，都是史无前例的。且不说时至今日还有很多历史细节和过程没有被我们完全揭开谜底，仅就那场轰轰烈烈地革命文学运动所涉及的有关文学与革命、文学与政治、文学与社会的哲学命题，也须要我们去进一步的挖掘与探寻。

这就是笔者为什么会站在今天的这一历史时间点上，又要重新把研究和考察

[①] 《鲁迅全集》第 3 卷，北京：人民文学出版社，2005 年，第 437 页。另，本书中所引用的鲁迅文章，若无特殊标注，均参照该版《鲁迅全集》。后文注释从略，只标注卷号及页码。

的目光投向 20 世纪 10 年代至 40 年代的革命文学思潮史上去的一个主要原因。

（五）

不过坦诚地讲，在《文学者的革命》这一题目还没有创生之前，笔者心中也没有什么大的主题与关怀。只是想把鲁迅与同时代日本无产阶级文学者之间的接受关系及相互影响等问题的内涵解释清楚。再把存在于他们之间的互动及交流往来史实关系再现出来。仅此而已。所以此间发表的单篇论文讨论的大多就都是这些有关实证材料的小问题。直到际遇《文学者的革命》这个大题目之后，笔者也才意识到，原来自己多年的思考与追问已触及到了"文学与社会"以及"文学与革命"这一传统的文学理论课题了。其实，这已超出笔者最初的研究计划与问题意识所预设的范畴。甚至踏入了社会学及历史学的研究领域。这就更是笔者所始料未及的了。

当然，从专业划分的角度来说，这本书的内容终究还是没有走出"鲁迅与日本文学"这一传统中日比较文学研究的课题范围，所以在《文学者的革命》这一标题之下，笔者又添加了一个副标题："论鲁迅与日本无产阶级文学"。其目的就是想表明，这本书的终极目的及问题意识，还是在于再现和思考文学者本身的命运。即笔者无论谈鲁迅还是讲日本文学，究其根本意图还都是为了给"文学与社会"及"文学者与大时代"的关系到底怎样这一追问，提供一个新的视点。同时笔者相信，作为研究文学及文学者的社会性和革命性问题的题材，以鲁迅和日本无产阶级文学为切入点是非常有效、也是最为科学的做法。因为在中国近代文学史上，鲁迅的杂文是把"文学与社会"的关系捆得最为结实的一个文学典型，而在日本近代文学史上，无产阶级文学作为一个文学流派，也是把"文学与社会"的关系拉得最紧密的一个文学形式。事实上鲁迅本人就曾说过："生在有阶级的社会里而要做超阶级的作家，生在战斗的时代而要离开战斗而独立，生在现在而要做给与将来的作品，这样的人，实在也是一个心造的幻影，在现实世界上是没有的。要做这样的人，恰如用自己的手拔着头发，要离开地球一样"。[①] 可见，鲁迅本人不仅认可而且还曾有意识地

---

① 《鲁迅全集》第 4 卷，第 452 页。

使自己的文学与大的社会时代背景相结合，以求回馈社会。而日本的无产阶级文学运动更是旗帜鲜明地打出过要以推动社会变革为己任的文学，其浓厚的社会性显而易见。所以笔者坚信，选择鲁迅与日本无产阶级文学来讨论"文学与社会"及"文学者与大时代"的关系，是再合适不过的选材了。

（六）

其实，不仅鲁迅，作为比一般人的情感更丰富、观察更深刻、感受性也更为敏锐的文学者，他们的所思所想和所表达的，都不可能离开自己所属的那个大时代背景。因为他们的衣食住行，他们的喜怒哀乐，他们的人情世故，都自然而然的与他们所处的那个大环境发生着关系，生生相息，紧密相连。所以他们的文学作品能反映的也只能是他们自身所处的那个大时代的特征。倘若否定了这一点，其结果就如当代作家张笑天所指出："一个作家，一旦与时代脱节，就失去了时代精神，必然空虚，文章苍白无力也就是自然的了"[1]。

那么鲁迅生活的那个时代，又是一个怎样的场景呢？尤其是他接受和借鉴日本无产阶级文学理论时，中国和日本的文坛状况又是怎样一种状况呢？还有，作为被参考和被接受的对象的日本无产阶级文学在短短不到半个世纪的时间里，又经历了怎样的精神痛苦与肉体挣扎呢？这些痛苦与挣扎对现在的我们，又具有怎样的参照价值呢？

无疑，这些问题是我们接下来要重点讨论的内容。

不过在正式进入这一问题的讨论之前，笔者认为我们还是有必要对千余年来的日本文学传统，尤其是对各个历史时期出现的文学的美学倾向及发展流变的过程，做一点简单的梳理与概括。以便为我们的后续讨论，奠定一些常识性的基础。等我们的头脑中有了一个大致的日本文学发展史的框架——尤其是各时期文学的美学意识的流变特征等知识之后，再去讨论鲁迅与日本无产阶级文学之间的关系，可能会更加清晰，也会更具对比意义。

---

[1] 张笑天：《文学与时代》，《文学教育》，2011 年 04 期。

第一章　绪论：文学者与大时代

第一节　幽玄·物哀文学传统的兴盛与衰退

众所周知，自上古时代到近世，日本文学的传统艺术形式，主要有和歌、俳句和物语。但若从文化精神特质的角度去追根溯源，深挖这些文学艺术形式所生发的根本，我们也会发现，它们有一个共同的特点，就是均与日本的古代神话、祭祀、葬礼等活动，有密切关系。如被视为日本最古文史经典之作的《古事记·天若日子》中，就有如下一段记述：

天照大御神命令说："苇原的千秋万岁的水穗之国，是我的儿子正胜吾胜胜速日天忍穗耳命所统治的国土。（略）但是现在这地方，有许多妄逞暴威的土著的神们，叫哪个神去平定才好呢？"于是思金神及众神聚议，说道："叫天菩比神去吧。"于是天菩比神下去，但是他谄媚附和大国主神，至于三年以后不来复奏。

（略）天照御大神又询问诸神道："差遣到苇原的中国去的天菩比神久不复奏，再遣哪个神去才好呢？"于是思金神答道："叫天津国玉神的儿子天若日子去吧。"遂以天之灵鹿弓及天之大羽箭赐天若日子，叫他下去。天若日子既至其地，乃娶大国主神的女儿下照比卖，想获得那国土，至于八年之久，不来复奏。于是天照大御神与高御产巢日神又问诸神道："天若日子久不复奏，差遣哪一个神去查问天若日子淹留的情由呢？"诸神及思金神回答道："差遣雉名鸣女去好了。"大神乃命令雉名鸣女道："你可以问天若日子，叫你到苇原的中国的理由，是在平服那国里的乱暴的神们，你为什么至今八年还不复奏。叫他回答吧。"

于是雉名鸣女从天下降，住于天若日子的门口的香桂树上，仔细把天神的命令传达给他。这里天之佐具卖听了这鸟的说话，乃对天若日子说道："此鸟鸣声甚恶，把它射死了吧！"天若日子即取天神所赐的灵鹿弓与大羽箭射杀那雉。其箭从雉鸡的胸膛通过，倒射上去，直到天照大御神与高木神所在的天安河的河边。（略）于是高木神乃说道："这箭是赐给天若日子的箭。"乃示诸神说道："如或天若日子依着命令，射那恶神的箭来到这里，当不射着天若日子。假如他有邪心，那么天若日子当死于此箭。"遂拿起箭来，从那箭眼里送下这枝箭去。天若日子正睡在胡床上，正中在胸膛，遂死去。"（略）

天若日子的妻子下照比卖的哭声乘风到了天上。于是在天上的天若日子的父亲天津国玉神和天若日子原来的妻子听到了。都降到地上，共来悲哭，乃在其地建立丧家，命河雁当给死人运食物的人，鹭鸶持帚扫地，翠鸟做庖人，麻雀春米，雉鸡做悲哭得女人，这样规定了，凡八日八夜作乐送葬。[①]

无疑，这段极具文学性的神话故事——尤其是最后一段有关天若日子的妻子下照比卖听说丈夫的死讯后悲痛欲绝的情境，以及其家人为其下葬的场景的描述，可堪称是日本原始戏剧类文学的开山鼻祖之作。如让喜欢垂着头走路的河雁来扮演给死者运送食物的佣人；让洁白的鹭鸶来演绎披着白大褂做扫除的佣人；让擅长捕鱼的翠鸟来充当给亡者喂食的侍者；让步履轻盈、上下跳跃的麻雀来承担椿米姑娘的角色设计等，其想象力及虚构性，几乎具备了现代戏剧作品所应具备的所有艺术要素。所以可以说，日本上古文学的形态，在这一神话故事的艺术化过程中，就已经诞生了。难怪周作人说："《古事记》的价

---

① （日）安万侣著、周作人译：《古事记》，北京：中国对外翻译出版公司，2001年，第31-32页。笔者曾核对过周作人译文与（日）土居光知在《文学序说》（东京：岩波书店，昭和39年11月，第1页）中所转译的该段内容，发现在人物关系的设定上二者略有出入。为了便于参照阅读，现由笔者依据土居光知在《文学序说》中的白话文版，意译如下，仅供参考。

天若日子的妻子下照比卖听闻丈夫的死讯，号啕大哭。其哭声乘着疾风一直传到了天上。于是天若日子的父亲天津国玉神以及妻子们也都听说了，纷纷下到世间来看他，各个悲痛欲绝。且为追悼天若日子的死去还专门建造了一座治丧的小屋，找来河雁做他的岐佐理持（きさりもち、即负责把食物送到死者棺木前的人），呼来鹭鸶做他的扫持（ははきもち、即负者为死者打扫房间的人），叫来翠鸟做他的御食人（みけびと、即负责给死者进食的人），喊来麻雀做他的碓女（うすめ、即负责给死者椿米谷的人），又让雉作为哭女（なきめ、即哭丧女），待一切安排好后，众人狂欢了八天八夜。

值，不在作为一部史书上，它的真价乃是作为文学书看"①。只是这一从祭祀仪式等神话故事中走来的文学，自然而然地也披上了一层浓重的神道色彩，且有了崇尚自然力的特征。

当然，不仅是日本文学，世界各国的文学在其最原始的发生期，大多都与当事国或所属民族的神话传说有密切关系。但相对于日本文学来说，比如中国的神话故事，最多也只是"影响"了中国文学的发生与发展，与日本的神话故事给日本的上古文学赋予了浓厚的宗教性和神道性色彩的方式与属性，有很大的不同。这或许与日本现存天皇的正统性，就与他是天照大御神后裔子嗣的定位有关系吧。而且，千余年间的日本古代文学，就是在这些继承了上述古代神话传统的皇室及其周围的贵族们的手中繁荣起来的。这与中国的皇帝虽然也贵为"天子"，但自从陈胜、吴广的农民起义之后，便经常被老百姓拉下神台的中国皇家传统及文化意识给中国文学所带来的影响，有了极大的差异。如果说"城头变幻大王旗"②的政治传统给中国文学带来的是浓重的泛政治化、泛道德化、泛社会化的文学特质，并形成了视文学为"经国之大业"、不朽之盛事，以及文必应载道、诗必应言志的涉世文学观念，③那么具有强烈神道色彩的日本皇室政治传统给日本文学带来的影响，则是以幽玄体为代表的泛宗教化的特质。这一文学特质后来又在中国魏晋南北朝时期盛行的玄学与写景咏物的文学思潮相交融，逐渐演变成了被后来的人们所熟知的"物哀"（もののあはれ）文学的美学传统。

如果说"幽玄"体的文学特征，主要出现在和歌及能乐等古典日本文学的形式中，那么"物哀"的文学色调作为日本民族独特的文学美学意识及理念，则广泛存在于所有的日本文学形式中。而且作为一个文艺美学概念，它的出现时间非常早，蕴涵的意味也随着时代的变迁而发生过很大变迁。据说在奈良时代，它所包含的意义"主要是'可怜''亲爱'或'有趣'的意思。但到了平安朝时期就又多了一层'感悟情趣'的语义。到了廉仓时代，其语义似乎又发生了一些变化，主要作为表达勇壮之意的词'あっぱれ'的反义词'あはれ'，即做悲哀之意来使用。在接下来的足利室町时代，这两个语义相反的词

---

① 同上书，第8页。
② 《鲁迅全集》第4卷，第501页。
③ 王蒙：《文学与时代精神》，《新华副刊》，2012年6月4日。

似乎又开始有所调整和接近。直到德川幕府时期，才被严格的分开来使用。即在称赞那些在义理上取得胜利的人时，取'あっぱれ'的发音。而对失败者，则被赋予了同情之意，称之为'あはれ（なもの）'。此后，'あはれ'便只作'怜悯'之意使用"[1]。只是随着历史时间的推移，后来借景伤情的日本文学风格就都被称之为"もののあはれ"，使用的频率与范围，似乎也都有了进一步的提升。只是这一词被介绍到中国来时，因找不到与其原词义非常恰当的汉字，所以就将日语的发音去掉，只留下了汉字部分，直接译成了"物哀"二字。也就是说，"物哀"这两汉字，在这里其实是一个半舶来品。恰如"トヨタ"汽车公司的名字在其他国家一般都被音译为"TOYOTA"，而到了中国就只能取其汉字读音，称之为"丰田"，是一样的情形。

只是很多日本国学者对中国学界把"あはれ"单一的解释为"怜悯"之意，多持质疑态度。因为他们认为在日本文学作品中作为"怜悯"之意来使用"あはれ"时，是有积极和消极两方面的意味的。前者应该用"赏""爱""优"等汉字来对应，后者方可用"怜""伤""哀"等汉字来对译。此间语感及意境的细微差异，还真是难以言传，只可意会。其实，即便是在日本国内，有关"あはれ"的解释，也不是一开始就有了明确的定义和区分。而是到了江户时代，大国学家本居宣长（1730–1801）问世之后，才在文艺美学层面上予以了全面且又精妙的解释。即本居宣长把日本自神代以来有关四季、恋爱、杂事等主题的文学特质，全部都置放在了"物哀"的文学传统上来，并认为这些文学形式（尤其是和歌——笔者按）及内容，均产自"知物哀"的感悟基础之上。同时，对什么是"物哀"以及如何才能去感知"物哀"等问题，也都给予了具体而又详细的阐释。他说：

"阿波礼"（あはれ）这个词有各种不同的用法，但其意义都相同，那就是对所见、所闻、所行，充满了深深的感动。通常以为它只是悲哀之意，其实大谬不然。一切高兴之事、悲哀之事、恋爱之事、大都兴叹为阿波礼（あはれ）。在物语作品中，"あはれにをかしう"、"あはれにうれしう"两个词常常连用。《伊势物语》中有一句话："这个男子每天夜里从乡下来，吹起动听的笛

---

[1] （日）大西克礼：《幽玄とあはれ》，东京：岩波书店，昭和 45 年，第 108 页。

子，笛声优美动听，唱得令人感动。"笛声动听，歌声优美，就是"阿波礼"（あはれ）。《蜻蛉日记》中有云："心里常常如饥似渴，觉得可叹可乐的事情无限多。"在这里，能够满足心理需要的也叫做"阿波礼"（あはれ）。

而在《源氏物语》中，多将"をかしき"与"あはれなる"作为两个反义词使用。这两个词的区别在于，一个是总括性的，一个是对具体而言的。总括而言，"をかしき"是包含在"あはれ"当中的，这一点我已经说过。所谓对具体而言，就是在各种各样的人情的感动中，"をかしき"（可笑）的事，与"うれしき"（高兴）的事，较为浅；而可悲的事、可恋的事、给人的感动较深。给人以深深感动的，要特别归作"阿波礼"（あはれ）。譬如，在草木花卉中，特别地把"樱"叫做"花"，这是相对于"梅"之花而言的。《源氏物语·若菜》卷有云："梅花还是盛开期有看头啊！"即是一例。（略）同理，就"阿波礼"而言，悲哀只是情感中的一种，是对情感加以具体区分之后的一种形态。凡是从根本上涉及人的情感的，都是"阿波礼"（あはれ）；人情的深深的感动，都叫做"物のあはれ"（物哀）。

关于"知物哀"与"不知物哀"的差别，举例来说，看到美丽的花朵，面对皎洁的月亮，就会涌起"あはれ"的情感，感知花朵美而心有所动，这就是"知物哀"。假如无动于衷，那无论看到多么美丽的花，面对多么皎洁的月光，都不会生出感动，这就是"不知物哀"。

不只是对花如此，对世间一切事物均如此。对那些事物的情致、体性有所感知，值得高兴的事情则高兴，可笑的事则觉得可笑，可悲的事觉得悲哀，可怀恋的觉得怀恋，这种种的感情活动就是"知物哀"。而对此无动于衷、心如死灰，就是"不知物哀"。"知物哀"的人就是有心之人，不知"物哀"的人就是无心之人。[①]

确如本居所指出，纵观日本文学美的意识的进程，即便是作为外国读者，我们也能感受到一股情绪细腻、思维敏感的气息。即无论是对抽象的"事"，还是对具体的"物"，日本文学作品都饱含着一份深切的感怀情绪去面对。而这一情绪，就是本居所讲的"知物哀"的日本文学传统。而且这一文学传统，

---

① （日）本居宣长著、王向远译：《日本物哀》，长春：吉林出版集团，2010 年 10 月，第 159–161 页。

可以说直至有深切社会关怀的近代文学思潮的出现为止，一直都在主宰着日本文学的主流格调。所以相较于中国文学来讲，日本文学的涉世与参政意识相对比较淡薄，偏向贵族化的审美意识，构成着日本文学的美的意识中，最为重要的一个基调。但如前面我们刚刚讲过的，历史进入明治时期，日本的社会思潮随着"西学东渐"与日益兴盛的民权运动而急速转向近代国民国家之时，日本文学中的这一美的意识潮流，也开始出现了新的趋势。即文学的泛政治化与泛社会化倾向开始显著呈现，文学与现实社会以及文学与政治的关系，也开始不断靠近，作家们的关注点也开始由对艺术作品本身的美学追求，转向了文学在现实生活中到底能发挥出多少启蒙作用等的问题上来了。于是，被后来的日本文学史统称为政治小说的艺术形式，便开始勃兴，并拉开了新的历史帷幕。

第二节　政治小说·社会文学思潮的涌动

如果说日本的和歌文学凭借其诗歌体的特殊美学性质，在日本社会进入近代社会之后依然坚守住了它的"物哀"文学传统且未失去它的读者群，那么作为叙事散文体例的"物语"（即故事——笔者按）类文学，就没有那么幸运了。因为它过度的去政治化和去社会化的特质，导致后来的"物语"文学逐渐走向了肤浅、泛泛的戏说，以及娱乐的方向。于是进入前近代之后，日本文坛上便出现了很多以稗官情史为主要内容和题材的讲谈式小说。而这与追求变革、祈求文学来开启民智的明治时期的大的社会潮流，已格格不入。所以它很快就遇到了来自当时日本社会文化精英阶层的猛烈抨击。如中村正直在明治4年（即1890年——笔者按）翻译出版的《西国立志编》中，就假借小说中人物之口，批评当时的讲谈式的小说说：

稗官小说者，唯求嬉笑献媚于读者，极易使人心志放荡。若用来玷污人心之教养，可谓无以伦比。而且当下确有专写此类文章营生之辈。皆投读者所好，卑俗献媚至极，且不忌邪虐，下损人伦之道德，上毁帝王之律法，实为可恶。①

无独有偶，翌年 11 月 17 日的《东京日日新闻》上，也刊登了一则读者来稿。亦猛烈地抨击了当时颇为流行的淫秽情史类题材的小说。现亦摘译一段如下：

令人慨叹的是，为何春画淫秽内容之读物在当下可以如此之盛行？其中以所谓情史小说之类，最为典型。（略）假借劝善惩恶之名，实在激励社会淫乱之风。应尽快把读此类有百害而无一益的书的时间节省出来，将其诱导向正道。以便改良社会之风俗，加速社会文明之开化进程。

此外，还有更激进的，干脆提出了废除情爱题材小说的意见。如大久保春骊就曾言辞激烈地批判过当时流行的情爱题材的小说说，他们只知道一味地鼓动年轻人谈情说爱，极大地损害了社会的健全精神，是不折不扣的"游荡之媒体"②。所以应尽快将其从社会中取缔出去。几乎是在同年 3 月，干河岸贯一也发表了一篇题为《禁止稗史小说之贷本议》的文章。同声指责说："所谓稗官小说之流，无非是让人消磨时光的工具而已。其中所谓人情本读物之类，最有伤风俗。③"可见，时至近代社会后期，日本社会中开明且前卫的知识分子们已对那些过于脱离社会现实的小说及戏剧作品，感到不满了。而且他们的不满情绪还没有停留在只是笔诛口伐的层级，为了弱化这些不符合时代潮流的低俗文学作品的影响，他们还开始大量译介西方国家具有浓厚社会关怀和思想政治抱负的文学作品到日本来。比如亚历山大·大仲马（1803—1870）的《一个医生的回想录 Mémoires d'un Médecin》（樱田百卫译，日文书名为《仏蘭西革命源西洋血潮小暴風》——笔者按）和《昂热·皮都 Ange Pitou》（宫崎梦

---

① （英）塞缪尔·斯迈斯著，（日）中村正直译：《西国立志编》第 11 编第 24 节。东京：自由阁，1887 年。此处引文译自本书笔者。另，如无特殊标注，本书中所引用日语文献资料的中文翻译，均出自本书笔者，后文不再逐一标注。
② （日）大久保春骊：《人情本を廃すべきの小言》，《东京新志》，明治 9 年 4 月号。
③ （日）干河岸贵一：《可禁稗史小说之貸本議》，刊载于《东京日日新闻》，明治 9 年 3 月 4 日。

柳译，日文书名为《仏蘭西革命記自由の凱歌》——笔者按）以及司特普尼亚克的《地下的俄罗斯》（宫崎梦柳译，日文书名为《虚無党実伝記鬼啾々》——笔者按）等，均为这一时期出现在日本文坛上的颇具影响力的翻译作品。其中尤以丹羽纯一郎译自罗伯特·布尔沃·李顿的小说《欧洲奇事花柳春话》的影响力为最大。甚至催生了后来被日本近代文学史称之为政治小说的创作风潮。如我们所熟知的矢野龙溪著《经国美谈》及东海散士著《佳人之奇遇》等，就都是模仿该小说作品而诞生的代表作。这一文学思潮还与当时日渐兴盛的自由民权运动相互呼应，很快便占据了日本主流文坛的阅读市场，迅速地形成了一股以文启智为目的的文学创作风潮。至此，明治初年的政治小说，便正式浮出了历史地表，开始引领日本文坛的新倾向和新方向。此间的情形，我们可以从德富芦花的长篇小说《回忆》中，窥见一斑。

　　时代的潮流，真可谓是转瞬即变啊。两三年前还沉湎于三国志长坂坡上的张飞的勇武情景的我们，现在却完全沉溺在《西洋血潮小暴风》及《自由之凯歌》等的作品中而忘乎所以了。记得当时，我们同学当中就有一个叫浅井的，虽然已经十七岁了，但看上去却只有十二三岁的模样。我们还经常嘲笑他说："你为什么长得这么小呢？"他却回答："因为我的头上有一个专制的政府啊，所以我现在是长不大的。不过你们不用担心，等到了明治二十三年，我就可以长高了。你们就拭目以待吧。"这个人的音质与他矮小的身材极不相称，说话时嗓音特别清脆爽朗且有磁性，所以我们只要一拿到连载有《自由之凯歌》的自由报，就喊他过来，将其围在窗户下听他朗读。浅井美丽的声音甚至还会换来听众们的阵阵掌声。读完之后，我们还会再去读《经国美谈》等其它读本。有时连续数天，通宵不眠。或许我们的视力，就是在那个时候被累坏的。①

　　引文中，这位浅井之所以会说"等到明治23年我就可以长高了"的话，是因为明治政府迫于日益高涨的自由民权运动之压力，于明治14年正式宣布，将在十年之后的明治23年开设国会。可见当时的年轻读者群对社会政治问题

① （日）德富芦花：《回忆》。日语原题为《思出の記》，译自《蘆花全集》第6卷，东京：新潮社，昭和3年12月，第112页。

的关注度有多高了。而且，从文中所描写的情景，我们还可以窥见当时的政治小说在日本社会中所附有的影响力已非同往昔的事实。同时，这也表明数百年来以咏物抒情为主，以表达文学者个人内心细微情怀为核心的日本"物哀"文学传统，至此亦走向了终结。

或许正是因为这一文学传统的巨变所带来的社会影响力太过耀眼了的缘故吧，福泽渝吉（1835-1901）等提倡学以致用的"实学"派文人政客们，也开始关注起政治类小说在启蒙与推动社会变革方面所能发挥的作用，并试图走近且欲挖掘文学在这方面的社会功用。尤其是自由民权运动方面的人士，更是将文学的这一社会功用视为是开启民智、宣传自己思想立场的便捷且是有效之工具，从自明治15年前后开始，便通过报刊等新闻媒体来大力渗透和宣传自己的主张。甚至公开喊出了文学作品应该为社会之改良运动服务的口号。如《绘入自由新闻》就曾刊登过一篇题为《论稗史小说在参与政事中的必要性》（日语原题为：《政事に関する稗史小説の必要なるを論ず》——笔者按）的社评，表示在言论和出版自由没有得到完全保障的情形下，为了能使人们感悟政事，可以先选择一些变通的策略。即假借稗史小说的力量来批判政治家及政府的痼疾，并通过这一方式来培养老百姓们对政治事务的兴趣和热情，继而开启所谓下层社会人群的思想及意识形态。①

客观事实上，当时流行的很多政治小说类文学作品，确实也担负起了这一重要的启蒙任务。如在户田钦堂（1850 -1890）著《民权演义情海波澜》中，就有赤裸裸地映射当时政治现象和政治人物的场景。如主人公"魁屋阿权"，显然就是自由民权派的代表人物。而"和国屋民次"则明显是一般老百姓的象征。"国府正文"则暗指当时的专制政治。"鲶八""鯱吉"等人物则是大大小小的官吏们的缩影。而且，小说最后还以人民获得了自由民主的权利，成功召开了第一次国会来结尾，其用政治小说来讽喻当时社会现象的意图已达到赤裸裸的程度。难怪评论家高田半峰（1860-1938）曾质疑此类政治小说："这些小说作品，说它是小说，其实已经不是了，说它是叙事诗（epic）呢，似乎又谈不上。它其实已变成了一个奇妙而又不可思议的东西"②。当然，也有像越智治雄（1929-1983）等给政治小说予以正面

---

① 参考明治16年8月26日、28日、29日的《绘入自由新闻》报。

② （日）高田半峰：《佳人之奇遇批评》（下），《中央学术杂志》，明治19年4月，第25页。

评价的学者。他们认为，这些政治类小说在赋予文学寓意方面，远远超过了旧来的戏作文学所惯用的劝善惩恶之手法，对在社会上伸张自由民权意识等方面，也做出了极大的贡献。柳田泉（1894-1969）在其名著《政治小说研究》中，也给这一时期的政治小说与越智治雄近似的评价。他说："政治小说的出现，给当时的人们的文学观念带来了一次革命，也把文学从所谓的戏作中拉回到了真正意义上的文学概念上来（虽然还只是初步的）了，让它不再只是'妇女儿童'的玩具，而是成为可以让一个男人值得为其付出一生心血的事业"①。

这里柳田泉所谓的"真正意义上的文学"到底指的是什么，笔者觉得说的有些语焉不详。是否可以直接用"近代"二字来替代还须几分谨慎。但就默认的意向来看，至少有一点是非常清楚的。那就是在柳田泉看来，在那个政治小说风潮盛行，巴尔扎克、雨果、李顿、司各特、狄更斯、普希金、果戈理、托尔斯泰等欧洲社会派小说家们的文学作品大受欢迎的年代，没有社会关怀的文学作品，已经不是"真正意义上的文学"了。在日本明治中期，在日本的文化界确实出现过这样一股风潮。如《国民之友》杂志在明治29年刊登的《社会小说出版预告》中，就有这样一段话：

近年来可谓是物转星移，国运伸张，社会现象也是越来越变幻多端。而素来以反映社会现象及事物内部深层涵义为己任的小说家们，近来也开始不甘心于每天的花鸟风月了。曾经以奇思怪想著称的作家们，现在也都开始关注起现实的社会问题了。曾经喜欢月云风流、白粉红腻、多姿娇艳的文士们，也开始着眼于社会、人类、生活及时局等大主题的事了。②

从这段预告文我们可以清晰地看到，社会文学思潮在当时已然成为文坛的主流。当然，自坪内逍遥（1859-1935）于1885年在其名著《小说神髓》中明确提出反对文学的教化功用并支持写实主义和个人主义的"没理想"的文

---

① （日）柳田泉：《政治小说研究》上卷，东京：春秋社，昭和42年8月，第6页。
② 原文参考《国民之友》杂志所刊摘《社会小说出版预告》，民友社，第320号，1869年10月。

学创作主张之后 ①，"非政治的"和"非社会的"文学倾向也曾成为日本明治初期文学创作活动的一个"痼疾"②而长期存在。在客观上，这也成了区分近代以前和近代以后的文学的一个重要标志，③ 但这些只描写书生小姐的爱情故事的小说，此时显然已不能满足知识阶层对文学所抱有的期待了。于是那些能够直接反映社会现实问题的"社会小说"，便随之而兴起。仅在 1900 年前后，就有高山犀牛（1871–1902）的《论所谓的社会小说》（原题《所謂社会小説を論ず》1897）；德富芦花的《回忆》（原题《思出の記》1900）及《黑潮》（1902）；国木田独步（1871 – 1908）的《牛肉与马铃薯》（原题《牛肉と馬鈴薯》1901）及《酒中日记》（1902）；幸田露伴（1867 – 1947）的《一国之首都》（原题《一国の首都》1900）及《大浪滔天》（原题《天うつ浪》1903）；木下尚江（1869 – 1937）的《火柱》（原题《火の柱》1904）及《好人的告白》（原题《良人の自白》1904）等，给当时的社会思潮带来过极大影响的小说作品及评论文章问世。正如德田秋声（1872–1943）在其《作家与作品：真正的社会小说》（原题《作家と著作 真の社会小説》）中所描述："所谓不朽之艺术的说法，现在已是过去式了。当下，已很少有读者满足于这种虚无缥缈的东西。因为有很多摆在我们眼前的现实问题必须要我们认真去思考。如面包的问题我们就不得不去研究了。还有现在的（政府——笔者按）对我们的统治是否正当等问题，也须我们去重新思考。（略）一言以蔽之，现在我们最感兴趣的是社会小说。（略）对那些没有什么具体内容，小说中的人物思想、性格等也没有什么细致明确的展现的作品，我们认为它在文学方面已经没有什么价值了"④。西宫藤朝（1891–1970）也在《社会问题及文艺家》（原题《社会運動と文芸家》）中说："认为文艺是'永远'的问题，其实并无错。

---

① （日）坪内逍遥：《小说神髓》，东京：松林堂，1886 年。在该文中坪内逍遥提出文学者在小说作品中只要将观察到的人情世态描写出来即可，无须附加作者个人的价值观及理念。后来被森鸥外等人批评为文学的"没理想"主义。这里的"没"相当于汉语的"无"。
② （日）西田胜：《「社会文学」とは何か》，《文学·社会へ 地球へ》，东京：三一书房，1996 年 9 月，第 10 页。
③ （日）安藤宏：《近代小説の表現機構》，东京：岩波书店，2012 年 3 月，第 12 页。
④ （日）德田秋声：《作家と著作 真の社会小説》，最初刊登在《文章世界》杂志 1906 年 11 月 15 日号。后收录于《德田秋声全集》第 19 卷，东京：八木书店，2000 年 11 月，第 76 页。

（略）但是它不仅仅是'永远'的问题，更是'现实'的问题。所以那些文学可以忽视社会问题及现实问题的主张，是难以成立的。（略）那些想以此为借口，让文学回避涉及社会问题的做法，也是应该被彻底唾弃的极其恶劣的逃避主义。"①

我们从德田秋声与西宫藤朝这两段话的语气中不难察觉出，自政治翻译小说问世之后，日本文学思潮开始表现出明显的社会化倾向并逐渐形成了一股风气。想必这与此期间发生的俄国十月革命等不无关系。于是使得长期以来被认为"与文学完全没有关系的社会思想"②，也开始公开地参与到文学运动中来。亦从这一时期开始，文学批判社会、斥责政治的现象也变得愈加突出与尖锐。且出现了不断的政治化与社会化的诉求，文学创作活动本身也不再停留在早期自由民权运动派知识分子所期望的只是为了启蒙那一初级水平上。进入明治后期之后，甚至开始出现利用文学去直接呼吁社会革命运动的倾向了。这或许是文学倒向社会化和政治化倾向之后所必然会导致的一个结果。因为当绝大多数的日本知识分子都已认同文学不应该也不可能离开现实社会而存在且应该去为现实社会服务时，想通过文学的力量来促进革命的声音自然而然也会从一些热血文学青年当中生发出来。继而希望从"文学革命"过渡到"革命文学"上去的社会期待，也就不可避免地发生了。笔者认为，这是日本社会小说之思潮之所以会在 20 世纪 20 年代前后突然发生质变的一个主要原因。尤其是随着马克思主义文艺思潮在全球范围内的急速兴盛，带有强烈政治色彩和阶级意识形态的"劳动文学"便开始取代社会小说的地位，成为日本文坛的主流倾向。当这样一个大的时代潮流形成之后，很多文学者便不得不又一次的被左右和推拉，于是就有很多文人知识分子开始集体向左转。至此，主宰日本文坛近半个多世纪的无产阶级文学运动，便开始登上历史的大舞台。

---

① （日）西宫藤朝：《社会運動と文芸家》,《早稲田文学》, 1919 年 11 月，第 20 — 21 页。

② （日）高见顺：《昭和文学盛衰史》上卷，东京：福武书房，1983 年，第 16 页。

第三节　无产阶级文学运动的勃兴与挣扎

不过在文学思潮的不断社会化和政治化的基础上形成势力的日本无产阶级文学运动，其勃兴之路必然不会一帆风顺。因为它所附带的鲜明的政治性和革命性立场，立即就会招来保守阶层——尤其是执政党当局的严厉打压与全方位阻挠。发生在明治四十三年的"大逆事件"，就是由当时的社会保守势力来一手策划并制造出来的一起典型案件。众所周知，这一事件给当时的革命文学者们带来了极大的打击。可以说，这一事件让日本的文学者经历了一次生与死的考验。

所谓"大逆事件"，就是日本明治政府于 1911 年 1 月 24 日依据当时日本帝国宪法 / 刑法之第七十三条"大逆罪"之条文，以有暗杀天皇之动机为由，对日本初期社会主义运动家幸德秋水（1871-1911）等十一人，在未经公开审理的前提下，便判处了死刑并匆匆执行的一个历史事件。后来证明那是一起冤案，其实是日本明治政府想借机打压社会主义运动家的一次政治阴谋。不难想象，这一缺乏透明性且具有明显政治打压意图的血腥事件，给当时的日本文学界所带来的震撼有多么巨大。客观事实上，这一事件之后很多文人作家及知识分子们都失去了发声的勇气，整个文坛随之落入一个不知所从的状态之中。尽管此间也有如石川啄木（1886-1912）、永井荷风（1879-1959）等或直接或间接地表达过一些抗议和不满的人，但终究没能达到可以改变这一社会风潮的程度。毕竟如上所述，大多数的文学者此时都选择了沉默，仅凭一两个人的力量是无济于事的。于是在此后的数年时间里，日本文坛上便出现了所谓的"冬的时代"和"闭塞的时代"的文化萧条景象。直到 1917 年俄国十月革命胜利，才打破了这一压抑且又是沉闷的文坛气息，给日本的左翼革命文学者带来了一次重新振兴起来的机会。

只是，可能是因为"一朝被蛇咬"的恐怖记忆犹在的缘故，且一旦冠上"社会主义"这一敏感词就很容易召来镇压的原因吧，大逆事件发生之后的日本左翼文坛，再很少使用"社会主义文学"等赤裸裸的表述方式了。而是以"劳动文学"的称谓来替代。但这一策略也带来了一个麻烦问题，即有关日本无产阶级文学运动的起点到底在哪里的疑问和争议，时至今日还存在于日本文坛，难以确定。但在笔者看来，人类历史的发展进程原本就是一个既有承接性又有阶段性的一个螺旋连环体，所以想给日本无产阶级文学运动划分出一个明确而又清晰的起始点和终结点的想法本身，就是一个缺乏理性的虚设问题。但纵观日本近代文学思潮的发展进程，笔者比较认同西田胜的一段论述。他说：

在我国，能称得上是社会主义文学作品的诞生，是在日俄战争发生稍早前。因为如儿玉花外的《社会主义诗集》遭到封杀就是在明治三十六年八月。而木下尚江在《每日新闻》上开始连载《火之柱》，也是在明治三十七年一月。（略）而直至明治三十八年十月《火鞭》的创刊，明治社会主义文学才算从初期的《社会主义诗集》《火之柱》的阶段，迅速上升到了一个新的高度。所以就我一己之见来说，我认为，《火鞭》运动才是日本无产阶级文学运动的先驱性存在。①

笔者基本认同西田胜的这一文学史的切割方式。因为在客观事实上，确实是进入明治 30 年代（即 1897 年）之后，虽然日本文坛上依旧以浪漫主义的文学思潮为主，但在知识分子当中，作为新兴文学的一个门类，社会主义文学运动已悄然生成，且已具有一定的吸引力。如初期具有社会主义文学思想倾向的杂志《社会主义》《直言》《周刊平民新闻》等，就都是在这一时期集中登场的。所以西田胜说日本社会主义文学起于日俄战争稍早前一段时间的论断，佐证资料较为充足。而且如在这一时期发表在《平民新闻》上的日语版《共产党宣言》，虽遇到了强大的行政干预与打压，但也在此一时间点上发行了 4000 部之多。单独发行的《共产党宣言》手册更是卖出去了 8000 册。可见当时的日本社会对左翼革命文学及社会主义政治运动的关注度已非同往昔。事实上，后来主导日本社会主义文学运动的主要人物如木下尚江、白柳秀湖（1884–1950）、堺利彦（1870–1933）等人，就都是在这一时期开始崭露头角并着手具体推动革命文学运动的问题的。可见在俄国十月革命胜利的鼓舞与影响下，日本文坛已完全走出"大逆事件"之后的心理阴影，迈向了一个新的台阶。

尤其是进入 20 世纪 20 年代之后，随着日本社会上"劳动问题"的不断

---

① （日）西田胜：《日本革命文学の展望》，东京：诚信书房，昭和 33 年，第 199 页。

凸现，有关"劳动文学"的问题也开始走到了历史舞台的前沿。加之全球资本主义经济体制此时也是矛盾重重，其显露出来的弊端已达到任何人都无法辩护的地步。而与之相反的，是马克思主义文艺思潮却在全球范围内得到了从未有过的兴盛。于是在这样一个大的环境影响下，日本社会上也开始出现对左翼劳动文学运动表示认同或是亦可接受的风潮。最为显著的一个表现就是各类左翼文学社团相继诞生。其中最为知名的也是后来最具影响力的就是创刊于1921年的左翼文学杂志《播种人》。这本诞生于日本东北一个小镇上的杂志因其旗帜鲜明的反战思想和反军国主义的立场而很快赢得了广大知识分子们的支持与响应，在短短不到一年的时间里，便成为日本文坛上最具号召力的社会主义文学期刊。并很快移师南下，将社址迁到了首都东京。虽然该刊在短短两年之后便因关东大地震的冲击而被迫停刊，但在日本近代文学史上，它却赢得了不可动摇的地位。其影响力也达到了前所未有的高度。如后来被广泛使用的"普罗列塔利亚文学"等新潮概念，就都是通过《播种人》杂志的传播而被广泛应用的。换句话说，日本左翼文学思潮就是从《播种人》杂志的发刊开始，才从初期带有懵懂的社会主义文学倾向以及随其后登场的单纯以争取劳动者自身权益为目的的劳动文学，质变成具有明确文化意识形态的无产阶级文学——即普罗列塔利亚文学。这是日本的文学思潮与当时的大时代背景和社会运动的风潮相互作用之后，生成的一个新的文化生态。至此，作为日本无产阶级文学运动主流脉搏的普罗列塔利亚文学，便正式宣告成立了。

不过值得注意的是，后来在这些初创期的左翼文学者与从即成文坛转到《播种人》上来的作家之间，也出现了一些分歧。比如在文学者的阶级立场及出身是否可以改造等问题上，在不同阶层出身的作家之间就出现了不同的态度和看法。于是直接切中要害，从正面讨论这一问题的有岛武郎的短篇评论《宣言一篇》问世之后，便引发了左翼作家之间的激烈争论。虽然后来以大多数的知识分子认同作家的阶级身份是可以改造的结论来收了场，但心存质疑的作家亦并非少数。这也是为什么在随后发生的关东大地震的冲击与政府的打压声中，那么多的左翼文学团体在瞬间便都崩溃，纷纷停刊或是宣布了解散的一个主要原因。

或许是因为有过这样一个失败的经验和教训的缘故，后来的日本左翼文学团体在灾后得以重建时，就非常重视文学者的革命态度及阶级意识的纯洁性。只是没想到这一有所侧重的做法反而引起了各个左翼文学社团之间的分帮分派现象。如 1924 年 6 月创办的《文艺战线》在重组之初，就只召集了原《播种人》杂志成员中，政治立场比较鲜明、态度也比较明确的部分作家和文学评论家。这使得其他成员不得不去另辟蹊径，且在情绪上也与前者保持了距离。这导致灾后重建的各类左翼文学杂志之间的文学观时常前后不一，反复流转变化。就社会影响力而言，反而都非常微小。只有青野季吉引领的《文艺战线》杂志和由他提出的"目的意识论"主张，拥有过一些值得关注的影响力。但由于这一主张过于强调了政治的优先性，后来也导致了日本左翼文学运动中的政治化倾向日益严重，最后甚至让把文学视为革命工具的呼声占据了话语权。这在客观事实上，便为其后来的赤裸裸地打着文学要为政治服务的口号登上历史舞台的"福本主义"，提供了赢得领导权的理论基础。而这些将文学直接纳入政治运动中去的做法，很快便引起了各种内部矛盾和立场上的分歧，给日本左翼文学运动的发展带来了巨大的阻力和麻烦。使得左翼文学团体中的内部纷争与对立不断加剧，彼此间的观点和立场甚至都达到了无法协调的程度。最后只能通过反反复复地分解与重组文学团体的方式来寻求解决的方法。于是各文学团体为了凸显自己的独特立场与鲜明态度，开始不断地提出各种新主张、新立场和新观念，令人目不暇接。毋庸置疑，这会极大地削弱日本无产阶级文学运动的发展势头。其负面作用昭然可见。据山田清三郎（1896–1987）在《普罗列塔利亚文学史》①中所讲述，仅在青野季吉抛出"目的意识论"之后，因立场和态度的不同而分离出去的左翼文学团体就有"全国艺术同盟"（1927）、"农民文艺会"（1927）、"斗争艺术家联盟"（1928）、"左翼艺术家同盟"（1928）等四个之多。这些团体又分别创办了《第一战线》《农民》《斗争艺术》和《左翼艺术》等杂志。此外，《普罗艺》《劳艺》《前艺》《日本无产派》等中小型左翼文学刊物也都曾像流星一样划过之后便消失，可见当时的日本左翼文学团体的乱象，已达到何等的程度。

这一乱象，直到青年左翼革命文学者蔵原惟人的出现，才得以控制和整合。有关蔵原惟人的革命文学论内容我们将在后文中做进一步的细致讨论。这里仅先了解一下大致的情形。即他曾是日本共产党的主要领导人，早年到社会主义俄国留学过，1926 年回国之后，便即刻参加了日本"前卫艺术家同盟"，

---

① （日）山田清三郎：《プロレタリア文学史》（上·下卷），东京：理论社，1954 年 9 月，第 127–227 页。

并开始发表一些颇具影响力的评论文章。同时借助其为人做事非常周到细致的性格优势，很快赢得了当时日本左翼文坛的信任。且在具备了一定的影响力之后，便开始奔走号召，为了扭转左翼文坛的乱象而鞠躬尽瘁，不遗余力。最终在 1928 年成功地整合了绝大多数的日本左翼文学团体，创建了"全日本无产者艺术联盟"（即纳普——笔者按）。从此，日本的无产阶级文学运动，便进入了一个新的发展阶段。

然而，进入 20 世纪 30 年代——尤其是 1931 年日本在中国东北制造了"九·一八"事件之后，日本政府对文化界和媒体的管理与打压开始逐渐转向严厉。尤其对持有反战思想和立场的左翼文化人士的监管变得极其严格。著名的左翼作家小林多喜二就是在这一时间点上被虐待致死的。这一事件无疑给当时的日本左翼文坛带来了又一次的巨大冲击。而且，随其后藏原惟人、宫本显治等日本共产党党内的文化名流也都被先后抓捕入狱，使得日本的左翼文学团体几乎面临了全面崩溃。而等到 1934 年 3 月时，日本无产阶级文学运动的核心力量便几乎被摧毁殆尽了。之后，虽然在上世纪五六十年代，日本的无产阶级文学运动曾出现过一段似乎要复苏的迹象，但很快被随之而来的日本经济高速发展的大浪潮所击退，此后时至今日，再也没能成为日本社会上的主流文化或是声音。这一结局，着实值得我们深思与反省。

回顾这前后历时约五十年时间的日本无产阶级文学运动史，会发现，1900年至 1950 年间的日本文学可以说是"文学与社会"及"文学与时代"互动最为密切、相互提携也最为深入的几十年。因为此间出现的，无论是明治初期的社会主义文学风潮还是主张劳动者权益的劳动文学运动再或者是以推动社会变革为己任的革命文学思潮和以改变社会意识形态并最终以夺取政权为终极目标的普罗列塔利亚文学运动，都附带着强烈的政治性和社会性。这与近代以前的"物哀"与"幽玄"的文学传统已截然不同。然而，或许是因为日本文学的传统中缺乏这种社会化和政治化的基因的缘故，近代以后的日本文学思潮一直都处于一种风雨飘摇、根基不牢的状态下。比如同是作为延续左翼革命文学意识形态和脉络的文学运动，前前后后就出现过社会主义文学、劳动文学、第四阶级文学、普罗文学等多种多样的概念和名称。这一现象颇值得我们去深入思考。或许这与无产阶级文学在很短的时间内便迅速勃兴且又很快成为引领一代新文学运动和风尚的事实有关系吧。即在它作为一个文学流派或是文学思潮还没有足够成熟和完善之前，便面临了太多的挑战与阻碍。站在与其时隔近一个世纪之后的今天的位置上，我们姑且不问它所附带的意识形态及价值观是否科学或是否可行的问题，仅就这段复杂的文学发展史所蕴涵的社会学性和史学性的意义，就足值得我们去进一步深入探讨与反思。更何况日本的这一新兴文学的发展进程，还曾深深地影响过中国的近代文学家及文学思潮呢。比如鲁迅就曾对日本左翼文学运动的一举一动都付诸过极大的关切。在那个极度缺乏俄语人才的时代，擅长即时、全面、立体译介俄国文学理论的日本左翼文坛，其实已成为了当时的中国文学界接受俄国社会主义文坛新信息和新动向的一个主要通道。其所担负的历史使命不容忽视。

尤其是鲁迅，众所周知，直至明治42年（1909）——即"大逆事件"爆发前夕为止，他一直都在日本留学。而且时间长达七年之久。所以笔者相信，他一定不会对这一始于明治30年代末期的日本社会主义文学运动一无所知。因为我们知道，在《呐喊·自序》中鲁迅就曾经说过："从那一回以后，我便觉得医学并非一件紧要事，凡是愚弱的国民，即使体格如何健全，如何茁壮，也只能做毫无意义的示众的材料和看客，病死多少是不必以为不幸的。所以我们的第一要著，是在改变他们的精神，而善于改变精神的是，我那时以为当然要推文艺，于是想提倡文艺运动了"① 的话。对中国社会的变革问题如此热心的鲁迅，怎么可能会对同是寻求社会革新的日本初期社会主义文学思潮毫无兴致呢？

只是我们也不可过高评估鲁迅对当年日本初期社会主义文学思潮所抱有的热情。因为毕竟从《鲁迅手迹和藏书目录》② 以及《鲁迅目睹日本书之部》③ 等客观资料中，目前还找不到可以证明鲁迅对当时的新兴日本无产阶级文学思潮投入过精力的证据。直到20世纪20年代的中期之后，才能看到鲁迅开始阅读日本无产阶级文学相关书籍的佐证材料。另外，鲁迅本人也说过，他是在与创造社的成员展开论战之后，才开始接受无产阶级文学理论的④ 话。可见鲁迅

---

① 《鲁迅全集》第1卷，第438-439页。

② 北京鲁迅博物馆编：《鲁迅手蹟和藏书目录》，1959年7月。

③ （日）长岛长文编：《鲁迅目睹书目 日本书之部》，1986年3月。

④ 鲁迅在《三闲集·序言》（《鲁迅全集》第4卷，第6页）中曾说过："我有一件事要感谢创造社的，是他们'挤'我看了几种科学底文艺论，明白了先前的文学史家们说了一大堆，还是纠缠不清的问题"的话。这里所说的"科学底文艺论"，指的就是马克思主义的革命文学论。

文学思想的"左倾"是在整个大的时代潮流的促使下，才得以实现的。只是原本就喜欢求真、多疑，做事求学细致又近乎苛刻的鲁迅，在接受马克思主义文学理论时，也表现出了有别于创造社热血知识青年们的一面。即在鲁迅的"左倾"过程中，明显多了一份冷静与理性。这或许与他当时已是一位年过不惑之年且又经历过多次希望与绝望相轮回的客观事实有关吧。所以比起太阳社和创造社的那些年轻的、富于激情的革命文学者，鲁迅的表现更具理性。基本是本着先不盲从、更不轻信的原则，并身体力行地先从系统、认真地学习和研究俄国及日本的马克思主义文学理论开始着手，步步推进。在这一过程中，或许是由于他本人还是精通日语的原因，相对而言，他对日本左翼文坛所投入的精力还是相对较多一些。客观事实上，他也确实从中吸取了不少有益于中国马克思主义文学理论的科学素养，并为己所用。

那么鲁迅都读过哪些日本无产阶级文学者的作品呢？又是以怎样的时间顺序及逻辑结构去接受和了解的它们呢？这些日本左翼文学者以及他们的文论又给鲁迅的文学思想带来过怎样的具体影响呢？

这些追问，将是我们接下来要讨论的内容。

只是众所周知，有关鲁迅与日本文学的问题，已有很多先行研究。那么笔者的切入点及独特之处在哪里的问题，也须事前做一点交代。

笔者认为，此前的诸多先行研究成果，主要集中在了所谓"点对点"的研究上了，而从"文学通史"的角度系统、立体的去全方位论述鲁迅与日本无产阶级文学思潮的文论，其实并不多见。所以笔者计划在大量参考这些先行研究成果的基础上，主要想沿着日本左翼文学的发生、发展、探寻、繁荣、斗争、回顾及最后退出历史舞台的顺序，来对鲁迅眼中的日本无产阶级文学的实质，予以一次分阶段、分对象，逐一去突破的方式去加以探讨。然后再通过解构和再现鲁迅在各个时期、不同阶段对日本无产阶级文学所持有的态度、立场和看法的不同和变化，去重新阐释一下中日两国近代文学者约五十年的交流与互动的历史史实。

第二章　际遇革命的苦闷：鲁迅与厨川白村

在上一章《绪论》的后半部分，笔者已对日本近代文学思潮如何在西方文学的影响下一步一步走出原有的"物哀"与"幽玄"的美学传统，开始转向社会现实问题的过程及轮廓，予以了一次概述与整理。若按时间来分段，我想这一过程可分为以下几个阶段：第一阶段是 1890 年代。即开始出现"社会小说"倾向的时期。第二阶段是 1900 年代。即以初期社会主义文学运动为代表的萌芽期。第三阶段是 1910 年代。即开始出现"劳动文学"及"民众艺术"论的活跃期。而在 1920 年代登场的"普罗列塔利亚文学"运动，则属于第四阶段。继其后从 1930 年代初开始涌现出来的马克思主义艺术思潮所代表的则是这一文学思潮的最高峰，即第五阶段。但这五个阶段的发展时间都不长，前后加起来，历时也就五十年左右，而后便很快被日本天皇制下的专制政府打压下去了。最终，如上一章中已论述的，日本的左翼文学团体便开始纷纷或解散或停办，以全面退出历史舞台的方式，宣告了自己的终结。这就是日本无产阶级文学思潮的大致发展过程。

在这一过程中，笔者认为，第三阶段对日本文学的冲击及影响最大，范围也最广。因为早前的如第一阶段的"社会小说"等风潮，它最多也只是对缺乏社会现实关怀的日本文学传统发出了一些挑战的信号，但并未能撼动到原有文学传统的根基。它所拥有的读者群也是很大。第二阶段的明治初期的社会主义文学运动也只是在少数心怀社会关怀的部分知识分子当中产生过一些影响，放眼整个日本文坛，其影响力也非常有限。只有到了第三阶段"劳动文学"运动的出现，如上文所述，由于日本国内的社会问题此时也已开始集中爆发，在国际形势方面，也因俄国十月革命的胜利而出现压倒性新形势，于是带有浓厚的社会性和革命性色彩的文学思潮，便在很短时间内，就把绝大多数的作家、文人、知识分子卷入了这一大浪潮中。包括很多即成文坛的旧世代作家及知识分子。而这一文学运动之所以能够在很短时间内形成潮流，无疑与很多知识分子原本就已对当时的社会情势及旧有的社会制度开始抱有质疑和失望乃至否定的态度不无关系。其中有一部分人甚至已预感到了社会状况将要发生某种变换，只是因前路并不明朗而保持了沉默。毕竟他们对所谓的新社会还没有多少了解和信心，所以就没有去主动采取行动。这一反应也是情理之中的。因为无论是中国的作家鲁迅还是日本的同时期文学者，他们大多都属于旧世代的知识分子，接受的是上一世代人的传统文化教育。所以想让他们突然接受一个见所未见闻所未闻且需从自我否定开始才能走近的新的社会思潮，谈何容易。事实上，很多大正初期的日本知识分子此时都陷入了一个半信半疑但又不得不去积极摸索的不知所从的困境之中。如曾活跃于日本大正文坛的文艺理论批评家厨川白村，就是一个典型的例子。

下面我们就以厨川白村为例，具体来看一看那一代知识分子是如何在困惑与茫然中，与新兴无产阶级文学运动去对峙和共鸣的。

第一节　一个"傲慢"的书生

厨川白村，原名厨川辰夫。号"血城""泊村"。在文学创作中主要用"白村"的笔名。据《近代文学研究丛书》① 记载，厨川于明治十三年（1880）生于日本京都府。是厨川磊三与和田氏的长子。据"白村的家人及与其家族有过密切交往关系的人透露，辰夫其实是厨川家的养子"②。这一说法可能是事实。但这一养子的身份并没有给厨川的童年带来多少不幸。相反，由于其养父母没有其他孩子，所以一直都把他视为如同己出的独生子，"从小就给了他很多作为父母的特殊关爱"③，而且因其父亲厨川磊三曾是京都府劝业科和大阪市货币局的官员，所以家庭经济条件一直不错，直至厨川长大成人，就家庭生活环境而言，应属于优越水平。或许后来他语言刻薄、犀利，总有一点"傲

---

① 昭和女子大学近代文学研究室编：《近代文学研究丛书》，第 22 卷，1972 年，第 276 ~ 284 页。

② 同上书，第 276 页。

③ 同上。

慢"之气，也与他的这一成长经历有关。当然，与他本人的学业成绩也非常优异不无关系。因为从他的年谱中，我们可以得知他在十七岁那年就考入了第三高等学校（即京都大学——笔者按），后又顺利地升入了东京帝国大学（即东京大学——笔者按）英文科。入学后又因其成绩优异而于明治三十六年选为"特待生"。尤其使他感到骄傲的是在毕业典礼上，他还得到了天皇授予优秀毕业生的纪念银表。[①] 众所周知，那时日本天皇在国民心中的地位非比今日。所以不难想象，这一经历一定给这位刚要毕业的大学生以无限的鼓舞与信心。如他在回忆录中自己所记述的：

今天学校举行了毕业典礼。天皇陛下竟然也莅临了仪式。我做为文科毕业生总代表，先从校长那里接过了毕业证书。又作为优秀毕业生，走到天皇陛下的前面，从他身边的侍从那里接过了天皇赐予的银表。在毕业仪式上，我一直都站在天皇陛下的旁边。接受银表时，我还走到距离陛下不足两个坐席远的地方，给天皇深深地鞠了一躬。天皇龙颜甚威，却也非常亲切。还对我还以微笑。令小生深感荣幸之至。[②]

于是从中学时代开始就发表过一些文章且已小有名气的厨川，毕业后便毫不犹豫地就报考了研究生。且有幸师从了刚从英国留学回国不久的夏目金之助（即后来的大文豪夏目漱石——笔者按），开始研究英国文学。

只是在读研究生期间，厨川的家境似乎发生了一些变化。因为有人经常看见他"粗茶淡饭，衣衫褴褛"的身影，而且发现他为了贴补生活费用，还开始在业余时间外出去教授外国人日语。尤其令人意想不到的是，尽管他本人做了这些努力，还是没能坚持到研究生毕业就退学，并于 1900 年 3 月，远赴熊本五高（即熊本大学——笔者按）去任教了。

---

① 从明治维新到二战结束，在日本的帝国大学、学习院、商船学校、陆军士官学校、陆军骑兵学校等军事院校里曾长期采用过一种奖励优秀毕业生的办法，即由天皇（或由天皇委派的代理人）给以第一名的成绩考入帝国大学且又以第一名的成绩毕业的学生，颁发一枚"银制怀表"。由于这些获奖者走上社会之后多被重用，也多有作为，所以这些获奖者在社会上被统称为"银表组"。可见其影响力之大非同一般。
② （日）《英语青年》杂志，东京：研究社，大正 12 年 12 月 1 日。

但据在熊本大学时上过他课的学生回忆，厨川的傲慢态度并没有因生活境遇的改变而有所节制。相反，到熊本大学赴任后不久，就又以语言"辛辣尖酸刻薄"而出名。但是作为一名教师，学生们给他的评价却不差。因为听过他讲课的学生后来回忆说，厨川"上课时一句废话都没有"，讲义稿甚至都精炼到几乎不用任何修改就能拿去出版的程度。所以虽然态度傲慢，但也深得学生们的爱戴。或许正是因为他身上具有这样一股对工作的激情与勤奋治学的态度的原故，到任后不久，厨川就写成了他轰动文坛一时的文艺批评巨著《近代文学十讲》[1]，给当时的大正文学界带来了不小的冲击。因为继其后，日本学界出现了很多以《××文学十讲》或《××文学十二讲》的论著。可见其影响之大，非同一般了。同时，厨川本人此时也迎来了他作为学术型文学者的最辉煌时期。继《近代文学十讲》之后，又密集、连续地出版了十余部兼具学术性和文艺性的理论著作。如《文艺思潮论》《印象记》《出了象牙之塔》《近代的恋爱观》等，都颇有名气。在这些作品中，厨川不仅系统地论述了近代欧美文学的文艺思潮及流派，还借助这些文字展示出了他身上特有的一股敢于批判社会现实的决绝之精神。这让他不仅赢得了很多忠实的读者，也让他成为一位名副其实的、引领整个大正时期文艺批评界思想潮流的批评家。

只是，这让原本就高傲不逊的厨川变得似乎更加盛气凌人了。尤其是对那些所谓低俗的、来自民众的东西更是鄙视有加。因为据当年在他身边生活过的人回忆，1915年，当他因细菌感染而不得不去做截肢手术时，他曾对旁边的人说："我希望我是一只超凡脱俗、高洁典雅的白鹭，（略）失去双腿虽然是一件痛苦的，但这样一来也可以与那些低俗之众区分开来，这未必不是一件好事。"[2] 可见其傲气之盛有几分了。但是他可能没有想到，短短数年之后，就是因为这双失去自由行动能力的腿脚，使得他在1923年因关东大地震而引发的大海啸中，未能及时避难而华年早逝。在这里，我们姑且不去理会他的性格为人及品质怎样问题，仅从他所禀赋的文艺批评的才能角度，他的死去，不得不说是一件令人遗憾的事。

不过值得庆幸的是，他生前在行动极不方便的情况下，还在1916年游历

---

① （日）厨川白村：《近代文学十讲》，东京：大日本图书出版社，明治45年3月。
② 引自《厨川白村全集》第4卷，改造社，昭和6年，第447页。另，本文所引厨川白村的文章，若无特殊注释，均参照该版全集。后文注释从略，只标注卷数和页码。

了美国。原本还要打算去欧洲游访的，只因途中爆发了第一次世界大战而无奈于 1917 年 7 月，临时改道回国了。

或许有人已经注意到，笔者在这里用了一个意味深长的词"庆幸"。听起来似乎有弦外之音。没错，笔者认为，厨川确实应该感到"庆幸"。因为若不是他在途中亲历了那场世界大战，又目睹了资本主义国家美国社会所暴露出来的种种矛盾与弊病，或许这位自命"白鹭"且又看不起底层民众生活的文学者，可能置死都不会关注无产阶级劳动阶层及其他们的社会生活及文化所孕育的劳动文学。研读他的相关年谱资料，我们不难看出这一次的欧美之行，似乎在他的晚年，从根本上改变了他对社会生活及现实的感官及内在精神。因为从 1919 年的 10 月前后开始，一直以清高的文人自居且从不曾从文学的象牙宝塔里迈出过半步的厨川，访美归来之后，居然也在《改造》杂志上刊登了一篇题为《描写无产阶级的文学》的短文。继其后又发表了题为《出了象牙之塔》《无产者之眼泪》《从艺术走向社会改造》的文章。可见他从这一时期开始，逐渐参与到有关无产阶级劳动文学的运动中，并开始关心一些社会的现实问题了。

第二节　随波逐流的"左倾"

不过就在厨川的视线不断向左的时候，在他的身上我们也发现了一个颇值得注意的现象。那就是，或许"劳动文学"这一新兴事物对他来讲还是太过陌生的缘故，一向充满自信甚至是有几分傲慢的厨川，此时居然变得非常谨慎和谦虚起来了。如在《出了象牙之塔》中，他就以难得一见的低姿态说：

因天生资质不佳，且后天努力学习又不够。所以我自己很清楚，我这一生是做不了什么大的事情。既不可能写出像拉斯基那样伟大的文章来，也不可能有他那样的大智慧和头脑去思考有关自然与人生等的问题。不过一介山野村夫而已。幸好还有一点自知之明，心甘情愿地把自己圈在这文艺研究的小世界里不敢妄动。但尽管如此，当看到时下日本社会上出现的一些怪现象时，还是会时常气愤不已。（中略）当然，我也很清楚，像我这样的一介书生，即便是走出了这象牙之塔，投身到社会革命中去，也不会有什么作为。（中略）但尽管如此，有时还是禁不住想从象牙塔里探出头去，写一些这样的东西。[①]

从这段文字，我们可以清楚地看到厨川面对社会的态度，已发生了很大的改变。尤其是对此前他毫无兴致的有关无产阶级劳动阶层的社会问题，表现出了极高的兴致。前文中我们已经讲过，这一变化可能与他晚年的那次美国之行大有关系，只是我们也不能过于把这一改变的原由全部归结到这一次的特殊经历。除此之外，当时日本国内的社会动向及风潮的变化也与其大有关系。下表是笔者依据一些日本文学史书和社会史资料汇编的一份日本近代史简易年表。或许对我们了解厨川当时所处的日本社会的状态及文坛大形势，有很大的帮助。也便于我们进一步解读，所以就列在这里。以供参考。

年 份	重 大 事 项
1916 年	1.宫嶋资夫《坑夫》问世。2.本间久雄《民众艺术的意义及价值》引发争论。3.山川均开始在《新社会》上发表文章。4.《劳动组合》杂志创刊。5.全国工会组织的杂志《工厂生活》发行。6.维护资本家利益的《工厂法》颁布，"老弱病"职工被解雇。7.片山潜开始在《新社会》上发表文章。
1917 年	1.《早稻田文学》专刊讨论〈民众艺术〉问题。2.德国柏林爆发30万人大罢工。3.俄国十月革命胜利。4.长崎造船厂罢工。
1918 年	1.大众艺术成为文坛主题。2.《劳动报》发行。3.《劳动与文艺》创刊。4.武者小路实笃建设"新村"。5.劳动文学运动高涨。6.富山县发生抢粮暴动，蔓延全国。7.建设者同盟会成立。8.本间久雄《艺术的社会价值》问世。
1919 年	1.《劳动文学》创刊。2.共产国际第一次代表大会。3.《社会主义研究》创刊。4.《解放》创刊。5.普选运动高涨。6.《日本劳动报》创刊。7.中国"五·四运动"。8.《劳动运动》创刊。9.《新潮》刊载《文坛诸家谈劳动问题》和《社会改造与文艺》。10.日本劳动党成立。
1920 年	1.片上伸《中间阶级》。2.有岛武郎《文艺与问题》。3.《劳动问题》发行。4.日本第一届"五·一劳动节"。5.日本社会主义同盟成立并创办《社会主义》。6."日本劳动剧团"成立。
1921 年	1.《播种人》创刊。2.《劳动者》创刊。3.神户三菱及川崎造船所暴动。

---

① （日）厨川白村：『象牙の塔を出て』，《厨川白村全集》第三卷，第 55–56 页。

1922 年	1. 亚洲无产阶级战线成立。2. 有岛武郎《宣言一篇》。3.《无产阶级》创刊。4. 日本农民组合成立。5.《改造》专刊《文艺与阶级意识》。6.《无我的爱》专刊《劳动文学的是非》。7.《新兴文学》创刊。8.《农民运动》创刊。9.《前卫》《劳动文学》等增刊。10. 大杉荣《劳动运动与劳动文学》。
1923 年	1.《红与黑》创刊。2. 青野季吉《文艺运动与劳动运动》。3. 日本举办首届三·八妇女节。4.《新兴文学》专刊《即成文坛的崩溃》。5. 日本关东大地震，厨川白村在海啸中遇难。

对照上表中的年份与年度事件，我们可以清楚地看到，厨川恰好生活在马克思主义文艺思潮不断高涨的日本大正时期的社会环境中。于是如前文所述，如何去面对这一新的社会现象便成了困扰他——也包括其他知识分子在内——的一个大问题。而晚年的厨川之所以会开始走向"左倾"，毋庸置疑，与这一大背景定然不无关系。正如藤田昌志所指出："厨川白村走上文学道路时，恰好是日本大正民主运动与《播种人》的文学运动高涨的时期。是阶级问题成为压倒一切社会问题的时期。"①笔者认为，正是这一社会大趋势，迫使这位起初对社会底层文化毫无兴趣的所谓"小资派"知识分子厨川白村，开始意识到自己所处的那个社会大环境及其发展形势所面临的大问题。而且这一问题的严肃性远远超出了他的想象，于是他感叹地说了一句："直到去年，有关民本主义的议论还颇为流行。可到了今年，劳动问题却已然成为独揽社会舆论的大问题了"。②

但包括厨川在内，其实很多从即成文坛"左倾"到无产阶级文学阵营中来的人，心中都很茫然。甚至是对一些基本的概念的理解也都非常模糊、朦胧甚至解释不清楚。如厨川在《出了象牙之塔》的第十节《俄罗斯》中就说过这样一段话。

当下流行的"布尔什维克"一词，我记得在某一本英语书中被翻译为more。那应该是"更多"的意思吧。可是不知道为什么在日语里竟被译成了"过激派"。这让我实在不能理解。莫非是有意地曲解吗？还是出于其它不便明说的理由？其实，对应"布尔什维克"一词，还有一个叫"门什维克"的词。

---

① （日）藤田昌志：《鲁迅と厨川白村》，大阪市立大学：《中国学志》，第 79 页。
② （日）厨川白村：『労働問題を描ける文学』，《厨川白村全集》第 3 卷，第 134 页。

意思是指少数派。听说这是民主社会主义派中温和的一派。具体我也不是很清楚。只是觉得如果可以把"多数派"译成"过激派"的话，那么我们不妨把日本国内的某一"多数派"政党，也称之为"过激派"如何？ ①

从这一段引文，我们不仅能看到厨川知之为知之、不知为不知的真诚性格，也看到了他当面对政客们玩弄语言游戏企图误导民众的理解的卑鄙行径时，敢于从正面予以批评的人文精神。而且厨川到底还是一位学者型的知识分子，因为当他意识到自己的知识和了解还不够充分之后，便即刻开始去主动学习和研究，且经过了一段时间的学习和了解之后，很快就对这一所谓劳动文学的问题，有了一个很深刻地认识。如在《描写劳动问题的文学》（前出）中，他就说：

接着去年颇为流行的民本主义的讨论，今年劳动问题又成了风靡一世的主题。其实有关资本家与劳动者之间的冲突问题，在日本虽然是近年来才有的，但在欧洲自上世纪以来它就存在。所以长期以来它也是欧洲的文艺家们比较关注的一个题材。我曾对此类的小说作品及戏剧类的文学作品予以过一些考察。归纳起来，此类作品大多都有如下几个特点。（一）是出场人物众多。特别注重群众心理的描写。或许这一特点也是此类文学作品的题材及性格本身所带来的一个必然结果吧。甚至可以说，在近代戏剧作品中，把个人心理描写与不同工种劳动者的群众心理一同搬上舞台，是此类以劳动问题为主题的作品能够获得成功的一大秘诀。特点之（二），就是此类作品颇爱描写众人骚动的场面。可能是因为这种热闹的场面更容易营造出具有煽动性或感伤、悲情主义的氛围吧。（三）是从描写的态度来看，与近代很多作家常用的直接描写现实的手法很有相似之处，即他们也只是把生活原原版版的描写出来，却不想给予这资本与劳动之间的矛盾关系以任何解决的方法。只是把那凄惨的场景展现给大家，让读者自己去思考和反省而已。（四）是从情节结构方面来看，此类作品喜欢在描写资本家与劳动者的冲突时加入一些恋爱故事或是家庭内发生的悲剧性题材，从而增强整个作品的感召力。这是他们最长用的手法。第（五）个特

---

① （日）厨川白村：『象牙の塔を出て』，《厨川白村全集》第3卷，第41-42页。

征，就是一般都会在资本家这边安排一个顽固不化、保守强硬的老人。从而突出新旧思想的激励斗争。最近在日本文坛，类似的作品也多起来了。而且也出现了类似的创作模式。如上文所述，尤其是最后两个特点与西洋的近代文学艺术，颇有异曲同工之妙。[①]

我想，读过后来在中日两国文坛上出现的两篇左翼文学的代表作《蟹工船》（小林多喜二）和《雷雨》（曹禺）的读者，一定会认同厨川的这段论述。因为《蟹工船》描写的就是一群在工作环境极其恶劣的条件下辛苦劳作的工人群像，而不是一个特定的主人公。其场景设计也完全如厨川所说，即热闹又悲情。《雷雨》中周朴园的形象更是与厨川所说的那个资本家这边顽固不化、保守强硬的老者形象完全一致。而周萍与四凤的爱情悲剧情节，不正是厨川所预言的情节吗。如此高度的吻合，都让笔者有些怀疑小林多喜二和曹禺等人，是否研读过厨川的这篇论文。不过鉴于有关这一问题的考证与本文的主题有些偏离，在此就暂不做过多深入的论述。让我们在把讨论的焦点再拉回到刚才的引文上来。

继上面的这段引文之后，厨川又具体地列举了近二十位西欧作家的相关作品，且按小说、戏剧等类别分门别类地对他们的作品进行了细致地分析与介绍。在此基础上，他又精准且犀利地指出："但这些作品还不属于近年兴盛起来的、以物质论为基础的马克思派文学，其根底依旧是道德、宗教的东西。与今天的唯物的社会主义立场相差很大。且单就作品本身而言，还残留着很多旧时代的浪漫主义色彩。（中略）而且他们还将所谓'问题小说'的缺点，完全暴露给了我们。所以单就作为一个艺术作品来看时，它们都是失败的。连宣传他们的主义的力量也都很脆弱"。[②]从字里行间，我们不难看出作为文艺理论的评论家，厨川对当时的日本无产阶级文学作品的评价是非常低的。尤其是该文的最后一段话，想必在当时一定深深地刺痛了一些自称为无产阶级文学者的作家们的内心。因为他说：

何况其中还有很多所谓无产阶级的文学者，其实是出于经济利益的考量，

---

① （日）厨川白村：《労働問題を描く文学》，《厨川白村全集》第3卷，第131-132页。
② 同上书，第134-135页。

或者是出于自身特殊的情感的考量，再或者是依据了一些教条的理论等才加入到这一队伍中来的。所以尽管他们都瞪红了眼睛在那里高声嚷嚷，但从大的、人生批评的角度去观察时，这些有关劳动问题的议论，其实里面有太多滑稽的和人情的东西。就像在一个邋遢丑陋、怒吼着的男人背后，我们看到了一个弱女子的笑脸或眼泪一样。或是在貌似冷淡的温情主义旁边，听到了一个热情的、纯理论地呼喊一样。其中有太多的矛盾。所以我一直想问，当我们从更高、更大的视角来观察我们今天的社会生活和个人生活时，它到底是怎样的？文艺作品难道不是像一面镜子反照影子一样要把这些东西鲜活清楚地展现出来给我们看的艺术吗？我看现在想用文艺来解决社会问题的观点，只不过是俗人之俗见而已。"①

可见厨川晚年虽然开始关注无产阶级劳动文学的发展动态，但在其内心，对劳动文学作品本身的评价是非常刻薄的。其中，令笔者印象尤为深刻的是他明确地告诫说，有的知识分子接受劳动文学只是出于个人的利弊得失的考虑或是出于某种特殊的教条理论及情绪的影响而非发自内心或是处于理智的认识那句警告。因为笔者认为，在当时的那个社会氛围中，厨川能有这样一份警惕意识与观察力，非常不容易。事实上，这些随着20世纪20年代的左倾社会风潮而随波逐流到日本左翼作家团体中来的很多文学者，在1934年前后，即当日本政府开始全面镇压无产阶级文学运动之后，转瞬间便就又都"转向"出去了。这充分证明了厨川当年的预见是完全正确的。尤其那句"想用文艺来解决社会问题的观点，是俗人之俗见而已"的批评，可谓一针见血。而笔者作为一名中国读者，在读到厨川的这段文字时，立即想起了鲁迅。因为鲁迅在一篇题为《革命时代的文学》的演讲中，也说过一段近似的话。他说："我想：文学文学，是最不中用的，没有力量的人讲的；（中略）我以为现在还是不要佩服文学的好。学文学对于战争，没有益处，（中略）一首诗吓不走孙传芳，一炮就把孙传芳轰走了。自然也有人以为文学于革命是有伟力的，但我个人总觉得怀疑"。② 可见鲁迅与厨川之间的文艺立场，大有相近之处。这颇引人注目，莫非两人已神交久矣吗？

---

① 同上，第142页。
② 《鲁迅全集》第3卷，第422页。

当然，前文中我们已经介绍过，此时的鲁迅不仅已阅读过很多厨川的文章，还翻译过几部厨川的作品。即就表明立场的时间而言，厨川的言论在先，鲁迅的演讲在后。所以倘若在他们二者之间真的存在一些影响与被影响的关系，也不足为奇。倒是影响与被影响的具体内容，值得我们去进一步讨论。但现在，让我们把讨论的焦点还是再次拉回到厨川本人的文艺论上来。

第三节 "左倾"带来的"苦闷"

如上文所述，"左倾"之后的厨川，已经对日本乃至全世界的无产阶级劳动文学的现状及弊端等，有了一个非常清晰而又深刻的理解与认识。而且当他准备走近这一新兴文学运动的时，还发现自己真正想去面对它时，还是有很多困惑挡在眼前。于是在《从艺术到社会改造》一文中，他便感慨地说：

当所谓的思想家和艺术家们把批评的视线对准向自己或是自己周边的人时，他们将会采取什么样的态度呢？真的能够放弃诗人世界里的美丽之乡吗？真的能够从"象牙塔"的美好中走出来吗？能够去与凡俗大众和愚民们执手共舞狂欢吗？我想他们未必能做得到。因为这也是他们所不可能忍受的事情。①

前面我们已经介绍过厨川的生平阅历及性格特质。很显然，厨川本人就是这"所谓的思想家和艺术家"队伍中的一个成员。所以当他"年过四十才从纯粹的艺术批评中走出来，把视线移到劳动问题和社会问题上"②去时，只能感慨地说：

东呢西呢，南呢北呢？进而即于新呢？退而安于古呢？往灵之所教的道路么？赴肉之所求的地方么？左顾右盼，彷徨于十字街头者，这正是现代人的心。"To be or not to be, that is the question." 我年逾四十了，还谜于人生的行

---

① （日）厨川白村：《藝術より社会改造へ》，《厨川白村全集》第3卷，第174页。
② （日）厨川白村：《象牙の塔を出て》，《厨川白村全集》第3卷，第175页。

路。我身也就是立在十字街头的罢。①

这是厨川写在《走向十字街头》序言中一段话。可以说，这是他准备全身心投入到无产阶级文学运动中去时，发现自己其实很难做到这一"华丽转身"之后说出的一句真心告白。其实不仅厨川白村，日本大正时期稍有一些社会关怀的文学者大多都曾面对过这样一个困惑。如著名的小说家芥川龙之介在写给挚友久米正雄（1891–1952）的遗书中，也说：

亨利·德·雷尼埃的短篇小说中有一段描写自杀者的文字。且作品中的主人公自己也不知道自己为什么要去自杀。你在（报纸的——笔者按）社会新闻版面上发表文章分析说，自杀者的心理动机无非是因为生活之困难，或是因为病痛，再或者就是因为精神上的苦痛。但依我的经验来看，您分析的并不是所有的动机。甚至可以说，您只是说出了产生自杀动机的心理过程而已。而大多数的自杀者却如雷尼埃所说，是他们自己也不知道自己为什么要自杀。因为我们发动某种行为时，其动机是非常复杂的。至少就拿我来说，自杀只是因为自己感到了一种说不清的不安。只是对自己的将来感到了一种说不清的不安。②

在这段文字中，芥川龙之介所反复言及的"说不清楚的不安"到底是什么？换句话说，最终把芥川龙之介逼上自杀之不归路的最根本动力源来自于哪里？

众所周知，有关这一问题的追问，已是多年来的日本国内外学者们一直在探寻和讨论的课题之一。也是后来研究芥川龙之介晚年内心世界的一个主要切入点。不过直至今日，学界还未达成真正地共识。一直存在多种解释和不同的说法。如泷泽克己在《芥川龙之介的思想》中说：

---

① （日）厨川白村，鲁迅译：《走向十字街头》,《鲁迅全集》第 10 卷，1973 年版，第267 页。
② （日）芥川龙之介：《或旧友へ送る手記》,《芥川龙之介全集》第 16 卷，东京：岩波书店，1997 年，第 3 页。

那么到底是什么，让他不得不走向死亡的神坛呢？——东京平民小巷的出身及下级官吏家庭的成长环境让他背负了难以甩掉的重荷。表面上自由的大正社会风气也给他带来了太多的时代诱惑。年纪轻轻便赢得了风靡一世的名声，一点一画都容不得半点马虎的作家神经，横溢的才华又兼备了与生俱来的俊俏面容，而这又意想不到的给他的生活带来了很多挫折，此时又遇上了精神上的极度昏迷与肉体上的极度荒废，总是担心自己身上有精神病母亲的遗传基因等。虽然他一直都在下决心并去努力说服自己"要把根放牢"，"从现在开始重新做起"，但最终都以失败告终。而谁人能够去苛责他呢。"自己能高兴起来的人当然可以去高兴，但若要以此去说教别人就有些不自量力了。"——我觉得，我们应该从在黑暗中挣扎，尽全力去抵抗来自极度虚无的诱惑，且为了能够根植于真实的生活而全力去斗争，但终究还是走向自杀了的芥川龙之介那里，看到一个虽然身陷众敌包围之中，却仍然想尽一切办法去勇敢的与其斗争，但终究寡不敌众，折戟杀场的、勇武的芥川龙之介身影。[1]

泷沢克己的这段文字可以说是从作家精神内部的挫折感来解释芥川自杀之原因的一个典型论述。但我们在上文中已经说过，这不是唯一的观点。因为晚年的芥川对日本无产阶级文学运动也曾予以过高度关注，甚至在私下里还约见过当时最为活跃的无产阶级青年文学家中野重治（1902–1979），所以也有从芥川和日本无产阶级文学运动的勃兴的关系去解读的批评家。如宫本显治在1929年8月发表的评论《败北的文学》中，就芥川的自杀问题分析说：

一九二五年——即芥川龙之介的文学生涯走向终结的时期——恰是日本无产阶级革命运动得以全面开展的时期。于是"在资本阶级与劳动阶级的对立中产生的一般性混沌"便强有力地动摇了寄生性的小资产阶级，使得一部分没有自己独立的阶级立场和社会基础的知识分子们开始纷纷解体。这一现象非常明显。

在这一动荡的社会现实中，我们可以推想，或许芥川龙之介等人自己也

---

① （日）泷沢克己：《芥川龍之介の思想》，东京：新教出版社，1974年，第113页。

都已经深切地感觉到了想继续凭借"人工的翅膀"去飞扬，是多么困难的事了。同时对自己长期以来渴望过的冷静又理智的生存环境，也有了几分悔意。于是在内心处，他们便开始对自己曾经抱有的冷笑的、风流的生活态度，展开了自我批判。

他对"社会"所感到的恐惧，其原因，分析起来不外乎有两个方面。一是不管他本人是否情愿，旧的道德氛围已经把他捧成了"清爽的人"物形象，并用这一方式给他戴上了枷锁；二是他本人已经看到并承认了资本主义的恶，且羞于安住其中。于是他"雅致型"的生活方式便必然走向破裂。（略）而且，在肉体上他也已经无法重新打造新的"生活"了。①

显而易见，在宫本显治看来，芥川龙之介之所以自杀是因为他看到了自己作为一个文学者已完全落伍的原因。换句话说，即芥川作为一个旧时代知识分子的代表性人物，当他看到自己及自己所代表的那个社会的文化开始被新的时代潮流所淘汰时，必然会走向绝灭。即便不是肉体的，精神上也会是死一般的绝望。借用这篇评论文章的题目来表述，就是在宫本显治看来，芥川龙之介自杀是因为他在新兴无产阶级文学面前承认了自己的完全"败北"。这一定性虽然有些以偏概全的危险，但与个性坚强甚至近乎傲慢的厨川白村相比，同在晚年不得不面对新兴无产阶级文学运动时，芥川龙之介的表现中确实缺少了一些如厨川白村那样的他者的心态和静观其变的距离感。或许对于年龄比厨川整整小十二岁的芥川来说，作为新兴文学的无产阶级文学运动所带来的同时代感和紧迫感也更为真切吧。加上在个人的性格和心理上，作为创作家的芥川也缺少了学者型评论家厨川的那份冷静与坚强。于是在面对这一大的时代潮流所附加给他的那份"说不清楚的不安"时，便未能从中摆脱出来，最终在这一不安所带来负荷中，走上了自杀的不归路。所以笔者认为，宫本显治认定芥川龙之介是一个"败北"者，也不无道理。何况如小松伸六所指出，原本芥川对死亡就没有什么恐惧感，甚至内心都抱着"视死如归"的潜意识，把走向死亡的过程视为是文学作品的成形过程的倾向。而自杀恰恰能够帮助自己的人生得以艺

---

① 以上三段引文译自《日本现代文学全集》第69卷，东京：讲谈社，昭和44年，第363 - 366页。

术化和思想化①的提升。不过小松伸六同时也强调说，芥川龙之介所谓的"说不清楚的不安"感，绝对不是简单地来自"思想的或是社会的不安，更不是因为他的艺术创作走到了尽头。而是生理性的'死'"。因为在他眼里，芥川龙之介是一个抱有非常强烈的都市文明人羞耻心的作家，例如他对自己晚年"流口水"等丑态一直处在无法忍受的状态中。事实上在小说《某个傻瓜的一生》的最后一章中，芥川就描写过一个"败北"者的情景。非常真切。那种惨死在路边的窘态是以文笔营生的职业作家——且自认为是大正美学的成就者、高踏派文人的芥川龙之介所不能接受的。因为那样的活，等同于被宣告了死亡。所以小松伸六认为，对芥川自杀心理动机的解读不宜太过简单。笔者对此观点亦表示赞同。同时也有一些异议。但鉴于有关芥川龙之介自杀问题的先行研究储量庞大，在这里很难一一论述，为了不脱离本文的主线条，在此就不再做扩充讨论。再另行择机研究探讨。

其实纵观日本大正文坛，我们会发现，不单是厨川和芥川，面对迅速兴盛起来的无产阶级文学，很多知识分子都处在了一种茫然或是困惑的境地中。只是有的人选择了厨川式的冷静对峙的方式，而有的人则因无法抗拒又无法接受这一新的时代潮流所带来的重压而走上了芥川式的自杀道路。当然也有如有岛武郎式的虽然内心承认并认可无产阶级文学运动的将来性与必然性，但自己却始终站在不去直接参与的立场上的文学者。只是令人不解的是，众所周知，有岛武郎居然先于芥川龙之介于1923年就自杀离世了。

有关有岛武郎的选择与困惑，我们将在下一章中作具体讨论，这里暂不作深入解读。只想再译一段小田切秀雄（1916-2000）对这两者的自杀问题所做的论述，以资参考与思考。

这两个人的死，当然是因为他们各自的私生活所带来的重压。不过他们两人所面对的重压起因中，有一点是共通的。即他们必须要依靠自己在即将到来的新时代里生存下去。而他们对自己的这一生存能力，又都感到了极大的绝望。

他们两个人都须用各自的方式在自己所营造的生活圈内去接触那个圈子

---

① （日）小松伸六：《美を見し人は　自殺作家の系譜》，东京：讲谈社，1982年，第50-51页。

里的社会环境，且须全力去面对去思考。于是他们此前就已经察觉到的当时社会的大动向——即社会主义运动开始推动当时已进入停滞状态的大正民主主义——开始异样变动起来时，作为敏锐的作家，他们都陷入了深深的苦斗中。在那个民众时代开始涌动的社会空气中，无疑他们都感觉到了自己的内心必须要具备承受这一切野性的坚韧毅力。而客观事实是，他们却完全不具备这些东西。于是绝望便不可避免了。①

回顾近几十年的厨川白村研究，不得不承认，我们在以往的研究中过于忽略了厨川这一代人身上所共有的这一时代的困惑。这或许如前文所述，是因为鲁迅早期的厨川白村译介及其评论的影响太大，且形成了一个定式印象，很难去推翻、反思或重建，所以由鲁迅构建的这一坚定、顽强、犀利的厨川白村印象便一直延续到了今天。其实不只是中国学者，就连同时代的日本作家及学者当中，似乎也没有几个人关注过厨川的这一困惑。正如工藤贵正所指出，直至今日，很多学者还"只是从印象论和感情论的方面来批评厨川"②的文艺立场，而对隐含在厨川内心深处的那份苦闷，却从未予以过关注。如著名的妇女运动家山川菊荣就曾批评厨川说："厨川白村的文明批评'不过是作者稍稍从象牙塔里探出头来发发牢骚骂骂社会而已'，和那些真正在马路旁或是在工厂里流汗做苦工的劳动者，无论是其身份还是其人生观都完全不同。所以在我们劳动者看来，他那些东西无非是公子哥们比较喜好的一个表演节目或是随便说说而已。只是他的文笔很好，可以很有趣的把一些世间的事情描写出来，供大家消夏和娱乐罢了。"③

众所周知，山川菊荣是日本大正初年著名社会主义运动家山川均（1880-1958）的妻子。她本人早年也参加过堺利彦、幸德秋水等人组织过的"星期五讲演会"和大杉荣所组织的"平民讲演会"等社会活动。作为一名大正时期的妇女运动家，在日本颇具影响力。无疑，她的这些有关厨川白村的评论，在客观事实上不仅对加深厨川的理解没起到任何正面作用，反而加快了厨川死后其

---

① （日）小田切秀雄：《日本文学の百年》，东京：新闻出版局，1998 年，第 130 页。
② （日）工藤贵正：《厨川白村著作の普及と受容》，收录于大阪教育大学《学大国文》杂志 44 号，第 109 ~ 112 页。
③　同上书。

文学影响力的快速消亡。至于去挖掘厨川身上所承载的那份具有时代气息的苦闷所暗含的积极意义的事，就更是无从谈起了。其实，我们只要把厨川的这一左右不能的困惑拿过来，与前面我们提到的与他同为一个时期的大作家有岛武郎的《宣言一篇》[①]进行对比，就可以明白厨川的这份困惑与有岛武郎的那份绝望，在本质上是完全相同的。所不同的，只是有岛武郎与这一历史时代潮流带给知识分子的困惑进行了一场正面的挑战，而厨川却始终保持了可以与其进行冷静对话的距离和可以平等与其对峙的立场上而已。但在这一冷静与对峙的态度背后，同样蕴含着很多值得我们去思考和反省的东西。如前面我们已经介绍过的，他在当时能够精准地指出无产阶级文学者的阵营中，可能会出现的功利性的问题等，实属不易。如果日本的左翼文学家们早一点理解了厨川的这一警告的意义，那么在后来面对无产阶级文学者集体"转向"的问题的时候，就不至于感到那番惊讶与措手不及了。

　　有关日本人的厨川白村研究，我们先探讨到这里。接下来，我们就有必要拿着这个从"傲慢"的书生逐渐蜕变成一位"困惑"的知识分子的全新厨川白村形象，来重新审视一下鲁迅眼中的厨川白村印象了。

第四节　鲁迅与厨川白村

　　前文中，我们已经讲过，正是因为有了鲁迅的译介活动，厨川白村才能够在 20 世纪 20 年代至 30 年代的中国文坛，成为最为青睐和最被推崇的日本文艺理论批评家。尤其是他的代表作《苦闷的象征》，一时间更是成了中国读书界最为畅销的文艺理论专业书籍。尤其是鲁迅，不仅翻译过多部厨川白村著作，在自己的文章中，经常谈到厨川白村其人。如在《〈苦闷的象征〉引言》

---

① （日）有岛武郎：《宣言一つ》，《改造》，1921 年。该文主要讨论了知识分子面对无产阶级新兴文学时态度如何的问题。有岛武郎认为旧的知识分子是不可能转变为真正的无产阶级革命人的。由于这一观点否定了大多数旧知识分子参与甚至领导无产阶级革命运动的合法性，遂引起了一场席卷整个日本文坛的论证。这篇短文后来被称为日本"昭和思想"的开端。

中，鲁迅就曾评价厨川说：

作者据伯格森一流的哲学，以进行不息的生命力为人类生活的根本，又从弗罗特一流的科学，寻出生命力的根柢来，即用以解释文艺，——尤其是文学。然与旧说又小有不同，伯格森以未来为不可测，作者则以诗人为先知，弗罗特归生命力的根柢于性欲，作者则云即其力的突进和跳跃。这在目下同类的群书中，殆可以说，既异于科学家似的专断和哲学家似的玄虚，而且也并无一般文学论者的繁碎。作者自己就很有独创力的，于是此书也就成为一种创作，而对于文艺，即多有独到的见地和深切的会心。[①]

此外，在《〈出了象牙之塔〉后记》中，鲁迅又说：

但从这本书，尤其是最紧要的前三篇看来，却确已现了战士身而出世，于本国的微温、中道、妥协、虚假、小气、自大、保守等世态，一一加以辛辣的攻击和无所假借的批评。就是从我们外国人的眼睛看，也往往觉得有"快刀断乱麻"似的爽利，至于禁不住称快。[②]

前文中我们已谈过，或许正是因为鲁迅的这两段评价厨川白村的话，影响力太大的缘故，以致于时至今日，在很多中国读者的眼中，一提到厨川白村还依旧只是一个富于"独创性"和"战士"的形象。然而，如笔者在前文中所论述，真正的厨川白村内心，其实并非如此。在那个"战士"厨川白村的光辉形象背后，还隐藏着一个犹豫不决、踌躇困惑甚至是满怀苦闷的厨川白村身影。且值得我们注意的是，鲁迅本人生前对厨川的这一苦闷似乎也已有所察觉，只是颇费了些周折。但经过一番周折之后，鲁迅毕竟还是客观地理解到了厨川的这一苦闷精神世界。而且还基于这一理解，鲁迅的思想认识也开始出现了"左倾"的苗头。只是遗憾的是，鲁迅与厨川之间的这一内心对话过程，在过去这些年的研究中，很少被我们注意，几乎被我们的鲁迅研究者所忽视掉了。

---

① 《鲁迅全集》第 10 卷，第 257 页。
② 《鲁迅全集》第 10 卷，第 268 页。

为了能够立体地展现出鲁迅与厨川之间的这一心灵对话的过程，在这里，笔者想重新对鲁迅接受厨川白村的经过及一些细节，作一次系统地整理与论证。

不可否认，鲁迅最初把厨川白村译介到中国来时，确实是因为他觉得厨川是一位敢于抨击和批判自己母国人国民性缺点的"战士"。但如前文中我们所探讨过的，"战士"的形象只是厨川早期的印象而已，晚年的他，更多的是生活在是否要走出象牙塔的困惑及将来要向何处去的苦闷之中。那么为什么我们在鲁迅的视线里，却完全看不到一点呢？

笔者认为，这可能与鲁迅阅读厨川白村作品的先后顺序有关。

若不计在报刊上发表过的一些零散文章，厨川的专著主要有以下九本。

1，《近代文学十讲》　　　大日本图书　　　1912 年 3 月
2，《文艺思潮论》　　　　大日本图书　　　1914 年 5 月
3，《印象记》　　　　　　积善馆　　　　　1918 年 5 月
4，《小泉先生及其他》　　积善馆　　　　　1919 年 12 月
5，《出了象牙之塔》　　　福永书店　　　　1920 年 6 月
6，《近代的恋爱观》　　　改造社　　　　　1922 年 10 月
7，《走向十字街头》　　　福永书店　　　　1923 年 12 月
8，《苦闷的象征》　　　　改造社　　　　　1924 年 2 月
9，《近期英诗概论》　　　福永书店　　　　1926 年（月份不明）

拿着这份厨川的著作目录，我们再去查阅《鲁迅全集·日记》中，由鲁迅自己列出的购书单，就会意外地发现，原来除了《小泉先生及其他》和《近期英诗概论》这两本书之外，鲁迅购买了上述厨川白村的所有专著。而且还有补购的痕迹。其具体的购买时间和日期汇总如下。

1，《近代文学十讲》购于 1913 年 8 月 8 日，1924 年 10 月 11 日再补购。
2，《文艺思潮论》购于 1917 年 11 月 2 日，1924 年 12 月 12 日再补购。
3，《苦闷的象征》购于 1924 年 4 月 8 日。
4，《出了象牙之塔》购于 1924 年 10 月 27 日。
5，《走向十字街头》购于 1924 年 10 月 27 日。

6,《近代的恋爱观》购于 1925 年 1 月 22 日。

7,《印象记》购于 1925 年 9 月 9 日。

对照这两份列表，我们可以从中获得两个信息。一是鲁迅虽然早在 1913 年就购买过厨川白村的著作，但如相浦杲所指出，在 1913 至 1917 年之间，鲁迅其实对厨川并没有予以多少关注。笔者甚至怀疑鲁迅很有可能把早期购买的两本《近代文学十讲》和《文艺思潮论》赠送给了其他人或是遗失了。否则就不会有补购的现象。二是，反过来我们从鲁迅补购这两本图书的时间，也可以推定出鲁迅正式开始阅读厨川作品的时间——即是在 1924 年购买了《苦闷的象征》之后。那么这里就有一个问题，是什么原因让鲁迅突然从 1924 年开始热衷于厨川的阅读了呢？

笔者认为，可能是 1923 年 9 月的关东大地震。前文中我们已经介绍过，厨川就是因在这一次大地震所引起的海啸中未能逃生而遇难。当时，日本国内的各大媒体对这一事件都进行了详细的报道。很多报刊还出版了悼念厨川白村的专辑。众所周知，鲁迅因有两个日本弟媳，所以家里一直都在订购日本的报刊。所以厨川遇难的消息鲁迅应该很快就从这些报刊中听说了。从 1924 年鲁迅开始突然集中购买厨川白村的文集这一现象来看，我们可以大致推定，应该就是这些日本新闻媒体的报道和文坛上的纪念活动引起了鲁迅对厨川的兴致，并为鲁迅走近厨川提供了契机。同时，从鲁迅购买《苦闷的象征》后不久就开始着手翻译这本书的情形来看，鲁迅对厨川文章产生共鸣的契机应该就是由这本书所提供的，而且其冲击力还非同一般。因为继其后，鲁迅又马不停蹄地翻译了其他两部厨川的作品集。足见其欣赏程度之高了。

只是我们也须注意的是，《苦闷的象征》是厨川遇难之后，由其亲朋和弟子们合力编撰出版的一部遗文集。而且不知是什么原因，该书没有收录一篇有关厨川面对无产阶级文学运动的兴起时所表现出的苦闷的一面的内容。选入的，都是凸现厨川语言犀利，对社会批判深刻入骨的一面的文章。笔者认为，这是导致鲁迅早期对厨川的苦闷的一面毫无察觉的一个根本原因。而经由鲁迅的译介才了解厨川的中国读者，自然而然，就更没有机会去把握厨川白村的这一复杂、矛盾的一面了。只能与第一译者鲁迅同样，提到厨川白村就只有一个猛烈地批判日本人国民性缺点的"战士"印象。没有其他。其实不仅中国读者，包括很多日本学者，多年以来似乎也都没能察觉到厨川内心的这一复杂而又苦闷的一面。令人实感遗憾。

但鲁迅本人虽然在初期阶段没有注意到厨川内心世界的这一复杂性，随着翻译作品的不断增多，且阅读厨川的作品的数量也越来越大越全面，逐渐地也就有所察觉了。否则就不会在《〈出了象牙之塔〉后记》中，似自言自语一般地追问道："走出象牙塔之后又将如何呢？"并又似自问自答般的，专门从厨川的《走向十字街头》中翻译出了如下这一段话："东呢西呢，南呢北呢？进而即于新呢？退而安于古呢？往灵之所教的道路么？赴肉之所求的地方么？左顾右盼，彷徨于十字街头者，这正是现代人的心。'To be or not to be, that is the question.'我年逾四十了，还谜于人生的行路。我身也就是立在十字街头的罢"（已出）。

可见，鲁迅译完《出了象牙之塔》之后，已经对厨川内心的困惑与苦闷情境，有所察觉了。于是在译者后记中突然附加了一段解释文字说："但这书的出版在著者死于地震之后，内容要比前一本杂乱些"。[①] 有鉴于此，笔者认为鲁迅后来之所以没能把《走向十字街头》译完就停笔，就与他的这一全面理解厨川的处境有关。或许鲁迅本人最初也难以接受这一"战士"厨川白村印象的崩塌吧。所以在1926年之后，除了译文的再版之外，鲁迅就几乎不再谈及厨川的作品了。

但这并不能说明鲁迅已经完全告别了厨川白村。因为在1929年，鲁迅又购买了六卷本的《厨川白村全集》。笔者认为，这一举动颇有深意。到底是什么让鲁迅又想起了厨川白村呢？回答应该是：当时不断高涨的中国国内的革命文学论争所引发。

众所周知，发生在1920年代的有关革命文学的论争，使得鲁迅不得不去面对当年厨川也曾面对过的那些现实问题。于是这一时代的大潮流，又给了鲁迅一次感悟厨川白村的机会。想必鲁迅重新购买《厨川白村全集》就是为了彻底弄清楚之前虽已朦朦胧胧地感觉到、一直没有明白的那份厨川白村内心的"苦闷"意向。事实上，两年之后，不仅对论述理论知识的作品本身，对厨川的内心世界，鲁迅也有了一个全新的且是全面的认识。于是在一次演讲中，他说：

---

① 《鲁迅全集》第10卷，第267页。

　　日本的厨川白村曾经提出一个问题，说：作家之描写，必得是自己经验过的么？他自答，不必。因为他能够体察。所以要写偷，他不必亲自去做贼，要写通奸，他不必亲自去私通。但我以为这是因为作家生长在旧社会里，熟悉了旧社会的情形，看惯了旧社会的人物的缘故，所以他能够体察。对于和他向来没有关系的无产阶级的情形和人物，他就会无能，或者弄成错误的描写了。①

　　不难看出，经过几年的搁置与反思之后，鲁迅已经清楚地看到了像厨川白村这样一个被大的时代潮流被动地推到象牙塔之外的知识分子，真正面对新兴无产阶级文学时，必然会变得无力，只能感到一些苦闷或是作为旁观者去感叹一下的无奈的实情了。也明白了这些旧的既有文坛的知识分子及文学者事实上是很难全身心地、真正地投入到那革命运动中去客观实际。可以说，此时的厨川在鲁迅的眼中，已经由一个伟岸的"战士"形象蜕变成了一个困惑、无奈的知识分子。这是笔者在此处最想强调的一个事实。但这不能否定厨川的某些论述还是给当时的鲁迅以很多启发的事实。比如厨川曾说：

　　把所有的思想家、学者和艺术家都视为是为了某一种目的而在做宣传的人，那就大错特错了。即开始就把世俗的东西放在眼里，或把学问和艺术品等视为只是向人世间宣扬自己思想的道具，当然这也不是不可以，但认为这就是艺术家和思想家本来的职能，那就太无知荒谬了。（中略）
　　不过我觉得，能坦白的说出"我只是个艺术家，只是在搞创作而已。从未曾有过为你们的妇女运动做宣传的想法。"这种话的易普生真是一位了不起的汉子。正是因为他有了那样的心态，他的文章也自然而然的起到了宣传的作用。（中略）
　　诚然，学者这个行业，如果你非要找个借口说它就是说教或是什么宣传的专家，也不是不能。但是作为一个具体的艺术家，自己绝对不能有去做宣传的想法。一旦有了，那你就很难写出伟大的作品来。而且会伤害到艺术家的情

---

① 《鲁迅全集》第 4 卷，第 307 页。

操和本质。①

厨川的这些意见和观点，与鲁迅在《革命时代的文学》和《〈壁下译丛〉小引》中所讲的两段话，有异曲同工之妙。我们不妨抄来两段对比一下。

但在这革命地方的文学家，恐怕总喜欢说文学和革命是大有关系的，例如可以用来宣传，鼓吹，煽动，促进革命和完成革命。不过我想，这样的文章是无力的，因为好的文艺作品，向来是不受别人命令，不顾利益，自然而然地从心中流露的东西；如果先挂起一个题目，做起文章来，那又何异于八股，在文学中并无价值，更说不到能否感动人了。②

近一年来中国应着"革命文学"的呼声而起得许多论文，就还未能啄破这一层老壳，甚至于踏了"文学是宣传"的梯子而爬进唯心的城堡里去了。③

不难看出，鲁迅和厨川白村在对文学与革命的关系的认识和态度上，极其相近。尤其是对那些跟风、随波、匆匆地加入到革命文学队伍中来的文学者，鲁迅和厨川一样，对他们的政治立场和心理始终抱着一份质疑与不信任感。这也是鲁迅为什么会在《对于左翼作家联盟的意见》中，强调说：

我以为在现在，"左翼"作家是很容易成为"右翼"作家的。为什么呢？第一，倘若不和实际的社会斗争接触，单关在玻璃窗内做文章，研究问题，那是无论怎样的激烈，"左"都是容易办到的；然而一碰到实际，便即刻要撞碎了。（略）

第二，倘不明白革命的实际情形，也容易变成"右翼"。革命是痛苦，其中也必然混有污秽和血，决不是如诗人所想象的那般有趣，那般完美；革命尤其是现实的事，需要各种卑贱的，麻烦的工作，决不如诗人所想象的那般浪漫；革命当然有破坏，然而更需要建设，破坏是痛快的，但建设却是麻烦的事。所以对于革命抱着浪漫谛克德幻想的人，一和革命接近，一到革命进

---

① （日）厨川白村：《近代の恋愛観》，《厨川白村全集》第5卷，第242–244页。
② 《鲁迅全集》第3卷，第437页。
③ 《鲁迅全集》第10卷，第306–307页。

行，便容易失望。听说俄国的诗人叶遂宁，当初也非常欢迎十月革命，当时他叫道，"万岁天上和地上的革命！"又说"我是一个布尔塞维克了！"然而一到革命后，实际上的情形，完全不是他所想象的那么一回事，终于失望，颓废。[①]

　　对比这几段引文，我们可以清晰地看到，鲁迅对新加入到无产阶级文学阵营中来的文学者的态度，与厨川白村在前文中我们所引述的"有的人是基于利益的考量"的说法和逻辑，如出一辙、极其相近。虽然我们不能借此就直接得出结论说鲁迅采用了厨川白村式的批评立场——毕竟鲁迅自身的性格中也原本就有不轻信他人的倾向——但考虑到两人当时的译介关系，总还是让人觉得鲁迅的那一在未经血与火的考验之前，对任何跟风加入到无产阶级文学者队伍中来的人都抱有一份不信任感和警觉感的态度中，多少有一些厨川白村的身影。至少厨川白村基于他自己深深的苦闷，在当时自称无产阶级文学者的人们身上发现的那份功利性及质疑的态度，对鲁迅的无产阶级文学运动的认识与理性思维的形成，或多或少的带来过些许的益处。也就是说，先行于鲁迅的厨川白村的那份"苦闷"经验，让鲁迅在后来接受马克思主义文艺理论时，有了足够的去理性面对的精神余裕和冷静。不至于像创造社和太阳社成员那样激烈。反过来，这一共鸣点也向我们佐证了鲁迅就是从这一时刻开始，才去真正地走近中国无产阶级文学运动的事实。同理，也是从这一时刻开始，鲁迅才从内心真正地理解了厨川当年的那份困惑与苦闷的深层原因。这是笔者在此想重复强调的一点。毕竟我们过去在讨论鲁迅与厨川白村的关系时，未能充分认识到厨川的这份苦闷经验。也未能立体、全面地认识到鲁迅对厨川的这份苦闷经验的消化与借鉴，给后来走向"左翼革命文学"时的鲁迅所带来的启示意义。笔者深信，鲁迅后来在面对波涛汹涌的革命文学运动时，之所以会表现出那么冷静与理性且自我定位那么清楚、明确，一定与这一经验有很大的关系。

――――――――――――――――――

① 《鲁迅全集》第4卷，第238–239页。

第三章　认同革命的挣扎：鲁迅与有岛武郎

在前一章，我们以厨川白村与日本无产阶级劳动文学的关系为例，具体分析了明治末期及大正初年日本近代知识分子在面对新兴无产阶级文学运动时所表现出来的困惑、彷徨及摸索、抉择的过程。或许有人会提出这样的假设，如果厨川白村没有在那场关东大地震中失去生命，而是看到了后来的日本无产阶级文学运动的发展全过程，那么他将如何评价或界定 1930 年代后期得以全面兴盛的日本无产阶级文学运动呢？是否也会同其他同时代的文学者一样，最终会走向认同无产阶级文学的方向？还是会坚持自己的态度而最终走向无产阶级文学的对立面呢？

在时过境迁的今天，做这样的假设或许已不具备任何现实意义。恰如此前我们热烈讨论过的《假如鲁迅活着》^①的议题一样，不可能得出让绝大多数的读者都足以认同的答案来。

但有一点可以确信，如前文所述，厨川白村虽然对日本无产阶级文学运动的意义及历史的必然性，表现出可以理解的姿态，但直到他在海啸中遇难身亡为止，他对日本无产阶级文学运动的可行性及将来性，并没抱有多少信心。而是始终抱持了一种怀疑的态度。至少他没有完全相信无产阶级文学会成为主宰日后日本文坛的主力。就这一点而言，他的立场与本章要讨论的另外一位日本近代文学者有岛武郎，就有很大的差异。甚至可以说，同为资产阶级旧知识分子的代表，年龄又只相差两岁的厨川白村与有岛武郎，恰到好处地演绎了日本近代知识分子及文学者在面对无产阶级新兴革命文学运动时所表现出来的两个典型。即前者终生没有从本质上认同无产阶级文学作为一门文学的艺术，其本身所具备的艺术性及科学性价值。而后者却对其深信不疑。且在知晓自己无

---

① 相关讨论请参考陈明远著：《假如鲁迅活着》，北京：文汇出版社，2003 年 8 月。

法走进这一场革命文学运动的核心中去为其服务时——同时又无法拒绝它对自己的文学创作活动及思想生活带来影响之后——居然以殉情的方式结束了自己的生命。两者之间的差异由此可见一斑。

那么为什么在出身阶层如此相似，年龄又是如此接近，教育背景又几乎相同的两位近代文学者身上，我们看到了如此之大的差异呢？

这是我们接下来要探讨的问题。

不过为了与上一章的论述模式相结合，在进入核心议题的讨论之前，我们还是先来了解一下有岛武郎复杂多面的家庭成长环境，及走向作家之路的全过程。然后再去讨论他对鲁迅的影响及存在于他们二者之间的深度共鸣点及立场和主张上的相似之处。

第一节　身处社会转型期的迷茫少年

自从 1853 年 7 月 8 日，美国海军准将马休·佩里（Matthew Calbraiht Perry，1794–1858）带领舰队在日本东京湾浦贺港登陆并于翌年 3 月 31 日迫使日本德川幕府签订了《日美亲善条约》之后，江户德川世家二百多年"护天子、令诸侯"的权威，便开始迅速走向衰退。随后签订的《日美修好通商条约》更是因被各地藩镇军政府视为是一项不平等条约而给德川幕府贴上了一道软弱无能的烙印，并因此而成为全社会——尤其是各地军政势力群起而攻之的对象。于是在 1868 年 10 月，迫于内外之压力，幕府将军德川庆喜（1837 —1913）便向朝廷上表了"大政奉还"的官文，于该年 12 月，又发布了一道"王政复古"的号令之后，正式宣告了统治日本社会近三百年的幕府政权的终结。

然而，此时接管日本国家权力的明治新政府无论是在国家行政体制的建设上还是在国家权力中枢的掌控上，其能力还都远远不够充沛和成熟。于是在这一国家权力处于空白状态的历史时期，日本各地发生了很多政治争斗和暴乱事件。如"佐贺之乱"（1874）、"荻之乱"（1876）、"秋月之乱"（1876）、"西南之役"（1877）等，就都是在这一时期集中爆发的。其实，不仅是在军事和政治方面，在社会思潮方面，这一时期的日本也陷入了一个极大的混乱之中。一面是主张"尊皇攘夷"的封建复古力量，一面是坚持对外开放的新兴阶层。

但二者均无完全掌控全社会的力量。于是从知识精英到士族阶层再到平民百姓，此时的日本社会似乎处在了一个全员思考国家命运今后将向何处去的问题之中一般。但又迟迟找不到具体的答案和方向来。或许是出于这样一个社会压力的关系吧，明治2年，日本天皇在新政府的示意下，决定从京都北上江户城（即现在的东京都——笔者按）定居。不过当时为了稳定社会，并没有使用"迁都"一词。而是先用了"帝之巡幸"的说法。可见当时的明治新政府对保守派的担心程度有多高了。直到明治4年，这一社会形势才得以缓和。因为是年，维新政府终于完成了对德川幕府所有土地及财产的接收工作。日本社会也开始逐渐走向平稳，跨入一个新的历史时期。

翻阅有关有岛武郎的《年谱》资料，我们会发现，有岛就出生在"西南之役"爆发后不足半年的1878年3月4日。而且是在刚刚升格为日本新首都的东京。不难想象，此时的新京城东京，是这一日本社会处于急速转型期时须面临的一切新问题的最前沿之地。单就以社会文化方面的状况为例，虽然旧的传统文化已经开始消弱，但新的外来文化还没有完全被接受，旧的文化意识形态更是依旧潜在，其影响力也并未完全消亡。所以在这一新旧、内外文化意识之间的角力，给当时的学校教育也带来了巨大的影响。因为，虽然明治新政府此时已开始呼吁并引导所谓的西式新教育理念，但进入到具体的个人家庭教育环境中之后，以儒家思想文化为基础的传统意识形态及思维模式，依然拥有很大的受众基础。但这也给在此一时期成长起来的日本青少年带来了一个非常特殊的学习条件。即他们一般都同时接受了新旧、内外双重社会文化的熏陶和教育。即又得到了根植于日本社会传统的儒家文化的教育，同时还吸收了来自西方的新式文化的影响。毫无疑问，这一东西方文化并驾齐驱的日本社会文化生态，无论是在性格形成上还是在世界观的养成方面，都给当时的年轻人带来了巨大的影响。客观事实上，在日本明治和大正时期，就走出了一大批既懂得东方文化，又通晓西方知识的优秀思想家和作家。如夏目漱石、芥川龙之介、永井荷风等，就均是即通晓汉文，又熟知西方的文化人士。这一点与中国五·四时期成长起来的很多知识精英们颇有几分相似之处。如陈独秀、鲁迅、周作人等，在少年时期就曾接受过严格的传统文化教育，步入青年之后，又在大的时代潮流的推动下，开始接受了西方文化。所以那一代知识分子大多既知中外，又通古今。例如陈独秀，在青少年时期不仅参加过科举考试，还在选考中考中了秀才。鲁迅和周作人也搭上了科举考试的末班车，所以儿时也曾被迫扎实地学习过中国古典文学。而后来又有了出国学习的机会。可见那个大的时代和全社会的转型期，不仅给了他们那一代知识分子通晓古今的学习成长环境，也给了他们了解中外世情的得天独厚的客观条件。可以说，虽有苦，但也有很多甜。

不过凡事都会因人而异。对于有些人来讲，能够生长在这样一个激烈的社会转型期，有机会接受多元文化的教育，可能是求之不得的好事。但对有些人来说，可能就未必是好事了。例如有岛武郎，似乎就属于后者。急剧的社会转型及变化以及复杂多元的文化生态，似乎给他带来的是极大的纠葛与迷茫。下面我们就从有岛武郎的家世及其童年时代所接受的教育环境等角度，来一起全面了解一下他复杂多元的性格特质及形成过程。

有岛武郎虽然出生在东京，但论祖籍，他是南九州地区的萨摩（即现在的鹿儿岛县——笔者按）人。其父亲有岛武（たけし）曾为当地大藩主之一的北乡家族的侍臣。但在明治维新政府的一系列土地改革中，由于失去了绝大部分的既得利益而事出无奈，于明治4年北上东京重新开辟新天地。众所周知，明治初年，为维新政府的成立做出过重大贡献的九州人，掌控了很多政府机构的行政权利。所以初来东京开辟新生活的有岛武，在其同乡们的关照下，很快也在大藏省（即国家财政部——笔者按）下属的税务部门找到了一份工作。并凭借其热情的性格及忠厚的人品以及擅长打理财税业务的能力，很快博得了上司们的认可与赏识，并在长子有岛武郎出生之时，官至兼任关税局和租税局书记官的高位。而且，因其业务精道，还被选派到日本驻欧洲各国的使馆去工作过一段时间，其主要任务就是宣传和解释明治新政府所采取的新关税和新法规的内容。可见在其所属的机构里，有岛武是处在颇受重视的位置上的。

巡讲回国之后的有岛武，其仕途更是一帆风顺。不仅在有岛武郎五岁的时候，已官至横滨税关长，还举家迁到了当时最具异国风情的、日本最大最新最摩登的贸易港口城市横滨，在横滨官舍有岛家一共居住了近十年之久。有岛武郎约近九年的童年生活，就是在这座日本最前卫的城市里度过的。这样一个家庭环境及经历，对少小的有岛来说，无疑是一个不容轻视的客观事实。因为时任税关长的有岛家里经常有外国宾客进出，比起一般家庭，有岛家无疑对外信息更为畅通和发达，西欧化的家庭气息也更为浓厚。这给正值童年敏感时期的有岛武郎的性格及心理的形成所带来的影响，不容小觑。加之其父亲有意识地培养，把刚满五岁的有岛武郎就送进了传教士家里去学习英语等，更是为其日后深入接触和走进西方文化，奠定了基础。

不过值得注意的是，有岛武郎接受的并不是一边倒的全盘西化的家庭教育。作为幕府末年士族出身的大家长有岛武，虽然有很多开放和前卫的做法，但在其内心深处，对传统儒家的教育模式及武士道的精神，似乎依然抱着难以割舍的情怀。于是当他发现有岛武郎的英语水平要超过母语日语时——即在有岛武郎九岁的那一年，他便当机立断地就把这个寄予厚望的儿子从深度西化了的横滨英和学校里拉了出来，送到了一家严格实施日本传统"寺子屋"式教育模式的私塾中去了。不难想象，这一教育环境的突变与反差，一定给童年的有岛武郎带来了巨大冲击。事实上，据有岛武郎本人后来回忆，在这家传统的私塾里，"旧式寺子屋曾经采用过的教育方式在这里都可以找得到它的原型。所以这一教育环境的变化，让我（即有岛武郎——笔者按）真的是大吃了一惊"[1]。

不仅如此，心仪传统教育且对长子抱有极大期待的有岛武，还对有岛武郎进行了文武兼备、德艺双馨式的旧式教育。据有岛武郎本人所讲述，"在爸爸妈妈那里（有岛武郎——笔者按）接受了最为严格的武士道式的家庭教育。每天天放亮之前，必须起床练剑、拉弓、骑马，读《大学》和《论语》。甚至还被灸罚、禁锢过。这大大地扭曲了我的性格"[2]。可见有岛武郎的少年生活，是在一个其极严格的管理中度过的。甚至"小的时候，父亲绝对不允许我在他面前做出岔开大腿等懒散的动作。（略）至于什么去看戏、看演出、凑热闹的事，更是一次都没有体验过。那顽固和教条的程度，是现在普通家庭的人所无法想象的。而且作为家训，他还经常告诫我们，男孩子不能嘻嘻哈哈的太随便说笑。尤其是不能太爱讲话。这是父亲教给我们的一个处世哲学"[3]。

有岛武郎的少年时代，就是在这样一个两极分化极其严重的环境中度过的。正如上杉省和所指出，当年"在有岛的家中，存在着既开明但又有与其格格不入甚至是矛盾的、所谓儒教和武士道式的风气。有岛的幼年和童年就是在这样一个东洋与西洋、封建与近代并存的夹缝间度过的。毫无疑问，这对他后

---

[1] 东京：《新潮》杂志系列文章《文坛诸家年谱（26）有岛武郎》，大正7年3月号。

[2] （日）福田清人编：《有岛武郎 人と作品》，东京：清水书院，昭和60年10月，第16页。

[3] （日）有岛武郎：《私の父と母》，《有岛武郎全集》第7卷，第189页。

来形成二元矛盾的性格，奠定了基础"①。笔者非常认同上杉省和的这一分析。因为我们从后来的很多有岛武郎的作品中，确实能够清晰地看到，有岛本来应该是一个非常热情甚至是有激情的人。但在那个过度严格的儒教和武士道式的家庭教育模式中，这一天性被严重地扭曲了。从而形成了他后来即懦弱又偏激的双重性格。原本在那个日本社会还不够开放、国际化程度也远不如今天的年代里，有岛能有机会在少儿阶段接受尊重儿童个性发展的西式教育，是一件非常难得的好事。但在那个从一般家庭到外面的社会都处在转型期的年代，这一优越的家庭条件并没有给有岛带来多少快乐和时尚。反而成了他的负累。这不能不说是一件令人心痛的事。

　　当然，一个人的个性的形成，不完全取决于家庭及学校的教育环境。除了这些外部因素之外，也有所谓与生俱来的遗传基因的影响。有岛曾在一篇回忆文章中，对自己的父亲做过如下一段评价。

　　我家世世代代都生活在萨摩之国，父亲也是一个没有任何其他血缘关系的、地地道道的萨摩人。在我看来，父亲的性格中即有非常率真的一面，又有非常细心甚至是执著的一面。表面上，有时他会给人一种非常冷淡的感觉。但其内心确是一个非常热情的男人。这是很多地道的九州人所独有的性格。而且一旦把精力集中到某一事物上去之后，就会达到废寝忘食的程度。无论是国事还是私事，一旦热衷进去，就会目中无人，即便是在与身边的人说着话呢，其实他也什么都没听进去。类似这种近乎发狂的状态，仅我一个人就见过不止两三次。②

　　在笔者看来，有岛武郎这段对其父亲性情的描述，可以完全不加修改地拿过来用在他自己身上。只是不幸的是，他一方面继承了父亲近乎固执和倔强的天性的同时，在另一方面又因后天的家庭教育管制等因素，形成了一个在无意识中总是过度自我约束的性格。恰如伊藤整所指出，后来的"有岛武郎成了

---

① （日）上杉省和：《有岛武郎 ——人とその小説の世界》，东京：明治书院，昭和60年4月，第9页。
② （日）有岛武郎：《私の父の母》，最初发表于《中央公论》杂志大正7年2月号，收录于《有岛武郎全集》第7卷，第186页。

一个无论什么事，都必须依赖规矩的作家"了。①

于是，任凭父母左右自己命运的有岛武郎，在私塾学了半年日语之后，即在他满九岁的那一年，又依着父亲的意愿和安排，转到了时至今日也与日本的皇室保持着密切关系的贵族学校——学习院大学的预科班学习了。

众所周知，当时的学习院大学只招有士族阶层以上家庭背景的学生。用夏目漱石的话说，那是一所离社会权力中心最近的学校。②所以显而易见，有岛武郎的父亲之所以竭尽全力把长子送到这里，就是为了让自己的孩子将来有更多步入日本社会上层的机会，以便为家族争得更大更多的社会力量和资源。

有岛武郎也果真不负重托，入学之后，凭借自己优秀的成绩和沉稳的性格，很快博得了学校及皇室管理人员们的信赖，于明治21年，被选为了皇太子的学友。从此，每周都有了一次进出皇宫上流社会的机会。不难想象，这一生活境遇与人际关系的改变，一定给有岛武郎的生活愿景带来了诸多暗示。至少激发出了他要出人头地的世俗欲望。因为据年谱资料记述，此时的有岛武郎已是石井研堂③主编的青少年立志杂志《小国民》的忠实读者。甚至还开始认真地考虑自己是否要去从军入伍，以便日后有更多从政为官的机会等问题。只是不巧，正值他这一方面的兴趣和意愿走向萌生之际，东京发生了著名的"森有礼暗杀"④事件。这一事件似乎给有岛武郎的心灵带来了巨大的冲击。并以

---

① （日）伊藤整：《有岛武郎》，《伊藤整全集》第19卷，东京：新潮社，昭和48年9月，第235页。
② （日）夏目漱石：《私の個人主義》，《漱石全集》第9卷（非卖品），岩波书店，大正7年8月，第1018页。
③ （日）石井研堂（1865–1943），福岛县人，明治22年创办了儿童杂志《小国民》。号称"杂志界之大王"，颇具影响力。明治41年与吉野作造等人组建过明治文化研究会等文化机构。后出《小国民》创于1889年，与《少年园》、《日本之少年》、《少年文武》等杂志齐名，是明治20年代最受日本青少年欢迎的立志杂志之一。以"修身、历史、文艺"为主要内容。
④ （日）森有礼（1847–1889），现东京一桥大学的创始人。曾任日本明治政府首届伊藤博文内阁的文部大臣（即教育部长）。其在任期间，坊间流传这位激进的"欧化主义者"在访问伊势神宫时，居然用手杖掀开了门帘，偷窥了神殿的里侧。并且穿着鞋就进到了来客上香的朝拜大殿。俗称"伊势神宫不敬事件"。有关这一传闻的虚实，历史上仍存在争议。但这一传闻却招来了尊皇派及国粹主义者们的极大不满。1889年2月11日，即在《大日本帝国宪法》颁布的当天，国粹主义者西野文太郎为表达不满，对森有礼实施了行刺。隔日不治身亡。史称"森有礼暗杀事件"。

此为契机，他开始逐渐抛弃自己对国家、军事及政治等领域的兴趣，转而开始关注文学。并于 1894 年 5 月 22 日，即在有岛武郎十六岁那一年，在《学习院辅仁会杂志》上发表了他有生以来的第一篇文章《鲤说》。正如很多人第一次看到自己的文章变成铅字被打印出来时，都会有所感动一样，少年有岛似乎也颇被自己的这一"成就"所鼓舞。于是在同年 12 月前后，又一口气地模仿着当时最为流行的作家村上浪六（1865-1944），创作了一系列的历史题材的小说。如《庆长武士》《此孤墳》《斩魔剑》等，还拥有过不少读者。另外，由于此时他非常敬仰作家村上浪六，还给自己起了一个"由井滨兵六"的笔名。可见这位在急剧变化的日本近代社会转型期长大的迷茫少年，此时已开始有意识地摸索自己的发展方向了。

第二节　寻求独立自主，走向文学创作

然而，我们须知道，在 1890 年代的日本社会，"文学"作为一项职业，其社会地位远不像今天这样高。否则，日本近代小说的先驱者二叶亭四迷（1864-1909）也就不会说"文学是难成男子一生的事业"的话了。而有岛恰恰就是在这一时期开始痴心于文学并开始发表习作的。于是一场在文学爱好与社会冷淡之间的痛苦折磨与挣扎，就在所难免了。何况有岛喜欢上文学时，又恰逢了父亲刚刚退出官场，准备转战商界到第十五国立银行工作，为进一步夯实有岛家族的经济基础而奋战的时期呢。

不过这一压抑的生活环境，也给原本就在父亲的全权安排与设计中对生活已感到万分无奈的有岛，带来了一个转变的契机——即迫使他意识到了自己须离开这个家庭的必要性。倘若不然，不仅文学爱好，所有的个人梦想恐怕都将无法实现。笔者认为，这是有岛在学习院中等学科毕业之后，为什么会匆匆放弃在这所贵族学校继续读高等学科的既定路线而在十八岁那年，急忙离开了父母身旁，逃去了距东京千里之外的北海道札幌农业学校去读书的一个重要原因。

当然，有关有岛为什么会做出这样选择的问题，学界有不同的解释。如

《有岛武郎全集》〈别卷〉所收录的《年谱》①中，有人就推论说，这可能是因为有岛在这一年患过伤寒、肺炎、脚气和心脏病，而东京的气候非常不适宜这些病的疗养。加之有岛本人从少年时代开始就对农业抱有特殊的兴趣，同时北海道还没有他所讨厌的蛇等原因。另外，有岛从少年时代起，就一直想过一段底层老百姓的生活，体验一下底层人们的生活环境，所以就在升入高等学科之前，选择了北上。但在笔者看来，这些理由有些太过牵强。应该不是有岛决心北上的最为核心和最为根本的动机。因为了解日本的人都知道，如果说为了养病，北海道的气候无论从哪个方面看，都比不上东京的条件。事实上，数年后当有岛的妻子在北海道患上肺结核时，他就急急忙忙地收拾了行囊，领着妻儿回到了温暖的关东地区。所以笔者认为，有关养病的推论是站不住脚的。至于说是为了体验底层百姓的生活状态的说法，倒是有几分说服力。因为从他后来对底层社会民众抱有的特殊的同情心来看，这一解释中或许还有几分真实性。但也绝对构不成最为核心的动机。因为如果只是为了体验的话，方法和途径有很多。不至于非要迁到北海道生活去不可。至于北海道没有他所讨厌的蛇的说法等，更是近乎一个笑谈，毫无说服力。我们须知道，如注释中所列，支撑这些推论的佐证材料均为有岛时隔近二十年之后写下的一篇回忆录。而回忆录文体的描述，往往会参杂进一些"修饰"性的成分。所以笔者认为不宜字字句句都如实的信任。当然也不能完全否定它。如注释中所引，"加上北海道那片未

---

① 有关有岛武郎北上札幌的理由，《有岛武郎全集 别卷》（东京：筑摩书房，昭和 63 年 6 月，第 105 页）所收录的《年谱》中，有如下一段记述：

七月，学习院中等科毕业。因在这两三年期间，他先后患过肠道沙门氏菌、肺炎、脚气、心脏病等原因，险些丧命。体质已差到无法再在东京居住下去的程度了。加上"北海道没有他所讨厌的蛇，而且他本人也一直想亲眼看一看老百姓的工作生活状态等动机，于是便决定北上札幌农学校了。"

另外，在《〈利文斯通传〉第四版序言》中，有岛武郎本人也说过：

医生告诉我说，如果我继续住在东京，那我的健康是无法保证的，于是，为了自己这赢弱得身体，我开始在全国范围内寻找适合自己的学校。当时最吸引我心的是札幌农学校。因为我从幼年时就对农业抱有特殊的憧憬。加上北海道那片未被开垦的、新鲜又自由的天地，与我少年时期以来的梦想完美结合。尤其是对我这样一个怯于站到众人面前，几乎没有寂静生活环境的人来说，那是一处极具魅力的地方。（《有岛武郎全集》第 7 卷，第 363 页。）

另，本文中出现的有岛武郎文章，如无特殊标注，均引自该版全集，后文注释从略，只标注卷数与页码。

被开垦的、新鲜又自由的天地，也与我少年时期以来的梦想能完美结合……对于……几乎没有过寂静生活环境的人来说，那里是一处极具魅力的地方"的说法，显然是出于有岛的真实心情的。但他北上札幌的最主要目的或是意图，归根结底，大半的原因还是为了避开父母的监管，为了实现独立自主的生活。包括他本人所讲的，他北上札幌是因为他喜欢农业等的说法，也不足尽信。因为他到了北海道，住进时任札幌农学校教授新渡户稻造（1862-1933）的家中，被新渡户稻造问及所喜欢的专业时，他就曾毫不犹豫地回答过是文学。据说当时新渡户稻造听了他的这一回答之后还曾嘲笑他说："那你可是来错了地方"。可见上文所引的有岛武郎的回忆录，其真实性还是有很多可浮动的空间。即他逃离东京的真正原因，想必还是因为已步入青年期的有岛，想借此来实现独立自主的生活。

或许有人会置疑，倘若事实真的如笔者所推论的，那么有岛武郎的父亲为什么还会允许他独自一人跑到遥远的札幌去呢？难道他作为父亲，就没有察觉到儿子的这一真实想法和动机吗？

关于这一疑问，我们不妨看一段有岛武郎的弟弟里见弴（1888－1983）的一段记述。

> 父亲虽然一辈子都很繁忙，但却是一位非常有独立想法的人。甚至可以说，父亲是一位极端不干涉主义者。[1]

可见有岛武郎的父亲虽然在家教上非常严格，但在孩子的发展方向上，似乎并不像我们想象的那样凡事都会干预、凡事都要指挥的封建专制型的父权主义者。或许这是有岛武郎能够顺利得以北上的一个重要因素。另外，我们精读有岛武郎的《年谱》及其他资料，还会发现，他在这一年因生病等原因，学习成绩大幅下降，精神面貌也出现了很大问题。所以，也有可能是因为他父亲察觉到了这一变化，才默认了他想调整自己学习环境的计划。还有，当时的北海道已被明治政府列为重点开发的对象。提前知晓这一国家战略的人，无疑能够预见到那里将要涌现出来的新的发展机遇。所以还有一种可能，就是有岛武

---

① （日）里见弴：《父と母から私の享けた性情》，东京：《中央公论》，大正7年2月号。

郎的父亲预估到了这一情形，所以才在得知自己的儿子有愿意到那片新天地去开拓新的可能性时，才没有施加阻挠。相反，或许心中还有几分欣喜也说不定。因为有岛武郎转到北海道去读书之后不久——即在入学的第二年，有岛父亲便就急急忙忙地在北海道为儿子购置了（当时是以借地开发的名义——笔者按）多达四百五十公顷的农田。而且还让有岛武郎自己去做前期调研和考察。可见有岛父亲当时没有反对有岛武郎北上的意愿，自有他的设计和打算。即很可能是因为有岛武郎的这一选择并不违背父亲及家族的整体发展蓝图。甚至是求之不得的。另据其他《年谱》资料记述，有岛父亲给儿子购买土地这一行为，还让初懂世事的青年有岛武郎颇为感动。甚至还情不自禁地说出了："我只有谨慎小心地把它经营好才是"的话。只是颇具讽刺意味的是，如果我们在前文中所推测的有岛武郎北上札幌的根本目的是为了挣脱父母的影响没有错，那么这一事例反过来也说明了当时的有岛武郎想完全走出父亲的影子和视线，是一件多么不容易的事。

但有岛武郎毕竟还是成功地离开了东京，而且跑去的城市是"山高皇帝远"的边关新城札幌。所以在私人生活及精神层面上，虽然没有达到完全独立自主的程度，但较之前还是有了很大的自由空间和开放的余力。据《年谱》记述，转到北海道半年之后，有岛武郎就开始记日记了。这一行为看似是一件小事，却颇具标志性意义。因为从这一生活中的小细节，我们可以确认到，北海道这一新的生活环境，还是实实在在地给了这位依附父母多年的青年人，一个独立自主的机会。尤其是转入札幌农学校两年之后发生的"定山溪事件"，更是让我们清楚地看到了此时的有岛武郎已经不仅在可视的外在形式上找到了自我的位置，在精神层面及灵魂深处，也开始获得了极大的独立意识和自行判断的权力。假使当年有岛武郎没有离开东京去札幌读书，想必这一独立自主的生活模式至少会晚出现很多年。甚至夸张一点地讲，作为文学家的有岛武郎是否会出现都是一个令人怀疑的事。如此推论绝非危言耸听。下面我们就以所谓的"定山溪事件"为线索，来具体看一看有岛武郎是如何在一步一步走向独立自主的同时，一步一步走向成熟、走向文学创作的过程。

明治29年9月，即十八岁的有岛武郎转入札幌农学校之后不久，就结识了一位虽然年长他一岁，但是同级生的一位新朋友森本厚吉。可以说，这个人的出现，极大地左右了有岛武郎的生命轨迹。

森本厚吉旧姓增山，在札幌农学校读预科班时，因被森本家领养而改姓森本。1877 年 3 月出生于京都。具体家庭环境如何，不是很清楚。但从森本厚吉的大致成长经历来看，其家庭经济生活条件应属于富裕阶层。因为他小学毕业后就被直接送到远离京都的横滨英和学校读书了。第二年又转到了东京的东洋英和学校。这在当时不是一般的家庭条件所能承受的经济负担。至少增山家族是一个非常重视孩子教育问题的家庭。而且从他读完东京东洋英和学校普通班之后，只因其敬仰新渡户稻造的学问就能远赴北海道札幌农学校去读书这一举动来看，森本厚吉本人也是一个非常有自我追求的年轻人。前文中我们已经介绍过，有岛武郎也曾在横滨英和学校读过书。只可惜两个人的在校时间不同，所以可以推定，在横滨时代他们两个人应该是互不相识的。只是缘分这东西说来还真是不可思议，在横滨失之交臂的两个人，居然在遥远的北海道再得际遇的机会。想必两人得知彼此是校友时，一定顿时生出了几分特殊的亲切感吧。所以在很短的时间内，他们便成了一对亲密无间的好友。尤其是森本厚吉对有岛武郎的好感，甚至已超出了正常的"兄弟"情谊，近呼达到同性恋的程度。因为据有岛武郎《年谱》记述，森本厚吉曾向有岛提出过希望他能与其他朋友断绝关系的请求。这种不可思议地要求，倘若放在其他人身上，可能会被断然拒绝掉。然而自幼就不善于拒绝他人好意、性格中又带有几分懦弱倾向的有岛武郎，居然接受了这一超乎寻常的要求，真的给以往的几位好友发出了绝交信。这一怪异的举动，当时还让几个有岛武郎外地的朋友大为不解，莫名其妙。

不仅这一件事，在明治 31 年年末和 32 年年初之间，有岛在森本的极力要求下，还曾两次与他到访过现今位于札幌市南区的定山溪，体验了几天自给自足的封闭生活。其中有一次，他们还带上了手枪，险些在定山溪中双双自杀。这就是所谓的"定山溪事件"。据有岛武郎《年谱》记述，在这次的野外生活体验中，森本明确地向有岛提出了希望能发展成为同性恋关系的情感诉求。这让一向传统保守、单纯执着的有岛武郎大为困惑，陷入了一段深深的自责中。

不过值得注意的是，此次事件虽然给有岛武郎的精神上带来了巨大的冲击，但似乎并没有影响到他们两个人日后的朋友关系。相反，直至晚年，他们都是彼此为数不多的至亲好友。而且森本厚吉的基督教信仰还给有岛武郎带来了比"定山溪事件"更为深远的影响，从根本上左右了文学者有岛武郎的命运。

　　前文中我们已经指出，森本厚吉之所以会从东京辗转北上札幌，是因为他敬仰当时在札幌农学校任教的知名教授新渡户稻造。除了新渡户稻造之外，还有一位让森本心仪已久的人。他就是日本近代著名的基督教徒、传教士、文学家、思想家的内村鑑三（1861-1930）。众所周知，新渡户稻造和内村鑑三是同期从东京大学转学至札幌农学校，毕业后又同期留在札幌工作的一对志同道合的朋友。而且作为札幌农学校第二期的同届同学，他们两人又都深受了该校草创期的首任校长——原美国马萨诸塞州农科大学的校长威廉·史密斯·克拉克（William Smith Clark，1826 — 1886）博士的影响，成了热心的基督教徒。而数年后，这两位教授的基督信仰又给这位慕其名而来的年轻学子森本厚吉带来了深远的影响。使他也成为了一名基督教信徒。只是森本的宗教信仰不及其师辈们的那般火热与单纯，于是在接受基督教的过程中，遇到了很多情感方面的困惑。[①] 而就在这一时间点上，他与有岛武郎相识并成为了至亲的好朋友。于是他便开始怂恿并极力推拉性情执着但又敦厚的有岛武郎一同去接受基督教的洗礼，且最终劝诱成功。只是他或许没想到吧，凡事不做则矣，做就要做得彻底的有岛武郎，为了能够堂堂正正地成为一名基督教徒，竟把这件事写信告诉了东京的家人。因为在儿时，在祖母的影响下，有岛曾接受过佛教的教义，所以他觉得有必要把自己的内心信仰切割清楚，免得在精神及信仰上出现混杂。

　　只是有岛武郎可能没有想到，他的这一愿望会遭到笃信佛教的祖母和敬畏儒教、崇尚武士道精神的父亲的严厉反对。但不知是基督教的信仰赋予了岛武郎勇气，还是想独立自主生活的意识让他变得更加坚定了，一向听从父母之命的有岛武郎，这一次却出奇的坚决，顶起了来自家庭成员的所有压力与批评，最终毅然决然地加入了基督教。可见，此时的有岛武郎无论在外在的生活形式上，还是在心灵深处，都已实现了真正的独立。而在这个过程中，无疑，好友森本厚吉发挥了巨大的积极作用。而且不仅在这一件事上，包括后来他们

---

① 　上杉省和在『有岛武郎 ——人とその小说世界—』（东京：明治书院，昭和 60 年 4 月，第 31 页）中指出："令人不可思议的是，连自己的信仰还都不够坚固的森本，却能够去强制别人的信仰。（中略）明治 31 年 3 月 5 日，森本终于向有岛武郎倾诉了自己在信仰方面的苦恼。这使得"我每天都煎熬到深夜还不能入眠。想想自己的罪责，便深感惭愧、辗转反侧，甚至都想过干脆用手枪自杀了算了的事。"

一同选择去美国留学等，森本厚吉一直都是有岛身边不可或缺的一个存在。

有关有岛和森本在美国的生活，我们稍后会再做讨论。现在让我们把观察的视线再拉回到有岛武郎正式加入基督教之后的内心世界中来。

史无前例地顶着家人的反对阻力加入了基督教并由此实现了真正的独立自主的生活之后，有岛武郎便开始面对自己的今后将向何处去？要做什么样的人？过什么样的生活？走什么样道路？等一系列的现实问题了。同时，他也察觉到了这些问题不会像以往的几次人生选择那么简单，只要自己做出了决断就能拿出答案来。于是一场附带着更为深刻困惑的摸索过程，便拉开了帷幕。

从有岛武郎《日记》及其它相关参考资料中，我们可以看到，直至从美国留学回国为止，这一摸索和探寻的过程都在持续，未曾间断过。只是在一些地方小报和杂志上已经发表过一些文章的有岛武郎，对自己将向何处的问题，似乎已有了一些具体的方向。即：从事文学创作。客观事实上，在大学三年级的那一年暑假，他就已经和挚友森本厚吉一同，着手撰写了一部《利文斯通传》。

众所周知，戴维·利文斯通（David Livingstone 1813 — 1873）是英国著名的探险家、传教士。曾前后三次到非洲传教，为非洲黑奴的解放事业做出过重大的贡献。也是非洲维多利亚瀑布和马拉维湖的发现者。或许有人会觉得奇怪，为什么有岛武郎在走向成人、面向文学时，会选择这样一个写作的对象？其实这并不难理解。前面我们已经讲过，这两个年轻的基督徒虽然接受了基督教教义，但在内心处还残留着很多困惑和不解。尤其是当基督教信仰开始约束他们的肉体欲望时，更使得他们难以从灵魂到肉体的完全诚服。而利文斯通的传奇经历，无疑对解决他们的这一疑惑大有帮助。这应该是他们萌生文学创作的冲动并面临思想方面的纠葛时，首先选择了以利文斯通为题材来起笔写作的一个原因。换句话说，这是他们在为自己还不够坚决和牢固的基督信仰寻找足以信赖和膜拜的对象和依据的过程。尤其是在性格方面有洁癖的有岛武郎，更需要一个具体的形象来帮助自己坚定信念。因为他自己很清楚，他虽然接受了基督教，但自己对基督教的虔诚之心还远远不够。事实上，如前文所述，由于在祖母的影响下已接受过佛教的感化的他，终生没有举行过基督教的洗礼仪式。^① 所以笔者认为，在这一时间点上，这两个年轻的基督徒之所以会热衷于利文斯通传记的研究，正是因为《利文斯通传》能恰到好处地把有岛武郎精神上的困惑及思想方面的斗争以及文学创作的冲动中出现的种种困惑，全部能聚拢在一起的原因。也正是因为如此，这部《利文斯通传》从执笔到脱稿，他们整整用了一年多的时间。足见他们对这部颇具学术性的传记文学作品投入的精力之非同一般。而且，天道酬勤，有岛武郎和森本厚吉的这部《利文斯通传》出版之后，前后共再版了五次。就时间跨度而言，几乎横跨了二十年的时间。其带来的社会影响也不言而喻。所以，如果仅从研究有岛武郎的角度来讲，这部《利文斯通传》的学术意义，非同寻常。尤其是在第四版出版时有岛武郎所补写的《序》，更是成了研究有岛武郎精神发展史的一个重要文献资料。甚至笔者认为，虽然这是由两个人合作完成的作品，但从文学者有岛武郎的习作角度来说，这部传记文学才是告示文学家有岛武郎正式问世的代表之作。

不过有学者^②认为，《利文斯通传》不是标志文学家有岛武郎诞生的作品。因为真正的文学者有岛武郎的诞生，还要等到他从美国留学回国之后。甚至有人主张更晚的时间。即在他回国之后的第 8 年，文学者有岛武郎才正式问世。其依据是有岛在回国之前写给他父亲的一封信。在信中他说：

我曾认真地思考过自己到底有多大实力的问题。首先，我觉得我是一个没有从事具体事务工作能力的人。也没有精明细致的头脑，可以把自己的一生投入到某一具体的行业中去。更没有走进政界，清浊应对自如、黑白两道通

---

① 佐古纯一郎曾质疑说："我们在思考有岛武郎的信仰问题时，一定要重视他没经过洗礼仪式这一事实。因为这说明有岛武郎归根结底是"没得到真正的信仰"。 参考佐古纯一郎著《近代日本文学の悲劇》，东京：现代文芸社，1957 年，第 301 页。

② 如龟井俊介在『有島武郎　世間に対して真剣勝負をし続けて』（京都：ミネルヴァ書房，2013 年 11 月，第 122 页）中就曾指出："在后来的回忆录（《利文斯通传》之序）中，有岛武郎作为对自己留美生活的总结之词，说过'三年的美国留学生活即将结束，马上就要启程前去欧洲旅行的那一时刻，我其实已经下定决心。今后就作为一名文学爱好者，兼做一些教师工作来度过自己一生的事。这当然是出于对自己的失望。但也是无奈之举。因为就凭我自己的那个贫瘠的大脑，是无论如何也没有勇气给自己定下做一名文学者的人生计划的。'这当然是有岛武郎特有的自我谦虚的说法。但言语之间，同时也暗含着为自己辩护的意味。于是从他回国到具体地拿出'动作'去尝试着作为一名作家，又需要了八年时间。"

吃的大肚量。如果说我有什么过人之处，那就是善于独立思考，并能把由此而形成的思想，用文笔表达出来这一点。但我也很清楚，想靠这个能力来养活自己，在日本社会几乎是不可能的。所以我计划先从事一点教育工作，这样或许会更适合些。我在国外滞留期间，已经写成一部原创的作品和一篇论文。等有了机会，我会尽可能在回国之前把它发表出去。不管是好是坏，至少先拿到社会上去，给自己先定下一个方向。（略）

如何才能依靠文笔立足于社会并自食其力，在不受任何人的干涉下，能够公平独立自主地把自己的思想提供给世间？这是我当务之急需要想清楚的问题。当然这种事情是不能一跃而就的。我也已经做好了慢慢去构筑的打算和心理准备。[1]

这里有岛武郎所说的"一部原创作品"，应该就是佐藤胜等人所认定的，于 1910 年发表在《白桦》杂志上的短篇小说《かんかん虫》。[2] 福田清人和高原二郎所编写的日本近代文学系列丛书《有岛武郎 - 人与作品 -》也视《かんかん虫》为有岛武郎的"处女作"。[3] 但笔者依然想坚持《利文斯通传》才是标志文学者有岛武郎问世的代表作的立场。其理由是，首先从文字量上看，《利文斯通传》就有标志性意义。因为虽然在此之前有岛武郎就已经发表过《探梅记》《鲤说》《庆长武士》《此孤埙》《斩魔剑》《安德天皇异闻》《无根草》《岁暮之感》《修养録》《人生的归趣》等十余篇短篇作品，但无论是在内容上还是在质量上，这些作品都未能摆脱习作的水平。甚至有的太幼稚。如

---

① 此处引文译自有岛武郎于 1906 年 4 月 5 日写给父母的家信。该信已收录于《有岛武郎全集》第 13 卷，第 151 页。

② 佐藤胜在《「かんかん虫」から「カインの末裔」へ》（收录于濑沼茂树、本多秋五编辑出版的论文集《有岛武郎研究》，东京：右文书院，昭和 47 年 11 月，第 199 页）中说："有关《当当虫》的创作过程，安川定男对山田昭夫的推论表示赞同，即在 1906 年 1 月 3 日的有岛武郎日记上出现的《相棒》（"朋友"之意——笔者按），应该就是该作品的原型之说。"还有，上杉省和在前出《有岛武郎 - 人とその小説世界—》中说："据《当当虫》的草稿后面的那篇「作者附记」记载，该作品的初稿是完成于明治 39 年的。地点是在美国华盛顿。并可以推算出，该文稿是有岛武郎从美国留学回国之后不久的明治 40 年 6 月写完的"（第 98 页）。可见，有岛武郎从美国留学回国之前写成的第一篇小说就是这篇《かんかん虫》。

③ 《有岛武郎 人と作品》（已出），第 198 页。

《鲤说》只有一百一十九字。与现在网络上的"微博"等量。《探梅记》也不过三百三十二字。内容上也属于青少年所写的"感想文"范畴。所以在百余年后的今天，除了做为作家早期生平研究的资料之外，这些作品几乎已没有任何单独作为文学作品来阅读的价值和意义。而《利文斯通传》相对于这些作品已有了质的飞跃。仅就文字量而言，一篇《利文斯通传》就是上述十部作品的总和的三倍之多。而且已经有了明确的创作意识。其起笔动机也已经与以往的短篇作品有了本质上的区别。如远藤祐在《关于"初期文集"》[①]中所指出，有岛武郎之所以写《利文斯通传》，是因为"他想通过利文斯通把自己的信仰传播给这个世界"，并想通过与"利文斯通的一生的对话，给自己找到一个可以立足的处所"。可见注重作家思想性和社会性的文学者有岛武郎，此时已经展示出一些自己的雏形。而且从一部作品问世后在社会上所发挥的影响力这一角度去看，《利文斯通传》的存在感也非同此前的作品。如前文所述，这部传记前后总计再版过五次，跨时近二十年时间。足见其做为一部独立的文学作品，其生命力已经得到充分验证。所以笔者认为，以此宣告文学家有岛武郎的诞生是绝对不为过的。而后问世的《かんかん虫》所预示的，在笔者看来已经不是简单的标示一个文学者的诞生的问题了，而是作为一个成熟的文学者有岛武郎开始正式引领日本文坛的一个先兆了。即在笔者看来《かんかん虫》已超出"处女作"的层级，应定位为"成名作"的位置比较合适。

那么文学家有岛武郎问世之后，他的文学作品又展示出了怎样的特征呢？下面我们就来探讨一下文学者有岛武郎诞生后的"文学之路"到底怎样的问题。

第三节　从天性的同情到理性的认可

前文中我们已经讨论过，《有岛武郎·年谱》所列出的几项有关他北上札幌农学校的动因及有些说辞是难以使人信服的。但其中有一项——姑且不深入

---

① （日）远藤祐：《「初期文集」について　—第一巻解説—》，收录于《有岛武郎全集》第一卷，附录《月报 5》，第 5 页。

追究它所占比重有多少的问题——笔者认为还是有几分真实性。即有岛武郎本人所说的，他北上札幌是为了体验底层百姓的工作及生存状态的说法。因为从后来有岛武郎把自己的农场无偿转赠给了当地农民的这一事例来看，可以确信，他对底层社会人群的生活现实，确实抱有一份深厚的同情心。在本章前两节中我们也已再现过有岛性格及人格品质中的一些特质。即他虽然有些优柔寡断、性格中缺乏刚毅的一面，但确是一位极富爱心与同情心的人。如前面我们已经介绍过的福田清人主编的《有岛武郎——人与作品》中，就记载这如下一段轶闻佳话。对于我们了解有岛武郎的天性及富有爱心的人格品质，颇有帮助。现亦摘译一段如下。

那一天，武郎非常漂亮地把诗背诵了下来，不仅得到了老师的表扬，还作为奖励，得到了一本童话故事书。而且在回家之前，又被老师单独叫去了一趟办公室。在办公室门前，他让妹妹爱子在外面等着，他一个人进了办公室。进去之后他才发现，办公室里摆放着一块非常精致的蛋糕。老师走到那蛋糕旁用刀给武郎切了一份。同时嘱咐说，本来给你妹妹也想切一份，但是那样做对其他同学不公平。所以就算了。可见，这份蛋糕是作为他把诗歌背诵下来的奖励。可武郎接过蛋糕之后只是露出满脸的欢喜，却不忙着去吃。而后不知他想到了什么，突然张大了嘴，一口就把蛋糕放进了嘴里，但没有咽下去，只是含在嘴里鼓着两腮。老师见状刚要发笑，却见他急急忙忙地就跑了出去。原来，他是想让等在门外的妹妹爱子，也能多少尝一下这个蛋糕的味道。①

或许有人会说，这种手足兄妹之情并不少见。但笔者认为，一个不足十岁的男孩子能做到这一步，其情感之丰富、心意之细腻，还是有几分不寻常。其实，不仅对自己的兄弟姊妹，对朋友亦然。如在上一节中我们介绍过的有岛对朋友森本所投入的热情与赤诚，就是一个非常好的例子。因为单从情感的赤诚赤热角度来说，这份友情与上述的兄妹情意，并没什么差异。包括后来他对底层社会人群所赋予的怜悯之心与同情之意也一样，还是有几分超乎寻常之处，充分展示着他的温和善良的天然秉性。而这一天然秉性自然而然地也会影

---

① 《有岛武郎——人与作品》（已出），第16页。

响到他的文学创作。如前文中我们已经讨论过的短篇小说《かんかん虫》，其题材的选取及情景的设计和描述，就精准地反映出了他的这一富有爱心和同情心的性格特质。

有关这部小说的题目《かんかん虫》，笔者目前还没找到一个比较理想的既有翻译。维基百科中有人翻译为"硬壳虫"，但笔者并不是很认同。因为"かんかん"在这里是一个拟声词，在这部小说中，是用来模拟船运工人用铁锤敲打船体或是船上装载的气罐时发出的声音。没有具体的指向。所以《かんかん虫》可音译为《当当虫》。当然"当当虫"不是什么具体的虫子，而是指那些在横滨港以清理国内外商船上的气罐为生的临时工。他们一般身材比较矮小，因为在清理船体及气罐上的铁锈时，须要工人钻进船体内部或是船载气罐的里侧去作业，身高体大的人反而很不方便。另外，由于这些工人几乎都是临时工，没什么社会保障，工作环境和劳动条件也非常艰苦，所以自然社会地位也非常低下，又因他们在工作时总能听到用铁锤敲打船体的"当当"的声音，所以当地人就略带些歧视的意味，用"当当虫"来称呼他们。有岛武郎的《当当虫》描写的就是这样一群生活艰辛、社会地位又非常卑微的人们。小说的主人公就是一位"当当虫"，名叫吉。家中有一位患肺病的妻子，还有一个叫里的女儿。里本来与一位年轻的"当当虫"富交往已久，感情也很好。但因包工头莲田看上了里，想让里做他的妾。于是在钱与权的双重诱惑下，里和富的爱情便走向了破灭。作品中，里的父亲吉再三劝说女儿，说"人情薄如纸"，毫不可信，甚至横加阻挠富的求婚，还嘲讽和挖苦富说，如果想娶她的女儿为妻，就拿钱来证明自己有这个本事。甚至极富挑衅意味地说，要是拿不来钱，取了莲田的人头来见也可以。不难想象，这些话一定深深地伤害了富的自尊心和感情。于是在里与莲田结亲的那一天，悲剧就发生了。莲田在船上被莫名其妙飞来的一个铁块砸中身亡。作品中虽然没有明说杀人者就是富，但是从前后文脉络和情景的描述中，读者可以轻而易举地推断出，杀人凶手就是被横刀夺爱的富。

另外，我们从小说中的一些情节描述中，也可以推断出这部小说的写作背景是明治维新之后——即中日甲午战争及日俄战争爆发之后的那段时间。这一点我们必须予以留意。因为如前文所述，此时的日本社会正处在资本主义经济快速发展，同时新的社会问题也开始集中爆发的一个历史时期。最为突出的一个表现，就是在日本国内接连发生了很多大型工厂的罢工事件。有关这一时期的日本社会状态，我们已在前一章讨论厨川白村时，用表格的形式做过了说明。在这里就不再重复展示。总之，《当当虫》所描写的就是这一处于变革时期的日本社会。它不仅为我们展示出了有岛武郎作为作家所富有的敏锐观察力和选材能力，也为后来的农民文学和革命文学的发生和发展，开创了先河。更为后来的政治阶级斗争进入炽热化之后的文学与社会的新的连带关系，提出了一个警示，甚至起到了范例的作用。因为有岛武郎的《当当虫》问世之时，日本文坛还处在以岛崎藤村（1872-1943）的《破戒》为代表的自然主义文学运动的高涨时期。而所谓的自然主义文学，是以"无理想、无解决、无技巧"为最高境界的文学艺术方法。即只追求内容上的客观真实性，提倡文学应以直接描写作家个人的真实生活和真实感受为主要内容的文学形式。所以大多缺少对具体社会事务的关怀。身处这样一个文坛风潮中的有岛武郎，能够写出《当当虫》这样关心社会具体问题的大主题作品，尽管它有改写俄国文学作品的倾向，但亦实属不易了。只是《当当虫》作为一部短篇小说只有短短十三页的纸面。所以再成熟的作家也很难在这么短的文字中把那么丰厚的一个主题及社会矛盾的内部关系等，都描述清楚。恰如上杉省和所指出，这篇小说若单从文学作品的成熟度来看，并不算是一篇非常成功的作品。因为它对社会现象的观察还停留在表面。比如作品中"吉的做法招致了富对里的刀枪相见的惨剧，而吉却没有起诉这位刺杀自己女儿女婿的凶手。这等于他帮助富对莲田实施了复仇。这种故事情节的展开不能不说，略欠了一些人性的自然。而且通过吉自己吞下自己犯下的罪的恶果的形式来结尾，也有简单化和夸大阶级对立关系及阶级憎恨和感情的倾向。另外，小说前半部分对个体人性的挖掘与后半部分对社会阶级的复仇心理的分析，也明显有设计上的错误。在剧情构思上，也有一些明显的断裂之处"[1]。

不过尽管如此，这篇并不成熟的短篇小说还是非常准确地向我们透露出了这一时期有岛武郎的文学创作方向及主要关注点的所在位置。不仅这一篇

---

[1] （日）上杉省和：《有岛武郎》（已出，第99页）。日语原文："その結果、富の里に対する刃傷沙汰を招くことになるが、吉が自分の娘を刺した下手人を訴えず、富の蓮田への復讐に加担する物語の展開はやや不自然である。吉自らが犯した悪は頬かぶりされ、階級的憎悪が誇張されて、作品前半の人情本の展開と、後半の階級の復讐劇との間に肉離れをきたしたことは否めない。"

《当当虫》，在后来问世的很多作品中，有岛对下层民众生存环境的关注及赋予的怜悯之情，一直贯穿在他的作品之中。也是有岛文学的一个重要特征及题材来源之一。如《阿末之死》（原题《お末の死》）《卡因的后裔》（原题《カインの末裔》）等，就都是描写北海道农民悲惨生活状况的作品，其场景令人难忘。仅就这一点，有岛与我们在上一章中讨论的厨川白村，就有本质上的区别。正如这两章的标题所示，如果说前者厨川白村只是在际遇劳动文学运动时陷入了苦于理解和应对的困境之中，但实际上他并不承认无产阶级文学所具有的将来性和可能性的话，那么后者的有岛武郎则是完全投入到了反映这一底层社会状况的文学创作中去了。并身体力行地为其呐喊、为其申述。这一情感的投入与只是从理性和科学性的角度去观察和研究劳动文学问题的厨川白村，有着天壤之别。而且，笔者还认为，这一差异的出现，不仅仅是因为前者是一位秉持科学性和理性思维习惯的研究型学者，而后者是一位以感官和直觉为生命的创作型文学家的原因。他们之间的差异，更与厨川白村的欧美之行是短期访问形式的旅行和与有岛武郎长达三年之久的正规留学经历之间的差异有关。如高山亮二在《有岛武郎的思想与文学》中所指出的，有岛在美国留学期间认识的日本早期社会主义运动家金子喜一[①]对有岛后来的左倾思想的影响，就不可替代。客观事实上，有岛就是在金子喜一的影响下才在美国接触的托尔斯泰以及克鲁泡特金等人的社会主义思想的。又在哈佛大学与金子喜一一起旁听了考茨基和恩科斯等人在该校开设的社会主义思想课。这些经历无疑会更为本质地影响到有岛日后对日本无产阶级文学运动的认识方式及深度和广度。这与走马观花般在美国转一圈就回国的厨川白村有极大的差别。所以高山亮二也说：

在与金子交往的过程中，有岛的生活观变得越来越具有积极性和行动性。（中略）比如他跟着金子一起去参加社会主义者的集会等。另外，为了实现经济上的独立，他还搬到了一个叫彼巴德的农家（有岛曾经在这家农场打过工——笔者按）去住。还有，虽然有岛在日记中没有明确地记载，但从前后的事例中我们可以推定，就是在这一时期，他旁听了金子在美国发表的第一次演

---

① 金子喜一（1876 - 1909），神奈川县人，是文学家德富苏峰的弟子。是日本早期社会主义运动家。年轻时曾在美国哈佛大学留学。担任过《芝加哥社会主义者日报》的记者。年仅 33 岁，就因肺结核病逝。

讲。跟好友森本开始谈论有关反战思想的话题，也是在这一时期。同时，有岛的《马丹姆·布列斯科夫斯基传记》，也是在这一时期开始动笔并断断续续向《平民新闻》投稿的。有岛本人曾在《利文斯通传序》中回忆这一时期的经历说，从这一时候开始，有岛及彼巴德一家人吃晚饭前不再朗读《圣书》，而是改为了惠特曼的诗歌。其中，令有岛记忆最深刻的是，每每看到流着眼泪阅读惠特曼作品的彼巴德的神情时，都会大受教育的画面。在那一刹那，他似乎懂得了一个人能够充满个性的生活着是一件多么美好的事。也就是从这一时期开始，有岛懂得了很多面对生活的问题，比如有关"人性"的问题，他就懂得了不仅要从善与恶的角度去理解和体会，还懂得了从"人"的角度去思考才能明白它的道理。尤其值得我们注意的是，据有岛本人在日记中记述，他就是从这一时期开始跟着金子学习的社会主义的思想。并以此为转机，他改变了自己多年以来一直以新教（Protestantism—— 笔者按）教义为基础构筑起来的信仰和思想。[①]

从这一段引文，我们可以清楚地看到，在留美期间，有岛对底层社会人群所抱有的同情与怜悯之心，已提升到了一个新的理论层面，完成了质的飞跃。不再是单纯地以天性中的良善来支撑的直观、朴素、情绪化的认知。所以笔者认为，我们应该把有岛思想左倾的时间——即从基督教向社会主义转折的点，放在他的美国留学期间。当然，这只是笔者的一己之见。也有不少学者认为有岛的思想左倾转折点，不是在留美期间，而是在更早的出国之前。因为查阅有岛日记等资料，我们可以找到更早记录他接触社会主义和无政府主义思想的佐证资料。[②] 例如在明治36年（即1903年）2月6日的有岛日记中，就有如下一段记述。

---

① （日）高山亮二：《有岛武郎の思想と文学：クロポトキンを中心に》，东京：明治书院，1993年，第106页。
② 如著名的有岛武郎研究者山田昭夫在《有岛武郎的世界》（北海道新闻社，昭和53年11月）中，就曾论证说，早在札幌农学校时代，有岛武郎就已经通过新渡户稻造的影响而接受到无政府主义的思想了。还有，高山亮二在有岛武郎的日记中也查证到了他在札幌农学校时代就熟读过新渡户稻造论述克鲁泡特金社会主义思想的《农业本论》的事实。所以他们认为，在去美国留学之前，有岛武郎就已经开始接触有关社会主义的思想了。

六点左右，去本乡的中央会堂参加了一个社会主义的演说会。斯波、堺枯川、幸德秋水、木下尚江、片山潜、安部矶雄等名流，都相继登了场。那个诺大的 chapel 几乎坐满了人。盛大的规模真是让人吃了一惊。可见人类对"面包"的要求是何等的强烈啊。看了那情景，就立刻明白了这个道理。①

倘若依据这些资料来推论，那么有岛在出国之前，确实已参加过带有社会主义思想倾向的社会活动。但笔者认为，我们不能凭借这些资料就界定有岛早在出国之前就已经是一为社会主义运动者。因为此时的有岛无论是接触社会主义的思想还是无政府主义的理念，其感觉依然还停留在好奇和感性的认知层面。并无实质性的行动和发自内心的共鸣。正如在《利文斯通传序》中他本人所说：

对于当时的我来说，无论是在家庭境遇方面，还是在所接受的学校教育方面，我都不具备去深入思考什么是社会主义的余裕。其实，我当时对这些什么主义啊运动啊什么的，真的是没有任何知识储备。②

而到了美国大约一年半——即他考入哈佛大学并开始与"纯粹的唯物社会主义者"金子喜一交往之后，他对无产阶级革命运动及社会主义思想的理解，便进入了一个全新的阶段。在理论知识和思想体系上都有了一个质的飞跃。关于这一时期的有岛武郎思想，我们不妨参考一段他自己的叙述。

基于我自身的经验及基督教予以我的暗示，我开始朦胧地感觉到我们现代的生活中存在着一种说不清但又非常根本的缺陷。而就在此时，我际遇了金子君。此后我便开始慢慢地收集有关这方面的书籍，并开始参加主张这方面主义的人们的集会活动。懂得了唯物主义这个东西，确实不是我们世间所想象的那样源自一个浅薄思想的事物。想来，既然当下确实存在这样大的贫富差距，

---

① （日）有岛武郎：《有岛武郎日记》，明治 36 年 2 月 6 日，收录于《有岛武郎全集》第 10 卷，第 245 页。

② 有岛武郎：《第四版序言〔『リビングストン傳』序〕》，最初发表于《东方时论》杂志（大正 8 年 2-4 月），收录于《有岛武郎全集》第 7 卷，第 374 页。

而造成这一差距的现存近代经济体制还依然延续，那么有人想改变维持这一经济体制的结构及道德框架——甚至想从根本上改变这一体制，也是理所当然的。可以说，唯物哲学就是在这样一个社会趋势的迫使下，才诞生的一个伟大产物。（中略）所以，我们必须要看清楚，在这一唯物哲学的背后是有人们对当下的社会形势所抱有的迫切感及担忧在支撑着的。①

　　足见此时，无论是在理论认识高度上还是在知识储备上，有岛的左倾思想都得到了一个质的提升。但我们也须谨慎的是，尽管如此，有岛依旧没有像政治人物那样，转瞬间就彻底改变了自己的一切思想。毕竟附着在他身上的那份富足文化家庭出身的教养及根深蒂固的意识形态，这些既有精神，他是无法在转瞬间就将其全部扼杀掉。相反，这些既有思想和内在的精神，在他成长成为一名真正的文学者时，反而变得越来越强有力了。于是在以底层社会人群的生活状况为题材去创作《当当虫》《阿末之死》《卡因的后裔》等作品去贴近无产阶级文学的同时，有岛也写下了以《一个女人》为代表的所谓资产阶级文学的经典之作品。②这是我们在讨论"文学者有岛武郎"时，必须要予以留意的地方。

　　众所周知，《一个女人》描写的是一个出身上流社会但充满个性背叛精神的年轻女性的爱情故事。虽然题材源自于真实的人和事，但与当时流行的自然主义文学及所谓私小说等，在作品风格上都大有不同。因为在这一作品中，有岛既没有对自己身边所发生的真人真事做过多地描叙，也没有赤裸裸地、道白式的对客观真实的事件予以暴露。而是以极具虚构性的手法对出场人物的心理进行了深度分析与解构。可谓开创了日本近代文学"本格小说"的新天地。

　　该部作品以女性、爱情、婚外恋、美国、教会、个性解放等极具现代意象的议题为基本要素，对一位生活在明治社会上流阶层的摩登女性的命运，给予了一次深度的勾画。或许是因为《一个女人》里的生活场景及社会背景更加

---

① 《第四版序言〔『リビングストン傳』序〕》（已出），第374页。
② 栗田广美在《愛と革命：有岛武郎の可能性》（东京：右文书院，2011年3月）中，也证实说，有岛武郎的代表作《一个女人的 Glimpse》（后来改为《一个女人》）就是在他回国之后的第三年（明治43年5月），即在发表《老船长的幻觉》和《当当虫》等作品之时，同时开始起草的。参考该书第89页。

切近有岛本人的真实生活与体验的原故，这部小说充分地展示出了有岛作为一个接受过全方位优质教育的"资产阶层"知识分子所具有的文化修养及学识功底。甚至让人难以相信，反映两个截然不同的社会生活场景的小说《当当虫》和《一个女人》，居然出自同一个作家之手。或许这也是有岛双重矛盾性格及心理特征的一个集中展现吧。只是这一相悖的精神结构与反差，随着日本无产阶级文学运动的日益高涨与不断深化，也逐渐把有岛推向了一个进退两难、左右不能的纠葛中。于是最能代表这一时期有岛内心精神状态的短篇散文《宣言一篇》便问世了。

或许有岛本人也没有想到，他的这一篇告白式的短篇散文发表之后，会引起那么大的轰动。甚至引发了一场以《宣言一篇》为主题的文坛大论争，席卷了当时的整个日本文坛。又因这场论争发生的时间点，恰好是在无产阶级文学运动全面兴起的历史时间点上，所以有很多日本近代文学史学家把这篇短文视做是日本"昭和思想的起点"。足见其在日本近代文学史上的地位及影响力之非同一般。

关于《宣言一篇》的具体内容，我们会在下一节中做具体论述。在这里笔者只想强调一点，即这篇短文之所以会在文坛引起那么大的震动，无非是因为它击中了当时日本文坛知识分子们都在思考同时又深感困惑又不知如何应对的一个敏感问题。即被视为社会良知的知识分子们在遇到打着改良社会并以营救劳苦大众为目的的口号勃兴起来的无产阶级革命运动时，他们到底该如何与其面对的问题。这对我们来说是一个非常好的题材。因为在这一场争论中体现出来的知识分子们的思想和立场，是我们分析当时日本知识阶层是如何理解和接受无产阶级文学运动的这一追问时，再好不过的切入点。所以在下一节中，笔者就想以《宣言一篇》为中心，来重点讨论一下有岛武郎与日本无产阶级文学运动之间存在的内在与外在的纠葛关系。并以此为契机，去重新思考一下大正初年日本文坛知识分子们在思想上认同了革命文学的勃兴之后，又是如何去面对由此而带来的困惑与精神上的挣扎的问题。

第四节　认同无产阶级文学的困惑与挣扎

　　1907 年 4 月，思想框架基本形成、事业方向也大致定格的有岛武郎，结束了三年零八个月的留学生活，回到了日本。是年正好三十岁，时值而立之岁。不难想象，回国之后的他，一定很想立即投入到自己所预设的事业中去。可是现实总是令人无奈。由于出国之前有岛没有完成兵役，所以回国之后的他，不得不又先回到部队去把剩余的三个月兵役服完，再做打算。

　　直至翌年 1 月，他才被母校札幌农学校（此时已升格为东北帝国大学农科大学——笔者按）聘为英文讲师，从而获得了再次北上的机会。

　　到札幌农学校任职之后，如果我们只看有岛的年谱及履历等生平资料，会觉得无论是在工作方面还是在生活方面，此时的有岛似乎进入了一个非常"平凡"的生活状态。与前文我们所中讲述的抱有激烈思想斗争的青年，已毫无关系。为了能够一目了然地概观此一时间点上的有岛的生活状态，在这里，我们不妨罗列几项有岛武赴任札幌之后的一些具体事例。

　　1907 年 12 月，受聘东北帝国大学农科大学讲师。

　　1908 年 1 月，北上赴任。同年 3 月兼任学监。6 月从讲师升格为教授。同年 9 月与神尾安子订婚。

　　1909 年 3 月结婚。7 月收到北海道政府的批复，正式获得狩太农场的土地持有权。

　　1910 年 4 月，与弟弟有岛生马（即后来的作家里见弴——笔者按）、志贺直哉、武者小路实笃等人共同创办文学杂志《白桦》。5 月，脱离纠缠多年的札幌独立教会，并开始在《白桦》上发表文章。

　　1911 年 1 月，长子出生。同年开始在《白桦》上连载长篇小说《一个女人》。连载至 1913 年 3 月结束。

　　这就是有岛任职札幌之后的大致生活状态。从一般常人的生活角度去看，一切都可谓顺风顺水。因为无论是在家庭生活方面还是在事业发展方面，此时的有岛都颇有收获。只是好景不长，1914 年 9 月，其妻神尾安子便被检出了肺结核，且病情较为严重，于是有岛的平静生活状态也就随之而被全部打乱。有关此间生活境遇的改变及对他文学创作活动的影响等问题，我们在下文中会依次予以讨论。在这里，让我们把考察的视线还是拉回到他与无产阶级文学运动的关系上来。

如果我们只看上文中我们描述的那几条明线，或许会有很多人认为在美欧留学期间接受了左翼社会主义革命思想的有岛武郎，回国之后，随着生活环境的回归本我而其精神和思想也又回到了原有的资产阶级当中而不再关心此前曾认真思考过的有关社会主义的革命思想等问题了。但事实并非如此。我们去仔细翻阅此时的有岛武郎日记等资料，就会发现早在 1908 年 1 月 23 日，即在他到北海道赴任之后的第一个月，他就已经开始参加刚刚筹建不久的札幌农科大学校内的社会主义研究会了。而且这次还不是简单地去旁听或是在外在形式上给予一点关心那种浅层次上的接触，而是成为了该研究会的正式成员，并为该会的成员讲解当时最受注目的约翰·鲁斯金（John Ruskin）的专著《Unto This Last》（《直到最后》）和埃德温·罗伯特·安德森·赛利格曼（Edwin Robert Anderson Seligman）的专著《The Economic Interpretation of History》（《历史的经济解释》）。众所周知，这两本书是当时从经济学的角度讨论社会思想问题的名作。给当时的社会主义思潮带来过重要的启示。可见回国之后的有岛思想及其关切点，并没有因生活境遇的改变而有所改变。想来也是，毕竟有岛在留学期间所形成的那些认识和思想，不是一时冲动的产物。如高山亮二所指出，此时的有岛"在有关财产的问题上，（已坚决的——笔者按）认为包括他自己在内的所有富裕阶层，其生活来源都是在仰仗着对劳动者的榨取的。而这是必须要去予以否定的东西。他还认为，国家权力是恶的存在，应该用无政府主义相互扶助的思想来重建。同时，他对人性持着肯定的态度，且相信艺术的救赎作用"。① 所以回国之后的他，不可能与当时的社会主义革命思潮发生决裂。相反，很多史料都在证明，他到了北海道工作之后，很快就成为该地区社会主义思想文化的积极的宣传者。如前面我们谈到的那个社会主义研究会，就是在他的积极参与和推动下才得以成立。而且翻阅 1908 年的有岛日记，我们

---

① 《有岛武郎の思想と文学》（已出），第 205 页。

也可以发现，他先后参加过十四次该研究会的集会活动。其中有两次还是在他自己的家中举行。可见其投入的热情有多高了。尤其通过该研究会的活动，他与当时的社会主义运动家西川光二郎①等相识并开始与他们通信这一举动，非常值得留意。因为这表明有岛对社会主义革命思潮的关注，此时已由学术层面上的关怀，提升到了在实际行动上的支持。虽然最终他没能成为一个活跃于革命运动第一线的革命者，但那或许只是因为他当时的那个严厉的时代没有给他进一步升华或质变的机会而已吧。因为他的这些举动和倾向，很快便引起了时任札幌农科大学教授的高冈熊雄的注意，并被予以了严厉的警告与批评。我们知道，对于有岛来说，高冈熊雄不是一个普通的同事或是教授，而是他曾经的老师。在有岛重返母校工作这一人事安排过程中，高冈教授也发挥过重要的作用。事实上，高冈熊雄后来就担任过北海道大学的第三任校长。所以他的劝告与批评，无疑会对有岛产生巨大的压力。事实上受到高冈教授的批评和警告之后，有岛便亲自上门去解释和说明了。而且还再三表示自己的行为只是出于对知识和学问的兴趣而已，没有什么其他政治上的目的或是动机。

但是尽管如此，他的解释和努力，似乎没能得到高岗熊雄的理解与认同。于是让有岛深感困惑，甚至在日记中抱怨说：

晚饭后去访高岗教授。我有些讨厌在官立学校教学了。因为这里会把很多研究封闭掉。真的研究精神也会被虐待停滞。布鲁诺曾经批评牛津大学是一所"知性老化的旧家"。但愿日本的大学不要也被高洁的人士扣上同样的称号。②

其实，有岛不应该怪罪高岗教授。反而应该感谢他。因为有岛在该研

---

① 西川光二郎（1876－1940），有岛武郎的校友，同毕业于札幌农学校。早期受过新渡户稻造和内村鉴三等人影响，后来成为一名社会主义运动家。曾与片山潜等合作创办过《劳动世界》等社会主义杂志。日俄战争时期是一位积极的反战人士。但不主张采取"直接行动"式的革命，而是希望通过议会改革来实现社会变革。尽管如此，他也先后被捕入狱了数次。在历经大逆事件之后才转向。
② 有岛武郎：《観想録　第十四卷〈譯〉》，收录于《有岛武郎全集》第12卷，第445页。

究会上的活动，已经引起了北海道警察厅的注意。甚至在明治 43 年（1910）年末，有岛都被北海道警方指定为危险人物，列入了被监视的对象。所以，高冈阻止有岛很有可能是出于对自己学生的保护和爱惜。前面我们已经介绍过"大逆事件"。即幸德秋水等数十位带有无政府主义及社会主义思想倾向的日本文学者和知识分子，仅因被怀疑有暗杀皇太子的嫌疑，就被认定违反了"大逆罪"，且在未经过公开审理的前提下，就被秘密处决的事件。该事件就发生在 1910 年年末和 1911 年年初。即与有岛武郎被北海道警察厅认定为危险人物的时期基本吻合。作为长辈学人，高冈熊雄一定是掌握到了或是预见到了一些信息或动向，所以才出面强行干预和阻止了有岛武郎的社会活动。毕竟有岛此时已间接或直接的参与进幸德秋水等人创办的杂志及出版工作了。倘若被连带进去，追查起来，有岛被殃及进去的可能性非常大。事实上，该事件发生后不久，由有岛武郎支撑的那一札幌农科大学的社会主义研究会，便迫于当时的大环境的挤压而悄然解散了。至此，如高田亮二所下的结论："抱着否定故国的社会体制及道德习惯的思想回国的有岛，无论是在婚姻问题上还是在《父与子》的翻译和出版的问题上以及有关农场的所有方式的问题上，均在"父亲"和"家庭"的双重阻挠下，以全部溃败告终。就连以研究真理为目的的大学《伦理讲义》课和社会主义研究活动，也在国家权力的干预下不了了之了"。[①] 此时有岛心中的无奈与尴尬，可想而知了。

这一严峻的现实，无疑给有岛武郎的内心带来了极大的困惑甚至是矛盾。于是作为文学者的有岛武郎便在《白桦》杂志上发表了他的第一篇成熟的文章，题目为《两条路》（原题《二つの道》）。这篇文章近乎直白地道出了有岛当时的困惑、彷徨、犹豫、矛盾以及左右难为的心情。如在开篇的第一、二、三节中，他就说：

一

有两条路。一条是赤色的，一条是青色的。人们用各种各样的方式走在上面。有的在赤色的路上径直向前奔跑；有的在青色的路上缓缓前行；也有野

---

① 《有岛武郎の思想と文学》（已出），第 225 页。

心家居然想跨在两条路上，哪个都不肯放弃；也有站在两条路的路口处，凝神眺望的。好像是在思考何去何从的问题。从摇篮的前面开始，路就已经分成了两条。像松树叶一般，层层叠加着、交错着，直到坟墓为止。

二

人世间的所有困惑，都源于这样的两条路。人在一生当中，终究会意识到它的存在。且会大吃一惊，并会思考如何才能将这两条路合并到一起去的方法。别说什么哲学家，这是每个人都会思考的问题（略）。

三

相连相接的松树叶，会一片一片地延伸着、渐渐地扩散开去。从最初的分歧点到最初的交叉点，两条路尽管也有离合，不过距离都不算远。但随着树枝的伸长，叶片间的距离也会变得越来越遥远。直至两条路互不相接，其间距甚至会达到即便是站在分歧点上望，都看不清是否有交叉点的程度。路也是这样，如果是最初，那即便选择了青色的路，也会很快遇到赤色的。反过来一样，走在赤色的路上，也会际遇青色的路。甚至可以脚踏两条路。但是随着路的向前行进，很快你就会感受到路与路不再交会的寂寞，以及自己到底该走哪一条路才是最佳选择的困惑。不久，就会像失去了轨道的彗星一样，落入迷失自己的行程的痛苦之中。①

除了在第三节的后半部分略去两行字外，这三段译文几乎是《两条路》前三节内容的完整翻译。虽然文章的内容有些凌乱，表述也很朦胧。但在字里行间流露出来的有岛的失望、困惑与挣扎，还是清晰可见的。只是这所谓的"两条路"的内涵与意义，太过模糊和难懂了，其主旨也很难把握。所以发表之后，带来了很多质疑的声音。有岛本人似乎也意识到了这一点，于是在文章的第六节中，他又做了一些补充性说明。说"有关这两条路，人们有各种各样的命名方式。有的人说它是阿波罗（Apollo）与狄奥尼索斯（Dionysos）。有的人说它是希腊文化和希泊来文化（Hellenism and Hebraism）。也有人说它是 Haed-headed 和 Tender-hearted。以及是灵与肉、兴趣与主义、理想与现实、色与空等等。（中略）但无论用怎样的名称，其实都无法说尽这两条路的内涵

---

① 有岛武郎：《二つの道》，收录与《有岛武郎全集》第 7 卷，第 5-6 页。

和意义。因为这两条路就是两条路。"① 只是尽管做了这些补充性说明与解释，但这篇文章的欲说还休之处，依旧令很多读者满头雾水。于是迫于读者的置疑和追问，时隔三个月之后的有岛武郎，不得不再发表一篇题为《再论〈两条路〉》的文章，对自己在前一篇文中所没有讲清楚的思想和观点，做了进一步的阐释。但在笔者看来，这篇《再论〈两条路〉》的逻辑与论述架构，依旧算不上清晰，照旧的费解与难懂。其实，之所以会出现这种现象，追其原因，笔者认为就是因为此时的有岛本人的思想，就处在一个困惑期。如在《两条路》中他本人所讲的，"人是一个在相对界里彷徨的动物"，② "我也是在这相对界里吃着饭生活的人"③，"所以当面对两条路的选择时，难免也会落入迷茫之中"④。

　　不过如龟井俊介所论述，虽然《两条路》是一篇简短的感想文，文脉理路也不是很清晰，但它却准确地为我们展示出了有岛文学作品所秉赋的一个风格。⑤ 即总是处在一个犹豫、彷徨、反思并且不断自责的一个循环之中。笔者对有岛亦抱有类似的印象。因为不仅是在这《两条路》一篇文章中，在其他很多有岛早期的作品里——如《利文斯通传》及其成名作《一个女人》等，在发表的过程中都有过多次的修改或数度易稿的迹象。而在这一修改的过程中，我们可以清晰看到一张矛盾、犹豫、徘徊甚至是苦于抉择的面孔。尤其是在面对无产阶级文学的兴起问题时，有岛的这一性格心理特征显现得就更为明显。如前文所述，最初他只是一位对底层人群的生活抱有同情心的文学者而已，但后来却成了一个无政府主义和社会主义思想的支持者，⑥ 甚至还曾秘密的出资支持过无政府主义者如大杉荣等远赴欧洲参加过国际会议。⑦ 再到后来，他更是成了一个公开呐喊"第四阶级（即无产阶级—笔者按）的势力一定会确立起

---

① 同上书，第7–8页。

② 同上，第6页。

③ 同上，第10页。

④ （日）龟井俊介：《有岛武郎》（已出），第135页。

⑤ 同上书，第134页。

⑥ （日）小田切秀雄：「徹底した自己追及から　—有岛日记—」，《有岛武郎全集》第10卷《月报》，第2页。

⑦ 大杉荣著《日本脱出记》及大杉丰著《日録·大杉荣传》中，均有记述有岛武郎直接出资援助大杉荣参加柏林国际无政府主义者会议的内容。

来"①，"阶级斗争必将成为现代生活的核心"②的左倾知识分子。但同时，对知识分子参与到具体的革命运动中去的意义，又始终抱着一份质疑的态度。于是在 1921 年 1 月，便发表了那篇著名的《宣言一篇》，公开声明说"我出生在非第四阶级的阶级中，并在那个环境里成长、受教育。即我是一个与第四阶级毫无瓜葛的人。所以我无论怎样都不可能变成第四阶级的人。也不想成为（第四阶级的人—笔者按）"。③ 只是他的这份"宣言"不仅否定了他自己参与到革命中去的可能性，同时也连带着把其他知识分子参与革命或是领导革命的可能性也都给否定了。如在这篇《宣言一篇》中，他说过这样的话：

很多人认为，学者和思想家的学说会帮助无产阶级劳动者改变自己的命运，并提高自己的整体水平。但我认为这只是一个迷信而已。

即便是克鲁泡特金的学说，它虽然在推动无产阶级劳动者的觉醒以及促进第四阶级在全球范围内勃兴的过程中，起到了一定的积极作用，（中略）但所谓他给第四阶级带来的那些东西（即启蒙学说、思想——笔者按），其实也不是由他完全从别处带来的。而是第四阶级内部原本就具有，只等哪一天把它发挥出来而已。而且我认为，这些东西倘若是在还没有成熟的时候就被克鲁泡特金这样的人给激发出来了，那结果恰恰是不好的。因为没有克鲁泡特金的启蒙，第四阶级在不久的将来也会走到那一步。而且那时，由于革命行动是自发的，所以会更自然且坚实。其实劳动者并不需要像克鲁泡特金、马克思这样的思想家。因为不借助他们，而是只凭借劳动者自身的独特性和本能性去自主发挥出来，革命会更完全。

今后，第四阶级的人可能也会均摊到一点资本王国的好处吧。克鲁泡特金及马克思等人的深奥生活原理，他们可能也会明白一些。进而革命也会得到

---

① 有岛武郎：《批評に対する感想》，《报知新闻》，大正 11 年 2 月，后收入《有岛武郎全集》第 9 卷，第 204 页。

② 有岛武郎：《宣言一つ》，《改造》，大正 11 年 1 月，后收入《有岛武郎全集》第 9 卷，第 10 页。

③ 同上书，第 9 页。

进一步的成熟和发展。但是如果真的出现了这样的现象，我就不得不怀疑这一革命的本质。就像法国革命爆发时，他们也说是为了民众，然而由于那场革命是基于卢梭、伏尔泰等人的思想而发生的，于是最终革命的成果还是被第三阶级所收获去了，而第四阶级即普通民众的生存状态与以往毫无两样。我看现在俄罗斯的现状，也有类似的嫌疑。

他们虽然说这是以民众为基础发起的最后的革命，但这一革命的恩惠，还远没有惠及到占据俄罗斯民众的大多数的农民身上。他们中有的人与这场革命毫无关系，甚至对这场革命还抱有着敌意。

（所以像有岛武郎这样隶属知识阶级的人 — 笔者按）想为第四阶级的人进行辩护、立论或发起运动的说法，都是胡说八道的虚伪行为。今后，无论我的生活发生怎样地变化，我终究还是既得支配阶级的产物。就像黑人无论怎样用肥皂去洗涤自己，终究也改变不了自己是黑色人种的本质一样。所以我应该做的工作，只能是对第四阶级以外的人进行述说，其他别无选择。①

这几段译文基本涵盖了《宣言一篇》的主要内容。也集中体现了有岛武郎用近十年时间思考之后，得出的与无产阶级革命运动及文学思潮去对峙及相处的一个结论性方法、姿态、或说是立场。而这一姿态和立场，可以说也是有岛革命文学思想的一个终结点。因为两年后，即在 1923 年 6 月，他便在长野县轻井泽的别墅中，殉情离世了。此间，有岛的革命文学思想和立场，几乎没有发生任何质的变化。即便是在这篇"宣言"引发巨大的文坛论争，受到诸多来自名流知识分子们的激烈批评和严厉指责的情况下，他也没有改变自己的这一立场和主张。使得有关知识分子能否参与或该不该参与当下无产阶级革命运动的论争，一直持续了近两年之久。据山田昭夫统计，此间共有四十二篇论文参与进了这场争论。足见其影响力有多大了。

事实上，从有岛生前到死后乃至到上世纪末，日本文坛有关《宣言一篇》的反思与讨论，始终都没有中断过。毕竟人类社会的文明史本身，也是一部革命史。而在人类社会文明史的迸发过程中，无疑，知识分子又扮演着不可替代

---

① 同上，第 7–9 页。

的重要角色。而有岛的这篇"宣言"否定的，恰恰是知识分子在大革命时代所能或者说是应该发挥的积极作用和积极意义。这对当时热衷于革命启蒙运动或是已经参与甚至是领导着无产阶级革命运动的知识分子来说，无疑是一枚重磅炸弹。例如堺利彦读过他的这篇宣言之后，就严词批评有岛把马克思、卢梭、克鲁泡特金等人在革命的发展过程中所发挥的启蒙作用及提供的理论依据等，均予以否定的态度说：

　　一般来说，事物之间的客观事实关系，总会先被一些优秀的头脑所认知，然后再经过这些人的提炼与完善，形成一个或政治性或经济性的理论学说。当这些理论学说被更多的人去理解和接受之后，它最终就会形成一个一般化的社会思想。有岛武郎似乎对这样一个事物的发展客观关系，一无所知。（略）有岛武郎之所以会抱有这样的一个态度，或许与他作为一名中产阶级（或者是上流阶层）的知识分子，已深切地感觉到自己无论是作为一个知识分子还是作为一个思想家更或是一个人道主义者，都已无法跟新兴无产阶级劳动者去共事而感到绝望有关系吧。何况，在个人性格方面，他又是一个温文尔雅但又不乏聪明和清高的君子型人物呢。所以他即不能像武者小路先生那样以一种自负的态度对无产阶级文学运动发起彻底的抵制，也不能像吉野先生那样，走到合作协同的路线上来。于是几经烦恼之后，他最终就选择了这样一个事实上等于逃避了的方式。而且，他还强行地把所有的思想家也都一并的拉了进来，做了他的陪同。①

　　不仅堺利彦一人，当时最为活跃的文艺评论家片上伸，也曾批评有岛武郎的这一观点说：

　　一个人，真的能够像有岛先生这样，做到眼睁睁地看着开辟新生活的运动在兴起，自己却把自己老老实实地范围在原有的生活中而不被其打动吗？一个人真的能够做到这么冷静吗？真的就能让自我保护的神经如此完全地控制住自己的精神吗？真的能够像有岛先生这样，因为感受到了"危险"所以就丝毫

---

① （日）堺利彦：《有島武郎氏の絶望の宣言》，收录于《現代日本文学論争史》（平野谦，小田切秀雄，山本谦吉编，东京：未来社，2006年）上卷，第49-51页。

不敢乱动、完全抑制住自己所有的要求、主张和兴奋吗？就算你"是一个被资产阶级的生活浸透了的人"吧，只要你的心还没有硬化到骨髓里去，只要你还没达到像一只狡猾的狐狸，只急着用自己的本能的力量来营救自己的程度，一个人怎么可能会像有岛先生这样，把自己兴奋的心情完全套进一个固定的框架中而不会悸动的程度呢？虽说每个人的气质都所有不同，但有岛先生在这方面的思想和表现，确实是太过理论与理性了。①

针对这些批判，有岛武郎也发表过多篇文章，予以过逐一的反驳。在这些反驳文章中，他重点强调了源自非第四阶级出身的知识分子、思想家的艺术及思想，在其本质上不是真正的无产阶级文学的思想和革命的问题。而且从长远的眼光来看，他反复强调说，这些人创造的和提倡的文学及艺术、思想，不一定会给第四阶级的革命运动，带来正面意义的主张。

其实，倘若我们去细致地整理争论双方的意见和立场，会发现有关《宣言一篇》的论争，后来其实已经演变成了文学的功用性与美学价值到底孰轻孰重的问题了。但是在那个"阶级论"成为讨论焦点的年代，争论各方似乎都因过渡着眼了文学的阶级性而没有注意到这一更为本质的问题。同时，笔者认为这一论争之所以会变得那么激烈，也与日本文学的传统因素有关。即如在《序言》中我们已经介绍过的，日本近代以前的文学，主要以"物哀"和"幽怨"的风格为主色调。一般不直接参与社会生活或是政治性的文化运动。文学参与社会政治的倾向是从近代"政治小说"的兴起之后，才开始涌现出来的一个新事物。所以，可以说无产阶级革命文学运动是第一个全面颠覆日本文学传统的、一次激烈的文艺运动和文学思潮浪涛。而正是因为背后有了这样一个文学美意识传统的质变与断裂的背景在，有岛武郎的这篇小小的、近似散文或随笔的感想文，便引起了如此之大的社会反响。

那么接下来，笔者就想把我们的讨论焦点，移到鲁迅与这一时期的日本文学思潮的关系上。看看当时密切关注日本文坛动向的鲁迅，是如何旁观了这场震动整个日本大正文坛的论争。其中，重点讨论一下鲁迅对《宣言一篇》的态度与立场。

---

① （日）片上伸：《階級芸術の問題》,《現代日本文学論争史》（已出）上卷，第36页。

第五节　鲁迅与有岛武郎

有关鲁迅与有岛武郎的接受关系，已有很多先行研究①。其中，丸山升著《鲁迅与〈宣言一篇〉——《壁下译丛》中的武者小路·有岛的关系——》以及中井政喜著《鲁迅与〈壁下译丛〉的一个侧面》，与本文要讨论的问题意识最为切近。所以在这一节中，笔者计划重点依循这两篇论文的讨论方向及问题焦点，对鲁迅与有岛武郎的接受关系——尤其是对鲁迅译介《宣言一篇》的目的及用意等问题，做一些新的挖掘与分析。

但在进入细节问题的讨论之前，我们还是先来梳理一下鲁迅与有岛武郎的基本信息及互动关系。即回答以下几个常识性的问题。一、鲁迅是否真的关注过或是阅读过有岛武郎的作品？二、如果回答是肯定的，那么鲁迅关注有岛武郎的重点在哪里？三、这些关注点是否就是鲁迅和有岛武郎的共鸣之处？若回答是肯定的，那么这些共鸣经验是否给鲁迅带来了具体的影响？

有关第一个问题，丸山升、中井政喜、绫目广治等人的论文，无疑已给出了答案。鲁迅当年对有岛武郎确实抱有过极大的兴趣。并阅读了大量的有岛作品。这一点，我们从鲁迅的译文集中，也可以得到很多证据。因为仅就一部《壁下译丛》，就收录了有岛武郎的六篇作品。即《生艺术的胎》《卢勃克和伊里纳的后来》《伊孛生的工作态度》《关于艺术的感想》《宣言一篇》《以生命写成的文章》。此外在《译丛补》中又翻译了《小儿的睡相》《四件事》《草的叶》

---

① 有关鲁迅与有岛武郎的先行研究，本文主要查阅了以下几篇论文。1、康鸿音：「『或る女』と『伤逝』——有岛武郎と鲁迅の婦人問題について——」(《大東文化大学大学院日本文学研究》，第 32 号，1993 年、第 89-99 页）；2、于耀明：「鲁迅と周作人における有岛武郎の受容」(《武庫川国文》，第 51 号，1998 年）；3、（日）绫目广治：「有岛武郎と鲁迅 ——アジアからの視線」(『倫理的で政治的な批評へ』、皓星社、2004 年、第 99-113 页）；4、（日）丸山升：「鲁迅と〈宣言一つ〉——『壁下訳叢』における武者小路·有岛との関係——」(『鲁迅·文学·歴史』，汲古書院，2004 年，第 507-535 页）；5、（日）中井政喜：《鲁迅と『壁下訳叢』の一側面》(《大分大学経済論集》第 33 巻，昭和 56 年，第 79-110 页）。

《叛逆者》《米兰礼赞》《与幼小者》《阿末的死》等，共计十余篇。可见鲁迅当年对有岛武郎所抱有的共鸣，从点到面，既深又广。而且，通过查阅《鲁迅日记》及《鲁迅目睹书目》等参考资料，我们还可以看到，进入晚年之前，鲁迅购买过的个人文学作品全集，只有《厨川白村全集》和《有岛武郎著作集》两套。可见鲁迅对有岛所投入的热情非同寻常。且如丸山升所指出，鲁迅购买《有岛武郎著作集》的方式和过程，也非常值得注意。因为他最先购买的是新潮社出版的《有岛武郎著作集》的第一卷至第六卷。而后又购买了丛文阁出版社出版的十六卷本《有岛武郎著作集》。但不知什么原因，这套全集中，缺少了第四卷。于是在 1926 年 4 月至 1927 年 11 月间，以及在 1929 年 1 月下旬，鲁迅通过韩侍桁又重新分别购买了前者的第一、二、三、五卷和第十卷至第十六卷，以及后者的第六卷至第九卷。很显然，鲁迅这是在搜集自己手中缺少的部分。另外，从他后来翻译的有岛武郎的作品数量，我们也能推论出，鲁迅当时购买有岛武郎的著作集，绝非是出于先买来放在书架上那种可有可无的态度。而是实实在在的、抱着极大的兴趣去系统地阅读了有岛武郎的文学作品。

那么接下来，笔者想就第二个问题做些讨论。即鲁迅在阅读有岛武郎的作品时，具体对有岛的哪些论述产生了共鸣？

笔者认为，若按鲁迅阅读有岛武郎作品的前后顺序来梳理，如于耀明在《鲁迅与周作人对有岛武郎的接受》一文所论述，有关人道主义的议题，可能是鲁迅对有岛武郎产生的第一个共鸣点。

据于耀明考证，鲁迅最初接触有岛武郎的作品是通过周作人的推荐。时间大致在 1918 年 10 月前后。且鉴于周作人当时对有岛武郎的随笔《与幼小者》[①]评价极高，于耀明推测，鲁迅可能也是从这一时期开始关注的有岛武郎。而且最先欣赏的作品，可能也同是这篇《与幼小者》。笔者非常认同于耀明的这一推论。因为 1921 年鲁迅翻译的第一篇有岛作品，就是《与幼小者》。且在

---

① 鲁迅最初在介绍该篇作品的内容时，把题目译为"与幼者"。后来翻译全文发表时，题目中多了一个"小"字，即变成了"与幼小者"。无疑，多一个"小"字，文章的情感色彩变得愈加慈爱。想必是鲁迅在落笔翻译的过程中，更进一步细腻地体会到了文章中欲将飞扬出来的有岛武郎作为一个父亲的慈爱之心的缘故。本文中的引用部分，按当时鲁迅的原文标注方式，也予以了区别使用。

此译文发表之前，鲁迅还专门写过一篇随笔《随感录：六十三》，小标题即为《与幼者》。可见鲁迅对有岛的这篇随笔，读后感触颇深。于是便一气呵成，将其译介到了中国。

其实，我们只要对比一下鲁迅在同一时期写成[1]的另一篇散文《我们现在怎样做父亲》与有岛武郎的《与幼者》的内容，也能明白鲁迅为什么会对有岛武郎的这篇文章产生如此剧烈的共鸣。因为在他们二者之间，就父与子的亲情关系该如何设定等问题上，有太多的一致性观点和立场。众所周知，鲁迅在《我们现在怎样做父亲》中所想表达的愿望，无非就是要我们现在已经做了父亲的人，须去"自己背着因袭的重担，肩住了黑色的闸门"，抵抗住上一辈人和社会所抱有的各种有关父与子的腐朽观念和思想，别让它再影响到下一代。从而实现"放他们到宽阔光明的地方去，此后幸福地度日，合理的做人"。文中，鲁迅尤其对中国传统的父子关系，予以了严厉批判。说"圣人之徒以为父对于子，有绝对的权力和威严；若是老子说话，当然无所不可，儿子有话，却在未说之前早已错了"的观念是错误的。因为"现在的子，便是将来的父，也便是将来的祖。我知道我辈和读者，若不是现任之父，也一定是候补之父，而且也都有做祖宗的希望，所差只在一个时间"。所以鲁迅认为，"一个村妇哺乳婴儿的时候，决不想到自己正在施恩；一个农夫娶妻的时候，也决不以为将要放债。只是有了子女，即天然相爱，愿他生存；更进一步的，便还要愿他比自己更好，就是进化。这离绝了交换关系利害关系的爱，便是人伦的索子，便是所谓'纲'"[2]。通俗简单地讲，就是鲁迅希望我们中国的父亲们要心怀爱心，平等地对待自己的孩子。不要把孩子视为是自己的财产。相反，父母应该为了自己的孩子的发展和自由做出牺牲才对。这样的父亲才是理想的父亲。

那么《与幼小者》又是一篇怎样的文章呢？

据《有岛武郎全集》第三卷〈解题〉[3]记述，《与幼小者》写于1917年12

---

① 鲁迅在《随感录 六十三：〈与幼者〉》中说："做了〈我们现在怎样做父亲〉的后两日，在《有岛武郎著作集》里看到〈与幼者〉这一篇小说，觉得很有许多好的话。"（引自《鲁迅全集》第1卷，第380页）可见在鲁迅的〈我们现在怎样做父亲〉和有岛武郎的〈与幼者〉之间，几乎没有时间差，是同一时期写成的作品。
② 《鲁迅全集》第1卷，第134页。
③ （日）山田昭夫：《有岛武郎全集 解题》，收录于《有岛武郎全集》第三卷，第683页。

月8日。是日，正值有岛武郎的妻子病逝一周年的纪念日。鲁迅在《随感录六十三：〈与幼者〉》中介绍该文时，把这篇文章界定为了小说。笔者对这一界定略有异议，觉得界定的太过泛泛。因为无论从是人物形象、故事情节、典型环境等任何一个要素去衡量，这篇文章都很难称之为"小说"。它只是有岛武郎在妻子逝世一周年之夜，看着熟睡在自己身边的三个失去母亲的孩子，心生怜悯而写成的一篇随笔而已。其具体内容，我们不妨来参考一下鲁迅在《随感录六十三：〈与幼者〉》中所翻译和引用的那部分文字。

时间不住的移过去。你们的父亲的我，到那时候，怎样映在你们（眼）里，那是不能想象的了。大约象我在现在，嗤笑可怜那过去的时代一般，你们也要嗤笑可怜我的古老的心思，也未可知的。我为你们计，但愿这样子。你们若不是毫不客气的拿我做一个踏脚，超越了我，向着高的远的地方进去，那便是错的。

人间很寂寞。我单能这样了就算么？你们和我，象尝过血的兽一样，尝过爱了。去罢，为要将我的周围从寂寞中救出，竭力做事罢。我爱过你们，而且永远爱着。这并不是说，要从你们受父爱的报酬，我对于"教我学会了爱你们的你们"的要求，只是受取我的感谢罢了……象吃尽了亲的死尸，贮着力量的小狮子一样，刚强勇猛，舍了我，踏到人生上去就是了。

我的一生就令怎样失败，怎样胜不了诱惑；但无论如何，使你们从我的足迹上寻不出不纯的东西的事，是要做的，是一定做的。你们该从我的倒毙的所在，跨出新的脚步去。但那里走，怎么走的事，你们也可以从我的足迹上探索出来。

幼者呵！将又不幸又幸福的你们的父母地祝福，浸在胸中，上人生的旅路罢。前途很远，也很暗。然而不要怕。不怕的人的面前才有路。

走罢！勇猛着！幼者呵！ [1]

---

[1] 《随感录六十三：〈与幼者〉》（已出）。

不难发现，鲁迅在《我们现在怎样做父亲》中所希望的将来的理想的父亲形象，正是《与幼小者》中饱满着爱心、屹立在那里的——作为父亲的有岛武郎。所以不难想象，当鲁迅际遇了这位"理想的父亲"之后，心情会是怎样的兴奋。这是他不仅急匆匆地提笔写了一篇介绍有岛的短片"随感录"，还即刻提笔翻译了《与幼小者》全文的动力所在。并以此为契机，鲁迅开始大量翻译有岛武郎的作品，走进了有岛的文学世界。且在此基础上，如康鸿音在《〈一个女人〉和〈伤逝〉——关于有岛武郎与鲁迅的妇女问题——》中所论述，鲁迅继而与有岛武郎在妇女解放等问题上，也得到了高度一致的认识，情谊自然也愈加深厚。不过鉴于有关妇女解放的问题，与本文要讨论的主旨议题略有偏离，在这里笔者就不做进一步深入的讨论。接下来我们把关注的重点，再次转移到鲁迅曾经颇为热衷的有岛武郎的那篇短文《宣言一篇》上来。

鲁迅翻译的《宣言一篇》，收录在 1929 年 4 月出版的《壁下译丛》中。在开篇处，鲁迅为该部译文集附加了一篇简短的《小引》。众所周知，因这篇《小引》暗含了丰富的指向性意味，尤其是对我们解读鲁迅在整个中国文坛从"文学革命"向"革命文学"进发的过程中所抱有的真实内心，及所秉持的文学观、立场和态度时，有非常大的帮助，所以多年来这篇《小引》一直都是学者们较为关注和倚重的一份研究资料。下面本文亦抄录一段如下。

这回编完一看，只有二十五篇，曾在各种期刊上发表过的是三分之二。作者十人，除俄国的开培尔外，都是日本人。（略）

就排列而言，上面的三分之二 —— 介绍西洋思潮的文字不在内 —— 凡主张的文章都依照着较旧的论据，连《新时代与文艺》这一个新题目，也还是属于这一流。近一年来中国应着《革命文学》的呼声而起的许多论文，就还未能琢破这一层老壳，甚至于踏了"文学是宣传"的梯子而爬进唯心的城堡里去了。看这些篇，是很可以借镜的。

后面的三分之一总算和新兴文艺有关。片上伸教授虽然死后又很有了非难的人，但我总爱他的主张坚实而热烈。在这里还编进一点和有岛武郎的论争，可以看看固守本阶级和相反的两派的主意之所在。①

这段引文中的最后一句，"这里还编进一点和有岛武郎的争论"中的"争论"，指的就是有关《宣言一篇》的论争。可见《宣言一篇》及由其而引发的论争，是这部译文集的核心焦点。尤其值得注意的是，此前备受鲁迅青睐和推崇的有岛武郎，在这里竟然就"排列而言"已经被排到了该部译文集的"上面的三分之二"里——即若按《小引》中鲁迅的导读去理解，《宣言一篇》及有岛武郎的思想和观点，此时已是属于"依照着较旧的论据"而写成的文章了。而且从字里行间所透露出的语气，我们也不难看出，鲁迅此时的态度和情绪，确实也是靠近"后面的三分之一总算和新兴文艺有关"的部分更近一些。换句话说，即从阅读《与幼小者》开始的鲁迅对有岛武郎的共鸣与景仰之情，此时已然成为过去式。甚至是已成为了须要去"克服"的对象。但日本鲁迅学者丸山升对这种阅读的可能性，表达了强烈的质疑与反对意见。因为他认为：

乍一看（即《壁下译丛》小引——笔者按），这好像是一篇支持片上的文章。但真的是这样吗？我表示强烈怀疑。在某种意义上，鲁迅或许是站在片上伸这一侧的。有关这一方面的问题，我想在别处再做讨论。当然，不管怎么说，鲁迅在文章（即《小引》——笔者按）的前半部分讲的话也是真实的。而且通常来讲，既然后半部分的内容是接着前半部分的逻辑，那么在这场论争中，认为鲁迅是站在支持片上伸的立场上的看法，也是非常自然的一种理解。但我总觉得这段话的前半部分和后半部分的语义，不应这样简单地连接起来去解释。我们须知道，在写这篇文章之前，鲁迅刚刚被"革命文学"派的人们激烈地攻击过。说他是一个没有完全摆脱小资和资产阶级外壳的文学者。仅就这一点，我们就很难想象，鲁迅在说这些话时，语气中附带了对有岛的批判的意思。更何况这一时期的鲁迅的立场与《宣言一篇》中有岛的立场，如前文所述，是有非常多的共通点的。所以我认为鲁迅不可能简单的把《宣言一篇》看作是一篇带有负面意义的"固守本阶级"的文章。②

---

① 《鲁迅全集》第 16 卷，人民文学出版社，1973 年，北京，第 9–10 页。
② （日）丸山升：「魯迅と〈宣言一つ〉——『壁下訳叢』における武者小路·有島との関係——」（已出），第 527 页。

这里丸山升所说的鲁迅与有岛的一致性，是指他在该篇论文的前半部分论证的有关文艺创作的出发点与作家主体性的问题。丸山升认为，如有岛武郎在《卢勃克和伊里纳的后来》中所主张的"艺术家在成为艺术家之前，首先必须要先作一个真正的人"的立场，与鲁迅的很多观点非常相似。另外，有岛在《关于艺术的思考》中所反复强调的"即便是表现主义，它终究不是由第四阶级自身创造出来的艺术，所以等到它发展到一定程度之后，终究还是会被第四阶级自己创造出来的艺术所逆袭"①的观点，也与鲁迅在《革命文学》中所主张的"根本问题是在作者可是一个'革命人'，倘是的，则无论写的是什么事件，用的是什么材料，即都是'革命文学'"②的主张高度一致。尤其是在《关于艺术的思考》《宣言一篇》《答广津氏》等一系列作品中有岛反复强调的像自己这样的旧文人能够对革命文学做出的最大贡献，就是把自己的文学创作对象锁定在既有的旧知识阶级身上，帮助他们反省，让他们承认并有勇气去面对自己所属阶级的落伍的客观事实，从而让他们放弃阻碍革命发展的行为和立场及主张。这一态度与鲁迅在《呐喊》及《〈坟〉后记》中所做的自我定位："因为从旧垒中来，情形看得较为分明，反戈一击，易制强敌的死命"③的认知，也高度一致。然而在当时，就这样一个"从旧垒中来"的鲁迅，却成了革命文学派重点批判的对象。所以丸山升认为鲁迅不可能会对与自己持相同立场的有岛武郎以及其主张这方面观点的《宣言一篇》持否定态度的。甚至是恰恰相反，鲁迅或许正是从《宣言一篇》中得到了有力支撑之后，才去翻译的《宣言一篇》等有岛武郎的文学作品。即在鲁迅，大有以此来为自己助阵的意味。

诚然，在有关文学艺术的创作出发点的问题上——如在作家的创作动机首先应是作家自身的情感需要而非革命的需要等观点上，鲁迅与有岛武郎多有共鸣及一致之处。这是鲁迅翻译十余篇有岛武郎作品的最大动力来源之一。且基于这些共鸣与思想的一致性，如丸山升亦指出，鲁迅还准确地把握了《宣言一篇》所提出的最为核心的问题——即文学不能为了革命而去作为了革命的文学，知识分子也不能轻言自己已是革命文学者——的弊害所在。因为是不是革

---

① 同上书。
② 《鲁迅全集》第 3 卷，第 568 页。
③ 《鲁迅全集》第 1 卷，第 302 页。

命文学者，不是文学者自己说是就能是的问题。且又如丸山升所指出，正是因为有了这些一致性观点和立场，鲁迅才没有像日本国内的社会主义者那样，自始至终把有岛武郎所提出的问题的焦点，定格在"知识阶级与劳动阶级""思想与大众运动""领导者与大众"等泛政治化的一般性问题层面上去思考，而是沿着有岛武郎的置疑方向，始终坚持了"现在的左翼是很容易变成右翼的"立场。也正是因为有了这样一个冷静到近乎冷峻的态度，鲁迅才使得中国赢得了真正的革命。对这些丸山升的立论，笔者没有什么可置疑的空间。

另外，丸山升还认为鲁迅之所以能够做到如此深刻与清晰、冷静，也与他自辛亥革命以来经历过多次革命变质的惨痛经验有关。而对有岛武郎的共鸣，也让鲁迅更加坚信，无论是一个文学现象还是一个人，想要做到真正的质变是极其困难的。也是不可轻信的。再加上鲁迅特有的坚定与深刻性格，使得他捕捉到了有岛提出的问题的最核心的点，并免于停留在表面现象上。就整体而言，笔者亦认同且接受丸山升对鲁迅与有岛武郎一致性的相关解读。但也有几处保留意见。尤其是对丸山升在鲁迅自己都已清楚地道明《壁下译丛》的"上面三分之二"是依照旧的、"后面三分之一"才是依照新的文艺理论的前提下，还依然坚持鲁迅的立场是站在有岛这一侧的解释，有些难以认同。总觉得在鲁迅本人都已明确地把有岛武郎的论述界定为"旧的固守"的文章的前提下，他还要坚持鲁迅在本质上是支持有岛武郎的解释，有些牵强。

诚然，如丸山升所论述，在鲁迅与有岛武郎之间，确实存在很多一致性的东西。但这不能说明鲁迅在编辑《壁下译丛》时，依旧站在和有岛武郎相同的立场上。我们须知道，《壁下译丛》是鲁迅在"革命文学派"的攻击下开始自主学习有关"革命文学"的理论，且在无法否定自己的既有观点，又没有足够的证据和信心拒绝或属于未来的新兴"革命文学"的情况下，边摸索边学习着，译出来的论文集。换句话说，即便鲁迅最初与有岛武郎确实持有过相同的或是相近的立场和观点，但在编译这部译文集时，已有了时过境迁、日新月异的感觉。即在此一时间点上，鲁迅已有抱着就事论事的态度来面对有岛武郎艺术论的可能性了。毕竟他翻译和编辑这部论文集的目的和意图，已不再是为了展示自己与有岛武郎的共鸣及态度几何的问题了，而是为了思考新兴的革命文学运动到底是个什么东西？它的发展方向又将向何处去的问题。事实上鲁迅提笔写这篇《小引》的时间是 1929 年 4 月，众所周知，此时鲁迅对革命文学的态度已与 1927 年发表《革命文学》时的态度，有了很大的不同。在情绪上，对左翼革命文学已没有初期的那么强烈的抵触感。相反，经过 1928 年至 1929 年间的革命文学论争之后，各方观点已开始逐渐接近，就是否要提倡和发展无产阶级文学的问题，在大多数的文学者之中，依然达成共识。鲁迅也不例外。否则他就不会参加《小引》发表之后成立的中国左翼作家联盟并在成立大会上致词了。所以笔者认为，在无产阶级文学的勃兴已然显现，鲁迅也日渐对其将来性抱有希望的 1929 年初，对着已成故人的有岛武郎说出"看看固守本阶级和相反地两派的主意之所在"这句话时，就不能再完全否定鲁迅对有岛武郎立场亦开始抱有谨慎态度的可能性了。至少此时鲁迅的内心是充满着挣扎与斗争的。因为他此时也在全力摸索着这场论争双方的各自立场的科学性。所以他才在一面激烈地批判口头上的"革命文学"派的同时，又很少否定即将到来的革命文学的必然性的问题。甚至在明知当真正的革命到来时，"首先要杀掉的恐怕是我"[①] 的前提下，作为一名中国新文化运动的旗手和启蒙者，还依然为革命文学的发展去鞠躬尽瘁，死而后已了。而如上文所述，有岛武郎又何尝不是这样呢？早在美国留学期间就已经接触过无产阶级文学运动的有岛武郎，回国之后，一面为日本无产阶级文学的将来贡献着自己力所能及的力量，但在另一面，如《宣言一篇》的内容所展示给我们的，对无产阶级文学的性质及将来性，又始终秉持着一份深深的狐疑态度。这是他晚年之所以会日渐落入左右为难的困惑中去的一个主要原因。而且最终，性格中有"洁癖症"倾向的他，在认识到无产阶级文学运动必将成为主宰未来的文学时，便把自己作为文学者的功用，定位在了与旧社会、旧文化、旧思想去斗争，从而促使真正的革命文学早日到来的角色上去了。这应该是他发表《宣言一篇》的根本动机。

不过，有趣的是，天性善于反省与理性自责的有岛武郎，尽管此时已找到了自己在革命文学运动中的位置，在这场论争中，也表现出了极为坚韧与固执的一面，看不出任何有妥协的迹象，但在其内心，还是做过很多反思与自我否定。例如在《片信》中，他就反省自己说："坦诚地讲，如果我在那篇文章中的用词遣句，再谦虚一点，或者干脆没用什么宣言等声势浩荡的词语，或

---

① 引自《鲁迅纪念集》第 1 辑，上海北新书局，第 68 页。另外，鲁迅在 1934 年 4 月 30 日写给曹聚仁的信中也说过"倘当崩溃之际，竟尚幸存，当乞红背心扫上海马路耳"的话。可见，鲁迅对未来的革命还是抱有很多不确定性的或是复杂的想象。

许还能赢得一点读者的同情呢。(中略)在这里，我想反复澄清的一个问题是，那篇宣言归根结底是我个人作为一个艺术家，为阐明自己的立场而发出的。无关他人。更没有把它强加给其他文学者的想法。(中略)另外，我读了堺先生写的有关《卢梭与列宁》及《劳动者和知识阶级》的两节文章之后，直言不讳地讲，自己也感觉到自己的阐述，可能确实有些过于偏执了。"①从当年鲁迅对有岛武郎所抱有的热心程度，我想有岛武郎心中的这一困惑与挣扎，鲁迅一定早有所感知了。在前文中，笔者已用大量的篇幅介绍了有岛的性格心理特征及文学思想。重点展示了他犹豫、内敛的一方面性格。其用意，就是为了完整地展示出鲁迅眼中的有岛武郎形象，为笔者的上述观点，奠定一个基础。而且，亦如前文所述，我们从鲁迅当时所处的环境与心境去推测，有岛武郎的这些挣扎与困惑，想必鲁迅应该是会有所品味的。只是挣扎过后去做出抉择时，在鲁迅与有岛武郎之间，到底还是出现了截然不同的做法。即有岛在承认了无产阶级文学的必然性并自觉自己的存在已无益于它的发展之后，选择了自杀。而鲁迅却选择了去参与到中国左翼作家联盟中去，助其一臂之力的方向。但在左联的成立大会上致词时，鲁迅还是非常"刺耳"地说出了那句"现在的左翼是很容易变成右翼"的话。可见对这些有意识、有目的的改造到左翼文学者阵营中来的革命文学者——包括青年在内，鲁迅依然抱着三分不信任感。换句话说，有岛对非第四阶级出身的知识分子所抱有的质疑和否定的立场，依然存活在鲁迅的灵魂深处。这是鲁迅在承认"阶级变化当然是有可能的"同时，依然呼吁，要想创作出真正的革命文学，还须先有真正的革命者这一道理。只是鲁迅和有岛武郎所期待的那种真正的革命者，不是一夜之间就能诞生的。这一客观现实，相信鲁迅和有岛也都明白。所不同的，只是一个选择了离开，一个选择了继续战斗。这可能是二者天性的不同所使然的。也可能是他们当时各自所处的国情不同所导致的。

笔者认为，正是这一不同的应对原则与不同的参与方式，让鲁迅在翻译出版这部论文集时，把与自己持相同立场的有岛看作是旧的知识分子的原因。只是鲁迅没有把这所谓"旧的论述"视为是"过时的"或是"落伍的"理论。而是从理性和科学的角度去予以了客观认识。但从《小引》中的用词来看，在

---

① 有岛武郎：《片信》，收录于《有岛武郎全集》第 9 卷，第 36–39 页。

心情上，显然鲁迅此时已更多的倾向了"后半的"新的论述。毕竟那句"片上伸教授虽然死后又很有了非难的人，但我总爱他的主张坚实而热烈"的话，不是鲁迅随口说出去就完事了。

那么鲁迅对片上伸等"后半"的哪些新主张感到了共鸣呢？

这是我们接下来在下一章中，要讨论的问题。

第四章 相信革命的探索：鲁迅与片上伸

在上一章中，我们通过细致的对比研究，揭示出了鲁迅在有岛武郎身上投放的热情及与其产生的共鸣内涵，在1929年前后开始出现转变了客观事实。尤其是从《壁下译丛·小引》中，我们可以清楚地看到从厨川白村的劳动文学论开始关注日本无产阶级文学运动及其发展状态的鲁迅，在文学观和艺术立场方面，经过有岛武郎的《宣言一篇》所引发的争论之后，开始逐渐转向了更为积极和主动的无产阶级文学方向。至少鲁迅所思考的问题从这一时期开始悄然的超出了《宣言一篇》论争所聚焦的范围，从革命文学是否具有存在的价值的讨论层级，过渡到了革命文学的出现即然已成为必然，那么它的具体存在形式和内容应该是怎样的追问上来了。而就在此时，鲁迅发现在日本无产阶级文学界，也有一个人在思考着与他相同的问题。这个人就是曾经批评过有岛武郎革命文学观的片上伸。而且通过在前面我们已经引用的《壁下译丛·小引》中，鲁迅所讲的那句："片上伸教授虽然死后又很有了非难的人，但我总爱他的主张坚实而热烈"的话，我们亦可窥见他们二人此间应有过很多互动或是在思想方面的共鸣。这一点颇值得我们注意。然而遗憾的是，时隔八十余年之后，不仅在中国，即便是在日本国内，新生代的日本读者已对这位曾经活跃于大正文坛文艺理论批评界的文学者已知之甚少。有关他当时在中国文坛上的影响力等史实，就更是少有人问津了。但与此冷漠场景相反，这位已被遗忘了的日本近代文艺理论批评家，生前不仅曾前后两次到访过中国，还曾走进鲁迅与周作人兄弟的宅邸，与当时最为活跃的在京文人及知识分子如胡适等，都有过一些私人往来。换句话说，在中日近代文学者的交流与往来史中，片上伸的存在及其所发挥过的积极作用，不可忽视。

那么片上伸到底是一位怎样的人物呢？又是在何时、经由怎样的途径走入中国文学者视野的呢？尤其是鲁迅，是从何时开始与片上伸有了往来及互动的关系呢？

接下来，我们就来讨论一下这几个问题。

第一节 关于片上伸

片上伸，1884 年 2 月 20 日生于日本爱媛县。青少年时曾取号"天弦"，晚年开始多用本名"伸"。据称片上伸的母亲是一位基督教徒，也是第一个影响他儿时的成长记忆的人。其次就是他的舅舅。因为片上伸从小学到高中一直都寄居在这位舅舅家中，所以这位舅舅对少年时代的片上伸影响很大。尤其是由于这位舅舅不仅是一位小有名气的医生，还是一个精通汉学、颇有文学功底的知识分子，所以有人推测片上伸后来之所以走上文学的道路，与他这一少年经历也很有关系。因为从中学时代，片上就在这位舅舅的影响下，开始阅读大量的岛崎藤村及土井晚翠（1871–1952）等人的作品，甚至还给这两位当时最为流行的文学大家写过信。可见他的对文学的热情，早已被激发并萌生出来了。

于是 1900 年 4 月，片上伸考入东京专门学校（现早稻田大学——笔者按）的哲学英文学科之后，还与后来的大作家秋田雨雀（1883–1962）、相马御风（1883–1950）等人合作，共同组建过一个文学研究会。该研究会据悉后来还请到了坪内逍遥（1859–1935）和金子筑水（1870–1937）等人，可见此时片上伸的文学者之路，就已然成形且已开始得到周围人的认可了。这无疑为他日后步入文坛奠定了坚实的基础。事实上，正是因为有了这些积累，1906 年 3 月他大学毕业之后，才得以顺利地进入到当时颇具文坛影响力的文学专门杂志《早稻田文学》，并担任记者兼编辑。从此，便开始在文坛上崭露头角，发表了很多颇具影响力的文章。如《人生观上的自然主义》《未解决的人生与自然主义》《生的要求与艺术》等，均于这一时期发表。不过我们从这几篇文章的题目，也能看出此时的片上伸，主要还是在为日本自然主义文学运动摇旗呐喊，对后来他全身心投入进去的无产阶级文学，似乎并没有什么兴致和关注。

直到大正 4 年 10 月，片上伸作为早稻田大学的公派留学生在莫斯科生活过两年半之后，他的文学观及心境，才开始发生变化。因为在此间，他亲身经历了那场震撼世界的俄国"十月革命"。毋庸置疑，这一经历给后来的片上伸带来的触动应该是极大的。于是回国之后，他便积极地筹备并成功地在早稻田大学开设了俄罗斯文学研究课。这在全日本高校史上是第一家。他自身的文学思想，也从这一时期开始逐渐背离此前热衷的自然主义文学，而倒向了对无产阶级文学运动的研究。且直至 1928 年 3 月病逝，如谷崎精二所评价的："他为日本的无产阶级文学运动，可谓是鞠躬尽瘁"[①] 了。

不过笔者认为，直到病逝为止，片上伸其实都不算是一名真正的无产阶级文学者。至少他不是一位无产阶级文学运动的运动家。因为在他的内心深处，对文学者完全参与到具体的革命运动中去的做法，一直都还保持着一份警惕。如在他当任早稻田大学文学部的部长时，就曾对自己身边的人讲过这样一段话：

现在文学部缺一名年轻讲师。不过我看 ×× 君和△△君整天忙于运动。做为我，是不太希望把搞运动的人，放到学校里来。[②]

这段话中的"×× 君和△△君"，分别指的是青野季吉和藏原惟人。我们知道，这二者是日本共产党建党初期的高层领导人。也是日本无产阶级革命运动和文化运动的主要倡导者和领头羊。其中，青野季吉还是片上伸在早稻田大学时的"直系弟子"。可是即便如此，他还是拒绝了青野到高校的学术环境——即到他身边工作的可能性和机会。可见生前，片上是一位有意识的与无产阶级文学运动保持过适度距离的人。其实纵观片上的一生，我们也不难看出，作为一名文学者，他虽然不反对文学为政治服务的主张，但如果说把革命政治运动完全带到文学活动中来，或是要求文学赤裸裸地为革命去服务，那他是坚决反对的。这在马克思主义文艺思潮处于上升阶段的 1930 年代，作为左翼阵营内的人，并不多见。因为在当时，文学为革命政治运动服务被视为是理所当然的，没有几人能够理性地为无产阶级文学坚守一份作为"文学"的独立空间。就这一点来说，片上伸和他批判过的作家有岛武郎，就其文学观和立场来说，反而又有几分接近了。或许，他们那一代所谓从旧的知识阶级中走出来

---

① （日）谷崎精二：《片上伸先生追悼记》，《早稻田文学》，1938 年 5 月，第 39 页。
② 同上。

的文学者，大都不会否定文学作为美学的一个重要组成部分，有其本身所特有的脱离于社会现实和社会功利性之上的独立艺术价值的观点吧。这与后来的，所谓纯粹的马克思主义文学者——如前文中已经提到的青野季吉和藏原惟人等，就有很大的不同。

那么批评过有岛武郎又拒绝了青野季吉和藏原惟人的片上伸，他本人又是以怎样的态度，去面对日本无产阶级文学及文学运动的呢？尤其是谷崎精二所说的"他为日本的无产阶级文学运动，可谓是鞠躬尽瘁"了，具体指的，又是哪些方面呢？

第二节　片上伸与日本无产阶级文学

如前文所述，片上伸的一生大致可分为两个时期。即为日本自然主义文学运动摇旗呐喊的前期和为日本无产阶级文学运动奔波的后期。其中，后期尤为值得关注。因为对前期作为自然主义文学者的片上伸，日本学界几乎没有评价上的争议。而对后期作为无产阶级文学者的片上伸，却有很多不同的声音。如大宅壮一（1900–1970）在闻悉片上伸的病逝消息之后，就曾说过如下两段话。①

在对无产阶级文学的态度上，他（即片上伸—笔者按）一直都是"修正派"（中略），总是在过去与现在、旧与新、虚伪与真理之间，带着"最高智慧"的假面具出场。（中略）经常讲一些学院派式的、大学教授风格的、没有任何风险的"常识"性的套话。片上氏一直都只是在解说、辩护、批判，但却从来没有〈主张〉过。

他会对各个时代的不同潮流予以观测、分析、解说、批判、排斥、赞美

---

① 以下两处引文译自大宅壮一著《片上伸论》，原稿最初发表于《新潮》杂志1928年5月号，后收录于《大宅壮一全集》（苍洋社发行，昭和56年5月，第311页）第一卷。另，本文所引用的大宅壮一作品，均依据该版全集，由笔者翻译。后文注释从略，仅标注页码。

或辩护。但从不投身到任何一方的潮流中去。（中略）他简直就是一位"文坛天气预报所的所长"。（中略）不过遗憾的是，可能是因为他过于精细了，使得他的预测，经常会成为"迟到的天气预报"。尤其是他作为无产阶级文艺批评家，可能是因为缺乏这方面素养的原因吧，这一倾向尤为严重。

从这两段文字，我们不难看出，大宅壮一对片上伸似乎抱有很大成见。但这也难怪大宅，因为据大宅本人记述，他曾经亲口向片上讨教过一些具体的问题。比如：

我们想拜托先生，替我们看看当下流行的诸多文学倾向中，哪一个最有可能成为未来新文学的萌芽体。（中略）如果您认为是无产阶级文学，（中略）那希望您能进一步为我们解释一下它为什么一定是未来新文学最好的萌芽体的理由？[①]

可是面对大宅的这一追问，片上却未予以他正面、明确地答复。只是含糊地说了一些："那你就认真地读一读我至今为止写过的文章吧。应该会有所发现"[②]之类的话。据说大宅还按照片上的这一指导，很认真地去拜读过片上有关无产阶级文学的论著。可是依然没有找到任何答案。于是大为失望的他，便用了上述近乎刻薄的语言来批判了片上伸。甚至还带着质问式的口吻追问说：

自然主义文学的现实主义与无产阶级文学的现实主义到底有怎样的不同？无产阶级文学与现实主义又是怎样的关系？现实主义真的只是无产阶级文学的一个表现形式吗？（中略）如果说无产阶级文学必然是现实主义的，那么理由是什么？如实证主义的世界观衍生了自然主义文学那样，马克思主义及唯物辩证法的世界观是否也可以创造出一个全新的文学形式来呢？如果回答是肯定的，那么它的具体内容和形式又会是怎么样的呢？在我看来，有关这些基本

---

① 同上书。
② 同上。

的问题，片上先生直到最后也没能给出任何解答。[①]

　　针对大宅的这一批判和追问，日本近代文学批评家吉田精一曾提醒读者说：“毒舌评论家大宅的这段话中，有很多夸张的成分。必须打上点折扣去听才可以。”[②] 笔者亦有同感。因为从大宅的批评内容中，我们可以看出，他攻击的主要对象是片上发表于大正 15 年（1926）的《文艺评论》（新潮社——笔者按），而这部《文学评论》的本质是一部论文集，并没有预设的一贯性主题。只是把片上于 1922 年至 1926 年间写成并已零散发表过的一些代表性评论文章收集起来装订成册出版了而已。文中片上伸的一些主张和见解未必都是成熟的。吉田精一也评价这部论文集说：“很多论述还很暧昧模糊，很难说这是他明确地站在阶级意识的立场上来写成的文章”[③]。但吉田精一同时也指出，该不论文集的后半部分收录的几篇论文，如《中间阶级的文学》《阶级艺术的问题》《无产阶级文学的诸问题》《关于类型的文学》以及《有关日本无产阶级文学的三、四篇作品》等，论述的内容已经变得很具体了。即在吉田精一看来，这部论文集的主旨内容是随着时间的前移而有所差异的。毕竟在其背后有横跨四年之久的时空变化，确须予以足够的重视和关照。但遗憾的是，吉田精一虽然指出了在这部论文集中片上伸的无产阶级文学观是流动变化变的，但却没有去进一步阐释这一流动变化所暗示的意味。

　　不过尽管如此，这也已让我们有足够的理由去怀疑一向喜欢带着有色眼镜去批判无产阶级文学的大宅壮一，是否真的读懂并领会了片上伸的那句：“那你就认真读一读我至今为止写过的文章吧。应该会有所发现”的提示意味。因为笔者曾精细地阅读过这部论文集，连同这一时期发表的其它文章。发现片上伸不仅对当时日本无产阶级文学运动所关注的每一个核心议题都予以过涉猎和回应，而且如几乎同名的三篇论文《论第三阶级勃兴时的文学样式》《再论第三阶级勃兴时的文学样式》《三论第三阶级勃兴时的文学样式》的内容所示，他对当时日本无产阶级文学的新形式和新内容等问题，都已提出了弥足珍贵的指导性意见。为了便于讨论，笔者想在此摘译几段文字如下。

---

① 　同上。
② 　（日）吉田精一：《片上伸Ⅱ》,《吉田精一全集》第六卷，筑摩书房，第 679 页。
③ 　同上书，第 71 页。

无产阶级文学运动在与社会意识保持紧密无间的关系的同时，在艺术形式上也应该有自己明确的主张。毕竟这是文艺的问题。归根结底，还是要把如何才能创建出无产阶级文学的新形式这一问题放在最重要的位置上来才可以。毕竟作为意识形态的一个种类，文艺中所蕴含着的社会意识在具体的文艺运动中，只能通过呼唤新的文学形式并使其成立的方式才能实现。（中略）目前，有关无产阶级文学最终要创造出怎样的新形式的问题，我们几乎还没有具体的指标性意见。（中略）也就是说，今天，无产阶级文学已然要成为这个新时代的一个文学运动了。（中略）但遗憾的是，作为一次文学运动，在创造出新的文学形式方面，无产阶级文学还没有拿出具体的、足可以让我们去遵循的文艺理论和主张来。而且就目前的发展形势看，无疑还会需要一些时间。因为有关无产阶级文学到底要依据什么样的新形式去创造的问题，到目前为止还没有人拿出过一个足以让大家去信赖和依据的主张。或许现在是为其诞生做准备的期间吧。[1]

无疑，无产阶级文学也是一种新的暴露文学。在这个意义上，我们可以说自然主义文学是为无产阶级文学的发展做准备和打基础的一个文学形式。而且毋庸置疑，无产阶级文学也不可能与自然主义文学等其它前代文学形式完全断绝开来发生和发展。那么无产阶级文学的新形式到底应该采取什么形式呢，目前我们还没有一个明确的答案。不过一个新的阶级勃兴起来之时，一定会产生一个新的文学艺术形式来与其新阶级的意识形态对应。而且不单是在形式方面，在文学类别上也会有一个适合表现这一新兴阶级意识的文学类型出现。这样的事实，文学的发展历史，早已向我们证实过了。[2]

近来，有关无产阶级文学的争论已经涉及到了各个方面。不过此间最为迫切也是最为紧要的问题，还是有关创建无产阶级文学新形式和新内容的问题。与之相关的，还有如何继承前代文学的遗产的问题。新的生活内容必须要用新的艺术形势去呈现。而任何一个新的艺术形式，都不是从天而降的。因为

---

[1] 《片上伸全集》第2卷，第8-9页。
[2] 《片上伸全集》第2卷，第10页。

在一个完全空白的起点上创建出一个全新的文学形式是不可能的。①

通过这三段引文，我们不难看出片上伸当时之所以面对大宅的质问，没有予以正面的答复，是因为他本人此时也正处于摸索的阶段。但这并不意味此时的片上伸真的对无产阶级文学的一些"基本问题"都没"给出任何解答"。因为如在《新近俄罗斯文学的意义》等文章中，片上伸对如何创建无产阶级文学新形式及新内容的问题，已提出了很多非常值得去参考的建议。为了便于参考，现亦由笔者摘译一段如下。

诗这个东西是艺术领域里面最不需要经济条件支持的艺术形式。（中略）因为无论是做诗或是品诗，都只要一个人就可以了。而且在印刷和发行方面的费用，相对也比较低，所以单从经济方面的必要条件来看，推动诗歌艺术也是最为简单和最为容易着手的一个艺术形式。（中略）而且刚刚实现了社会变革的翻身民众，对自己的力量与责任以及将要去创造的新时代，都抱着极大的喜悦感。而这些感情和情绪是最适合用诗歌来表达的。②

这段叙述的用意很清楚，即片上伸认为诗歌是最适合初期无产阶级文学发展要求的一种艺术形式。而且他还认为，"革命初期（中略）无产阶级文学最为核心的文体应该是抒情类的诗。继其后才会有想描写具体生活场景的文学需求，并在这一基础之上，才会出现属于无产阶级文学自己的小说作品，而且会日渐增多"③。姑且不说这些论述是否具有科学性和可行性，单就从思考的范畴及视野来看，从这几段引文，我们足以看出此时的片上伸已对无产阶级文学的整体发展路径，有了一个非常具体的模拟和设计。即从经济便捷的抒情诗开始着手，逐渐向叙事性的小说形式过渡，最后再迈向复杂多元的文学形式。仅就这些叙述，我们也可知大宅壮一对片上伸的批评是缺乏客观性的。

---

① （日）片上伸：《ロシア無産階級文学の発達》，《社会問題講座11》（大宅壮一编、新潮社、1927年，第17页。
② （日）片上伸：《最近ロシア文学の意義》，收录于《文艺评论》（东京：新潮社，1926年），第1-2页。
③ 同上书，第18页。

其实不仅对无产阶级文学的新形式问题，对这一新兴文学的具体选材及内容设定等方面，片上伸也提出过很多具有深远意义的见解。我们不妨再来摘译两段片上伸的相关论述。以资借鉴。

有关表现革命的具体题材的问题，我想，那刚刚捱过的、记忆犹新的内乱时期的艰难生活，无疑是最佳的选材对象。（中略）现在，具体描写劳动者日常生活的作品，无论是在工厂里还是在家庭中的，都还不多。（中略）《新生活》等杂志虽然在结构及艺术上还存在着诸多缺陷，但以劳动者的生活为主题，着力表现他们新旧生活的冲突以及为争取妇女解放而做出的种种努力，却是正确的方向。就这一点来说，他们可以称得上是时代的先驱者。（中略）想必俄罗斯的无产阶级文学将来会在这一方面，展现出别开生面的场景吧。[1]

将来，为了更进一步贴近现实生活，无产阶级文学中可能会出现所谓"同路人"的作家，我想这是无法避免的事情。在某种意义上，他们也是把现实主义的文学倾向提供给将来的无产阶级文学的一个重要存在。[2]

总括这两段引文内容，我们可以清晰地看到，片上伸一直都在借助俄国无产阶级文学运动的发展模式及现状在思考着如何去创建日本无产阶级文学新形式和新内容的问题。且已提出了一些较为清晰的个人见解和观点。即他认为，日本的无产阶级文学的发展进程，在其初期应以抒情诗为主要形式，逐步引入现实主义的创作手法，重点采用能够表现劳动者现实生活状态的叙事小说形式，然后再随着这一形式的不断复杂化，最终才能生成一种具有浓厚的现实主义文学色彩但又高于既往现实主义文学的新形式来。回望前后不到五十年的日本无产阶级文学发展历程，可以说，像片上伸这样立足于文学本身的内在发展规律，且对1930年代的日本无产阶级文学发展远景，提出如此细致的设计方案的人，其实并不多见。

然而不幸的是，就在竭尽心力地去构筑日本无产阶级文学新形式和新内容的途中，片上伸于1928年3月，却因病而早逝了。不知大宅在指责他说

---

[1] 同上书，第13–15页。
[2] 同上，第11页。

"无产阶级文学就一定是现实主义的吗？如果说是，那依据是什么呢？正如实证主义的世界观衍生了自然主义文学一样，马克思主义、唯物辩证主义的世界观可否也能衍生出一个新的文学形式来呢？片上氏对这些根本性的问题总是避而不谈"时，是否读到了或是读懂了上面笔者所引述的片上伸就日本无产阶级文学的发展模式所提出的那些有益见解。从他几近刻薄的用词表达来看，回答应该是否定的。

　　此外，在日本近代文学史上，谈到"社会主义的现实主义"创作方法，大多数的人都认为那是完全从苏维埃引进的一套文学创作理论。而很少有人从日本文坛内部的发展动态去追根溯源。事实上，如前文所论述，"社会主义的现实主义"创作方法作为舶来品之所以能够被当时的日本左翼文坛接受，正是因为有片上伸等一批从自然主义文学转到无产阶级文学理论的构筑团队中来的先驱者。然而遗憾的是，时至今日，还没有学者对日本自然主义文学的创作理念与后来的"社会主义的现实主义"创作方法之间的互动关系及派生作用等进行过实证性的研究。在此笔者亦无力就这一问题进做一步深入的探讨。只想强调一点的是，片上伸对日本无产阶级文学的现实主义创作方法的探索，对后来的日本无产阶级文学者的理论探索，奠定了难得的良好基础，且影响深远。客观事实上，把当时盛行在苏维埃文坛的"社会主义的现实主义"创作方法译介到日本左翼文坛上来的，就是片上伸的学生上田进。当然，此间又经历了青野季吉及藏原惟人等人的理论摸索和探寻的过程。有关这些人与日本无产阶级文学的关系，我们会在后几章中逐一讨论到。在这里先就不做细致的展开论述。

　　接下来，我们再把考察的目光拉回到本章最初提出的那一连串追问——即让鲁迅颇为赞赏的片上伸的文学主张到底是什么？不过为了更加清楚地展示片上伸走进鲁迅视野的过程，在下一节中，笔者想先来详细地梳理一下片上伸与中国文坛整体的互动关系。毕竟如日本学者芦田肇所指出，"日本的、或是经由日本进入中国的马克思主义文学论，远远超出我最初的想象。（中略）毋庸置疑，直接从苏维埃移入到中国的马克思主义文学理论当然不是空白的。但是至少在 1928 年至 1933 年期间，经由日本传入中国的马克思主义文学理论，是占压倒性的比例的[①]"，而片上伸恰恰又是 1930 年代日本无产阶级文学界中，

---

① （日）芦田肇：《中国左翼文芸理論における翻訳·引用文献目録》（1928 — 1933），东洋学文献中心丛书，第 29 辑。昭和 53 年 3 月，第 4 页。

最具影响力的一个人物，他的革命文学论，无疑也是在这一大的时代潮流和环境背景下走进中国的。所以先予以整体性的概观，颇具意义。

第三节　片上伸与中国文坛

一、初访北京之谜

1922 年 9 月 19 日，在驻京日本人创办的杂志《北京周报》上，刊登了一则这样的消息。

正在访问北京的早稻田大学教授片上伸，于本月十九日在大和俱乐部发表了题为《劳农俄国的文学》的演讲。时间长达一个半小时。内容详细。次日下午又应北京大学相关人员的邀请，到该校第三院大礼堂做了题为《北欧文学的原理》的演讲。由周作人教授做翻译。本次演讲亦博得了全场热烈的喝彩。下午五时又到孔德学校为该校师生做了一场报告。夜晚，北京大学相关人员为其举办了欢迎宴会。次日上午十点十五分，乘车离京。[①]

虽然名称是"北京周报"，但该杂志是一种全日文报刊。上面这段中文引文，由笔者翻译转摘。第二周，该报又刊登了一则跟踪报道。说"片上氏在津演讲：早稻田大学教授片上伸氏于二十二日下午在南海（或为"南开"笔误——笔者按），夜间在公会堂发表演讲。当日夜里，北上奉天。[②]"

据笔者调查考证，这两则消息应该是片上伸到访中国的最早记录。时隔数日后，《晨报副刊》（1922 年 9 月 25 日）和《北大日刊》（1922 年 9 月 30 日）又分别刊登了片上伸在北京大学的演讲稿。

但令笔者略有疑惑的是，有关这次片上伸的北京之行，鲁迅后来在翻译他的演讲稿《北欧文学的原理》时，说"这是六年前，片上先生赴俄国游学，

---

① 译自 1922 年 9 月 21 日《北京周报》杂志，第 32 页。
② 译自 1922 年 9 月 28 日《北京周报》杂志，第 32 页。

路过北京，在北京大学所发表的一场演讲；当时译者也曾往听。"① 而《北京周报》在刊登日文原版演讲稿时，却称片上伸的"这次访华，是受上海及汉口等地（日本人团体——笔者按）的邀请，前来演讲的。②"而且更令人费解的是，笔者翻阅过片上伸的相关《年谱》资料，在这一时间点上并未发现有这方面的记述。而且在早稻田大学 1922 年的《课时表》③中，也未对这一年片上伸的课程安排做出过特别调整的信息。相反，这一年片上伸还担任了该校俄文学科的主任，在校的工作正风生水起，毫无有长期外出访学的迹象。前面我们也已经介绍过，该俄文学科就是在他的主导下于两年前刚刚创建的。所以综合当时的情况，我们可以大致断定，这一年片上伸应该是没有长时间外出访学的计划。也就是说，片上伸是年的北京之行，应该是一个短期的中国行。而非鲁迅所说的是为了"赴俄国游学，路过北京"时顺便到访的。那么为什么演讲当日到过现场且极有可能在当日的欢迎晚宴上与片上伸有过切近接触的鲁迅，会把时间记错呢？ 莫非在演讲会当日，片上伸本人向鲁迅讲过吗？ 毕竟后来片上伸确实也有借路北京转去俄罗斯的经历。所以也有可能是鲁迅把时间记混了。

但是由此一来，片上伸此次的访华行程，就变得更加匪夷所思了。因为排除了这些可能性，那么北京就成了片上这次行程的最终目的地。可是在这一时间点上他到访北京，又是出于什么目的呢？ 是为了见俄罗斯的童话作家爱罗先珂（1889-1952）吗？ ④据秋田雨雀记述，爱罗先珂寄居在东京时，片上伸曾跟他学过俄语，两人交往甚密。而这一年，被日本警察厅强行驱赶出境的爱罗先珂，就住在北京周氏兄弟的宅邸。但是这一推测也有一个不尽合理的漏洞。即在片上伸到访北京之前，爱罗先珂已经离开北京三个多月了。这在当时是一个颇引人注目的文化新闻，所以片上伸不会不知道这一事态的变化。毕竟

---

① 《鲁迅全集》第 16 卷，北京：人民文学出版社，1973 年，第 205 页。
② 译自 1922 年 9 月 21 日《北京周报》，第 52 页。
③ 参考《早稻田大学百年史》第三卷，早稻田大学大学史编辑所编，早稻田大学出版社，昭和 53 年 3 月。
④ 爱罗先珂（1889-1952），俄国盲诗人，世界语的积极倡导者，童话作家。25 岁离开俄国，先后访问过泰国、缅甸、印度、日本。1921 年 5 月，因参加了"五一"工人游行而被日本警方驱逐出境，后在周作人等人推动下，被北京大学特聘为世界语教授，并借住周作人、鲁迅兄弟的八道湾宅邸。1922 年 7 月 3 日，离开中国。

他访问北京时，随同在他身边的是《北京周报》记者丸山昏迷。[①] 如下注所示，他可是当时驻京日本人中首屈一指的"中国通"。而且，是日片上在丸山昏迷的引领下去造访鲁迅宅邸时，正值周作人还不在家。所以笔者有一个大胆的推测，即片上伸当天就是为了见鲁迅而专程去到访周宅的。只是遗憾的是，众所周知，1922 年的《鲁迅日记》已丢失，所以当日的情景，我们现在很难去有理有据的客观再现和推论了。且在到访周宅之前，片上伸还到访过胡适的家。所以此次片上伸访问北京的目的到底是什么，还很难下定论。只能等将来有了新的佐证材料出现了，再去做细致的分析与推理了。

但从后来片上伸与中国文学者之间的互动关系来看，此次片上伸的北京之行目的无论是什么，在客观事实上，它都为片上的文学理论走进中国文坛，奠定了一个坚实的基础。尤其是周作人对他的关注程度，有值得我们去再次回顾的价值。

二、周作人与片上伸

据《周作人日记》记载，1919 年 8 月 21 日，片上伸经由钱玄同寄给周作人一本新书《俄罗斯的现实》。可见周作人对片上伸的关注已由来已久。而且由于片上伸与钱玄同的关系很难考证出其具体的起始点，所以《周作人日记》中出现的这一记录，应该就是片上伸出现在中国人视线里的最早记录了。只是因可参考的资料信息实在有限，我们目前还无法确认这本书到底是片上伸主动寄赠给周作人的，还是周作人主动去邀约的问题。倘若是后者，那么 1922 年片上伸的北京之行，很有可能是周作人邀约的。众所周知，在 1920 年代初期，周作人曾想聘请一位当代日本作家来北京大学任教，如为了邀请秋田雨雀，他还曾从侧面打听过出多少钱的工资才能请来的问题。所以片上伸也可能是当时

---

① 　丸山昏迷（1894-1924），原名丸山幸一郎。又名昏迷生。1919 年到北京，任《新支那》《北京周报》的编辑兼记者。此人在当时，无论是在北京的日本人圈子里，还是在北京的中国知识分子当中，都颇有人脉。据樱美林大学创始人清水安三回忆："最早接触北京的思想家和文人的，实际上是丸山昏迷君。许多日本的思想家和文人来游，都是丸山昏迷君陪他们到周作人和李大钊先生家里去的。说实话，我自己也是该君陪着去拜访周作人和李大钊的。"（参考石川祯浩著，袁广泉译《中国共产党成立史》，中国社会科学出版社，2006 年，第 18 页。）可见丸山昏迷当时一定事先知道爱罗先珂已经离开京城的事情。

周作人所锁定的目标人选之一。从片上伸去北京大学发表演讲当日，周作人不仅亲自去旅馆迎接，还安排胡适代理蔡元培担任主办方出面等非同寻常的积极态度来看，至少在片上伸的北京之行过程中，周作人应该是一个不可或缺的背后因素。另外，《北大日刊》和《晨报副刊》连摘的片上伸演讲稿，也是由两名与周作人的关系比较近的北大在校生张凤举和章廷谦来完成翻译的。所以在这背后，想必是有周作人的推荐与安排。

　　总之，在这位日本的俄罗斯文学专家身上，周作人倾注了巨大的热情。并在此以后，他们彼此间的关系似乎走得更为切近了。为了能够真切地展示出此时这二者间的亲密关系，我们不妨一起来看一看 1922 年以后在《周作人日记》中出现过的有关片上伸的记录。

　　一九二二年九月一七日阴冷。晨五七度。上午往适之处候片上君、久持及贺二人同来午返。

　　一九二二年九月一八日晴。上午赴燕大教员会。午至北大访守常。在新潮社逗留。下午五时又至燕大访地山。六时行开学礼。八时半返。丸山片上二君来访不值。得乔风函。信纸五札。

　　一九二二年九月一九日晴。上午寄乔风函。访举士远。下午至燕大、又至扶桑馆访片上君、赠以译书三部。傍晚返得玄同函。

　　一九二二年九月二十日晴。上午寄季茀玄同函。往北大收五月份金。往扶桑馆访片上君、同至第三远讲演、为口译。又至孔德学校听讲。七时共往东华饭店会餐、主客十四人、九时散。送片上君雪朝诗诗年（送）及爱罗童话集五本。

　　一九二二年九月二八日晴。凤。上午五八度。下午往燕大至日邮局寄「实业之日本」社金十九元半。片上君书两包。在东亚公司买书一本、四时返、得魏金枝君函件。

　　一九二二年一十月一六日晴。上午往北大、下午往燕大。四时索君来访。晚得片上君书一册、由出版元寄赠。李开先君来、得省三函。

　　一九二二年一一月六日晴。上午往北大、下午至日邮局为爱罗君寄信。又尾崎君金三十元。下午往燕大、得片上丸山乔风函。寄景深函。

　　一九二二年一一月一六日阴。上午往女高师、午至商务取三十元。下午往燕大、得片上君寄书二本。聚英阁寄芭蕉翁传、一本小雪。寄雁冰函件。

一九二四年七月八日阴雨、下午大雷雨。上午在家、下午在东亚公司买书二本。至川田医院访丸山君。又往中央饭店访片上君。

一九二四年七月一一日晴。上午访片上君、同到北大二院访蒋君。处至禄米仓。午同凤举在德（冈）饭店吃饭。下午返。片上君来访。夜十二时贼来窥北窗遂去之。小雨。

一九二四年七月一二日大雨终日、前院积水寸于、傍晚霁。上午闷坐家中。下午凤举宴片上君。外适之兼士幼渔及巽伯乔共八人。

一九二四年七月一七日阴、下午晴。上午往北大代取十二月份薪一部分、又买书一本。下午往什方院找凤举至东亚公司买书两册、又往中央饭店赴片上君约。有山川早水君同坐。以日本小说集一本赠片上君、十一时抵家一时始睡。

一九二四年七月一八日晴。上午同丰一往五一公司买物至北京饭店、买书三本又至邮局取丸善小包、内书一本。午返。下午八时同凤举至东车站送片上君至行、遇大雨一阵、九时回家。

一九二四年七月二六日雨。上午得片上君函、下午院中水又涨。寄乔风函。

一九二四年九月一日晴。上午往北京饭店买书二本、至邮局取丸善寄书二本午返。下午浴。寄士远函、得片上君片。

一九二四年一一月二十日晴。上午往女师大、下午往燕大、晚招矛（尘）斐君共吃火锅。收北大二月份之三成。寄乔风函、孟和语丝一份。得片上君函。

一九二五年一月七日晴。上午在家阅学生译文、下午往燕大。得片上君片。

一九二五年二月一六日晴、夜大风。上午往北大午返。下午作小文。张操来不见、与信子谈少倾去、晚伏园来。得木天函、片上叶书（はがき）。

一九二五年二月二五日晴。上午在家下午往燕大陶样来、得乔风函寄复函。又寄朱子沅湘函。片上はがき转递。

一九二五年二月二六日晴。上午往女师大借五月份薪。至邮局寄丰狂堂五元。取丸善寄书一册。下午往燕大又赴中文辩论会、七时回家伏园来得朱子沅马孝安函。寄片上函。

一九二五年五月一一日晴。上午往北大下午往华北往医院。四时至研究所开会。七时得回家。得片上君函。

一九二五年六月二六日晴。上午往师大收一个月另三成薪。寄实业之日本社金九元。日本文学丛书刊行会六元。在北京饭店买书三本。下午伏园来饭后去。<u>寄片上函</u>。①

从这些日记信息，我们可以清楚地看到，从 1922 年开始直至 1924 年，周作人与片上伸一直保持着非常密切的往来关系。尤其是在 1924 年之后，周作人还能热情接待片上伸尤为值得注意。因为此时借路北京再转向俄罗斯的片上伸，已被日本特高警察视为"要注意人物"（即危险人物——笔者按）而被密切跟踪。想必熟知日本国情的周作人不会察觉不到片上伸的这一处境的改变。事实上，在片上伸到访周宅的 1924 年 7 月 11 日当夜，如《周作人日记》所示，已有神秘人物出现在周宅窗下。而且周作人也察觉到了这一情形。还在《日记》中故意记下了："片上君来访。夜十二时贼来窥北窗遂去之"。这个窥北窗而去的贼，不难想象，应该就是跟踪片上伸行踪的日本特高警察厅特务。但是这些蕴含几分恐吓意味的暗示行为，并没有威慑住周作人。因为次日上午，周作人依旧到宾馆去看望片上伸并邀请其他朋友一同为其设宴，往来如常。可见他们二者之间建立起来的信赖关系，非常坚固。无疑，正是因为他们之间的这份信赖关系与友情，才使得片上伸拥有了日后走进中国文坛的契机，也为中国文坛接受片上伸的文艺批评理论，奠定了基础。如陈望道等人就都是在周作人的这次宴会中，认识的片上伸。只是遗憾的是，如前文所述，因可供参考的资料有限，笔者对周作人与片上伸的往来关系的一些细节，还没有做出进一步深入考察。倘若能够找到从侧面透露出他们当时所谈问题的具体内容及焦点资料就好了，我们就可以再现这两位中日文化人士的具体交流风景了。

而令人遗憾的还不仅是这些。更让人意想不到的是，过从如此密切的周作人与片上伸的关系，自 1925 年下半年——即片上伸从俄国游学回国之后，便突然断绝了。甚至在 1928 年 3 月，因片上伸的突然病逝而在中国文坛引起一阵'片上伸热'，出现很多悼念的文章时，周作人居然对片上伸的离世问题一言未发。如此超乎常态的冷漠，委实令人生疑。只是如前所述，有关这方面的问题，可供我们参考的佐证文献材料，实在太少，难以深入探讨和考证。只能假以时日，期待于将来了。如果允许做一点大胆的推论，那么笔者认为，这

---

① 以上记录信息为笔者依据影印版《周作人日记》（大象出版社，1996 年 12 月）1922 年 9 月内容整理。

很可能是因为第二次访俄归来之后的片上伸，在思想上发生了重大的改变。即出现了明显的左倾倾向。而周作人对无产阶级文学一向兴致索然。于是在他们之间，便失去了先前那份心灵上互通有无的可能性。但这只是笔者凭借个人的直观，来猜想的一个原因。具体的答案，还须今后进一步的考证和研究。

三、悼念片上伸的中国声音

但与周作人的异常冷漠不同，片上伸病逝后，通过周作人的引荐认识片上伸的中国文学者们，却纷纷发表了悼念片上伸的文章。如陈望道在一篇《关于片上伸》的短文中，就对片上伸的突然病逝，表达了自己浓浓的惋惜之情。

日本的这时，正在重苦时代；然而不幸，他们的一个战士片上伸，却又正在这时病死了。（中略）片上伸氏的文章，在我国仿佛不曾有人介绍过；读者或许对于他很生疏。（中略）片上氏的死，是非常突然的。他的朋友，他的学生，都说梦中也不曾想到，他会死的这样突然。（中略）对于片上氏有人因他生前'不曾投身''不曾绝叫'的缘故，在他死后还鞭尸似地骂他不曾努力的情境，我总觉得片上氏是，不幸而生在日本，又不幸而死在日本了。几日来，不知什么缘故，总是纪念着他，于是将他已经收集在《文学和社会》和《文学评论》中的，及还散在各处未经收集的，他近年所作的各论文，约略再看了一遍。觉得有些地方实在是可供我们的参考。虽然抄书是苦工作，我又在我们的学校里担任很多，事务很杂，每日总是疲劳极了才得回来，也是不能不奋发起来抄录一些了。（中略）写成大半的时候，忽然济南惨案发生了。关于日本的事情，除非是骂的，当然无人看；我也就因此不愿写下去。①

---

① 陈望道：《关于片上伸》，《陈望道文集》第一卷，上海：人民出版社，1979年，第472–477页。该文中，陈望道还称："大约他在我们民国11年的9月间，是曾到过北京，并且曾在北京大学演讲过的。那时住在北京的，或者知道他。"可见片上伸在北大作演讲时，陈望道也可能在场。而且很可能也出席当晚的宴会。另外，下文中会介绍到的叶绍钧与陈望道同是"文学研究会"的成员，且都与周作人关系密切，所以叶绍钧叶也可能是当天到场听过片上伸的演讲一个人。因为他们的引文与鲁迅和张风举、章廷谦的译文都有所不同。应该是他们在现场听到并记录的。

　　另外，约在半年后的《北新》杂志上，一篇题为《一九二八年的日本文艺界》的文章，也谈到了片上伸。文中说：

　　这一年来日本底文艺批评界底不幸，便是片上伸底死去。无论如何，在近来日本文学界沉滞的时候，而失去这一个巨星，总不能说这不是日本文学界底损失。尤其是片上伸底批评，已经由叙说的说明的，一转而为提倡的主张的时候，却遽尔死去，更不能不说日本底文学界因片上伸底死而加上一层荒凉寂寞了。"①

　　而鲁迅更是从 1928 年开始，连续翻译了数篇片上伸的论文。其中一篇还是早已有人翻译过的片上伸在北京大学发表的那次的演讲稿。而且在收录了这篇译文的论文集《壁下译丛·小引》中，还讲了前面我们已经介绍过的那句话："片上伸教授虽然死后又很有了非难的人，但我总爱他的主张坚实而热烈"。这些悼念文章，无疑对进一步提高片上伸在中国文坛上的影响力起到了推波助澜的作用。甚至引起了一股"片上伸热"。于是当时与鲁迅关系比较密切的韩侍桁和冯雪峰等人，也加入到了译介片上伸的这支队伍中来，先后翻译了片上的作品集《生的力量》《都市社会与文学》《社会与文学》等，于是使得郑振铎在编写《文学大纲》②时，虽然一口气介绍了五十多名自明治以来的日本文学者，但只采录了片上伸一个人的头像。而且这一张头像还占据了该页面将近四分之一的版面。可见其存在感，非同与其他人了。

　　毋庸赘言，如此大规模的悼念活动，不应只是因为片上伸曾与这些中国文学者有过私人往来，所以才在他突然病逝时，引发了大家的感慨与哀伤。应该还有更为本质、超越这一通俗意义上的"人情往来"层面上的东西存在。毕竟片上伸病逝的 1928 年，是中国文坛经历了"四一二反革命事变"之后，又重新开始思考革命文学到底将向何处去的问题的高峰期。所以除了人与人之间的私人交情之外，这位日本最具影响力的无产阶级文学理论家的主张或观点，一定也赢得了很多中国文学者们的认可与接受，所以才会有如此大规模的且是自发式的悼念活动。例如叶绍钧在小说《倪焕之》中，就通过主人公倪焕之的

---

① 杨忧天：《一九二八年的日本文艺界》，《北新》杂志第 3 卷第 5 号，第 55–56 页。
② 郑振铎：《文学大纲》第四册，大学丛书，长沙：商务印书馆，1939 年，第 641 页。

口，讲了如下一段话。

这几天来差不多读熟了的日本文学评论家片上伸的几句话，这时候就像电流一般通过他的意识界：

现在世界人类都站在大的经验面前。面前或许就横着破坏和失败。而且那破坏和失败的痛苦之大，也许竟是我们的祖先也不曾经受过的那样大。但是我们所担心的却不在这苦痛，而在受了这大苦痛还是真心求真理的心。在我们的内心里怎样地燃烧着。

这是片上伸氏来到中国时在北京的演说辞，当时登在报上，焕之把它节录在笔记薄里。最近捡出来看，这一小节鼓励的话仿佛就是对他说的，因此他念着它，把它消化在肚里。①

片上伸作为一位外国文艺批评家，能够出现在中国一代名著的小说作品中，这一事例本身就说明了他当年在中国知识界的知名度和影响力有多大。其实，不只在鲁迅等少数知名中国文学者心目中，甚至在整个 1930 年代的中国文坛，尤其是在北京的新锐知识分子心中，片上伸都曾发挥过不可小觑的影响力。比如胡适在听完片上伸的那次演讲之后，在日记中也高度评价片上说："他用易卜生代表斯堪狄那维亚，用托尔斯泰代表俄国，指出他们都趋向极端绝对的理想，不喜调和，为北欧文学的特色。此意亦有理。"②

但在这些悼念和评论文中，笔者最看重的，还是杨忧天的一篇《一九二八年的日本文艺界》的论文。因为在这篇论文中，杨忧天清楚地指出了"片上伸底批评，已经由叙说的说明的，一转而为提倡的主张"（已出）。这一洞察力非常深刻且精准。关于杨忧天的生平资料，笔者目前可知的信息非常少。只查到一本他与胡秋原共著的《同性爱问题讨论集》③。所以他与日本文学的渊源及对片上伸本人的理解到底怎样等的问题，现在很难给出一个可靠的论述。但从他的这句评价来推测，他对片上及当时的日本无产阶级文学运动，应该是一个非常熟悉的人。至少作为一家之言，杨忧天的"片上伸论"，远比

① 叶绍钧：《倪焕之》，人民文学出版社，1962 年，第 299 页。
② 胡适：《胡适日记》，第三卷，安徽教育出版社，2001 年，第 83 页。
③ 杨忧天、胡秋原：《同性爱问题讨论集》，上海：北新书局，1930 年版。

大宅壮一的酷评，客观公正得多。而在前一节中我们已经详细地介绍过，片上伸这一时期的"主张"，主要围绕着无产阶级文学的新形式及新内容应该如何去构建和摸索的问题展开。所以我们有足够的理由推论，杨忧天所指的"主张"，应该也是指有关这一方面的片上伸的态度和立场。并由此推论出，当时的中国文坛所关注的片上伸文艺论，其焦点应该也是集中在这一方面。客观事实上，片上有关无产阶级文学的新形式及新内容的讨论，与当时中国文坛的"革命文学论"焦点极其相似。众所周知，由太阳社和创造社的成员引起的革命文学论争，其焦点，最初就主要集中在文学应不应该为宣传服务等有关文学与政治意识形态的关系的问题。而片上伸的文论开始被中国文坛所关注时，正是这一争论的焦点开始从反应意识形态的正当性与否的讨论，转向无产阶级文学本身内在的"形式"及"题材"该如何构建等具体的问题上来了。如林伯修的《一九二九年急待解决的几个关于文艺的问题》、干釜的《关于普罗文学的形式的话》、潘汉年的《文艺通信——普罗文学题材问题》、钱杏邨的《中国新兴文学中的几个具体的问题》等，就都是在关注和讨论与片上伸所提出的问题相同的焦点。这让我们不得不怀疑，中国革命文学论争的这一焦点的变迁，是否与片上伸的论文给当时的中国文坛所带来的影响有或多或少的关系。倘若这两者之间真的有过密切的互动事实，那么作为这一理论问题的开拓者和先行者的片上伸的突然病逝，当然会给当时的中国左翼文坛带来巨大的冲击了。或许最先把片上伸介绍到中国文坛上来的陈望道和翻译《无产阶级文学的诸问题》的鲁迅的译介目的及意图，也是为了提醒当时的中国革命文学者，倘若无产阶级文学真的是一个属于将来的新兴文学，那么从现在开始就须去思考它做为文学的内在问题以及其具体的艺术形式和题材该是怎样的时候了。而鲁迅所说的"我总爱他的主张坚实而热烈"，或许指的也是片上伸在这一方面所展示出来的先见性的新观察与新思考。由此亦可见，当时的陈望道等中国知识精英们对片上伸的理解与领会，与大宅壮一等人的完全不同。或许这才是中国文学者见到片上伸死后出现有非难的人时，感到有"鞭尸"感的真正原因。其实，从"鞭尸"这一用词之重，我们也能感受到对当时的中国左翼文坛对片上伸的病逝所感受到的哀悼之意有多重了。其同情与惋惜之意，可谓跃然纸上。尤其值得我们关注的是，中国的知识分子们在片上伸那里还发现了"可供我们参考"的东西，并"爱"上了这些"坚实而热烈"的主张。当然，更值得我们去思考的是，与中国左翼文坛知识分子们的强烈反应截然不同，曾经对片上伸最热情、最理解，也是为片上伸走进中国文坛铺通过道路的周作人，此时为什么保持了绝对的沉默的问题。这一此消彼长的过程，可以说是恰到好处地体现了1930年代中国革命文学思潮的流变过程。尤其是在有关《宣言一篇》的论争中，比起片上伸，其立场和文艺观更接近有岛武郎的鲁迅，此时居然也与站在无产阶级文学这一侧的片上伸，有了更多的共鸣这一现象，值得我们深思与反省。因为在这一变化的背后，定有值得我们去深入探讨和挖掘的空间。

所以接下来，笔者就想具体地讨论一下鲁迅与片上伸之间的共鸣点及互动往来关系，所暗含的历史意义。

第四节　鲁迅与片上伸

其实，在上一章我们讨论鲁迅与有岛武郎的关系时，就已经涉及很多有关鲁迅与片上伸的接受问题了。在某种意义上说，分两章内容来分头讨论鲁迅与有岛武郎及片上伸之间的关系，只是出于论述上方便性考量，并没有时间顺序上的先后或是轻重之分。即站在鲁迅这边去看时，片上伸和有岛武郎所代表的意象，原本就是一个不可切割的连接体。不能完全把他们完全断裂开来解读。因为鲁迅几乎是在同一时期通过有岛武郎走近了片上伸的革命文学论，后来又是在与片上伸的对话过程中，渐渐与有岛武郎的艺术观产生了距离。这一表述听起来似乎有些玩弄语言的嫌疑，但这一认识，是笔者在本章中的论述中，最想阐明的一个核心问题点。同时也是本章的结论和落脚处。

鉴于这一特殊性，我们在进入鲁迅与片上伸的深层关系的讨论之前，还是再来稍稍回顾一下上一章的内容。

作为先行研究，我们已介绍过日本鲁迅学者丸山升不同意依据《壁下译丛·小引》中的表述，来证明鲁迅此时已站到片上伸这一侧的观点。他反对的理由是，因为鲁迅刚刚和有岛武郎一样，也被革命文学派的人激烈地攻击过。所以丸山升很难相信鲁迅在《壁下译丛·小引》中所说的"固守本阶级"和"依照旧的论据"的话，是针对有岛武郎的言说。何况在文艺思想和文学观上，鲁迅与有岛武郎还持有那么多共通的东西。但如笔者在该章的最后部分所质疑的，毕竟鲁迅的那句"我总爱他（即片上——笔者按）的主张坚实而热烈"不是随口说出的，所以丸山升的论断，也有些过于轻视鲁迅本人的这句道白的倾向。换句话说，无论早期的鲁迅与有岛武郎之间有过再多相近或相似的革命文学观，但如前文所述，进入 1920 年代末期之后，随着革命文学论争的不断深入，不仅鲁迅，当时中国文坛的很多文学者，也都开始站在片上伸这一侧了。至少在片上这里找到了更多的共鸣。所以笔者认为，鲁迅在翻译和出版论文集《壁下译丛》时，虽然没有太多否定的意味，但在心情上，确实有把有岛武郎的态度和立场，视为是"固守本阶级"和"依照旧的论据"的言论的意向。而且从《壁下译丛·小引》中的用词，我们也不难看出，鲁迅此时的立场无疑是倾向"后半的"依据新的论述的各篇文章。

其实不仅笔者，中井政喜在论文《关于鲁迅与〈壁下译丛〉的一个侧面》[1] 中，也曾对丸山升的论述提出过不少质疑。鉴于中井政喜的论文在国内介绍的比较少，而该篇论文的资料性又非常强，所以笔者想暂不计较引文篇幅可能会超长的问题，在此多做一些译介。

至少，从《壁下译丛》中所收录的论文及排列顺序中片上、青野（即青野季吉——笔者按）的作品所处的位置来看，我们无法得出鲁迅对他们的所有作品（即"后面的三分之一"的内容——笔者按）都是持否定态度的结论。换句话说，进入一九二九年之后，鲁迅确实觉得有岛、武者小路（"依据较旧的论据"）所提出的问题，已经被片上、青野等人的无产阶级文学论所继承，或是被否定和发展了。

在一九二六年以前，即鲁迅在辛亥革命和文学革命运动期间，其实一直都在摸索民众与有革命倾向的知识分子之间的联带关系。只是这一摸索直到最后也没有找到合适的、具体的着手点。所以此时的鲁迅对有岛这样坚持从自己的实际情况出发，并对自己的存在价值及可挥发的作用予以冷静的观察，在承认自己的局限性的前提下，诚实地为国民革命担起一方面责任的做法，是持积极的评价态度的。但是经过一九二八年以后的革命文学论争，并通过与马克思主义文艺论的全面接触之后，鲁迅对这方面课题的认识，似乎已经超越了有岛的那种自我局限式的思维模式。即通过对《壁下译丛》的通盘考察，我们可以

---

[1] （日）中井政喜：《鲁迅と『壁下訳叢』の一側面》，《大分大学经济论集》，1981 年，第 79 页。

推导出这样几个可能性。一是，通过青野介绍亨利·巴比塞的论文，虽然还不是很全面，但是基本承认了知识分子是可以完成惟有知识分子才能担当的独具特色的任务的观点。

"亨利·巴比塞是把什么样的人，称之为是有思考能力的人呢？这个问题我们须先搞清楚，否则就没意义。在他看来，就是那些能把潜在于混沌的生命中的东西解释出来的人。但是这样解释也会遇到一个问题。即所谓观念是什么？不过亨利·巴比塞在文中没有用"观念"这一概念，而是用了"真理"这一概念。这个真理就是混沌地存在于生活及生命中的那个发展法则。能够把这些东西解释、译介出来的人就是有思考能力的人。（选自青野季吉著《关于知识阶级》，1926年3月，收录于《壁下译丛》）

从这段话我们可以看出，青野把亨利·巴比塞界定的知识分子的概念，解释为是那些能够把真理翻译出来——即能把混沌地潜在于生活和生命中的那些发展法则的人。也就是说，作为革命的知识分子，如克鲁泡特金以及马克思等人，它们用自己积累下来的专业知识，把隐藏在现实中的发展法则提炼出来，不一定都像有岛武郎所说的那样，对劳动者运动来说是不纯洁的东西。相反这恰恰是劳动者希望革命的知识分子来承担的角色和任务。另外，升曙梦在论说中所引用的高尔基的话（《我的祝词》），虽然在时间上有一些出入，但也展示出了苏维埃联邦发展的一个侧面。

"至今为止，人类的自由的劳动，到处都被资本家的愚蠢而无意义的榨取所污秽，所暴压。而国家的资本主义底制度，则减少创造事务的快乐，将原是人类创造力的表现的那劳动，弄成可以咒诅的事了。这是谁都明白的。但在苏维埃联邦，却觉得人们都一面意识着劳动的国家底意义，又自觉着劳动是向自由和文化的直接的捷径，一面劳动着，这样子，俄国的劳动者，是已经不象先前那样，挣得一点可怜的仅少的粮，乃是为自己挣得国家了。"（升曙梦著《最近的高尔基》，亦收录在《壁下译丛》中）①

可见在十月革命经过十年之后的苏维埃联邦，高尔基已不像有岛在《宣言一篇》中所讲的那样依然是一个否定的现象，而是相反，他开始讴歌劳动人们的翻身解放了。所以升曙梦认为，事实上从民众中走出来的这些"没有什么

---

① 《鲁迅全集》第16卷，北京：人民文学出版社，1973年，第278页。

学问或是学问很少的诗人们，正在和当下最杰出的俄罗斯无产阶级作家们共同创造着自己的诗歌和小说"，这一现状给我们这些研究者提供了一个新的研究方向。

"在别的处所，戈理基（高尔基——笔者按）说，我确信着，劳动阶级将能创造自己的艺术——费了伟大的苦心和很大的牺牲——正如曾经创刊了自己的日报一般，这我的信念，是从对于几百劳动者，职工，农民，要将自己的人生观，自己的观察和感情。试来硬写在纸上的努力，观察了多时之后，成长起来的。"①

这些高尔基基于苏维埃联邦民众的现状而抱有的信任，以及对民众的未来抱有的希望，尤其是高尔基谈到的须援助"大众出身的文学者"的言论，应该说，或多或少对鲁迅有关民众与革命的知识分子之间的联带性问题的认识和理解，有所启迪和触动。即此时的鲁迅已经摆脱了自我限定式的思考模式，对知识分子在革命中能发挥出的作用及可能性，有了更为弹性的理解。所以进入一九二九年之后，即在鲁迅起笔写〈小引〉时，固执地把自己限定起来的有岛视为是"固守本阶级"的人，也不是不可能的。

显而易见，在自《宣言一篇》以来的革命文学论争中，丸山升认为鲁迅始终是站在有岛武郎"固守旧阶级"的这一边的。因为在他们两者之间有太多的一致性。而中井政喜则认为，鲁迅最初虽然认同甚至支持有岛武郎的革命文学观，但在 1929 前后开始出现了转变，逐渐接近曾经反对有岛武郎革命文学观的片上伸等人的立场上来了。其依据是我们在前面刚刚长篇引用过的那几段论述。乍看这两者的主张，很多人会以为，他们是一对完全相悖的立场。但在笔者看来，他们的鲁迅解读未必相互对立，只是分别关注了鲁迅与日本无产阶级文学理论互动的前一部分和后一部分而已。即如长堀祐造在《鲁迅的革命文学论与托洛茨基的文艺论》中所指出，深知自己归根结底还是一个知识分子的鲁迅，虽然对有岛武郎的阶级出身的不可改造的立场深有共鸣和认同，但"身处在帝国主义国家的侵略下，自己的国家命运危在旦夕的迫切境况下，比起阶级出身的身份是否可以改造的问题，不管身份如何——哪怕只是作为一个"同

---

① 同上书，第 284 页。

路人"，也应该先站在革命者这一边才是对的立场①上了。也就是说，对鲁迅来讲，无论是丸山升的"有岛立场"还是中井的"片上立场"，其实都是可以接受的。毕竟社会形势对文学者的革命要求超出了作为"小我"何去何从的命题。

笔者非常同意长堀祐造的这一观点。同时想再指出一点的是，丸山升和中井政喜在解读鲁迅对有岛武郎和片上伸的接受关系时，都有些过于拘泥于《宣言一篇》所展示出的那一连带性了。尤其是在论述鲁迅与片上伸的关系时，所参照的范围和视野，都欠缺更为广阔的关照。如前文所述，除了在有关《宣言一篇》的论争中展示出来的革命文学观之外，如在《文艺评论》等评论文集中片上伸所提出的很多有建设性意义的主张——例如如何发展日本无产阶级文学的新形式及新内容的问题等，在当时也都是中国左翼文坛所关注的热点。鲁迅当然也不例外。而且从鲁迅的译介文章内容来看，他的那句"我更爱他主张"中的"主张"的内涵，指的很有可能就是片上伸有关无产阶级文学的新形式及新内容所提出那些看法和观点。②细读鲁迅翻译的五篇片上伸的论文，笔者对这一推论，颇具信心。因为从译文中我们可以找到很多相关的证实材料。如在鲁迅翻译的《现代新兴文学的诸问题》中，就有如下一段话：

上面所载的纲领，无非是叙述无产阶级文学的意义，将来应取的题材和形式，形式和内容的关系，和前时代文学的关系交涉以及对付的态度等（中略）。就中，在所说无产阶级文学的将来的题材和形式，当以取于无产阶级的现实为主，较之抒情诗，倒是将向叙事诗底戏剧方面之外，可以看出无产文

---

① （日）长堀祐造：《鲁迅革命文学論に於けるトロッキー文芸理論》，《日本中国学会报》第40辑，1988年，第199-214页。
② 鲁迅在翻译片上伸的《现代新兴文学的诸问题》时，也附了一篇〈小引〉。在开篇处介绍片上伸说："作者在日本是以研究北欧文学，负有盛名的人，而在这一类学者群中，主张也最为热烈。这一篇是一九二六年一月所作，后来收在《文学评论》中，那主旨，如结末所说，不过愿于读者解释现今新兴文学'诸问题的性质和方向，以及和时代的交涉等，有一点裨助。'但作者的文体，是很繁复曲折的，译时也偶有减省，如三曲省为二曲，二曲改为一曲之类，不过仍因译者文拙，又不愿太改原来的语气，所以还是沉闷累坠之处居多。"（引自《鲁迅全集》第17卷，人民文学出版社，1973年版，第185页）可见鲁迅对片上伸的《文学评论》内容颇为熟悉。所以我们讨论鲁迅对片上伸的接受问题时，考察的视野必须要再广阔一些才能准确。

学发达上的一转机来。与其是赞美普通底抽象底的劳动或劳动者的生活，倒不如显示劳动者的具体底的各个的现实的生活，或在革命的暴风雨中的活人的姿容，来深深地打动无产阶级底情绪之处，就应该是这转机所包含的意义。①

显而易见，这是一篇讨论无产阶级文学新形式和新内容的文章。而且从鲁迅选译的这段话，我们也可以看出，鲁迅不仅准确地把握了此一阶段片上伸最为关注的问题焦点，也几乎无一遗漏地囊括了我们在上文中所介绍的片上伸有关日本无产阶级文学发展模式所提出的那些基本立场和态度。想必陈望道对片上伸的关注点，也与鲁迅相同。因为鲁迅译完该稿后的第三天晚上，就急匆匆地给陈望道写了一封信，并把译稿寄给了他。可见他们两人事前就译介片上伸事是有沟通的。至少笔者认为，在译介片上伸的问题上鲁迅和陈望道是早有默契的。因为在〈《北欧文学的原理》译者附记二〉中，鲁迅就曾提到陈望道说："现在《译丛》一时未能印成，而《大江月刊》第一期，陈望道先生恰恰提起这回的讲演，便抽了下来，先行发表，既似应时，又可偷懒，岂非一举而两得也乎哉！"② 可见此二人对片上伸的印象，是极尽相似或相近的。于是在他们的译介下，如前文中我们已介绍过的那些悼念片上伸的中国声音所示，在中国文坛，片上伸也切切实实地赢得了中国左翼文学者们非同寻常的认可度与阅读量。而有关这一点，在丸山升和中井政喜等人的先行研究中，几乎被忽略掉了。笔者认为，这是此前诸多的鲁迅先行研究所遗漏的一个重要背景。而倘若我们看不到这一点，想必是很难理解鲁迅为什么会突然那般热烈地赞赏起片上伸的主张的疑惑的。同时，通过对片上伸革命文学论的立体研究与探讨，笔者还发现，在意识形态高于一切的 1930 年代日本无产阶级文学运动内部，其实一直都存在着一股决心从文学内在的属性出发，要给无产阶级文学开辟一条既可以拿来革命，又不让它失去作为文学理应具备的美学本性的知识分子队伍。无疑，片上伸是这一无产阶级文学队伍中最为重要的一个成员。而在中国，接受或是在译介片上伸时，在他那里得到过共鸣的知识分子们，也是中国无产阶级文学运动中，难得的既有革命热情又有文学坚持的一部分理性力量。这是笔者在对比研究鲁迅与片上伸的接受关系时，收获的最大发现。

---

① 同上书，第 229 页。
② 《鲁迅全集》第 10 卷，第 316 页。

　　当然，有关片上伸的评价，在日本也并非都像大宅壮一般，只是非难或指责的一种声音。在片上伸死后，也有一批继承他的方向与路线，继续去探讨无产阶级文学新内容和新形式的年轻文学者。如藏原惟人便是其中的一个。他不仅在片上伸病逝后，次年就发表了《无产阶级艺术的内容和形式》(《战旗》1929 年 2 月）及《探求新的艺术形式》(《改造》1929 年 12 月）等讨论无产阶级文学新内容和新形式问的理论文章，从 1929 年 1 月开始，还在左翼文学杂志《前卫》上，翻译连载了法捷耶夫的长篇小说《毁灭》。众所周知，《毁灭》在当时无论是在新内容的挖掘上还是在新形式的发现上，都被称之为最具代表性的无产阶级文学作品。而鲁迅看到藏原惟人翻译的《毁灭》之后，很快也把它重译到了中国。可见，这一译介活动，也可以看做是"片上伸在中国"的一种延续吧。

　　不过，在考察鲁迅与藏原惟人之间的具体接受关系之前，笔者想先讨论一下鲁迅与另一位在日本无产阶级文学运动的发展史上发挥过重要作用的理论家——青野季吉之间的关系。因为继片上伸之后，给日本无产阶级文学理论的发展带来巨大影响的，是先于藏原惟人的青野季吉。就时间顺序而言，从青野季吉开始入手，会更清楚一些。

第五章　加入革命的努力：鲁迅与青野季吉

第一节　《壁下译丛·小引》的模糊意向

虽然正在思考如何去创新日本无产阶级文学新形式和新题材问题的主将片上伸突然英年早逝了，但他锁定的这一探索方向，并没有因此而消逝。而是被早稻田大学俄文科的一批新左翼知识青年们所继承和发展。他们中的多数人，都是在大学读书时或多或少的受过片上伸影响的人。其中有些人，还发挥出了巨大的能量，实实在在地为推动日本无产阶级文学运动的发展与变革做出了贡献。如毕业于早稻田大学俄文科的青野季吉，就曾极大地影响过当时的日本左翼文坛。甚至把片上伸生前提出来的、模糊的框架性无产阶级文学创作理论，提升到了一个具有明确指导性意义的创作方法，直接影响甚至是左右了当时的日本无产阶级文学的创作实际。就客观事实上的影响力而言，甚至已远远超出了他的老师——片上伸的存在。

而尤为值得关注的是，通过厨川白村、有岛武郎、片上伸等人的艺术论脉络，一路追踪着日本无产阶级文学理论的发展及流变的过程，摸索着走来的鲁迅，此时也把目光投向了青野季吉。如在前出译文集《壁下译丛》中，接着片上伸的论文，鲁迅就翻译了三篇青野季吉的文章。

在前面我们已经介绍过，鲁迅把该部论文集中所收录的论文分为依据了较旧的文学理论的前半和依据了较新的文艺理论的后半两个部分，前者占三分之二，后者占三分之一。若按这一排列顺序，很清楚，青野季吉的论文属于后面依据了较新的文艺理论而写成的。前面我们已经讲过，鲁迅的这一分类表述背后，暗含着丰富的文学史意味，不容轻视。因为它变向地向我们透露出了鲁迅本人的文艺思想的变迁过程。具有标志性意义。

当然，鲁迅在这篇〈小引〉的开篇处，还说了一句："这是一本杂集三四年来所译关于文艺论说的书，有为熟人催促，译以塞责的，有闲坐无事，自己译来消遣的"①话，所以，除了在《壁下译丛》中翻译过三篇论文之外，无论是在书信中还是在日记及其它可见的文字资料中，鲁迅再也没谈及过青野季吉这一现象来看，倘若这部论文集中真有如鲁迅本人所说的，有的是"为熟人催促，译以塞责的"或是"闲坐无事，自己译来消遣的"东西，那么青野季吉的论文首当其冲，必属于这一类"充数"的文章。

只是如武田泰淳所指出，此时的鲁迅正卷入了一场激烈的革命文学论争漩涡中，"双腿用力，连面子都顾忌不到"②的时候。所以笔者总是怀疑，在这样一个关键时刻，鲁迅是否真的还有这种只是为了"消遣"或是"塞责"而去翻译如此大篇幅文章的心情及余裕的问题。即在笔者看来，这句话只是鲁迅独具特色的一种诙谐幽默的方式，再略加一点自谦的表述方式而已。至少虚实参半，不可尽信。

其实，我们从这篇〈小引〉中出现的一个关键词"排列"，也能看出鲁迅在编译这本论文集时，一定是投入了大量的精力，且从所选的论文内容，也能看出这些文章都是经过他认真甄选和设计的。事实上，我们依着这一排列的顺序去阅读这部论文集，就会发现，这些论文在内容上，有着明显的彼此相互依托且又相互批评的关联性。如最先被收录的，是坚持文学的独立性且反对给文学附加任何阶级意识形态的片山孤村的三篇论文《思索的惰性》《自然主义的理论及技巧》《表现主义》。随其后，是对文学走向阶级化的可能性，表达过理解的厨川白村的两篇论文《东西之自然诗观》和《西班牙剧坛的将星》。再继其后，是有岛武郎和武者小路笃实等，对无产阶级文学或抱有质疑或保持一定距离的文学者的六篇论文《生艺术得胎》《关于艺术的感想》《以生命写成的文章》《凡有艺术》《在一切艺术品》《文学者的一生》。最后才是对无产阶级文学持认同和支持态度的片上伸和青野季吉的两篇论文《阶级艺术的问题》《艺术的革命与革命的艺术》和其它作品。可见在编译《壁下译丛》时，鲁迅的态度是非常认真、谨慎甚至是经过再三斟酌和反复筛选之后，才确定下要收录的文

---

① 鲁迅：《壁下译丛·小引》（已出），第9页。
② （日）武田泰淳（1912–1976），近代小说家，中国文学研究者。在有关鲁迅、胡适等人的研究方面颇有建树。这段引文的日语原文，为了便于参考，笔者翻译时依据了丸山升的论文《鲁迅与〈宣言一篇〉》（已出）。

章的。丝毫没有"消遣"或是潦草的意味。

那么，如果青野季吉的论文不是可有可无、无足轻重的存在，当时广泛借鉴日本无产阶级文学理论的鲁迅，从青野季吉那里，又具体借鉴到了哪些东西呢？

带着这一疑问，笔者曾去查询过中日两国学界的先行研究。发现，虽然有关鲁迅与日本文学的比较研究成果数量庞大，无论是在中国还是在日本，都已有了很多积累，但把讨论的焦点集中在鲁迅与青野季吉两个人身上，去专题研究的论文，并不多见。

有鉴于此，笔者想在这一章中，从青野季吉本人的成长经历及他对日本无产阶级文学理论的建构所作出的具体贡献等角度入手，先全面立体的再现出这位活跃于日本大正时期无产阶级文艺理论界的文学者的一生，然后再去讨论他与鲁迅之间的，或间接或直接的接受与否定的关系。

第二节　关于青野季吉及其文艺主张

一、文学与政治的纠葛

明治 23（1890）年 2 月 24 日，青野季吉出生在新潟县佐渡郡的一个经营造酒和运输船行的地主家庭。但是在他出生的那一年，当地发生了一场矿山暴动，使得青野家近乎破产。而且祸不单行，就在家势凋落之际，青野四岁时又失去了母亲，六岁时又失去了父亲。但实际上，早在两岁的时候，青野就已经被寄养给一对老渔夫夫妇的家里了。虽然有幸得到了这一对膝下无亲生儿女的老夫妇的全心关爱，但失去双亲的痛苦，与后来极度贫困生活状况，还是给幼小的青野心灵，留下了不可磨灭的阴影。如在与正宗百鸟①的一次论争中，青

---

① （日）正宗百鸟（1879–1962），近代著名作家，涉足广泛，在小说、戏剧、文艺批评等方面均有很深的造诣。尤其是在文艺批评方面，语言犀利，独具特色。曾就有关文学批评的方法问题，与青野季吉发生过争论。下面这段引文，就是青野季吉答复正宗百鸟的指责时所讲的话。日语原文请参考青野季吉的论文集《转换期的文学》（日本图书中心，1990年 10 月，第 201 页）。

野就回忆说：

在我还不谙世事的时候，就失去了父母双亲。刚刚开始懂事的我，所看到的，就是这个已经衰落了的中产阶级家庭的破相，和一大群为自己的将来发愁的兄弟姐妹。还有整日躺在床上不能起身的养母，和她那个穷困潦倒的家。体弱多病的养母，不久后便拖着枯竭的身体离开了人世。而我最为疼爱的、也是我唯一的小妹，也刚小学毕业就飘洋过海，踏上了她的旅途。在我少小的记忆中，似乎不曾有过一件可以让人看到光明的事。

如注释中所讲，这是青野在回答正宗百鸟的质问："他（即青野季吉——笔者按）的文章骨瘦如柴、干瘪瘪的，没有一点肉质感。论述更是单调至极，（中略）人类自有生以来，无论男女，在青春时代总会或多或少的富有一些诗意。但在他那里，这一诗意却完全看不到[1]"时，所讲的一段话。其实，青野童年的苦难生活经历，不仅给他"幼小的心灵，留下了不可磨灭的阴影"（前出），对他的人生选择，也起到了巨大的左右作用。如在回忆录《未完成自画像》[2]中，他就说过：

我对人世间的贫困这一东西，有一种出于本能的反抗。憎恶的情绪，也比平常人浓烈得多。后来随着渐渐长大，在思想上便理所当然的接受了社会主义的观念。[3]

在我初中的时候，发生了日俄战争。大概是在战争结束的时候吧，我便接受了社会主义的观念。而且认为，这是我们那一代人理所当然应该抱有的一个新思想。没有感觉到任何抵触的情绪。[4]

---

[1] 同上书，第 211-212 页。
[2] （日）青野季吉：《未完成的自画像》，昭和 25 年 5 月。是青野季吉写于二战结束后的一篇回忆录。后编入《青野季吉选集》（河出书房，昭和 25 年 8 月）。本文中出现的两处引文的翻译，以该版《选集》中的日语原文为准。
[3] 同上书，第 343 页。
[4] 同上，第 345 页。

　　可以说，这两段文字基本概括出了青野后来为什么会成为一名社会主义文学者的历史背景及原因。当然，影响青年青野思想的，不仅是这些所谓来自具体生活方面的客观外在因素，也有他本人所讲的"来自书本的"东西。如在与作家高见顺（1907-1965）进行的一次"对谈"中，青野就说过这样一段话。

　　平民新闻的出版，大概是在我中学二年级的时候。它对我的影响非常大。（中略）还有一个人，就是北一辉。[①]（中略）那时他出版了一本厚厚的书，叫《国体论和纯正社会主义》。（中略）我在那本书还没有正式出版之前，即在排版的阶段，就边帮着他做些杂事，边就读完了。这本书让我非常感动。（中略）不过那时我毕竟还只是个中学生，所以还谈不上什么对资本主义社会的彻底绝望之类的话。但是开始对社会抱有强烈的批判态度倒是事实。[②]

　　河出书房出版的《青野季吉选集》所收录的卷尾《年谱》资料，也向我们证实了当时还只是一个中学生的青野季吉，在"同乡北辉次郎（即北一辉——笔者按）等人的影响下，开始对社会思想感兴趣"[③]的事实。据该《年谱》称，青野当时甚至还收集并通读了从创刊号到停刊（1905 年）为止的全部《平民新闻》。[④]可想而知，这些来自所谓书本上的东西，给少年青野所带来的影响有多大了。还有就是这位同乡北一辉。如青野本人所述，在他转向无产阶级文化的过程中，北一辉发挥了不可忽视的作用。于是这些来自实际生活和书本的影响因素叠加了起来，便催生出了这位后来的社会主义文学青年——青野季吉。

　　但真正意义上的政治家青野季吉的出现，还须要再等些时日。即，要到他步入中晚年之后，才可见到。而在青少年时期的青野身上，我们所能看到

[①]（日）北一辉（1883-1937），原名北辉次郎。与青野季吉的同乡，出生于新潟县佐渡。是一位激进的国家社会主义者。在 1936 年爆发的二·二六时间中受害。

[②]（日）高见顺：《对谈：现代文坛史》，筑摩书房，1976 年 6 月，第 150 页。

[③]《青野季吉选集》（前出），第 355 页。

[④]《平民新闻》：日本早期出版的社会主义新闻报刊。由幸德秋水等平民社成员创办于 1903 年。但因反对日俄战争等原因，在日本政府的镇压下，于 1905 年停刊。

的，是另外一个形象——即作为文学者的青野季吉。因为据前出《年谱》资料记述，"此时（即中学时代——笔者按），青野季吉的文学爱好开始高涨。尤其是对独步、白鸟、藤村、花袋等自然主义文学作家的作品，颇有认同。受其影响很大。①"尤其是听说东京已经开始流行新剧运动的时候，青野就更是"寝食难安，总觉得再这样在农村呆下去，自己就要落伍了"。② 于是在1910年10月，便毅然决然地离开了家乡，报考了当时自然主义文学运动的大本营——早稻田大学文学科。有关此一时间点上的思想及心境，青野本人在与高见顺的那次对谈中，也做过一些介绍。他说：

当时岛村抱月先生是我最欣赏的作家。还有片上伸。即片上天弦。那时我的思想倾向（还不是很坚定——笔者按），受前一年年初刚刚公布的幸德秋水的判决书的影响很大。当时我特别受刺激，心情上觉得，什么社会主义不社会主义的，全部抛掉算了。总觉得自己还是应该搞文学。③

带着这些由青野自己的记述内容，去查阅其它与他有关的传记资料，我们会发现，从这一时期开始到他担任《读卖新闻》社的记者为止，青野作为一名文学青年的形象，确实变得更为突出明显了。尤其是1915年大学毕业，在其导师片上伸的推举下，于《日本图书新报》上发表了一篇评论易卜生《野鸭》的作品之后，青野倒向文学的倾向就更为明显了。当然，他也不是对社会运动以及具有政治思想倾向的东西已毫无兴趣。因为毕竟在1922年，他还是积极主动地加入了初创期的日本共产党组织，并担任了核心工作。且在这一筹建日本共产党的过程中，他也发挥过巨大的积极作用。可见，此时的他，依然还在"到底是应该去搞文学呢还是社会主义？④"的困惑中，摇摆不定。如在前面我们已介绍过的回忆录《未完成自画像》中，他就曾说过：

---

① 《青野季吉选集》（已出）〈年谱〉，第355页。
② 同上书。
③ （日）高见顺：《对谈 现代文坛史》，东京：筑波书房，1976年6月，第156页。
④ 这句话的日语原文为"文学か社会主义か"。在《对谈：现代文坛史》（已出，第152页）中多次出现，可见这一时期的青野季吉在这两者之间颇为困惑。

我的过去，就这样一直处在与社会主义观念的离离合合之中。时而想完全抛掉观念性的东西，一心沉缅到文学里去。时而又对文学持一种若即若离的心情，反而想全身心地投入到观念性的或是基于这一观念性的具体的行动中去。但是现在回头想来，其实，在我的精神深处，可以说从未曾和这些观念性的东西划清过界线。这就像我曾经一心想彻底的丢掉文学而未能完全丢掉一样。而这些未能彻底丢掉的或是想丢掉而又未能丢掉的东西，后来就融合起来，形成了我在普罗列塔利亚文学方面的主张，浮现出来了。①

那么从这一文学与政治的纠葛中浮现出来的青野的"普罗列塔利亚文学（即无产阶级文学——笔者按）主张"，具体又是一个怎样的内容呢？

二、"外在批评"与"目的意识论"

从 1925 年——即青野离开日本共产党组织开始专心从事文艺批评工作之后，我们发现在他的评论文章中，讨论文学的社会功用性及作家社会责任的内容不断增多。尤其是他在"从政治思想的立场出发，去重新摸索文学的积极意义②的过程中发现的"原来文学也是可以搞社会主义"③的方法，给这位在文学与政治之间犯难的革命青年以极大的兴奋。于是他便基本放下了实际的革命活动，开始全力以赴的为当时的日本无产阶级文学，去摸索具体且有可供实际参考作用的文学创作理论去了。梳理青野季吉的年谱传记资料，我们确实也会看到，作为无产阶级文学理论的批评家，青野季吉就是从这一时期开始迈入自己文学生涯中，最为活跃的时期。

那么他具体对当时的日本无产阶级文学理论的发展，做出了怎样的贡献呢？我们不妨一起来看一看他以"一九二六年的文艺批评"④为中心，完成的一部论文集《转换期的文学》（前出）的具体内容。

---

① 引自《青野季吉选集》（已出），第 345 页。
② 同上书，第 326 页。
③ （日）高见顺：《对谈：现代文坛史》（已出），第 156 页。
④ 译自《转换期的文学》（已出）「小序」开篇第一段。

　　摆在我们面前的文艺批评，无非就是两种。一个是可以称之为内在批评的东西，另外一个，就是与其相对应的，可称之为外在批评的东西。

　　所谓内在的批评，就是批评家完全走进作为自己研究对象的作品中去，具体分析该作品内部的构成及其它要素等，或是去调查它内部的承接关系，或把其内部存在的一些不和谐之处指摘出来，包括对内容以及写作技巧等方面存在的问题作出批评。这种找出文章本身破绽的批评，就是所谓的内在批评。也可以称之为说明性的批评或是文学史性的批评。

　　还有一个，就是所谓的外在批评。即把艺术作品作为一个独立的社会现象。把艺术家作为一个独立的社会存在，然后对这一现象和存在所具有的社会意义进行评定的批评。①

　　通读《转换期的文学》所收录的四十八篇评论文章，会发现有关"外在批评"和"内在批评"的问题的讨论，贯穿了这部论文集的始终。即对这两个概念进行界定与评价，是这部文论集的核心内容。而对日本近代的"私小说"及"心境小说"等对社会上的现实问题一向缺少关怀的文学思潮历来持否定态度的青野②，无疑是站在支持"外在批评"的立场上。且如他反复强调的，日本文坛从自然主义文学盛行以来，所有的文学批评，几乎就都是属于"内在批评"这一类的文章，而很少有属于"外在批评"的评论。所以在他看来，这种只重视文学内在问题的批评，到最后都会丢掉一项作为文学批

---

① （日）青野季吉：《文艺批评的一个发展形态》，刊载于日本左翼杂志《文艺战线》，1925 年 10 月，后收录在《转换期的文学》（已出）中。本文中的三处引文的翻译，均参考《转换期的文学》，第 287 页。

② 青野季吉在论文《"调查"的艺术》中说："至今为止日本的小说，都是作家有意识或是无意识的，只是从自己的生活中获得的一些印象撮合起来写成的东西。（中略）很多人说，现在的文学者对时代的感悟都比不上一些政治家的敏感。如前文所讲，他们似乎觉得，好像只要把身边的一些琐碎和杂乱的事物描写出来就可以了。毫无积极向上的热情和刨根问底、深入挖掘的时代意识。这样的一个创作态度，怎么可能会去反映时代的苦闷呢？而且，近期创作的小说，对技巧性的东西都有些追求过渡了——包括所谓的新感觉派等，也都没有走出这一苑囿—— 所以最后都流于世俗人情化，也是在所难免。"可见青野季吉对私小说及心境小说等流派的文学创作风潮，颇有不满。

评"最为重要的东西"①。即他们"只是对作品本身内在的一些艺术问题作出了说明和鉴赏"②，但对作品本身所具有的"社会性意义很少作出评定。"③对这种满足于美学层面的分析与鉴赏的文学批评，青野当然是大为不屑了。所以这部论文集《转换期的文学》就是他身体力行地去为重视文学"社会意义"的外在批评的作品去摇旗呐喊的代表作。其所倡导的核心主张，就是要"把艺术作品做为一个独立的社会现象，把艺术家做为一个独立的社会存在来看，然后再对这一独立存在的现象及社会意义进行评定"（已出），唯有这样才有价值。

有关这一"外在批评"的主张，当时与青野交往甚密——也是他在早稻田大学读书期间的同门师弟的岗泽秀虎④曾评价说："青野氏的批评，从其开始到今天，一直都在探索这一所谓的外在批评的意义。自始至终都在为这一外在批评的主张而奋斗。这是他对无产阶级文学运动做出的最大功绩之一。⑤"可见，为了引起文学批评界对文学社会功用的重视，青野可是颇费了一番苦心。而且不同于前文中我们已讨论过的厨川白村、有岛武郎和片上伸，作为一名已完全加入到无产阶级文学队伍中来的革命文学青年，青野想为革命文学的发展而努力的身影，远比前几位清晰且屹立。于是在此后的不久，他又基于这一观点写成了论文《现代文学的十大缺陷》。文中，他更是旗帜鲜明地提出了"文学须有要去改变世界"的意志的主张。这一点非常引人注意。因为后来对日本无产阶级文学的创作实践带来巨大负面影响的"目的意识论"，此时其实已经显露出它的雏形了。

那么这一所谓的"目的意识"论，又是一个怎样的文学主张呢？

分铜惇作在论文《目的意识论的再检讨》中说："所谓'目的意识论'，准确地讲，就是青野季吉在大正十五年九月号的《文艺战线》杂志上发表的题

---

① 同上书，第 290 页。

② 同上，第 287 页。

③ 同上。

④ 岗泽秀虎（1902–1973），俄罗斯文学研究者。在向日本译介俄国无产阶级文学理论方面，做出过巨大的贡献。下文中的引用，原文参考了岗泽秀虎著《青野季吉论》（《早稻田文学》，第 3 卷第 7 号），第 34 页。

⑤ （日）岗泽秀虎：《青野季吉论》，《早稻田文学》第 3 卷第 7 号，昭和 11 年 7 月，第 34 页。

为《自然成长与目的意识》的论文，和在昭和二年一月号上发表的题为《再论
自然成长与目的意识》的一文中所提出的一些观点和主张。[①]"其具体内容，
我们可以参考一下如下几段笔者译自这两篇文章的论述。

　　无产阶级是会自然生长出来的。而伴随着这一自然的生长，它的表现欲
也会自然的萌生出来。而无产阶级文学就是作为这一表现欲萌生的一个具体事
例，随其后会出现的东西。

　　然而这还只是自然的生长而已，还不能称之为运动。要想使其形成一个
有意识的无产阶级文学运动，那就必须在这自然生长的文学现象之上，再注入
一些具体的目的意识才行。

　　那么所谓的目的意识是什么呢？描写了无产阶级的生活、或是代替无产
阶级去争取表达的机会就可以了吗？我觉得这些还不够。因为这些还只是停留
在作者自我满足的层面上。还不算有了为无产阶级的斗争而去斗争的自觉，即
其行为还不是完全的阶级性。只有先有了为无产阶级的斗争而去斗争的自觉，
才能成为一个真正的为了阶级的艺术。也就是说，只有先接受了阶级化的意识
形态，才能写出为了阶级的艺术来。

　　由此可见，所谓无产阶级文学运动，就是一场给自然发生的无产阶级文
学植入目的意识的过程。并通过这一运动，让其成为能够吸引所有无产阶级者
都来参加的一个运动。

　　所谓无产阶级文学运动，归根结底，就是一场由已经有了目的意识和自
觉的艺术家——即在已社会主义化了的无产阶级艺术家的帮助下，使自然成长
起来的无产阶级艺术获得明确的革命目的和意识，从而使他们也能够拥有明确
地社会主义意识形态的一次运动。这是这场运动的意义所在，也是这场运动的

---

① （日）分铜惇作：《「目的意識論」の再検討 -- 青野季吉と葉山嘉樹の対立をめぐっ
て》,《日本近代文学》第 14 卷，1971 年 5 月，第 55 页。

必然性所在。[①]

从这几段引文的内容，我们可以基本了解到青野所主张的"目的意识"论的大致内容。即他认为，最初的无产阶级革命运动是自发的、是自然成长起来的，缺乏明确的革命意识和革命自觉。所以要通过一些先知先觉的无产阶级艺术家们的努力，给他们植入进革命的意识和目的，从而让他们逐渐地觉醒起来，并去获得从事革命活动所必须的意识形态。而后才成为一名真正的无产阶级运动者。而去植入这一革命意识和目的的工作，就须由无产阶级文学运动来承担。即在青野看来，只有具备了明确的为革命服务的意识，文学及文学批评才能成为真正的属于阶级斗争的文学活动。

笔者认为，把这一"目的意识"论的内容和我们前面所介绍过的"外在批评"的主张，融合起来，就基本涵盖了青野本人所讲的，他"未能彻底丢掉的，或是想丢掉而没能丢掉的东西，后来就融合起来，成为普罗列塔利亚文学的主张"的主要内涵和轮廓了。

站在回顾历史的位置上来重新阅读这些充满政治宣传意味的主张，我们当然可以一眼就看出这一干瘪无味的主张里，所掩藏着的弊端及伪科学性。但在那个无产阶级革命文艺思潮处于上升期的年代，这一忽视了文学独立自主性和科学性的主张，却获得了很多赞同的声音。其结果是，给当时的日本左翼文坛带来了致命性打击，甚至险些耗尽了不少文学者的精力和体力，事与愿违，反而严重阻碍了日本无产阶级文学的发展。例如受了这一"目的意识论"的束缚，著名的日本左翼作家叶山嘉树和金子洋文等人，就几乎要创作不出作品[②]了。而且如吉田精一所指出[③]，青野的这一革命文学艺术理论，在客观上也为

① 同上书，第 56–58 页。
② 叶山嘉树（1894–1945），金子洋文（1894–1985），二者同为日本著名的无产阶级文学家。有关他们因"目的意识"论的影响和束缚无法创作的具体事由，可参考青野季吉著《文学五十年》（筑摩书房，昭和 32 年 12 月）第 111 页。
③ （日）吉田精一（1908–1984），著名国文学研究者。与本文有关的内容，请参考吉田精一著《评论的系谱 91》《评论的系谱 92》收于《国文学解释与鉴赏》（第 42 卷 11–11 号）。

后来的福本和夫 ① 的极左文艺路线的诞生，奠定了绝好的基础。在客观事实上，反而起到了限制日本无产阶级文学运动发展的作用。而且这一负面影响不仅局限在日本国内，对当时积极参考日本无产阶级文学运动发展动态的中国左翼文坛，也带来了很大的副作用。如李初梨就曾写过一篇与青野论文如出一辙的文章，题为《自然生长性与目的意识性》②，大力宣扬了与青野的"目的意识论"几乎相同的文艺创作观。只是李初梨没能得到如青野季吉凭借这一理论在日本文坛上所受到的那般推崇和认同。因为他的这一主张一经提出，便立即遇到了来自鲁迅等人的强烈批判与否定。

只是令人非常匪夷所思的是，鲁迅虽然批判了与青野季吉理论同出一辙的李初梨主张，自己却又去购买了收录有"目的意识"论的青野论文集《转换期的文学》。且如前文所述，还从中选译了三篇论文。这是为什么呢？难道在青野季吉的这部文集中，鲁迅也找到共鸣点了吗？

下面我们就来具体看看鲁迅与青野季吉的接受关系。

第三节　鲁迅与青野季吉

一、鲁迅是从什么时候开始关注青野季吉的？

坦诚地说，对于这一问题，笔者现在其实也拿不出具有实证性依据的回答来。因为可供参考的第一手资料，太过缺乏了。不过笔者认为，在1921年——即在有岛武郎的《宣言一篇》在日本文坛引发论争时，鲁迅或许就知道

---

① （日）福本和夫（1894–1984），著名社会运动家。从1924年开始主导日本共产党。所谓"福本主义"，就是他在文学领域套用列宁的政治理念，提出了"分离结合论"的主张。并大搞帮派和分化主义，给当时的日本无产阶级文学的发展带来了致命的打击的文艺思想。

② 李初梨：《自然生长性与目的意识性》，《"革命文学"论争资料选编》下册，人民文学出版社，1981年。

青野季吉的存在了。因为青野也参加过那场席卷整个日本大正文坛的论争，^①而如前文所述，鲁迅对那场文坛论争，曾经倾注过莫大的关心。所以对青野季吉的名字应该也早有所耳闻了。只是由于缺乏实证性资料，所以对鲁迅具体走近青野的时间点，暂时还不能做出明确的指认。

还有，被鲁迅的《壁下译丛》所收录的三篇青野季吉论文，在排序上也颇有值得我们去留意的地方。即在《壁下译丛》中这三篇论文的前后排序，恰与原著《转换期的文学》中的顺序相反。笔者总觉得，在这一细节性差异在向我们透露某种讯息。下面我们就具体来品味一下这一细微差异所暗含的意味。

在《转换期的文学》中，这三篇论文的排列顺序分别是：1.《现代文学的十大缺陷》；2.《关于知识阶级》；3.《艺术的革命与革命的艺术》。而在鲁迅的译文集《壁下译丛》中，他们的前后顺序恰好颠倒了过来，分别为：1.《艺术的革命与革命的艺术》；2.《关于知识阶级》；3.《现代文学的十大缺陷》。笔者曾认真地思考过出现这一细小差异的原因。现有一个比较合理的推断，那就是：鲁迅很可能是按照这些论文的最初出版时间来排列的。^②

倘若这一推论成立，那么我们可以得知，鲁迅是在这些论文还未编入《转换期的文学》之前，就已读过这些文章的事实。从当年鲁迅对日本文坛的关注热忱及熟悉程度来看，这种可能性不是不存在。那么由于第一篇论文《艺术的革命与革命的艺术》的发表时间是 1923 年 3 月，所以我们亦可根据这一信息大致推论出，鲁迅应该是在 1922 年前后开始关注的青野季吉。

同时，倘若鲁迅真的是在这些论文零零散散的见诸于报刊杂志时就已经阅读过，而且后来还去购买了收录这些论文的文集《转换期的文学》，那么可想而知，鲁迅对青野的这几篇论文的关注程度，还是非同寻常的。至少有值得

①　青野季吉参与这次论争的文章主要有两篇。一篇题为《知识人的现实批判》（读卖新闻，1921 年 5 月），一篇题为《有岛氏的片面性》（后收录于谷泽永一著《大正时期的文艺评论》，墙书房，1962 年）。作为这场论战中的重要反方，青野季吉的论述在当时也颇为引人注目。

②　据浦西和彦调查，青野季吉的《艺术的革命和革命的艺术》最初发表于大正 12 年 3 月 1 日。《现代文学的十大缺陷》发表于大正 15 年 5 月 1 日。而《关于知识阶级》的发表时间，浦西和彦也未能确认。青野季吉本人在《转换期的文学》中说是大正 15 年 3 月。鲁迅在《壁下译丛》中的排列，正是沿用了这一时间顺序。可见鲁迅对当时青野季吉的文学评论文章，颇为关注。

我们去进一步研究和探索的价值。只是如前文所述，目前能够帮助我们解读鲁迅与青野季吉之间的互动关系的直接材料，实在太少。只有这三篇论文可以拿来细挖深究。所以接下来，笔者也只能以这三篇论文为抓手，来具体讨论鲁迅在青野季吉身上所投放的着眼点和暗示意味了。

二、鲁迅对青野季吉普罗文学新样式论的关注

前面我们已经介绍过，这一时期青野文艺评论的主要内容，归纳起来不外乎两点。即一个是"外在批评"的主张，另一个就是这所谓的"目的意识"论思想。而鲁迅购买的这部论文集《转换期的文学》，正是青野汇总这些主张和思想出版的一部专著。所以按常理来推测，鲁迅此时向中国读者译介青野季吉的目的，应该也是为了把青野的这些主张和思想，介绍到中国来。只是当我们把目光移向鲁迅所选译的那三篇论文时，惊奇第发现，原来鲁迅对青野的这些主张及思想，并无多大兴趣。想来这也不奇怪，毕竟如前面我们所讲过的，鲁迅对与青野季吉的目的意识论同出一辙的李初梨等人的主张，曾予以过激烈地抨击。所以漠视青野季吉这方面的论述，想来也是非常合乎情理的反应。

只是如此一来，我们最初提出的鲁迅译介青野季吉论文的意图或是说青野季吉吸引鲁迅关注的重点，到底在哪里的问题，又该如何去回答才好呢？莫非除却"外在批评"和"目的意识"论的创作主张，青野还有其它更值得鲁迅去译介的东西吗？

带着这个疑问，笔者再次阅读了青野季吉在这一时期发表的其他文章。发现原来从上世纪二十年代初开始，即青野季吉从第一线的政治运动中退出来，开始探寻用文学去搞社会主义的可能性的时候，他一直思考着的，正是有关无产阶级文学的新形式和新内容的问题。如在《不是艺术的艺术》中，他就曾说过：

在无产阶级文学的运动中，诚然存在着各种各样方方面面的问题。但最重要的，应该还是我们如何去创造出与新的无产阶级文学相符合的，新的形式

来的问题。①

吉田精一也曾在评价青野季吉的论文中说："这是一篇要求创造新的普罗列塔利亚文学形式的论文。做为这篇论文的续篇，为了进一步指出具体的创作方向而写出来的，就是继其后发表的另一篇论文《调查的艺术》(《文艺战线》大正 14 年 6 月)。这是一篇对真正的普罗列塔利亚文学形式，提出新的建议和主张的文章。②"

笔者完全认同吉田精一的这一解读。而且，笔者还发现，青野季吉论述无产阶级文学新形式的问题，这已不是第一次了。在其他论文中他也常有所涉及。如在《现代文学的十大缺陷》中，青野季吉就曾讲过：

可以指摘为第三的缺陷者，是新的样式，不能见于现代文学中。各种技巧上的功夫是在精心节选，各种的形式是大抵漫然采用的，然而做为样式，却还是传统底的东西，几乎盲目底地受着尊崇。而且这大抵还是自然主义文学创出地样式。

这事，不但在资产阶级地文学上而已，虽在无产阶级地文学上，也可以说得。没有新的样式者，归根结蒂地说起来，也可以说，就是没有新文学。新得样式，是必然地和新的文学样式相伴到这样子的。③

综合这两段文字，我们不难看到，青野对无产阶级文学新形式（鲁迅的翻译依据了日语原文，使用了"样式"这两个字——笔者按）的追求，不是心血来潮式的谈一谈就算完事的事。而是在不停地摸索。甚至直到时隔二十二年后的 1947 年 4 月，他还在坚持不懈地思考这一问题。所以才在这一年发表的短文《关于样式》的一文中，他感慨地说：

---

① （日）青野季吉：《芸術ではない芸術》，《文藝戦線》，1925 年 6 月，复刊第 1 号。
② （日）吉田精一：《評論の系譜（91 - 92）》，《国文学解釈と鑑賞》第 42 卷，第 11-12 辑，第 174-184 页。
③ 为了便于参考，此处两段引文，作者直接沿用了鲁迅的翻译版本。请参考《鲁迅全集》第 16 卷（人民文学出版社，1973 年），第 261 页。

　　无论怎么说，一个不可逃脱的事实是我自己不是个作家。我自己没有像作家那样，在制作方面经历了痛苦的经验。而且一直都只是一个对已经完成的、或是既成的作品进行鉴赏和批评的批评家而已。我想，大凡处在我这样一个条件和位置上的人，想找到文学创作的真的奥秘所在，是非常困难的。我也明白，站在这个位置上，即在未能捕捉到这一真的奥秘之前，就能对客观的、"科学的"形式问题，拿出什么有价值的东西来是不可能的。①

　　从这一段略带无奈口吻的话语中，我们可以想像得到，青野当年一定是极其用心地思考过这一创建"新形式"的问题。如果说抛掉前面我们所介绍过的"外在批评"和"目的意识"论，这一时期的青野还有过什么其他一贯性的主张，那就是这"形式论"了。所以笔者认为，对"目的意识"论等过分偏激的创作理论毫无兴致的鲁迅，当年之所以还是被青野的论文所吸引，正是因为青野论文里，也有这种有益于当时的无产阶级文学运动发展的文学性的思考在其中的原因。当然，之所以能够如此推论，首先是因为鲁迅翻译了青野季吉有关"形式论"的论文《现代文学的十大缺陷》等文章。其次，也是因为笔者发现了鲁迅似乎是把青野的相关论述与片上伸的"新形式论"合在一起来观察着的缘故。

　　一个无须论证的事实是，鲁迅不是受了青野的影响而后才去关注的日本无产阶级文学。恰好相反，是因为鲁迅原本就在关注日本无产阶级文学运动的发展动态时，才发现的青野季吉的存在。也就是说，在鲁迅与青野季吉之间，应该存在一个起到过中介作用的人物或是某种文艺主张。笔者认为，这个人物就应该是片上伸。而片上伸当年积极探讨的有关无产阶级文学新形式的问题，就是把鲁迅和青野季吉牵到一起来的那个文艺理论。

　　下面我们再来谈谈存在于他们之间的其他连带关系。

---

① （日）.青野季吉：《様式について》，《青野季吉选集》（已出），第292页。

三、鲁迅眼中片上伸与青野季吉的连带关系

在前一章中，我们已经细致地讨论过鲁迅与片上伸的关系了。并已得知，鲁迅在关注片上伸的文学评论活动时，片上正热衷于思考有关如何建构无产阶级文学新形式和新内容的问题。从而又进一步论证出了鲁迅翻译片上文章的真正意图，就是想把片上的这些思考与理论性探索，译介到中国来。作为佐证，我们还列举了片上的译文在《壁下译丛》中所处位置的特殊性。并鉴于当时的中国文坛也开始把有关无产阶级文学的争论焦点转向了这一事例为依据，得出了中国左翼文坛的这一转变，与鲁迅译介片上的工作不无关系的结论。

而在《壁下译丛》中，青野的三篇论文，是紧接着片上的论文出场的。也就是说，鲁迅有可能就是沿着这条探索无产阶级文学新形式和新内容的线索，发现并翻译的青野季吉。即在鲁迅与青野之间，片上起到了一个搭建互动平台的作用。而片上之所以能够在鲁迅与青野之间牵线成功，也与青野和片上的诸多论述，原本就有很多相似之处有关。尤其是在有关无产阶级文学的新形式和新内容问题的讨论，在他们二者之间，至少在理论性探索方向上，有极为相似的地方。如在《文学评论》中，片上就说过：

> 无产阶级的革命文学运动，在与社会意识形态保持紧密关系的同时，在艺术形式的问题上，也应该拿出一个明确的主张来。毕竟做为文艺上的问题，归根到底，最重要的还是要创建出一个属于无产阶级文学自己的新形式。文艺中所包含着的有关社会意识形态的问题，在文艺运动中，我们也必须认识到。但这一社会意识形态，最终也只能通过创造出新形式的方式，才能够展示出来。总而言之，在具体的文学运动中，社会意识形态会制约新的文学形式的出现，反过来，新的文学形式也会制约社会意识形态的表现。在艺术形式与社会意识形态之间存在的这一两面性，是我们必须要去理解的东西。无产阶级文学当然也逃不出这一文学的一般性法则的约束。[1]

---

[1]　（日）片上伸：《文学评论》,《片上伸全集》（已出）第1卷，第8页。

对比阅读，我们不难看出，片上伸对无产阶级文学新形式和社会意识形态之间的互动关系所发表的论述，与前两节中我们介绍过的青野季吉的主张，非常相似。其实不仅片上和青野，笔者通过阅读和调查相关资料发现，当年在片上伸周围的很多日本无产阶级文学者，例如前面我们介绍过的冈泽秀虎等人，也都对无产阶级文学的新形式与新内容的问题，非常感兴趣。甚至从这些人的批评文章中，我们可以勾勒出一条专门探寻无产阶级文学新形式和新内容的构建问题的行动轨迹来。而青野和冈泽等人，都是片上在早稻田大学任课时的学生。所以笔者认为，有关这一问题，以片上为中心的一些日本无产阶级文学者极有可能在一起讨论过。^①因为据青野回忆："我曾经到访过先生在大久保的家两三次，是为了让他帮我看看我初期创作的几篇短篇小说及几篇短篇评论"^②。可见在他们之间，确实存在一种非常密切的人员往来和意见沟通的模式和关系。而在这一往来的过程中，无疑会形成很多有关文学批评理论问题的共识和观点。并对一些焦点性问题，展开过讨论和互动。

另外，笔者通过阅读相关资料还发现，他们之间的这一亲密往来关系并不是始于青野走上社会之后的1920年代末，而是早在青野还是早稻田大学读书的时候，就已经开始共同谈论一些热点话题了。如在回忆录《文学五十年》中，青野就曾记述说："我们有几个同班同学，经常被片上伸老师领到一个叫恩赐馆的教室中去。在那里围着火炉听他的讲义，并会交换意见。^③"鉴于他们之间的这一亲密的师生关系，我们不难想像，在很多文学主张和思想上，在青野和片上等人之间，一定早已有过很多共识和一致意见。尤其是在有关无产阶级文学新形式和新内容的问题上，很明显，他们彼此之间是持有很多共同立

---

① 这里"以片上伸为中心的一些日本左翼文学者"，主要指的是平林初之辅、冈泽秀虎、藏原惟人等左翼文化人士。众所周知，平林初之辅不仅与青野季吉是好友关系，与片上伸的往来也非常密切。甚至片上伸还曾帮助平林初之辅找到过工作。而平林初之辅也写过题为《有关文学对新形式的期望》等论文，对如何创建无产阶级文学新形式的问题，亦表现出过极高兴致。还有冈泽秀虎在《托尔斯泰的研究》中，也谈及过无产阶级文学新形式的问题。藏原惟人的《走向无产阶级现实主义的路》更是基于这一新形式的探索才产生的。有关这方面的细节问题，我们将会在后文中作具体讨论。在这里只想强调一点，即有关无产阶级文学新形式的问题，很可能是这一群左翼文学者共同关注并集体讨论过的焦点。
② （日）青野季吉：《未完成的自画像》，《青野季吉选集》（已出），第325页。
③ （日）青野季吉：《逍遥と抱月と》，《文学五十年》（已出），第50页。

场的。而从爆发《宣言一篇》的论争以来就开始关注他们的评论动向的鲁迅，自然对他们之间的这一师承关系也会有所耳闻。这可能是鲁迅在编译《壁下译丛》时，会把他们两个人的论文排在一起一个主要原因。而反过来，我们也可以以此推论出，鲁迅翻译青野论文的用意及译介的焦点，就是为了向中国的革命文学者提出这一有关无产阶级文学新形式和新内容的创生问题。其实，对于通过发表《狂人日记》《阿Q正传》等新形式的文学作品而一举成名的鲁迅来说，在接受了马克思主义文学理论之后，对如何才能创建出真正的无产阶级文学新形式的问题做出敏感的反应，也是情理之中且是极为自然的事。毕竟"在中国新文坛上，鲁迅君常常是创造'新形式'的先锋"①，所以在《壁下译丛》中继片上伸之后鲁迅又去翻译了三篇青野论文，无疑是因为他本人也正在思考和摸索创建无产阶级文学新形式的方向和出路。

四、难以接受"目的意识"论

但时间进入 1927 年之后，片上和青野在文坛上的合作关系，似乎遇到了一个转折点。因为在《第三阶级勃兴之时的文学形式》一文中，片上曾说过：

这个所谓的"目的意识"论，我们也能理解它只是想在文艺运动方面，表明一个特有的性质，仅此而已。即把一个单纯的、只是作为一个新的文学倾向出现的无产阶级文学，打造成一个具有明确目的的无产阶级文学运动时才需要的东西。也就是说，为了让无产阶级文学成长起来，我们必须树立一个"目的意识"在那里。有关这一点，此前我也已经讲过，这只是解释一个文学运动的特征时所必须的主张。（中略）但最近有人想在无产阶级文学的发展推移的过程中，用有对立意味的词——即"自然发生"的阶段和有"目的意识"的阶段来分开论述。（中略）最初提出这个说法的是青野季吉君，我觉得在今天的这样一个背景下提出这样一个说法，是很容易引来误解的。甚至我觉得"目的意识"这一词用的是否妥当都有必要重新来思考和斟酌。②

---

① 茅盾：《读〈呐喊〉》，《茅盾散文集》卷七，浙江文艺出版社，2007 年 4 月。
② （日）片上伸：《第三階級勃興当時の文学様式》，翻译参考《片上伸全集》（已出）第 2 卷，第 10 页。

看到片上伸的这篇批评文章之后，青野季吉似乎感到非常不愉快。于是在杂志《不同调》上便发表了一篇题为《关于政治与文学》的评论。在文中，青野用词极不客气的口吻说："有关政治与文艺的问题，我感觉在那位批评家的头脑里，还有很多旧的观念在未经批判的状态下存在着。[①]"这让一直以师长身份自居的片上伸看后，似乎非常恼火。于是在当时的《东京朝日新闻》上连载了一篇题为《政治与文艺 ——关于青野君的论述》的文章，指名批评说，当时最具影响力的左翼文艺团体"劳农艺术家联盟"的分裂，就是因为青野的这一"目的意识"论。并指责青野说："导致这一分裂的原因到底是什么呢？是因为政治上的意见分歧吗？还是文艺上的意见不同呢？到现在就连这个问题还都没有说清楚。（中略）不过从青野和田口二君对这次分裂所作出的解释和说明来看，有一点倒是很明白的。那就是分裂出去的，一方是主张派别的分裂主义者，而另一方是主张折中的分裂主义者。仅此而已。[②]"

从师徒二人的言语用词中，我们不难看出，维系了近十余年的他们在文坛上的合作关系，至此已宣告结束。想来这也不奇怪。毕竟抱着"文学也能搞社会主义"的信念走近文学大门且不断去强调文学的社会功用的青野，和沿着进化论式的思维模式对无产阶级文学报以希望，但在内心深处从未否定过文学特有的美学价值和本质的片上之间，就文学观而言，存在着本质的区别。出现分歧可以说只是时间早晚的问题。能够并肩战斗这些年，已是奇迹了。要不是因为那个大的时代潮流和当时的社会及政治形势所迫，想必他们之间的意见和态度，早就出现分裂了。

另据青野的回忆录记述，直至晚年，片上还在对身边的人说："文学这东西，本来不就是自然生长的吗！[③]"可见这位老师对自己学生最终与自己在文艺理论的路线相左甚至是背道而驰的事，一直耿耿于怀。

前文中我们已多次介绍过，从北京时代开始，周氏兄弟的宅邸就一直在订购日本国内的报刊杂志。到上海之后，鲁迅更是通过内山书店，几乎做

---

① （日）青野季吉：《政治と文学に就いて》，《不同调》杂志，1928 年 1 月，第 6 页。

② 同上书。

③ 转引自青野季吉：《目的意識論まで》，《文学五十年》（已出），第 111 页。

到了以同频同步的速度掌握日本国内文坛动向的程度。所以对在新闻媒体上已公开撕破师生关系的青野和片上两人之间的变化，鲁迅应该也有所耳闻了。虽然此间的必然性很难证实，但笔者觉得，自从青野和片上两人的关系破裂之后，鲁迅就不再涉及青野这一事实来看，这背后应该存在某种因果关系。或许经由片上的引导才走近青野的鲁迅，此时也因片上的批判而看到了青野文学观的致命伤并选择了离开吧。笔者在本章的开篇处曾提出过一个疑问：即鲁迅为什么会对青野稍加注意之后，便又突然放在一旁不再问津的问题。行文至此，我想我们可以给出答案了。即，沿着片上提出的创造无产阶级文学新形式和新内容的问题一路追踪到青野身上的鲁迅，很快就又通过片上的批判而了解了青野所提出的"目的意识"论的弊端所在，所以才离开了青野。客观事实上，青野的这一过度重视文学功用性的主张和观点，如前文所述，鲁迅早已在与李初梨等人论争中，完成了认证。于是就出现了译完青野的那三篇论文之后，鲁迅就完全将他冷处理掉的现象。或许鲁迅在《壁下译丛·小引》中特别强调的那一句："甚至于踏了'文学是宣传'的梯子而爬进唯心的城堡里去了"的话，就是批评青野的。只是这一批评并未影响鲁迅有所裨益的去译介与"目的意识"论毫无关系的那三篇论文。可以说，这是鲁迅在译介外国文学作品时极为珍贵的一个风格。即我们常说的所谓"去其糟粕，取其精华"的做法。

但不管怎样，从本章所引用的几分资料我们很容易能看出，其实无论是片上还是青野，最终都没能给如何创建出无产阶级文学的新形式和新内容的问题，拿出切实可行的具体的有效方案。只是在理论层面上予以了呼吁和重视罢了。就客观结果而论，他们都未能给无产阶级革命文学的新形式的诞生，找到一个实实在在地落脚点。所以大宅壮一等人才对他们发出质疑与责难的声音，也不是完全不能理解的。只是如在上一章中我们所论述的，定期阅读《读卖新闻》和《新潮》文艺杂志的鲁迅，当得知这一责难之后，不仅在《壁下译丛·小引》中表达了自己的不满，还明确地表示自己"非常喜欢他的主张"。这一点也很吸引我们的注意力。或许鲁迅的这份热情与义气，是因为他看到了片上和青野等人毕竟为如何才能创建出无产阶级文学的新形式和新内容的问题做出了实实在在地努力，且已提出一些有价值的追问的缘故吧。

那么沿着这条日本无产阶级文学理论发展主线，一路观察着走来的鲁迅，在片上去世、青野背离文学的内在发展规律，不再值得与其对话之后，其视线又转向哪里呢？是不是已经对片上这一脉人的理论性摸索已完全失去了兴趣和信任呢？

回答似乎是否定的。因为笔者在翻阅中岛长文编辑的《鲁迅目睹书目》时发现，鲁迅不仅没有放弃对片上这一脉日本无产阶级文学青年们的理论性探索的关注，恰好相反，还扩大了自己对这一脉左翼文学者的关注范围和摄取对象。因为在《鲁迅目睹书目》书目中，我们可以找到很多继承片上伸无产阶级文学理念的人的文章。据《日本的近代文艺与早稻田大学》一书记述，片上伸"先生的门下有梅田宽、三宅贤、平井肇、黑田辰男、岗泽秀虎、村田春海、八住利雄、小宫山明敏、大隈俊雄等人。（中略）在片上伸逝世后从俄文科毕业的还有中山省三郎（中略）及中途退学的上田进等人。[1]"另据《早稻田大学百年史》[2]所记录，除了以上十余名文学者之外，从早稻田大学俄文科还走出了横田瑞穗、杉本良吉等左翼文学者。而这些人的著作或译著，都无一遗漏地出现在了《鲁迅目睹书目》中，而且数量可观。具体购买的图书数目为：黑田辰男的译著十三册、岗泽秀虎的译著五册、村田春海的译著六册、八住利雄的译著六册、小宫山明敏的译著四册、大隈俊雄的译著两册、中山省三郎的译著两册、上田进的译著六册、横田瑞穗的译著一册、杉本良吉的译著六册。可见鲁迅对片上伸这一脉的日本无产阶级文学青年们的关注程度，并没有因"目的意识论"的影响而有所削减。反而更加宽泛了。

当然，这一购书倾向也可能是因为不擅长俄语的鲁迅，需要通过日本的俄文学者才能了解苏维埃文学理论的关系。而在当时的日本文坛，懂俄语的人大多都出自早稻田大学俄文科。即都是该学科创始人片上伸的门下。加上当年片上又是一个活跃的文学评论人，门生们受其影响也是很自然的现象，所以当我们从外部去观察时，就举得鲁迅好像是在沿着这条片上伸的探索脉络，去接受他们的文论一样了。

诚然，这种可能性是不能完全排除的。但从鲁迅网罗了那么多不仅现在，

---

① 译自《日本の近代文芸と早稲田大学》，《早稲田大学75周年記念出版委員会編》，东京：理想社，1957年10月，第278页。

② 参考《早稻田大学百年史》第二卷，早稻田大学大学史编集所，昭和53年3月，第773页。

即便是在当时也没有多少影响力的青年文学者的著作这一现象来看，他们之所以会集体走进鲁迅的视野，还是与片上伸和青野季吉等人所发挥的桥梁与纽带的作用是分不开的。包括我们将在最后一章中要讨论的上田进，他之所以能够走进鲁迅的视线且被译介到中国，与他是早稻田大学俄文科出身的身份绝对有很大关系。

此外，如藤井省三在《鲁迅事典》中所指出，"对好莱坞电影情有独钟，但对当时的中国国产电影——包括中国共产党地下党组织制作的上海电影等都毫无兴趣的鲁迅，却突然翻译了日本无产阶级电影运动者兼理论家岩崎昶（1903-1981）的论文《作为宣传·煽动手段的电影》"[①]这一事例，也值得我们去关注。因为毕业于东京帝国大学德文系的岩崎昶，其实与早稻田大学俄文出身的左翼文化人士们的距离非常近。如在他主办的无产阶级电影杂志《プロキノ》（世界语 Japana Prolet-Kino Unio 的简称——笔者按）上，上田进就发表过题为《文化革命中的电影的使命》等论文。可见岩崎昶与早稻田大学俄文科出身的左翼文化青年们的关系非常密切。而鲁迅翻译岩崎昶论文的时间，又与译介上田进的时期几乎相同。所以笔者总觉得在鲁迅与上田进之间，岩崎昶也起到过一定的搭桥和联络的作用。毕竟，岩崎昶于 1934 年到访上海时与鲁迅见过面，而就在此一时间点上，鲁迅与上田进之间还发生了一场有关翻译方法问题的争论。所以此间应有一些潜在的联系。当然，这只是笔者个人的一点猜测性推论，还需日后进一步的论证，推论才能清晰。

另外，从片上伸和青野季吉等人所提出的如何创建无产阶级文学新形式和新内容的问题，一路思考过来的鲁迅，之所以会去翻译岩崎昶的论文《作为宣传·煽动手段的电影》，也可能是因为这一论文的思考脉络与创建无产阶级文学新形式和新内容有关。因为鲁迅发现，在当时的"左翼作家之中，还没有农工出身的作家。一者，因为农工历来只被压迫，榨取，没有接受教育的机会；二者，因为中国的象形——现在是早已变得连形也不像了——的方块字，使农工虽是读书十年，也还不能任意写出自己的意见"[②]的原因。所以鲁迅认为，在年轻的劳苦大众还没有能力去创作出自己的文学作品之前，拍摄一些无产阶级的劳动电影的做法，或许也是一个符合社会现状的做法。只是鲁迅的这

①　（日）藤井省三：《鲁迅事典》，东京：三省堂，2002 年，第 48 页。
②　《鲁迅全集》第 4 卷，第 295 页。

一摸索方向，似乎在日渐兴盛且日趋激化的马克思主义文学思潮的影响下，也开始出现了一点动摇。有关这一点，我们可以从鲁迅与藏原惟人的互动关系中，可窥见一斑。

下面，我们就来具体讨论一下鲁迅与藏原惟人之间的译介与互动、接受的关系。

第六章　领导革命的方向：鲁迅与蔵原惟人

第一节　小引

就在"一九〇二年一月二十七日，周树人，即后来的作家鲁迅，以第三名的成绩从南京江南路师学堂下设的矿物铁路学堂毕业"[①]，准备到日本留学的前一天，家住日本东京麻布三轩屋町的蔵原家族，也正忙着迎接一个新生命的到来。这个人就是后来主导日本无产阶级文学运动的时代宠儿——蔵原惟人。

对比鲁迅和蔵原惟人的年谱及传记资料，我们还可知，就在蔵原惟人出生约四个月后的一天，鲁迅就已经在日本的横滨港登陆，并办理完相关入境手续之后，进入地址在东京市神田川沿岸的弘文学院读书了。从地图上看，当时鲁迅在东京的生活圈与蔵原家的生活区域非常近。或许在此期间，鲁迅都听到过三十年后会给自己的文学理论建构提供诸多信息和借鉴的文艺理论家蔵原惟人的啼哭声呢。

当然，这只是一个有趣的想象而已。与我们将要讨论的主题并无多大关系。只是这一想象会给笔者提出一个问题。即为什么比鲁迅小二十二岁的蔵原惟人，后来——至少在马克思主义文学理论方面——走到了鲁迅的前面去了呢？

另外，如吉田精一所指出[②]，毕业于东京外国语学校俄语学科，之后又

---

① （日）北岗正子：《鲁迅 日本という異文化のなかで ——弘文学院入学から〈退学〉事件まで》，京都：同朋舍，平成13年3月，第35页。
② （日）吉田精一：《蔵原惟人（遺稿）——評論の系譜》，《国文学 解釈与鑑賞》第51号，昭和61年，至文堂，第164页。

去苏维埃留学过两年，回国之后又很快接替了平林初之辅和青野季吉成为日本无产阶级文学阵营中的核心人物的藏原惟人，对我们在前两章中所讨论过的有关如何建构无产阶级文学新形式和新内容的问题，又是如何面对的呢？还有，无论是继承还是批判，倘若在这些文学者的理论架构之间存在某种连贯性的要素，那么沿着这条线索一路跟踪和观察着走来的鲁迅，对藏原惟人的革命文学理论及立场，又是持以怎样的态度呢？

这是我们接下来要重点讨论的问题。

不过在回答这一系列问题之前，笔者还是想先对藏原惟人走向无产阶级文学的过程，以及他踏入这一文学阵营之时，日本的左翼文学界所处的大环境如何等问题作一些梳理。即先去弄清楚藏原惟人其人，然后再去探讨他对鲁迅的影响等问题。

第二节 藏原惟人及其革命文学论

一、走向革命

据《藏原惟人年谱》[①] 资料记载，藏原惟人出生时，家境很好。其父亲藏原惟郭曾任帝国教育会的干事，并在早稻田大学等高学校教授过政治学、哲学和美学等课程。后转入政界，当选过一届日本国会众议院议员。可能正是因为有了这样一个知识分子兼政治家的家庭成长环境的缘故，藏原从小开始就既爱读书又关心政治。尤其是对当时日渐盛行的俄国文学，情有独钟，从中学二年级开始就有所涉猎。并通过俄国文学接触到了所谓的"近代主义思想。在历史教师龟井高孝的引导下，还第一次接触到了所谓的社会主义思想。[②]"可想而知，这些来自文学和思想方面的启蒙与影响，是藏原于 1920 年 4 月考入东京

---

① 本章主要参考了《平林初之辅·青野季吉·藏原惟人·中野重治集》(《现代日本文学全集》第 78 卷，东京：筑摩书房，昭和 32 年 11 月) 及《片上伸·平林初之辅·青野季吉·宫本显治·藏原惟人集》(已出) 所收录的《藏原惟人年谱》(第 425–430 页)。
② 同上注。

外国语大学俄语系之后，便去积极地去接触如马场哲哉①等具有革命思想的先驱者的一个主要原因。而且在与马场哲哉等人的接触过程中，藏原还与他们合作共同组建过第三期的《俄罗斯文学》杂志。他本人还开始在一些地方小报上撰写文章了。

然而，让很多人意想不到的是，就在藏原看似一步一步地走向文学者的道路的时候，大学毕业后的他，居然选择了从军入伍，成为一名驻千叶县佐仓第 57 连队的志愿兵。颇使人意外。

据水野明善阐述，藏原在征兵入伍之前，为了体验生活，还"曾有过两次到工厂和碳矿采石场去短期工作的经历。②"由此看来，他突然选择从军入伍，也可能是出于体验生活的目的吧。只是笔者在翻阅藏原此间的相关传记资料时，并没有发现其它可以拿来证明他的这一次参军也是出于体验生活的目的的资料。所以促使他迈出这一步的具体原因，现在并不是很清楚。

不过充满讽刺意味的是，此前主要心谜于俄罗斯古典文学的藏原，竟然就在思想教育和管理最为严格的军营里，接触到了"马克思、恩格斯和河上肇"③等人的作品，并受其影响而开始左倾。最终，还使得他的军旅生活不到一年半，就匆匆终结了。且在一年后的 1925 年 5 月，他又以《都新闻》报社特派员的身份，踏上了前往红色首都苏维埃的列车上。从此，藏原一生的命运便与"苏维埃文学作品、马克思主义文献以及其它相关的文化与艺术"④结下了不解之缘。因为到了莫斯科之后，他就开始积极地"阅读苏维埃的文学作品、马克思主义的文献及有关文化与艺术的论文"⑤，并开始着手翻译《艺术与社会生活》等作品，还把译完的稿子，寄给了当时人在日本国内的片上伸。⑥

---

① （日）马场哲哉（1891–1951），俄罗斯文学者。又名外村史郎。曾经翻译过普列汉诺夫的《艺术论》和吉尔普丁（吉尔波丁）的《社会主义的现实主义的问题》而引起过鲁迅关注。
② （日）水野明善：《解说》，收入《藏原惟人评论集》第 1 卷，东京：新日本出版社，1972 年 7 月，第 392 页。
③ 藏原惟人编：《藏原惟人年谱》，《现代日本文学全集》第 78 卷（已出），第 421 页。
④ 同上书。
⑤ 同上。
⑥ 古林尚编：《藏原惟人年谱》，《现代日本文学大系》第 54 卷，筑摩书房，昭和 48 年 1 月，第 436 页。

此外，从 1926 年前后，他还以"苏维埃通信"的形式，开始在《都新闻》《新潮》等杂志上发表论文，其中，他翻译的《诗人叶赛宁》及《最近的俄罗斯文学》的影响力为最大，文坛评价也非常高。于是在 1926 年 10 月，已成长为一名无产阶级文学理论家的藏原，从苏维埃回到了日本之后，随即便加入到了"日本普罗列塔利亚艺术联盟"，同时开始为《文艺战线》等杂志撰文了。而且凭借其留学期间所把握的苏维埃文坛信息优势，很快就成为日本无产阶级文学运动中不可或缺的人物。尤其是他在 1927 年 2 月和 3 月发表在《文艺战线》上的评论文章《现代日本文学与无产阶级》，以及在同年九月发表的《马克思主义文艺批评的基准》等，堪称是他在日本无产阶级文坛上初秀锋芒的成名之作。影响很大。

只是此时的日本无产阶级文学界，如在上一章中我们已介绍过的，正处在因青野季吉的"目的意识"论过于强调了无产阶级文学的"目的性"和功用性、无视艺术的特殊性和独立性特质，机械地把政治理论套用到了文艺领域而导致一片混乱的时期。用藏原本人的话说，就是正值"从 1926 年年末至 1927 年年末，我国的无产阶级艺术运动落入文学团体纷乱混杂且频繁重组，过度分裂的状态之中。[1]"其实，在此期间，藏原本人也经历过几次文学团体的重组事件。如 1926 年 11 月他刚回国时，加入的是"日本普罗列塔利亚艺术联盟"，而不到一年，他就从这一团体中退了出来，于 1927 月，转入到了"劳农艺术家联盟"。后来又因这个联盟内部发生了分裂而在同年 11 月，又不得不转到"前卫艺术家同盟"里去。仅从藏原一个人的履历，我们也可窥见当时日本左翼文坛生态的混乱状况的一个侧面。

那么导致如此频繁"分裂重组"现象的主要原因是什么呢？

我们在讨论青野季吉与日本无产阶级文学理论的关系时候，已经做过一些说明了。即因青野抱着"文学也能搞社会主义"的文学功用目的去推动具体的革命文学理论时，由于过渡强调了文学的政治革命性和在社会活动中的现实作用，而使得文学阵营中出现了很多不同的帮派。而刚刚回国的藏原，面对的正是这一文坛混乱期。

毋庸置疑，这一混乱局面会严重地影响到日本无产阶级文学运动的发展

---

[1] （日）藏原惟人：《無産階級藝術運動の新段階》，《藏原惟人评论集》第 1 卷（已出），第 82 页。

和文学作品的创作。所以如何才能打破这一困局，成了摆在新生代马克思主义文学理论家藏原惟人面前的一个重要任务。于是 1927 年 6 月，藏原便发表了一篇题为《关于所谓普罗列塔利亚文艺运动的"混乱"》[①]的文章，以及内容和主旨基本一致的另一篇题为《无产阶级艺术运动的新阶段——推动艺术的大众化与全左翼艺术家的统一战线》的论文，呼吁日本左翼革命文学家们要团结合作起来，反复强调唯有团结与合作才能有益于革命、有益于将来的道理。而且不仅在理论层面上，在实际的社会交往活动中，藏原也身体力行的奔走于各个左翼文学团体之间，为了整合文坛的力量而做了大量的工作。最终，于 1928年 3 月，在他的努力下，日本的两大左翼文化团体"左翼文艺家总联合会"和"全日本无产者艺术家联盟"（又称"纳普"）才宣告成立。从此，日本无产阶级文学运动便进入了一个全新的发展阶段。当然，藏原本人也因在这一过程中发挥了重要作用而极大地提升了自己在日本无产阶级文学界的地位，基本取代了当时仍处于领导位置的青野季吉，成为新生代日本马克思主义文学理论界的一个领军人物。

二、翻译家藏原惟人的理论贡献

在回国之初，或许是受了年龄及资历方面的影响，比起急于阐述自身的理论主张，藏原似乎更在乎对苏维埃文坛的马克思主义文学理论的译介工作。也实实在在的翻译了一些具有理论参考价值的作品。如小田切进在《关于藏原惟人的〈艺术论〉——无产阶级艺术理论的确立——》中，就对藏原的翻译活动予以过高度评价。他说：

在远早于此前，即在一九二一年之后，藏原就开始翻译安德烈夫、果戈理、普希金、莱蒙托夫等人的俄罗斯文学作品了。后来又翻译过高尔基、法捷耶夫、绥拉菲莫维奇等人的著作。此外也有以普列汉诺夫、玛察、弗里奇等人的艺术理论为代表的、数量庞大的翻译和介绍俄国文学作品的文章。在那个时间点上，他能为日本左翼文坛翻译这么多文艺理论著作，真的是功不可没。而

---

① （日）藏原惟人：《いわゆるプロレタリア文学の「混乱」について》，《改造》，东京：改造社，1927 年 6 月，第 55 页。

且，他的翻译都是经过严密的计划之后才进行的，所以在苏维埃文学的翻译领域，他所做的开拓性工作，具有划时代的意义。①

诚如小田切所指出，藏原翻译的马克思主义文学理论著作，其数量确实堪称是"庞大"的。也非常有体系。为了便于参考，现依据浦西和彦编写的《日本无产阶级文学书目》②，将藏原的翻译（含合译）作品目录罗列如下。

1.《芸术与社会生活》，普列汉诺夫著，1927年2月译，同人社书店。

2.《一九〇五年》，帕斯捷尔纳克著，1927年6月译，希望阁。

3.《辩证法与辩证法的方法》，高列夫著，1927年6月译，南宋书院。

4.《马克思主义·列宁及现代的文化》，德柏林著，1927年译9月译，丛文阁。

5.《做为理论家的列宁》，布哈林著，1927年10月译，白扬社。

6.《俄国共产党的文艺政策》，全联邦普罗文学大会议，1927年10月译，南宋书院。

7.《共产主义战士的管线——劳农俄国短篇集》，1928年2月，南宋书院。

8.《阶级社会的艺术》，普列汉诺夫著，1928年10月，丛文阁。

9.《毁灭》，法捷耶夫著，1929年3月，南宋书院。

10.《现代欧洲的艺术》，玛察著，1929年4月，丛文阁。

11.《第一次革命及其前夜》，列宁著，1929年4月，白扬社。

12.《车热尼雪夫斯基—其哲学·历史及文学观》，普列汉诺夫著，1929年6月，丛文阁。

13.《我的大学》，高尔基著，1929年2月，改造社。

14.《看门人》，高尔基著，1929年3月，平凡社。

15.《铁流》，绥拉菲靡维奇著，1929年3月，丛文阁。

16.《社会思想全集》第17卷，普列汉诺夫著，1929年7月，平凡社。

---

① （日）小田切进：《藏原惟人〈芸術論〉について——プロレタリア芸術理論の確立——》，《文学》，东京：岩波书店，昭和23年7月，第433页。

② （日）浦西和彦编：《日本プロレタリア文学書目》，东京：纪伊国屋书店，第140-146页。

17.《艺术社会学的方法论》，夫里契著，1929 年 10 月，丛文阁。

18.《理论艺术学概论》，玛察著，1931 年 9 月，铁塔书院。

19.《长诗　恶魔》，莱蒙托夫著，1932 年 7 月，改造社。

20.《五月之夜——俄罗斯短编集》，1934 年 2 月，改造社。

21.《玛鲁奇之罪》，巴赫梅杰夫著，1936 年 4 月，芝书店。

众所周知，十月革命成功之后，俄罗斯文学开始引领全世界无产阶级文学的发展进程。所以在那个年代，不仅藏原一个人，其他精通俄语的人也都在或多或少的译介过俄罗斯文学作品。在这个意义上讲，藏原所付出的努力也不足为奇。但是比起其他文学者，藏原的翻译不仅在数量上非比寻常，所涉及的范围也特别广泛。不仅有如上所列的很多理论著作，还有如法捷耶夫的《毁灭》、高尔基的《我的大学 / 回想》《番人》和亚历山大·绥拉菲靡维奇的《铁流》等长篇小说作品。其中，《毁灭》的翻译意义尤为重要。因为这部创作于1925 至 1926 年间的长篇小说，是俄国无产阶级文学作品中被称为最为优秀的代表作之一。在 1927 年出版之后，很快就得到了俄国文学界的普遍欢迎与认同。例如当时的《真理报》就曾评价这部小说说，它"是我国（俄国—笔者注）无产阶级文学阵线上的胜利"[1]。高尔基也高度评价这部小说的作者说，他"非常有才华地提供了国内战争的广阔的、真实的画面"[2]。

不仅在俄国国内，在 20 世纪 30 年代，如前所述，由于俄国文坛在国际无产阶级文学界处于特殊的领导地位，所以《毁灭》的影响力很快也波及了其他国家。如 1929 年 4 月，日文版的《毁灭》就问世了。而不到一年，鲁迅又依据这一日文版，把它重译到了中国。

这令笔者禁不住想追问，《毁灭》为什么能够在这么短的时间里完成从日译到中文的重译呢？这是一个值得我们去思考的现象。毕竟鲁迅与藏原都不是人云亦云的"弄潮儿"，单凭《真理报》或是高尔基的评价亦或是屹立于《毁灭》身后的红色苏维埃背景，也都不可能让这两个人在没有自身共鸣的前提下，就去匆匆动笔翻译。所以促使鲁迅和藏原相继去翻译它的目的或说是原动力，到底在哪里呢？另外，他们两人的共鸣与翻译活动，具体又给当时的中日

---

① 法捷耶夫著，磊然译：《毁灭·译者附记》，人民文学出版社，1978 年，第 1 页。

② 同上书。

两国无产阶级文学运动，带来了怎样的影响呢？

想回答这些问题，无疑还须我们先回到藏原本人对日本无产阶级文学理论的发展和建构，到底做了哪些工作的问题上来。

三、藏原惟人与日本无产阶级文学

在前面我们已经讨论过，在1927年前后，因青野季吉的"目的意识"论"过度轻视了艺术本身所具有的独立性，把政治理论机械地套用到艺术理论"中来而招致混乱，"不仅最终结果是走到了否定艺术本身的地步，还给无产阶级的文学运动带来极大困惑"的事实。同时，这一结果也大大地削弱了青野在日本无产阶级文学运动中的领导地位，代替他走上台前的，就是这位刚刚从苏维埃留学归来的藏原惟人的历史过程。不过在这一过程中，我们须注意的是，藏原成为日本无产阶级文学运动核心人物之后——即青野的"目的意识"论开始遭受全面批判时，他并没有对青野的主张予以过多的批判。甚至相反，还曾为青野的文学批评主张予以过辩护。如在1927年3月，他在《文艺战线》上就发表的一篇题为《无产阶级文学与"目的意识"》中，就说过：

所谓无产阶级的文学，就是以无产阶级中的前卫性的眼光来观察这个世界的文学。所谓具有了前卫性的眼光，就是指已经具备了"目的意识"。当然，不是说简单地表达出了"目的意识"，就是无产阶级文学了。

毋庸置疑，作为一名无产阶级者，首先应该具备这一"目的意识"。这与其他作为无产阶级者所应具备的前卫性的东西一样，是作为一名无产阶级文学者所应首先具备的。也是必须要具备的一个资格。不过也须清楚，真正的无产阶级文学的"目的意识"，是在能够做到无意识地去取舍的程度的时候——即换句话说，就是达到可以运用自如、根本不用去故意用心也能将这一意识形态渗透到自己作品中的每一个角落去的时候，方能称之为获得了无产阶级的"目的意识"。

只是在这依然处于资本主义支配下的无产阶级者，其意识形态是很容易被其它阶级所影响。所以我们必须要先排除这些非无产阶级的意识形态，并为了获得这一作为无产阶级者须最先具备的资格而去展开意识形态领域中的斗争。换句话说，就是在意识形态方面，我们也要接受无产阶级式的训练才可以。①

从这三段引文我们不难看出，藏原初期在构建自己的无产阶级文学理论框架时，对青野的"目的意识"论是多有借鉴的。这其实并不奇怪，因为在1920年代末至1930年代初，青野的文坛影响力依然健在，而藏原还只是一个刚刚回国的留学生而已。所以不仅在这一篇，在其他很多评论文章中我们也时常可见藏原参考青野的影子。甚至含沙射影地批评过那些对青野"目的意识"论持否定态度的人。如在《马克思主义文艺批评的基准》一文中，他就说过：

或许有人会说，——当艺术被某种目的所利用时，会变成最无力的武器。可事实真的是这样吗？我看未必。过去和现在的历史早已向我们证明，艺术在阶级斗争的社会中是可以承担一定的社会变革职能的。也是必须承担的。而且还有一个事实非常清楚。即艺术绝对不是为了艺术本身的目的而发生的。②

其实，对那些所谓"以印象批评为中心的、生命晚期性的、小资阶级性的文艺批评以及与社会生活完全隔绝、以艺术批评本身为文艺批评的目的的艺术作品"③一向毫无兴趣且一贯主张"马克思主义的文艺批评家应该把文学作为一个可以去改变世界的手段（中略）"④，"切不可作为一个无产阶级作家，只满足于描写身边杂事"⑤的藏原，与主张"今天的文学必须要有去'改变世界'的意志才可以"，"而不能像我（即青野季吉——笔者按）刚才说过的那样，只满足于身边杂事的描写。那种描写太无毅力、太缺乏探寻的精神了。而且这样

---

① 此处三段引文译自藏原惟人著：《プロレタリア文学と〈目的意识〉》，《文藝戦線》，1927年3月号。后收入《藏原惟人评论集》第1卷（已出），第54页。
② （日）藏原惟人：《マルクス主義文藝批評の基準》，《文藝戦線》，1927年9月号。本文中的翻译参考了《藏原惟人评论集》第1卷，东京：新日本出版社，1972年，第68页。
③ 同上书，第71页。
④ 同上。
⑤ 同上。

的'挖掘'也是绝对挖不出什么时代的意识。也不可能反映出时代的困惑"①的青野之间，原本就有很多可以共鸣的立场和相近的态度。

只是进入 1927 年下半年之后，由于青野"目的意识"论的缺陷已愈加凸显，来自日本无产阶级文学阵营内部的批判声音也越来越大，使得蔵原也不得不去重新审视和评估这一文学理论所附带的负面作用。于是在《马克思主义文艺批评的基准》的后半部分，对青野的批评理论，蔵原也提出了一些修正意见。他说：

在这里，我们就会遇到所谓文艺作品中的"目的意识"的问题。其实这个问题，我们也不能予以单一化的解决。有人说，只要有了目的意识，那这作品就是一篇具有真正无产阶级文艺价值的作品。如果不是，那就没有无产阶级文学作品的价值。如此片面、单一化地看待问题，只能暴露出说话人的思想中，是抱有观念性倾向的事实。而真理从来都是具体的。抽象的真理是不存在的。我们无法接受一个被抽象化了的"目的意识"。因为一个作品无论具备怎样的"目的意识"，但如果它不能给读者大众带来任何感动，那么这样的作品即便是在一个无产阶级者看来，也是毫无价值的。相反，即使作品中没有明确的目的意识，但它能够在读者大众那里起到一种煽动或是宣传的作用，那么我们也可以在予以严格批判的基础上，毫无顾虑地承认它的文学价值。②

继其后，在《作为生活组织的艺术与无产阶级》③中，蔵原又说：

但即便是在解放无产阶级的现阶段，也不能说无产阶级艺术的任务就只是煽动的艺术和宣传的艺术。如果有人真的这样认识，那么这个文学者就犯了错误。在我们的阵营内部，确实也有人想把我们的艺术限定在这样一个范围内的意向。我们也不否认我们有过这样的倾向。而且非常强。（中略）但是这些想把现在的无产阶级艺术如此限定起来的人，他们都错了。不要忘了，在无产

---

① （日）青野季吉：《転換期の文学》，东京：春秋社，1927 年，第 82–83 页。
② （日）蔵原惟人：《マルクス主義文藝批評の基準》（已出），第 74–75 页。
③ （日）蔵原惟人：《生活組織としての芸術と無産階級》，《前衛》，1928 年 4 月号。本文中的引用，译自《蔵原惟人评论集》第 1 卷，第 123 页。

阶级艺术的领域里不仅有"宣传的艺术"，也有"进军喇叭"的艺术，以及其它范围更为广泛的艺术。

从以上几段引文，我们可以清楚看到，此时的藏原正在一面小心谨慎地批评着青野理论的负面作用，一面又在有所保留地继承和发扬着青野主张。并在此基础上，积极地去构建着自己的新的文艺批评理论。或许有人认为，藏原行事太过谨慎了，但这是完全可以理解的。毕竟此时，他尽管已取代青野成为日本无产阶级文学运动的核心人物，但青野的"目的意识"论所引发的争议——即作家的创作是否一定要先有革命意识才可以的问题，并没有得到彻底地解决。换句话说，"目的意识"论的后遗症还存在，而能够替代它的主导性理论还没有出现。所以摆在年轻的文艺理论家藏原面前最为棘手的工作，就是要尽快为当时的日本无产阶级文学者，找到一个新的、切实可行的、至少是可以去遵循的文学创作理论依据来。从而去彻底打破青野"目的意识"论的束缚力。无疑，藏原本人对这一问题的重要性是非常清楚的。所以才在"纳普"成立之前，他就发表了一篇题为《无产阶级艺术运动的新阶段——关于艺术的大众化与组建全左翼艺术家统一战线》的文章，文中，他尝试性地提出了左翼文学者应注重文学创作中"大众化"的问题——即无产阶级作家不一定要有鲜明的、为革命服务的"目的意识"，只要能先写出让大众接受的文章就可以的主张。只是这一摸索过程似乎非常艰辛。毕竟如前文所述，就连藏原本人一时间都难以从"目的意识"论的制约当中解脱出来。甚至在1928年初期发表的文章中，还在讲"无产阶级的艺术应该有意识地去和当下被压迫民众的'感情、思想、意志'结合，且要把这些东西融入到自己创作活动及作家个人的意识中去"[1]的话。可见青野"目的意识"论对他本人的影响也是非常大的。难以在短时间内彻底切割。更勿论他人了。

但经过一段时间的努力之后，藏原的理论探索终于有了一个质的飞跃。如在1928年3月，在大量参考俄国左翼文艺理论的基础上他发表的一篇题为《走向普罗列塔利亚现实主义的道路》的论文中，他正式提出了所谓"普罗列塔利亚现实主义"的创作主张。而这一主张，众所周知，在后来便成了支撑日

---

① （日）藏原惟人：《無産階級芸術運動の新段階》，《蔵原惟人評論集》第1卷，第85页。

本左翼文学继续发展的重要理论根据。同时，它的登刊也宣告了由青野"目的意识"论所领导的日本左翼文学运动时代的正式终结。而在一个月之后发表的另一篇题为《做为生活组织的艺术与无产阶级》的论文中，藏原再次重申了"单靠我们有限的经验与观察，是不可能对我们周围的现实事物都能予以一个正确的认识的。所以一定要有一种补充机制。即目前我们只能对现实进行正确的、客观的、具体的描写，别亦无他。这一点极为重要"①，"我们所说的走向普罗列塔利亚现实主义的道路，其实指的就是这个东西"②。

有关藏原倡导的"普罗列塔利亚现实主义"的具体内容，很多日本文学史书都有详细的介绍。所以本文在此就不做过多的解释与说明了。简单地说，就是无产阶级文学者应继承和发扬过去的现实主义创作方法中，客观描述写作对象的方法和态度。用藏原的话说，就是无产阶级文学者要有"现实就是现实，不应附加任何主观观念的东西。毫无主观粉饰的去描写自己的创作对象"③。只有这样，才有益于当下。

不难看出，藏原的这一主张，已与以反对自然主义文学为己任的青野季吉，有了很大的不同了。尤其是与青野的"目的意识"论，已大相径庭。且如水野明善所指出："从文学发展史的角度来看，（藏原的这一主张——笔者按）在客观事实上为小林多喜二的《三•一五》《蟹工船》《不在地主》《工厂细胞》以及为德永直的《没有太阳的街》和中野重治的《关于铁的故事 其1》等作品的诞生，提供了理论基础。④"尤其是给小林多喜二的几篇名作，提供了有力的理论依据。借用吉田精一的说法，就是"这一评论（即上述藏原的论文——笔者按）在日本普罗利塔利亚文学发展史上具有标志性意义。它直接催生了小林多喜二的《一九二八年三月十五日》"⑤。但有趣的是，藏原本人对这些评价并不是很认同。相反，他觉得小林多喜二等人的上述几篇作品，与他理想中的

---

① （日）藏原惟人：《生活組織としての芸術と無産階級》（已出），第131页。
② 同上书，第133页。
③ （日）藏原惟人：《プロレタリア•レアリズムへの道》，《藏原惟人评论集》第1卷，第146页。
④ （日）水野明：《有关继承普罗列塔利亚文学理论的几个问题》，收录于《日本文学研究资料丛书 普罗列塔利亚文学》，东京：有精堂出版社，1971年，第146页。
⑤ （日）吉田精一：《藏原惟人（遗稿）–评论的谱系》，东京：《国文学》51号，至文堂，昭和61年，第146页。

普罗列塔利亚现实主义的作品，差距还很大。因为他曾公开地讲过：

　　我们的很多作家即便是在描写罢工或是与小地主展开斗争的场面时——也都完全落入了观念性的、公式化的、"超越"现实的，也就是说假如把与我们无关的作品都抛开——那么我们的描写还都停留在只对具体的每一次罢工或是与地主斗争的表层现象，进行描写的层面上，远未展示出其背后的大的时代的斗争全景图。这是非常遗憾的。（中略）虽然小林多喜二的几篇作品（如《蟹工船》《不在地主》《工场细胞》）及片冈铁兵的《绫里村快举录》、村山知义的戏曲（《暴力团记》《胜利的纪录》《东洋车辆工场》等）以及小说《处女地》、德永直生前未能完成的小说《阿苏山》等作品在这方面都做了一些积极的尝试与努力，但还是因为未能看透这个时代的斗争的本质，加之有一部分人的艺术作品本身也缺乏感染力，所以在真正意义上的对那个时代的艺术性的高度概括，还都没有做到。[①]

　　那么藏原认为什么样的作品才算是真正的"普罗列塔利亚现实主义"的文学作品呢？笔者认为，应该就是他在提出这一主张之后的第二年——即1929 年翻译的法捷耶夫的小说《毁灭》。因为他讲完上面的这段引文之后，就说"我们必须站在一个正确的高度来批判性地描写我们的'前卫'人物。如《毁灭》中作者对莱文生的描写那样。只可惜至今为止，我们身边还没有这样的作品。"可见在藏原眼里，《毁灭》才是"普罗列塔利亚的现实主义"文艺创作主张的典型之作。

　　从当时日本文坛的反响来看，藏原翻译《毁灭》的这一意图，似乎得以实现了。因为很多日本左翼知识分子也都认同了他的这一解释与观点。如山内忠吉在《帝国大学新闻》（昭和 4 年 4 月 22 日）上发表过一篇评论中，就说："从形式上来看，这部小说确实是文学创作走向无产阶级现实主义的一大进步。[②]"

---

① （日）藏原惟人：《芸術の方法についての感想（後編）》,《藏原惟人评论集》第 2 卷，第 252–253 页。
② （日）内山忠吉：《ファジェーエフの『壊滅』》，帝国大学新闻，昭和 4 年 4 月 22 日刊。

　　或许是因为在艺术批评领域中取得了这些具有实效性的进展的缘故，进入 1929 年年末之后，藏原的态度开始变得越来越有自信。于是一向谨小慎微的他，便开始明确地阐述自己的批评理论与青野之间的不同之处了。

　　在无产阶级文学运动的领域导入所谓目的意识论的青野季吉，为了能使其成为无产阶级运动的一股真的力量，他所做的实践性和理论性的探索，其功绩是非常大的。在我国无产阶级文学及无产阶级文艺理论的发展史上，具有巨大的历史意义。（中略）只是这一所谓的"目的意识论"，由于他只是把列宁的政治理论机械地套用到了文艺运动中来了，所以给后来的文艺理论界也带来了很大的混乱。究其原因，首先是因为他只讲了艺术运动中的目的意识，但对艺术作品本身的目的意识，以及这两个目的意识之间存在的相互关系等问题，并没有予以论述。所以它最终只以一个政治理论的方式出现，而没有成为一个真正的艺术理论。自然，也就没能成为一个真正意义上的艺术运动。作为艺术领域中的真正的目的意识，它不仅要为整个运动指出方向，还要为每一位作家具体地把该描写的和怎么描写的问题交待清楚。做到这一步了，才能称得上是一个成型的文艺理论。而这一问题，直到后来的无产阶级现实主义的出现，才算得以解决。[①]

　　把这一错误的"目的意识"适用到文学中去，很可能会使文学成为一个简单的歇斯底里性的叫喊，或是只把概念化的和政治化的结论导入到作品中去就完事的危险结果。事实上，一九二七年的我国无产阶级文学的一部分，就轰轰烈烈地倒向了这一错误的方向。直到一九二八年，才开始再次出现向现实主义方面回归的趋势。于是就产生了这一无产阶级现实主义的主张。[②]

　　如果除却二战结束后藏原因没有在监狱中"转向"而成为日本无产阶级文学界"神一般"[③]的存在那段辉煌时期，那么提出"无产阶级现实主义"的

---

① （日）藏原惟人：《プロレタリア文芸批評界の展望》，《藏原惟人评论集》第 1 卷，第 362–363 页。

② 同上书，第 364 页。

③ （日）本多秋五：《藏原惟人論》，东京：《近代文学》第 1 号，昭和 21 年 1 月。

创作方法之后的一段时间，应是藏原作为一个文艺批评家，事业处于最巅峰的一个阶段了。也是让他名副其实地成为日本无产阶级文学运动领军人物的一个重要阶段。

当然，有人说藏原后来之所以能够主宰日本左翼文坛那么长时间，也与他做人周到、有很强的组织能力等因素有关。笔者在阅读藏原的传记资料及相关文艺批评文章的过程中，也看到了藏原的这一平衡社会关系的特殊能力。如在前文中我们介绍过的，他对青野"目的意识"论进行批评和修正的方式和方法，拿捏得就非常准确。在一边予以维护的同时，一边又予以了适度的批判。且又以科学的方式，给予了继承与发扬。作为一名文学者，能有这样的社会工作能力，实为难得。但不管怎么讲，他在无产阶级文艺理论方面的造诣，才是使他成为日本无产阶级文学界领导人物的一个最为核心的因素。尤其是这一无产阶级现实主义创作方法的提出，不仅在日本国内让他得到了很高的评价，后来飘洋过海，在中国的无产阶级文学界，也赢得了非同一般的评价，使藏原惟人这个名字，成为中国文学者耳熟能详的存在。

有关藏原在中国的接受问题，芦田肇在论文《钱杏邨的"新写实主义"——论与藏原惟人"无产阶级现实主义"的关联——》[1]中，虽然把主要的关注焦点放到了钱杏邨的身上，但对中国左翼文坛与藏原的接受问题，也予以了深入讨论。另外，在《鲁迅·冯雪峰的马克思主义文艺论接受（一）——有关水沫版 光华版"科学的艺术论丛书"的目录学考察——》[2]中，有关中国左翼文坛对藏原惟人译普列汉诺夫文论的接受事实，也予以了细致论述。但是这两篇论文虽然为我们提供了很多有意义的信息，但对鲁迅与藏原之间的具体接受关系，并没有予以太多的展开论述。而在笔者看来，藏原所主张的"第一，要以无产阶级前卫的'眼光'来观察世界；第二，要以严肃的现实主义的态度来描写这个世界"的所谓无产阶级现实主义的创作方法，与我们在前几章

---

① （日）芦田肇：《钱杏邨における〈新写実主義〉——蔵原惟人の〈プロレタリア文学・リアリズム〉との関連での一考察——》，东京：《东洋文化》52 号，东京大学东洋文化研究所，1972 年，第 37 页。

② （日）芦田肇：《鲁迅·馮雪峰のマルクス主義文藝論受容〈一〉——水沫版·光華版〈科学的藝術論叢書〉の書誌的考察——》，《鲁迅研究の現在》，东京：汲古書院，1992 年 9 月，第 235 页。

中所讨论的有关创建无产阶级文学新形式和新内容的问题，紧密相连。那么长期以来一直追踪并思考着这一理论问题一路走来的鲁迅，又是以怎样的态度来看待藏原的这些主张的呢？还有，众所周知，鲁迅曾经还讲过一句："藏原惟人是从俄文直接译过许多文艺论和小说的，于我个人极有裨益。我希望中国也有一两个这样的诚实的俄文翻译者"[①] 的话。那么鲁迅到底从藏原那里获得了怎样的裨益呢？

下面我们就来具体讨论一下鲁迅与藏原惟人的接受关系。

第三节　鲁迅与藏原惟人

一、重译《毁灭》的意义

在第三章我们讨论片上伸时，已经通过芦田肇的文章，介绍了在 1928 年至 1933 年期间，经由日本传入中国文坛的马克思主义文学理论所占比例之奇高的现象了。而鲁迅无疑是对这一文化流入通道最为关切的人物。所以无须作具体的实证考察，我们也能推想出当时的鲁迅，应该早就知道藏原的存在。何况不精通俄语的鲁迅对当时能够从苏维埃文坛直接译介文艺理论的每一位日本文学者，都曾予以过高度关注呢。而藏原当时是这方面最为活跃的一位翻译者。事实上藏原从俄罗斯留学回国之后编译的第一本专著《艺术与社会生活》（普列汉诺夫著——笔者按）在 1927 年 2 月出版之后，还在因北伐战争的混乱而不得不从广州辗转上海的途中的鲁迅，就已经在同年 11 月，购买了这本书。可见鲁迅对藏原的文艺批评及社会活动，早已熟悉。

另外，依据中岛长文所编写的《鲁迅目睹书目 / 日本书之部》（已出），我们也可得知鲁迅生前曾前后购买过十七本藏原的译著作品。具体名单如下。

1.《芸术与社会生活》，普列汉诺夫著，1927 年 2 月译，同人社书店。

---

① 《鲁迅全集》第 4 卷，第 215 页。

2.《辩证法与辩证法的方法》，高列夫著，1927年6月译，南宋书院。

3.《俄国共产党的文艺政策》，全联邦普罗文学大会记录，1927年10月译，南宋书院。

4.《新俄罗斯文化的研究》，藏原惟人著，1928年3月，南宋书院。

5.《阶级社会的艺术》，普列汉诺夫著，昭和1928年10月，丛文阁。

6.《共产主义战士的管线—劳农俄国短篇集》，1928年2月，南宋书院。

7.《支那革命的现阶段》，布哈林／斯大林著，藏原惟人译，1928年12月。

8.《现代欧洲的艺术》，玛察著，1929年4月，丛文阁。

9.《毁灭》，法捷耶夫著，1929年3月，南宋书院。

10.《普列汉年诺夫选集》，藏原惟人·外村史郎译，1929年6月 丛文阁。

11.《艺术与无产阶级》，藏原惟人著，1929年11月 改造社。

12.《铁流》，绥拉菲靡维奇著，1929年3月，丛文阁。

13.《艺术社会学的方法论》，夫里契著，1929年10月，丛文阁。

14.《列宁与艺术》，藏原惟人等编译，1931年5月，丛文阁。

15.《无产阶级与文化的问题》，藏原惟人著，1932年6月，铁塔书院。

16.《艺术论》，藏原惟人著，1932年6月，中央公论。

17.《我的大学》，高尔基著，1929年2月，改造社。

前面我们已经依据浦西和彦编写的《日本无产阶级文学书目》，列出了二十一本藏原的译著书目单。对比这两个书单，我们可以清楚地看到除却藏原本人的著作，鲁迅几乎购买了半数以上的藏原译著作品。足见对藏原的翻译活动的关注程度有多高了。尤其是对藏原翻译的俄国长篇小说，鲁迅似乎情有独钟。因为除了高尔基的《看守》之外，鲁迅购买了所有小说类的翻译作品。而且还从中把法捷耶夫的《毁灭》选出来，重译到了中国。笔者认为，这一点尤为值得重视。因为如前文中我们已介绍过的，法捷耶夫的《毁灭》不仅在俄国，在全世界无产阶级文学的发展史上，也是一部具有里程碑性意义的名作。尤其是在日本左翼文坛刚刚提出无产阶级现实主义创作方法论的藏原，更是把这部小说视为是该创作方法的验证之作。予以了高度评价。如在《毁灭》的〈译者后记〉中，藏原就说："这部小说的情节，说起来其实也没什么特殊的地方。一句话概括，就是一个接到党委会的命令，说：'无论发生什么样的情况，即便是成了一个小小的队伍，也要严格遵守纪律，成为一个能够保持战斗力的单位，以便日后随时备战'的游击队，在面对日本军队和科尔却克军队的双重压迫时，依然表现出了毅然决然地抗争精神。但最终因敌众我寡而被反革命军队攻破并遭全军毁灭的过程——仅此而已。①"但是尽管如此，藏原还是积极推荐了这部小说。因为该部小说对出场人物的描写——即便是对游击队的革命者，也没有"把他们描写成出神入化的英雄或是超凡脱俗得有些脱离现实的人物形象。更没有把他们每一个人都描写成红一色的斗士模样——而是塑造了一个个实实在在的、富于真实感的人。在他们身上也有很多与我们平凡人一样的'小小的欢乐、热情与烦劳'"②。例如对矿工莫罗兹卡这个人物的塑造，就非常真实。不仅真实地展现了他想成为一名忠实的、遵守纪律的革命战士而积极努力的一面，同时也描写了他偷吃农民瓜果的情景，以及在战斗中酗酒的场面。还有对从城里跑来参加革命的知识分子密契克的描写，也非常真切生动。既展现了他前来参加革命的进步的一面，也客观地描写了他由于对革命本身没有坚定的信仰和意志，最终还是逃离了队伍、背叛了革命的实际情景。这些场景的描写都非常符合当时前来参加革命的知识分子们的真实情况。还有对莫罗兹卡的妻子瓦丽亚的描写，也非常犀利。即展现了她对革命非常忠诚的一面，也描写了她在医院与密契克发生男女关系的场景。这些描写方法与以往的无产阶级文学作品清一色的把革命人物描写成"高大全"形象的做法完全不同。所以藏原评价法捷耶夫的这一创作方法说，"我们可以比照此前的自然主义现实主义的手法，给它起个名字，就叫无产阶级现实主义。③"可见在藏原看来，《毁灭》是开创无产阶级文学用现实主义的手法描写英雄人物的先河之作。所以他才反复强调说：

这部作品的出现，标志苏维埃的普罗列塔利亚文学的发展进入了一个全新的阶段。一九二三年发表的里别进斯基的《一周间》，虽然也是普罗列塔利

---

① （俄）法捷耶夫著，（日）藏原惟人译：《壊滅・訳者のことば》，ソヴェート名作叢书，月曜书房，昭和21年9月，第2页。
② （日）北冈哲夫：《新刊紹介・ア・ファジェーエフ作蔵原惟人訳『壊滅』》，东京：《ナップ》第2卷第3号，第81页。
③ （日）蔵原惟人：《ファジェーエフの小説『壊滅』について》，《蔵原惟人评论集》第2卷，第449页。

亚文学的杰作，但作品中描写的还是革命党人的形象。并没有描写出真正的革命大众。革拉特珂夫的《水泥》虽然也有很多优点和长处，但人物形象的塑造还是老套子。只有这部法捷耶夫的小说《毁灭》，才算是真正描写革命大众形象的作品了，而且它还为我们解决了如何处理革命典型人物的塑造与个性化描述之间存在的对立而又统一的问题。①

不仅藏原一个人，当时在探寻无产阶级文学新形式和新内容问题的很多日本左翼文学者，也都把《毁灭》视为是在无产阶级现实主义创作方法指导下诞生的一部成功之作了。如除前文中我们已经介绍过的山内忠吉之外，还有北冈徹夫也曾说："当苏维埃同盟的无产阶级文学从主观和抽象的浪漫主义和革命赞美式的创作模式中走出来，迈向立足于新的世界观的现实主义——即迈向无产阶级的现实主义的创作方法时，法捷耶夫的《毁灭》便于1927年诞生了。（这部作品的出现，无疑——笔者按）为这一创作理论的转变奠定了坚实的基础。（中略）这里（即作品中——笔者按）即有法捷耶夫本人的力量，也有无产阶级现实主义的力量。②"可见藏原翻译《毁灭》的努力是非常成功的。因为它不仅证明了他提出的"普罗列塔利亚现实主义"的创作主张是科学的和正确的主张的问题，也大大地提升了他在日本左翼文坛中的领导力，对其促进文坛的整合工作，起到了不可估量的支撑作用。

虽然笔者在鲁迅的购书单中并没有找到刊登北冈徹夫这篇《新刊介绍》的《纳普》杂志第二卷第三号，但对《纳普》杂志本身而言，鲁迅无疑毫不陌生。因为在鲁迅的购书单里，我们可以查到鲁迅购买过该杂志的纪录。再综合鲁迅当年对日本左翼文坛的关注程度，对这一日本文坛的新动向，想必鲁迅一定有所察觉和把握。何况藏原有关无产阶级文学新形式和新内容问题的理论探索，原本就与片上伸等前辈文学者们的理论探索与积累不无关系，所以鲁迅应该很快就捕捉到了这一文坛新气息。而且，如前文所述，1926年藏原回国时，日本左翼文坛讨论最热门的一个议题就是如何才能创生出无产阶级文学新形式和新内容的问题。在俄国留学期间就已经给片上伸寄稿的藏原，不会不知道这一热点问题的探索方向所在。甚至笔者怀疑，藏原就是在承接了这一探索方向

---

① 同上书。

② （日）北冈哲夫：《新刊紹介·ア·ファジェーエフ作藏原惟人訳『壊滅』》（已出）。

和前期的基础上，成长起来的一位新生代左翼文学者。事实上在片上伸病逝之后，藏原就立即发表过一篇题为《无产阶级艺术的内容和形式》及另一篇题为《新艺术形式的探索——关于无产阶级艺术目前的问题——》的论文。而这两篇论文的内容向我们清楚地道出了存在于他们之间的那条承接关系。于是沿着这条摸索的路径一路跟着走来的鲁迅，也便知晓了这一层理论上的承接与连带关系之后，便就去接近了藏原惟人。并在藏原把《毁灭》视为无产阶级现实主义创作方法的代表作译介到日本来时，鲁迅也很快就把它重译到了中国。对比鲁迅的《译者后记》和藏原惟人的《訳者のことば》，我们也可以清楚地看到在他们二者之间，对《毁灭》的评价是几近相同的。可见鲁迅和藏原一样，也是把《毁灭》视为是体现无产阶级文学新形式和新内容的典型之作来对待的。当然，鲁迅对《毁灭》产生共鸣的契机，并不只是这一点。还和鲁迅原本就秉持着"为革命起见，要有'革命人'，'革命文学'倒无须急。革命人做出东西来，才是革命文学"[1] "只要写出实情，即于中国有益"[2] "一个艺术家，只要表现他所经验的就好"[3] 的立场有关。显而易见，鲁迅的这些见解与法捷耶夫依据自己的实际战斗经验创作小说的做法，是基本一致的。于是在《〈毁灭〉译者后记》中，鲁迅才讲了如下两段话。

遗漏的可说之点，自然还很不少的。因为文艺上和实践上的宝玉，其中随在皆是，不但泰茄的景色，夜袭的情形，非身历者不能描写，即开枪和调马之术，书中但以烘托美谛克的受害者，也都是得于实际的经验。决非幻想的文人所能著笔的。[4]

这几章是很要紧的，可以宝贵的文字，是用生命的一部分，或全部换来的东西，非身经百战的战士，不能写出。[5]

---

① 鲁迅：《革命文学的时代》（已出）。
② 引自 1934 年 1 月 25 日鲁迅致姚克信笺。《鲁迅全集》第 13 卷，第 17 页。
③ 引自 1935 年 2 月 4 日鲁迅致李桦信笺。《鲁迅全集》第 13 卷，第 372 页。
④ 《鲁迅全集》第 10 卷，第 367 页
⑤ 《鲁迅全集》第 10 卷，第 371 页。

或许鲁迅在 1929 年际遇藏原的译文之后，随即便起笔重译，且于 1930 年上半年，在还没有译完全稿的前提下就急着在《萌芽月刊》上连摘，就是因为他也把法捷耶夫的这部基于实际战斗经验而写成的小说，看成是体现无产阶级文学新形式和新内容的理想模板的缘故。且从他后来很快参考着德文版把《毁灭》译完，又烦劳其三弟周建人帮他去参考英文版来校对等这一系列做法，不难看出，鲁迅对《毁灭》也是抱有了非常高的热情。而鲁迅的那句"藏原惟人是从俄文直接译过许多文艺论和小说的，于我个人极有裨益"的话，更算是给日文译者藏原惟人的最高赞誉了。

众所周知，鲁迅"左倾"后，晚年也曾想写过一篇反映无产阶级革命战士真实的战斗生活情景的作品。甚至为了获取第一手的创作材料，还曾冒着危险私下里接见过为疗伤而来到上海的前线战士陈赓，希望能够在这位刚从前线战场上下来的真实的英雄人物身上，得到一点实际的、反映真实战争状况的题材。但可能是因为他本人实在缺乏这方面的真实生活体验的缘故吧，最终还是不得不放弃这一写作计划。于是在上海发表的一次演讲中，他感慨地说：

日本的厨川白村曾经提出一个问题，说：作家之描写，必得是自己经验过的么？他自答，不必。因为他能够体察。所以要写偷，他不必亲自去做贼，要写通奸，他不必亲自去私通。但我以为这是因为作家生长在旧社会里，熟悉了旧社会的情形，看惯了旧社会的人物的缘故，所以他能够体察。对于和他向来没有关系的无产阶级的情形和人物，他就会无能，或者弄成错误的描写了。[①]

从这段引文，我们可以看出鲁迅在这一时期其实一直都在寻找和摸索着描写"和他向来没有关系的无产阶级的情形和人物"的方法。而且态度非常谨慎小心，惟恐"弄成错误的描写"。毕竟自经历了由有岛武郎的《一篇宣言》所引发的论争之后，即成文坛的旧知识分子是否有资格参与到新兴无产阶级文学运动中去？以及旧知识分子是否可以改造成新兴无产阶级文学者的问题，一直都困扰着同是从"旧垒中"走来的旧知识分子鲁迅。虽然后来鲁迅以"中间

---

① 《鲁迅全集》第 4 卷，第 307 页。

物"的自我定位方式及虽然自己是"从旧垒中来"，但正因为自己是"从旧垒中来"，所以"情形看得较为分明，反戈一击，易制强敌的死命"[①]的优势，宽待了自己，但在内心，这一自我定位的困惑其实一直都没有完全消失。或许在1928至1930年期间，他能用那么高的热情和积极性去翻译总量庞大的俄国文艺理论著作，主要目的就是为了给自己的这一追问，找到一个答案。有关这一点，我们可以从鲁迅在译介俄国文学理论的过程中，对俄国文坛上的"同路人"作家的命运尤为感兴趣这一现象，也能略见一二。不难想象，那些被俄国文坛所认可和接受的"同路人"作家的命运，在一定程度上也给当时的鲁迅以极大的鼓舞与支撑。并使其实现了从"中间人"过渡到"同路人"的转变。也是他之所以能够理直气壮且底气十足地为革命文学运动去工作的一个内在动力来源之一。

另外，就在翻译《毁灭》之前，鲁迅还刚刚译完卢那察尔斯基（1875-1933）和普列汉诺夫（1856-1918）的《艺术论》和由藏原惟人与外村史郎编译的《文艺政策》（即《苏俄的文艺政策》——笔者按）。这些应该都是让鲁迅在文艺理论方面得以自我拯救和突破性进展的关键文献。不单这些，在《毁灭》的译文开始连载之前，鲁迅还翻译过俄国著名"同路人"作家雅各武莱夫的长篇小说《十月》。并在《〈十月〉后记》中说：

《十月》是一九三三年之作，算是他的代表作品，并且表示了较有进步的观念形态的。但其中的人物，没有一个是铁底意志的革命家；亚庚临时加入，大半因为好玩儿，（中略）然而，那用了加入白军和终于彷徨着的青年（伊凡及华西理）的主观，来述十月革命的巷战情形之处，是显示着电影式的结构和描写法的清新的，虽然临末的几句光明之辞，并不足以掩盖通篇的阴郁的绝望底的氛围气。然而革命之时，情形复杂，作者本身所属的阶级和思想感情，固然使他不能写出更进于此的东西，而或时或处的革命，大约也不能说绝无这样的情景。本书所写，大抵是墨斯科的普那街的人们。要知道在别样的环境里的别样的思想感情，我以为自然别有法兑耶夫（A.Fadeev）（即法捷耶夫——笔者按）的《溃灭》（即《毁灭》）在。[②]

---

① 《鲁迅全集》第1卷，第302页。
② 《鲁迅全集》第10卷，第352-353页。

可见《毁灭》是这一时期鲁迅有计划地译介俄国文艺理论著述时的一个重要组成部分，也是鲁迅学习和研究俄国文艺理论后，走到的一个阶段性的停靠点。因为《毁灭》的特征近乎完美的符合了鲁迅多年以来一直在探寻着的革命文学的创作印象。无疑这是鲁迅际遇《毁灭》后，便即刻对它产生强烈共鸣并急于将其翻译出来的一个主要原因。同时也是鲁迅的《毁灭》阅读不同于藏原且比藏原的阅读更为深刻些的原由所在。更是鲁迅从革命文学的"落伍者"中得以自救，可以继续前行的一个科学理论依据。

虽然鲁迅终究未能身体力行的去创作出一部《毁灭》式的小说，但从他曾经有过模仿法捷耶夫的风格去搞创作这一冲动，我们也可以看出，鲁迅对《毁灭》的定位和评价是极高的。事实上，这一时期的鲁迅只要一有机会就劝告和鼓励自己身边的后辈作家，要他们朝着这个《毁灭》式的写实主义创作方向去努力。

二、鲁迅对藏原惟人的取舍

然而，令人非常不解的是，为什么如此关注藏原惟人理论探索和翻译动态的鲁迅，会对藏原本人的创作及批评文章（即除却翻译之外的所有论文类——笔者按）表现出几乎是无视的冰冷态度呢？就连我们在前面已多次讨论过的以日本文学者的论文为中心编译的《壁下译丛》及《译丛补》中，鲁迅也没有收录一篇藏原的论文。这与他对厨川白村、片上伸及青野季吉等人的态度有很大的区别。尤其考虑到此时的藏原已是日本马克思主义文学理论界最具影响力的人物这一事实时，更是令人感到费解。如前文所述，毕竟从重译《毁灭》开始，鲁迅对藏原所投放的视线并不冷漠，更不缺乏了解。那么到底是什么原因让鲁迅对藏原本人的论述，表现出那么索然无趣的样子了呢？

我们先来看一段针生一郎在论文《苏维埃艺术论与藏原惟人的作用》中，对藏原惟人本人的理论探索工作所讲的一段评价。

在《对新艺术形式的探索》（《改造》1929 年 12 月）中，藏原就有关艺术社会学和俄罗斯无产阶级作家同盟（拉普）的理论性影响的问题说，艺术是由意识形态和阶级心理两方面因素构成的，而后者与艺术形式不可分割，无产阶级艺术的形式也只能通过对资产阶级的艺术形式进行发展和取舍才能获得。并基于这一立场，他又分析了如何从未来派、表现派、构成派中把"机械美"，以及从谢尔盖·爱森斯坦、吉加·维尔托夫的电影，从弗·艾·梅耶霍德的戏剧，从格拉特科夫、绥拉菲摩维支的小说，从贝希尔的诗歌中去批判的继承的问题。然而，就在两个月后发表的《帝国主义与艺术》（无产阶级科学研究所公开演讲，1930 年 2 月）的演讲中，他就说从艺术社会学的角度来看，想把艺术的形式与内容机械地分离开，还是有限的。同时表示，与小资产阶级、摩登主义等对立的所谓未来派、表现派、达达主义派、超现实主义派等，能给无产阶级的艺术带来的东西并不多，甚至随着资本主义危机的出现，也出现了要法西斯化和极左化的两极分化的倾向。在这一文艺立场的激进转变的背后，想必是因为藏原惟人在 1929 年 9 月，加入了当时的非法组织日本共产党。并被迫处于半地下潜伏状态的原因。[①]

原来，藏原在 1928 年发表完《走向无产阶级的现实主义的道路》的评论，又于 1929 年翻译完法捷耶夫的《毁灭》之后，其政治思想立场发生了巨大的变化。即从这一时期起，在藏原的文艺理论叙述中，如针生一郎所指出，主张"政治"侵蚀"文学"的论说日渐突出。甚至把列宁的"文学必须要为党服务"的话，都拿了出来，做了自己的论文的副标题。而且还说：

那么，如何才能解决这个问题呢？首先，第一重要的就是我们的艺术家一定要把我国的无产阶级及其党目前所面临的课题，视为是自己艺术活动的课题。只有先做到这一点才有可能。正如现在苏维埃的无产阶级及其党把目前的产业及生活及社会主义的改革等均做为自己的课题一样，我国的无产阶级艺术家也要把所有的注意力都投向这一方面。战斗的无产阶级应该把扩大和强化以及引导民众斗争工作的党的中心课题视为是自己的课题。处在现代的日本，我们所有的无产阶级作家和艺术家，都应该把自己的全部注意力投放到这一方向上来才可以。

---

① （日）针生一郎：《ソヴェート芸術論と蔵原惟人の役割》，《文学》，东京：岩波书店，1981 年，第 29 页。

那么为了"确保和扩大党的政治性、思想性的影响力"，我们的艺术家们应该如何去做呢？为了达到这一目的，倘若只是在作品中反反复复地重复几十遍这样的话，那是没有意义的。为了达到这一目的，我们有必要把我国的前卫们是如何展开战斗的场景真实地描写出来。一定要把他们如何在共产党的领导下，在工厂、在农村是如何开展社会活动的以及是如何组织农民和劳动者的？还有怎样去引导斗争的场景等，均告知大众。我们的艺术家一定要通过论文和通信等形式，加上鲜活地、有效地形式，把党的政策宣传出去，并通过这种方式来赢得广大民众的信赖。

不仅这一篇，加入共产党组织之后，在藏原的很多文章中，我们可以经常看到他积极地倡导文学的宣传作用甚至是赤裸裸地呼吁文学创作活动要支持党的政治言论的论说。很显然，这些立场和态度与鲁迅当时的革命文学观有很大的差异。如鲁迅在《革命时代的文学》中，就说过一段很有名的话：

但在这革命地方的文学家，恐怕喜欢说文学和革命时大有关系的，例如可以用来宣传，鼓吹，煽动，促进革命和完成革命。不过我想，这样的文章是无力的，因为好的文艺作品，向来多是不受别人命令，不顾利害，自然而然地从心中流露的东西；如果先挂起一个题目，做起文章来，那又何异于八股，在文学中并无价值，更说不到能否感动人了。为了革命起见，要有"革命人"，"革命文学"倒无须急，革命人做出东西来，才是革命文学。①

对比这三段引文，我们不难看出，在鲁迅与藏原之间，有关无产阶级的文学观，还是存在着巨大的差异。笔者认为，这应该是鲁迅对藏原本人的文论秉持了观望甚至是冷漠态度的一个主要原因。或许鲁迅与针生一郎的看法相同，即他们都认为加入日本共产党组织之后的藏原的文艺思想，有些过于泛政治化了。所以在《壁下译丛》及《译丛补》中，鲁迅便没有收入一篇藏原的作品。甚至在笔者看来，他们两人虽然同为《毁灭》的翻译者，但如前文中我们所作过的解读，他们对《毁灭》解读与理解以及定位，其实有很大的不同。即

① 《鲁迅全集》第 3 卷，第 437 页。

在藏原看来，《毁灭》是一部与他在此期间积极倡导的无产阶级现实主义的创作方法完全吻合的小说。且对推动实际的无产阶级文学运动有实实在在的宣传和煽动作用，所以藏原才翻译了《毁灭》。即在藏原的内心，他是希望日本的左翼作家们也都能以此为范本去投身到实际的文学创作中去。而鲁迅对《毁灭》的评价点显然在别处。即鲁迅认为，这部小说之所以会成功是因为作者法捷耶夫本人就是一位真正的革命家，而且参加过实际地战斗，所以不用任何特殊的意识形态来导向也能写出这样完美的革命文学作品来。换句话说，对藏原来讲，《毁灭》是一个新的革命文学创作理论的到达点，而对鲁迅来说，《毁灭》却是理性革命文学观创生的一个成功案例，是今后的革命文学的起始点，仅此而已。

想必购买过三本藏原惟人理论著作的鲁迅，对他们二者之间存在的这一本质性的差异，一定有所察觉了。毕竟当时的藏原已是中国左翼文坛争相译介的一位"名流"马克思主义文学理论者，鲁迅在《我们要批评家》中也说过："钱杏邨先生近来又只在《拓荒者》上，搀着藏原惟人，一段又一段的，在和矛盾扭结①"的话。可见对藏原自身的理论著述及内容，鲁迅是颇有了解的。绝非因无知而失之交臂。另外，鲁迅的这段话虽然批评的是"钱杏邨先生"，但从字里行间，我们也能嗅到几分鲁迅对藏原惟人本人亦不是很认同的味道。同时，在这一略带反感的语气中，也有鲁迅对当时的一些中国左翼革命文学者过度甚至是盲目推介藏原惟人的做法表示不满的意味吧。

当然，这些因素只是让鲁迅对藏原略生些"反感"的表面原因，更为本质的原因，还是因为他们在就有关如何创生无产阶级文学新形式与新内容的问题上，比如如何借鉴既有文坛的文学成果等方面，彼此间生出了很大分歧的缘故。如在《论"旧形式的采用"》中，鲁迅就说过：

"旧形式的采用"的问题，如果平心静气的讨论起来，在现在，我想是很有意义的，但开首便遭到了耳耶先生的笔伐。（中略）但耳耶先生是正直的，因为他同时也在译《艺术底内容和形式》（即藏原惟人著《无产阶级艺术的内容和形式》——笔者按），一经登完，便会洗净他激烈的责罚；而且有几句话

---

① 《鲁迅全集》第 4 卷，第 246 页。

也正确的，是他说新形式的探索不能和旧形式的采用机械地分开。

不过这几句话已经可以说是常识；就是说内容和形式不能机械地分开，也已经是常识；还有，直到作品和大众不能机械的分开，也当然是常识。旧形式为什么只是"采用"——但耳耶先生却指为"为整个（！）旧艺术捧场"——就是为了新形式的探求。采取若干，和"整个"捧来是不同的，前进的艺术家不能有这思想（内容）。然而他会想到采取就艺术，因为它明白了作品和大众不能机械的地分开。以为艺术是艺术家的"灵感"的爆发。像鼻子发痒的人，只要打出喷嚏就浑身舒服，一了百了的时候已经过去了，现在想到，而且关心了大众。这是一个新思想（内容），由此而在探求新形式，首先提出的是旧形式的采取，这采取的主张，正是新形式的发端，也就是旧形式的蜕变，在我看来，是既没有将内容和形式机械的地分开，更没有看得《姊妹花》叫座，于是也来学一套的投机主义的罪案的。

自然，就形式的采取，或者必须说新形式的探求，都必须艺术学徒的努力地实践，但理论家或批评家是同有指导，评论，商量的责任的，不能只斥他交代未清之后，便可逍遥事外[1]。

从这段引文，我们可以清楚地看到，鲁迅在批评耳耶（即聂绀弩——笔者按）的同时，其实对后期藏原所抱有的文学观——即与翻译《毁灭》时所持有的创建无产阶级文学新形式与新内容的立场已大相径庭的观点和立场，亦予以了批判。而且综合鲁迅的这些论述，我们也可以大致勾画出此时鲁迅对无产阶级文学的创作问题所抱有的基本观点。即在鲁迅看来，无产阶级文学在本质上应与其它既有的旧文学一样，最初的创作动机也须凭借艺术家的"灵感"的爆发才能产生。但是不应只满足于像打喷嚏一样，只要作者本人全身感到爽快就可以了，还有努力去理解大众，关心大众的生活。而有关无产阶级文学的新形式，则只能通过对旧文学形式进行提炼和创新才能获得。

在这里，笔者想提请注意的是，当我们把这些鲁迅的观点和立场与他此前就尤为重视的"只要是革命人写的东西，就是革命文学"的主张综合起来时，会发现小说《毁灭》是少之又少的符合这些要求的革命文学作品。或许正

---

[1] 《鲁迅全集》第6卷，第23页。

是因为有过这样一段深度共鸣的经验的缘故，后来尽管在文艺观念上出现了分歧，但鲁迅每每言及到藏原惟人，还是持肯定态度的时候比较多。如前文中我们介绍过的鲁迅那句"对我多有裨益"的评价，就是最具代表性的一个表现。另外，在写给曹靖华的信中，鲁迅也颇为关心藏原惟人的现状及安危说过"本书的译者（即藏原惟人——笔者按）这个月已经被逮捕了"①的话。可见在鲁迅与藏原惟人之间，尽管在文学立场上出现了意见分歧，但在内心深处，彼此的好感并没有因此而完全消失。

三、《毁灭》共鸣之后

综上所述，就是鲁迅对早期藏原惟人所秉持的文学观所采取的大致立场及取舍借鉴的全过程。但还有一个问题我们没有谈到。即藏原在提出无产阶级现实主义的创作方法之后，为了回答"写什么？怎么写"的追问而提出的另一个新的主张，即"辩证法的创作方法"鲁迅又是如何去评价和理解的问题。在这一章的末尾，笔者想再用一点笔墨，来具体探讨一下藏原的这一所谓"辩证法的创作方法"的主要内涵。以备后文再述。

如前文所述，藏原提出无产阶级现实主义的创作方法之后，在具体的文学运动中，便开始赤裸裸地为文学创作的"布尔什维克"化而奔走了。而这一所谓"辩证法的创作方法"的主张，就是在这一过程中诞生的。它的初次登场，是在一篇题为《有关艺术性的方法的感想》的论文中。原本，这一主张的初衷是为了给那些对无产阶级现实主义的创作方法缺乏理解和运用能力的左翼革命文学者提供一个可以具体操作的方法的。但是由于发表这篇论文时，藏原已被当时的日本政府指定为重点打击对象而潜伏到了地下，所以这一论述未清的"辩证法的创作方法"不仅没有给当时的日本左翼革命文学者带来新的创作动力，反而因在没有被充分理解的前提下就被盲目的采用而适得其反，愈加严重地束缚了革命文学者们的创作活动。其负面影响甚至还远超了"目的意识"论的广度和深度。如德永直在《创作方法上的新转换》中，就批评藏原说：

---

① 引自 1932 年 4 月 23 日鲁迅致曹靖华书信。《鲁迅全集》第 12 卷，第 299 页。

有关主题的积极性的问题，不可能靠观念性的、像是从天上把斗志空投下来似的来解决。更不可能像写侦探小说那样靠虚构和胡编乱造。当然也不可能靠高呼口号的方式。（中略）然而现实是，到现在为止，我们所能看到的作品，都还没有摆脱这一现状。为什么呢？就是因为这个"辩证法的创作方法"的主张所阻碍的。

自从藏原惟人以谷本清的名字在论文《有关艺术性的方法的感想》中提出"辩证法的创作方法"以后，这一套创作方法的轨道真可谓是铺设的极其规整。倘若有溢出这一轨道的作品，就会用决意的方式将其批得"体无完肤"，假如还有像一头倔强的猪，非要从栅栏里探出头去，就会被无情地撵出栅栏。（中略）为了理解这个所谓的"辩证法的创作方法"，你看我们的作家都付出了怎样的努力啊？曾经因发表过《部署》而备受期待过的作家长泽佑，就因这一理论的束缚而最终没能创作出第二部好的作品就离世了。还有小林多喜二的《辩证法的创作方法的讲义》，以及藤森成吉的《创作方法图解》等，最后也都以失败告终。此间上演了多少类似的悲喜剧，我都不忍心一一列出来。这几年作家们因此而受的艰苦，何止这些？

然而沿着这一轨道我们走到了终点才知道，这一创作方法是一个多么机械化和观念化的东西。[1]

笔者查阅过鲁迅的日文图书采购目录，只看到一本 1932 年 1 月期的《中央公论》杂志，但没找到刊登德永直这篇批评文章的 1933 年 9 月期的《中央公论》。所以鲁迅对藏原的态度是否受到过德永直文章的影响，我们现在还无法深入讨论。想必鲁迅对这一日本左翼文坛的动向应该也有所耳闻吧。毕竟在 1931 年 11 月时，鲁迅已是日本最大无产阶级文学团体"卡普"的名誉中央协议成员了。在那一中日两国无产阶级文学运动的互动关系变得更为紧密的大背景下，相信鲁迅对日本左翼文坛动向把握和了解的会更深刻，更贴近。所以对德永直与藏原惟人之间的这一理论论争，想必鲁迅也早有了解。只是值得我们注意的是，无论是对藏原惟人还是对德永直，有关这一次的"唯物辩证法的创作方法"的争论，鲁迅始终未发一言。其冷淡程度也略显异常。显然，若就这

---

[1]　（日）德永直：《新創作方法について》，东京：《中央公论》第 8、9 卷，第 58 页。

一主题的立场而言，鲁迅的立场和观点应该与德永直的态度会更相近些。但不知为什么，鲁迅在这次的日本左翼文坛的论证中，没有批评藏原惟人的偏激立场。

笔者推想，这可能与此时的藏原惟人已身陷囹圄有关。即在鲁迅看来，对于一个已经失去自由的人来说，宽容比什么都重要。于是在写给肖军的书信中，他就饱含理解之情关切地说："日本左翼作家，现在没有转向的，只剩下两个（藏原和宫本）。我看你们一定会吃惊，以为他们真不如中国左翼的坚硬。不过事情是比较而论的，他们那边的压迫法，真也有组织，无微不至，他们是德国式的，精密周到，中国倘一仿用，那就又是一个情形了"[1]。字里行间，鲁迅对藏原所处环境的同情与理解，已溢于言表。

此外，从苏维埃文坛译介过来的"社会主义的现实主义"创作方法论的兴起，也可能是让鲁迅对藏原惟人提倡的"唯物辩证法的创作方法"失去兴趣的一个原因。因为当"社会主义的现实主义"创作方法论紧跟在"唯物辩证法的创作方法"之后出现时，鲁迅便立刻通过上田进的论文把它译介到了中国。或许如针生一郎所指出："很快社会主义的现实主义的理论，就成了文学作品的创作和批评的基本方法。其实对这一主导性理论的转变，藏原惟人也是有所察觉的。只是因为他一直想把政治与文学、内容与形式、文学的社会性价值和艺术性价值的关系，用辩证法的方法统一起来，所以才在已模糊地感觉到这一新的转机将要的出现的前提下，也未能去主动的把握。很明显，这时他已是力不从心了。[2]"

可见，藏原提倡的"唯物辩证法的创作方法"本身就是为"社会主义的现实主义"的创作方法的出现而作准备的。可惜的是在他本人还没有整理和研究清楚之前，就被逮捕入狱等原因所耽误。而从翻译《毁灭》的时代开始就沿着这条思路一路跟踪摸索着走过来的鲁迅，在际遇了上田进译介的"社会主义的现实主义"创作理论之后，便很快理解和接受了这一主张的意义和价值。并如上文所述，很快就把它译介到了中国。当然，鲁迅之所以能够如此快捷地接受这一"社会主义的现实主义"的创作理论，与藏原的前期理论铺垫与积累不

---

[1] 引自 1934 年 11 月 17 日鲁迅致萧军、萧红信笺。收录于《鲁迅全集》第 13 卷，第 259 页。

[2] （日）针生一郎：《ソヴェート芸術論と蔵原惟人の役割》（已出），第 34 页。

无关系。或许正是因为有这个原因，当藏原被德永直等人发难时，鲁迅才秉持了一份敬重而未予以任何批评。

那么这一"社会主义的现实主义"的创作方法具体又是一个怎样的无产阶级文学创作理论呢？

下面我们就通过鲁迅与上田进的关系，来具体探讨一下这个问题。

第七章　重建革命的希望：鲁迅与上田进

翻阅《拉普》等活跃于当时日本左翼文坛的一些杂志，我们可以清楚地看到，虽然在藏原惟人等日本无产阶级文学运动的领袖级人物们纷纷被捕入狱，使日本无产阶级文学运动面临了巨大的考验和危机，但那股探索无产阶级文学新形式和新内容的可能性和新方向的力量，却并没有沉寂。换句话说，即日本无产阶级文学运动中属于社会政治运动的部分，在严厉的政治打压下不得不潜入了地下，但属于社会文化思想范畴的"文学"运动，并没有因此而随之消亡。相反，在一些理性的革命文学理论探索者之中，这一探索活动反而得到了延续和推进。甚至在一些左翼文学报刊和杂志中，都成了一个热门议题。

但是值得我们注意的是，在此时的日本左翼文坛，如在上一章的结尾处我们已略作介绍的那样，由于源自俄国苏维埃文坛的又一新的文学创作理论——"社会主义的现实主义"的创作方法已被译介到日本并开始发挥作用，所以我们在考察这一阶段的日本左翼文坛对革命文学新形式和新内容问题的探索工作到底带来怎样的影响时，须考虑到这一新的指导性文学理论的存在。因为它确实给当时的日本无产阶级文学运动带来了不可忽视的冲击与启示。而且第一位把这一新的文学创作理论译介到日本左翼文坛上来的译者，居然还是一位年仅二十多岁的青年翻译者，名字叫上田进。

笔者在调查和研究这位年轻译者的文笔活动的过程中，发现他不仅在日本无产阶级文学的发展史上发挥过重要作用，在中国也颇有知名度。如人在上海的鲁迅，就对他的译介活动颇为关注。于是笔者又去查阅了中岛长文编写的《鲁迅目睹书目 日本书之部》的书单，发现鲁迅生前居然购买过多达六本之多的上田进译著书籍。还有一些鲁迅购买的日本刊物上，也载有上田进的论文。如鲁迅购买过的日本无产阶级文学杂志《战旗》（昭和 3 年第 1 卷第 3、5 号）以及《普罗列塔利亚文学》（昭和 6-8 年，第 15 卷）和《马克思·列宁主义艺术学研究》（改题第一辑）上，就有上田进的几篇文章。

当然，如前文所述，这些杂志是鲁迅当年广泛摄取外国文坛信息的重要通道，并没有预设的、特定的作家或是目标。所以仅凭这一点客观事实，我们还无法认定，鲁迅选购这几期杂志就是为了收集刊登在上面的上田进文章。但从鲁迅购买过这些杂志之后，即在 1932 年 11 月 15 日，就以"洛文"的笔名在《文化月报》上翻译了一篇上田进的论文《苏维埃文学理论及文学批评的现状》这一客观事实来看，我们至少可以肯定，鲁迅在阅读这些杂志时，上田进的文章是引起过鲁迅注意的。但遗憾的是，在数量庞大的有关鲁迅与日本文学问题的先行研究中，我们几乎找不到一篇专题研究鲁迅与上田进关系的文章。而且如在前几章中我们已经介绍过，鲁迅从 1920 年代开始，就沿着厨川白村、有岛武郎、片上伸、青野季吉、藏原惟人等人就如何创建左翼新文学形式和新内容的问题展开的讨论脉络，一路跟踪并观察、吸收、借鉴着走来的事实。在这一过程中，笔者已反复强调过，有关如何创建出无产阶级文学自身的独特新形式及新内容的问题，不仅是这些日本左翼文学者们最为关心的焦点，也是鲁迅与日本无产阶级文学理论进行对话时，贯穿始终的一条主线。那么在际遇藏原惟人的文学理论并重译了他翻译的法捷耶夫的长篇小说《毁灭》之后，找到了一点创作无产阶级文学的具体切入口的鲁迅，在面对继藏原惟人之后亦举着源自于苏维埃文坛的"社会主义的现实主义"的创作理论走上前台来的上田进时，又是以怎样的态度去面对的呢？毕竟鲁迅不仅是译介上田进的第一位中国文学者，晚年还通过上田进的翻译重译过果戈理的长篇小说《死魂灵》。这一互动模式与他和藏原惟人当年的互动模式非常相似。那么，如果说鲁迅译介过藏原的"无产阶级的现实主义"创作理论之后，作为与其呼应的代表作之一，又通过藏原重译了《毁灭》，那么鲁迅译介完上田进提倡的"社会主义的现实主义"创作理论之后，又像是在与其呼应一般，通过上田进重译了《死魂灵》的做法，是否也有与前者相同的目的——即鲁迅通过上田进也想向中国文坛推介一个具体的创作方法或是理论吗？倘若这一接受方式与藏原惟人的本质雷同，那么鲁迅从上田进那里具体又借鉴到了什么呢？换句话说，我们该如何去界定上田进在鲁迅接受俄国无产阶级文学理论的过程中，所发挥过的积极意义与作用呢？

这是我们接下来要重点讨论的问题。不过鉴于上田进不仅在中国，就连在其母国日本也属于"被遗忘了的文学者"，所以在具体讨论鲁迅与上田进的关系之前，我们还是先来细致地了解一下这位年轻的日本左翼文学者。

第一节　关于上田进及其文笔活动

一、一个只有短暂人生的文学者

上田进的本名叫尾崎义一。1907 年 10 月 24 日出生于现在的长野县上田市。查阅相关年谱资料，我们可得知，从少年时代开始，上田就对文学抱有特殊的爱好与兴趣，[①] 并于 1924 年考入了文艺批评家云集的早稻田大学俄文科。无疑，这为他日后接触更多的文学者并步入文学界，赢得了绝好的条件。事实上，从 1928 年——即上田还在早稻田大学读书期间，他就开始在一些报刊上发表文章了。"上田进"这一笔名，也从这一时期开始使用并常见于报刊上了。

据上田进的弟弟尾崎宏次[②]在《上田进：有关尾崎义一的点滴回忆》中讲，"上田进"这一笔名的由来，其实非常朴素，并无特殊含义。

有关我哥哥生前所做的一些工作，我在莫斯科通过冈田嘉子（二战时逃亡到俄罗斯去的一位日本革命女演员——笔者按）听说了一些他在俄罗斯的评价。我是一九五六年才第一次去的莫斯科。那时，我每天都能见到冈田嘉子女士。因为与她一起途径库页岛上的国境线逃亡到俄罗斯去的表演家杉本良吉也是我哥哥的朋友，所以冈田嘉子说，她很早就知道我哥哥在用"上田进"的笔名发表文章的事。她还说，我哥哥之所以用了这样一个笔名，就是因为他曾在上田中学（现为群马县上田市中学——笔者按）读过书。

---

① 长野县上田市乡土资料馆藏：《史料二 上田》8 号。收录一首上田进在中学时候写的诗。诗中表达了主人公因买到了《久米正雄戏曲全集》而急切想回家阅读的心情。可见上田进自少年时代就是一位文学爱好者。

② （日）尾崎宏次（1914～1999），上田进的同父异母兄弟。电影评论家、日本演剧协会理事。著有《明日的演剧空间》、《女优的系谱》等作品。也是《秋田雨雀日记》的编辑出版者。本稿引用了他的手稿《上田进 尾崎义一·点滴回忆》。原始资料参考附件。

这位对上田进生前的文学活动及创作历程等抱有极大研究热情的弟弟尾崎宏次，现也已离开人世。而继其后，包括上田进的女儿和其他亲眷、后裔在内，再没有热衷于研究和调查上田进生平传记的学者了。幸好尾崎宏次在离世之前，把他所收集和整理到的有关上田进的著作及遗物，一并都捐赠给了上田进的母校早稻田大学，所以现在在早稻田大学的演剧博物馆里可以查阅到很多有关上田进的原始资料。只是由于该演剧博物馆所保管的资料还没有对外全面开放，所以有些资料目前仍处于半管制状态，调阅不是很方便。希望能够早日全面公之于众，以便更多的人来了解这位曾经为日本的无产阶级文学运动，做出过很多贡献的年轻革命文学者。

笔者此前曾到访过该博物馆，并查阅了一些有关上田进的译著书目及其它书籍藏书资料。又汇同了此间笔者在其它地方收集到的一些信息，目前已统计出七十余篇上田进的翻译及评论文章目录[①]。其中，翻译作品占半数以上。可见作为新生代左翼文学青年的上田进，给日本昭和文坛所做出的最大贡献，还是在对俄罗斯文学的系统译介方面。尤其是在长篇名作的翻译方面，成绩斐然。如他本人给自己下的评价：“到目前为止，我所翻译的作品中，肖洛霍夫的《静静的顿河》和《被开垦的处女地》是我最喜欢的。也是翻译得最好的。[②]” 客观事实上也确实如此。他翻译的《被开垦的处女地》的译文，最先以连载的方式刊登在了当时最具影响力的左翼文学杂志《文化集团》（昭和8年8月）上，后来又以单行本的形式得以出版。其娴熟的翻译功底不仅为其获得了很高的名声与社会认可度，也实实在在地给日本的无产阶级文学运动，带来了具体的影响。另外，上田进翻译的果戈理的《死灵魂》以及其他如高尔基等人的短篇小说等，也在日本文坛获得过很好的评价[③]，其意义不容小觑。

不过笔者在查阅文献资料时也发现了初入文坛时的上田进，并不是以翻

---

① 有关上田进的译著作品目录，请参考附录资料（三）。

② （日）上田进：《翻译夜话》，引自《书物展望》，1936年4月号，第123页。

③ 岩波文库出版的1966年版日文《高尔基短编集》，依然还在翻印上田进的译本，而且编辑横田瑞慧在该版选集的〈后记〉中，还特别强调说：“再版时我们尽可能地避免了伤害已故之人的原译的做法”。可见上田进的译作在翻译界依然拥有很高的认可度。

译家的身份登场的。因为他最初发表的作品是一首题为《是谁阻挡了你》的短诗。刊登在 1928 年 4 月号的《前卫》杂志上。并于同年 6 月，在该杂志上他又发表了一首题为《一八七一·三·十八的巴黎》的叙事诗。可见文学青年上田进最初是以诗人的身份登上左翼文坛的。尤其是对叙事诗的创作理论，似乎还颇有研究。如在《一八七一·三·十八的巴黎》的后面，还附了这样一段解："我们虽然不能把这一类的诗马上说成是（无产阶级诗歌的——笔者按）叙事诗的范本，但是比起此前宣言式的、呼喊式的诗，已经好很多了。至少我们要承认这一首诗在客观上具备了作为一首叙事诗所应具备的基本要素"。①可见上田自步入文坛时，对探索无产阶级文学的新形式及新内容的问题，颇为热心。这让笔者不禁想起了前面我们已经讨论过的早稻田大学俄文科教授、著名文学理论评论家的片上伸。因为当年片上伸也曾积极地主张过日本无产阶级文学应先以叙事诗为切入口，然后再去逐渐地去生成和扩大自己的新文学形式的发展模式。这与上田进的探索路径和倾向，颇为一致。想来这也不奇怪，因为上田进考入早稻田大学俄文科时，片上伸正在担任该校俄文科的学部长。且作为一名活跃的无产阶级文学理论家，正引领着日本左翼文学理论的发展方向。所以上田进的理论探索与片上伸的兴趣点及主张有所一致性或连带关系，也是情理之中的事。同时，我们也可以以此为依据，推论出鲁迅当年之所以把关注的目光投向了这位名不经传的年轻文学者，或许也与他和片上伸的这一层特殊的连带关系有因缘。

有关这方面的问题，我们将在本章的后半部分做出进一步细致的解释与说明。在这里，让我们把关注的焦点还是先移回到上田进个人的生平传记中来。

据尾崎宏次在前面介绍过的《回忆录》中讲：

从文体的角度来看，我认为我哥哥终究还是一个诗人。这是我读了他的《普希金的诗抄》之后，得到的一个结论。②

同时，尾崎宏次又说：

---

① （日）上田进：《書評：労農詩集》，《战旗》，1928 年 8 月号，第 109 页。
② 尾崎宏次手稿《上田進こと尾崎義一·断想（遺稿）》，参考本书附录（一）。

哥哥还经常说，他可不想一辈子就靠翻译来维持生计。他说，一个人既然拿起了笔，决意要靠笔杆子来生活了，那终究还是得要写小说才行。后来我确实也听说了他已经开始写小说的事。而且听说已经完成好几部。其中一部，是有关佐久间象山的传记体小说。但后来却不了了知了。所以就结果而言，最终他还是没能成为一名真正的小说家。①

笔者不是很清楚尾崎宏次是以什么样的标准来判断一个文学者到底是不是一个"真正的小说家"的问题，但倘若不以在社会上的一般评价和知名度、认可度来衡量，那么晚年的上田进，应该说也算是一位小说家了。因为从《上田进弘前通信》②中我们可以得知，他的长篇小说《象山》已经完成并已进入最终出版和发行的阶段。因为他在写给弟弟的信中，说过如下两段话。

最近这段时间，我一直都在写我的小说《象山》。虽然进度缓慢，但一点一点的，还是在向前推进。现在已经写五百多页了。（6月11日 参考本文附录二）

其次，就是有关我文学创作方面的事。这方面最近也有了一个很大的进展。前几天，已经有一家出版社来跟我谈有关出版的一些具体问题了。（10月16日 同上）

除此之外，上田进本人在同年10月11日寄出的一张明信片中也说过："有关《象山》的出版事宜，近日总算有了一个具体的眉目。最近，我也在非常努力地工作"的话。可见以评论家、翻译家的身份登上日本文坛的上田进，1945年战争结束之后，在小说创作方面也已迈出了关键性的一步。只是令人意想不到的是，正在走进主流文学领域的上田进，却在寄出这张明信片之后的

---

① 同上。
② 《上田進 弘前通信（一） ——疎開から終戦前後——（昭和十九年—二十年）》（上田市乡土资料馆所藏，出版年不详），上田进与弟弟尾崎英次的通信。参考本书附录（二）。

第二年——即昭和22年2月，在青森县弘前市的医院里，因病去世了。而这部应该已经完成了的小说书稿，也随之被淹没，最终未能问世便流产了。

或许这对多年以来一直想以小说家立足于文坛的上田进来说，是一件生前最大的遗憾吧。如在病逝前一年的十月十六日的信中，他曾说过这样一段话。

前些日子，我们举办了一场"青森县全县美术展览会"。是由弘前文化协会主办的。这是二战结束以来举办的第一场活动，办得非常成功。每天都有一千多人前来参观我们的展览。（中略）而且，让我最为高兴的是，在这次的展览会上，我自己的画也卖出去了两张。一张卖了五百日元，还有一张卖了八十日元。这样一来，我目前的生活费大抵就没什么问题了。只是在自己的书稿还没有卖出去之前，美术作品却先卖出去了这件事，还是让我觉得有些哭笑不得。①

对于一个想以小说家或诗人的形象立足文坛的年轻文学者来说，诚然没有一部小说留于后世，是一件令人失意的事。但笔者认为，上田进也无须太过低沉。因为虽然在小说创作方面没有获得应有的认可和成就，但他在译介俄国文艺理论方面所取得的成绩——尽管这可能不是他所热衷的事业，但就客观事实而言，却实实在在地为当时的日本无产阶级文学运动的发展，做出了不可替代的贡献。

二、上田进与日本无产阶级文学

那么上田进是在什么时候、又是以怎样的途径参与到日本无产阶级文学运动中去的呢？

如前文所述，由于有关上田进的生平资料还太过缺乏，很多环节，目前我们还不是很清楚，所以有些具体事宜也不易妄下论断。但就时间而言，应该是在1927年之前。因为在1928年1月成立的日本"左翼作家联盟"的创

---

① 同上。

始人名单上，我们就能看到上田进的名字。但这只是我们目前所能证实得了的第一份上田进参与左翼革命文学运动的记录。具体时间，可能还会更早一些。另外，据尾崎宏次的长子尾崎洋一介绍，"上田进最初关注无产阶级文学运动，是因为受了文学家秋田雨雀的影响。（中略）上田进当年对秋田雨雀十分景仰。最后还成了秋田雨雀的女婿，娶了秋田雨雀的女儿千代子为妻[①]。"根据这一信息，笔者去查阅过《秋田雨雀日记》[②]，确实看到了很多上田进进出于秋田雨雀家中的记录。众所周知，秋田雨雀不仅是一位著名的童话作者、小说家、剧作家，也是一位优秀的诗人，更是一位早期抱有无政府主义思想，后来转向了无产阶级文学的左派知识分子。我们已在前面介绍过，上田进也是一位偏爱诗歌创作的文学青年。所以不难想象，在他们两人之间，有关诗歌创作的方法等话题，一定是一个最为热门的议题。于是这位对无产阶级的革命文化思想抱有积极态度的进步文化人士秋田雨雀，在思想倾向上便给这位晚辈带来了决定性的影响。在文学形式的创新领域方面，想必也给这位新生代的文学者不少的启蒙。这一点我们从上田进加入日本无产阶级文学阵营之后，便主要以表现底层社会民众的生活现状及劳农诗歌的创作为主体的文笔活动，亦可见一斑。如在一篇题为《劳农诗集》的文章中，上田就说：

　　现在，必须要引起我们注意的，就是有关叙事诗的倾向的问题。
　　到今天为止，我们已经读了太多宣言式的诗、决议书似的诗、声明文似的诗、口号似的诗。而且自己也在不断地创作着这一类的诗歌。（中略）这些

---

① 在调查上田进的生平资料的过程中，笔者曾与上田进的侄子尾崎洋一先生通过几封信。有关上田进与秋田雨雀的这一信息，就是由尾崎洋一先生提供给笔者的。请参考本书附录资料（一）。

② （日）尾崎宏次编：《秋田雨雀日记》第5卷（东京：未来社，1967年）所收录的小山内时雄编《秋田雨雀年谱》中，有如下一段记述："（1927年）一月一日，继续学习俄语。从二十二日起，在尾崎义一的指导下，开始读《多余人日记》（第439页）。另外，1月30日的日记中，也有"与尾崎君继续读《多余人日记》，不知不觉开始懂得了一些俄语的味道"。尾崎宏次也在《上田进 尾崎义一·点滴回忆》（前出）中说："哥哥与秋田雨雀的独生女千代子结婚，从早稻田大学毕业后，便作为俄国文学的翻译者开始展开文学翻译活动了。"

只会呼喊"革命万岁"的诗歌，都太过于主观了。会很容易把我们范围在赤裸裸的为无产阶级革命服务这一历史性的任务中去，或是沉醉在我们自己阶级的斗争力量和气氛中。更有把我们自己推进由我们自己假想出来的胜利的幻想之中去的危险。①

　　回顾日本昭和初期的左翼文学思潮，无疑，上田进对当时日本无产阶级诗歌界发出的这一批评，是非常准确的。其实不仅在诗歌领域，我们在讨论青野季吉与日本无产阶级文学的关系时也已做过详细地说明，即在此时的日本左翼文坛，由于青野季吉提倡的"目的意识论"的误导，使得当时的整个日本无产阶级文学的创作活动，都笼罩在了一股强烈的主观意识形态之中。严重地制约了无产阶级文学者的创作空间和自由思想维度。从上田进这篇文章的发表时间来看，很显然，他的这一篇批评文章的矛头，也有指向这一过度的意识形态指导的倾向。作为一名刚刚离校不久的年轻文学者，能够对当时的文坛思潮及其存在的弊端，做出如此透彻的批评，实为不易。当然，正是因为他具备了这样一个洞察力，所以才会把有利于修正这一主观倾向问题的新理论——即"社会主义的现实主义"的创作主张，译介到日本来。

　　众所周知，这一所谓"社会主义的现实主义"的创作方法，在苏联文坛也不是突然出现的。而是从 1920 年代后半期开始萌芽衍生，几经修改又历经了"无产阶级的现实主义""有倾向的现实主义""社会的现实主义""英雄的现实主义""辩证唯物主义的创作方法"等几个过程之后，才被苏联文艺界命名为"社会主义的现实主义"的方法的。而与这一理论呼应的最好、也是最具代表性的文学作品，就是高尔基的名作《母亲》。而非上田进所翻译的《死魂灵》。不过一个非常有意思的现象是，高尔基本人似乎最初并未如此给自己的作品《母亲》定位。甚至在此前后，他还积极地探询过其它新的文学表现方法。即便是在这一创作方法被提出来之后，他还倡导过现实主义与浪漫主义相结合的创作主张。直到 1932 年，他才采纳了这一"社会主义的现实主义"的表述方式。而这所谓"社会主义的现实主义"创作

----

① （日）上田进：《労農詩集》，收录于《プロレタリア文学》，1928 年，第 109 页。

方法的具体内容，就是要求无产阶级的革命文学者在具体的创作过程中，不仅要尊重客观现实，还要在此基础上对现实的事件进行历史性和全面性的描写。即按高尔基及卢纳察尔斯基、法捷耶夫等人的说法，所谓社会主义的现实主义，就是在科学社会主义的基础上对现实主义的艺术进行一些改造之后得到一个结果。是现实主义和科学社会主义的思想相互融合之后产生的一个新事物。

　　纵观 1920 年代后期至 1930 年代前期的苏联文坛动向，我们会发现这一文学理论的产生，其实是有其特殊的文坛背景的。即在 1925 年纳普成立之后，其成员渐渐开始把自己视为是"文学中的无产阶级的代表，并对非无产阶级的革命作家及所谓'同路人'的作家等，开始展开猛烈攻击"。[①] 尤其是在第一个五年计划在苏联社会的各个领域获得巨大成功之后，这些"无产阶级文化的斗士们"更是提出了要给下一个"五年计划注入艺术成分"的主张，宣称"所有的文学创作活动也要像工业生产部门那样，须按照既定的路线图去推进。"于是在全俄罗斯无产阶级作家协会中便出现了明显的宗派主义倾向。甚至陷入了"在'全俄罗斯无产阶级作家协会'支配下的苏联文学史上最为黑暗的时期[②]"。直到 1932 年 4 月，苏联共产党中央委员会的决议出台之后，才把这一扩散到全俄罗斯无产阶级作家协会及其他派阀、团体中去的问题解决。即对他们进行一场彻底的重组，重新组建了一个单一的苏联作家同盟，之后，苏维埃文学团体内部的帮派主义，才得以制止。同时，由全俄罗斯无产阶级作家协会提出的"唯物辩证法的创作方法"，也在同年十月召开的组织委员会上，被予以了批评和修正。而继这一"唯物辩证法的创作方法"之后提出来的，就是由上田进译介到日本来的"社会主义的现实主义"创作方法。而发表于 1932 年 3 月的上田进的论文《苏维埃文学理论及文学批评的现状》，就是全面介绍这一次的全俄罗斯无产阶级作家协会直至被解散前为止的全过程的文章。同时，该文对"社会主义的现实主义"的创作方法之所以会诞生等问题，也予以了细致的说明。包括"社会主义的

---

① （日）川端香男里编：《俄罗斯文学史》，东京大学出版会，第 310 页。接下来的三处
""中的内容也引该此书。
② 以上几处引文，请参考马克·斯洛宁著，池田健太郎，中村喜和译：《俄罗斯苏联文学史》，新潮社，第 278 页。

现实主义"的创作方法本身所包含的内容等，该文也给予了全面详细的讨论和介绍。

不难想象，在目的意识论的影响下，帮派斗争现象已不亚于前苏联文坛的日本左翼文学界，当看到上田进的这一译介文章之后，会有何感想。至少看到了一个新的方向吧。于是译者上田进，也因此而获得了很高的文坛关注度。

有关当时的具体情形，我们不妨来看两段谈论日本和中国两国左翼革命文学史的资料。

第一次把这个问题（即社会主义的现实主义——笔者按）介绍到中国去的，是几个月前登载在《艺术新闻》上的一篇题为《苏联文学的新口号》的短篇文章。而这篇文章所依据的是上田进的论文。但不仅其内容极其不完成，理解错了的地方也非常多。①

在我国（即日本——笔者按）最先介绍这一创作理论的是《普罗列塔利亚文学》（33. 10）杂志。在该杂志的《国际文学信息专栏》中，曾刊登过一篇题为《苏维埃文学的近况》的文章。作者是上田进。该篇文章以介绍沃朗斯基作为议长在（苏联共产党中央委员会的——笔者按）决议上发表的《会议演说》内容的形式，对该创作理论予以了全面的推介。同时，对吉尔波丁所做的《报告》内容，也予以了介绍。②

可见，不论是在日本还是在中国，最先介绍社会主义的现实主义创作理论的，都是上田进。笔者就此翻阅过上田进在1932年前后发表过的其它文章。确实，此时的上田进正在有计划、有系统地译介这一写实主义的创作理论和方

---

① 原文题为《社会主义的现实主义与革命的浪漫主义〉—〈唯物辩证法的创作方法〉之否定—》，收录于《现代》第4卷1期，1933年11月号，第21～31页。此处引用译自上野昂志的日语译文。（参考《资料　世界プロレタリア文学運動》第5卷，东京：三一书房，1974年，第109页。）

② （日）大久保典夫・高桥春雄编：《现代文学事典》，东京堂出版社，1983年，第294页。

法。其实，如前文所述，对这一新的创作理论，被捕入狱前的藏原惟人也略有所感知了。只是因为他对自己当时倡导的"唯物辩证法的创作论"太过固执，且在政治上也因受到了压迫而不得不潜入地下工作的原因，才使得他最终未能来得及对这一创作理论进行系统的研究与译介。而上田进却敏锐地感知到了这一新的文学创作理论的发展方向的正确性，于是在藏原之后，他便承担起了译介这一理论的工作任务。

或许是因为上田进的这一译介工作顺应了当时文学思潮的发展方向的缘故，进入 1932 年之后，日本左翼文坛讨论这一创作理论的文章突然增多了起来，并很快成为日本左翼文坛最具影响力的指导性创作理论，给日本的无产阶级文学创作实践，带来了不可估量的影响。而引领了这一文艺思潮的上田进本人，自然而然也成了当时的日本左翼文坛最为耀眼的存在。换句话说，就是在日本的革命文学运动落入低谷的关键时刻，作为新生代的青年文学者，上田进给 1930 年代的日本左翼文学批评界，带来一股新风气，从而影响了一个时期的文学创作发展方向。

有关社会主义的写实主义的创作方法在日本及在中国的受容与变容过程，我们将在后文中根据论述的需要，逐一予以介绍。但在这里，笔者仅就对在上面的引文中出现的周扬认为《艺术新闻》上登载的《苏联文学的新口号》是"最初将这个问题介绍到中国"来的看法，提出一点异议并予以考证。

"介绍"这一词所包含的意味，细究起来，其范围和深度还着实不好简单的限定。但如果以介绍吉尔波丁的评论《唯物辩证法的创作论》为标志来叙述，那么我们有必要把前文中上田进译介社会主义的写实主义理论的时间，再向前追溯几个月。因为如本章开篇处所论述，鲁迅早在 1932 年初就已经把上田进的《苏维埃文学理论及文学批评的现状》翻译到中国来了。笔者在感佩于鲁迅对新兴文艺理论的敏感性的同时，不禁也想追问一句：鲁迅为什么会在那么早的时间点上，就能够把上田进的这篇文章译介到中国来呢？换句话说，即鲁迅从上田进的这篇论文以及其他相关文章里，具体借鉴到了哪些东西呢？还有，让这一借鉴能成为可能的前提及基础，又是什么呢？

第二节　鲁迅与上田进

由于参考资料有限，我们想具体考证出鲁迅是何时、通过怎样的契机和通道去走近上田进的问题，目前还有很大难度。但就"上田进"这一名字而言，鲁迅早在 1928 年就应该有所耳闻了。因为在鲁迅细读过[①]的 1928 年 7 月号和 7 月号的《战旗》杂志上，就分别刊登有上田进的两篇文章《六月创作评论》和《劳农诗集》。只是令人遗憾的是，鲁迅对上田进初期的文学批评活动及文学立场等，几乎没有发表过任何可查询的意见或评论，所以我们无法去探知当时的鲁迅对上田进所持有的态度及评价。只是如前文所述，在上世纪三十年代，精通俄文的日本无产阶级文学者的译介工作，均为鲁迅关注的文坛动向之一，也是他借鉴并向中国文坛重译俄国最前沿文学理论的重要来源地。所以我们完全有理由推测，鲁迅对这位通晓俄文的日本左翼文学青年，也是在这一过程中了解到的。另外，上田进也是鲁迅当年最为信赖和认可的日本左派俄国文学批评家片上伸的弟子，在文学批评理论方面，对其师长也多有承接之处。加上他本人从 1932 年开始，也在《普罗列塔利亚文学》杂志的《国际文学新闻》栏上以连载的形式发表文章，极具系统性地介绍了很多苏联文坛的现状，所以对不懂俄语的鲁迅来说，上田进无疑是一位具有极大吸引力的存在。尤其是从 1934 年开始的上田进在《文学评论》杂志上连载的《苏联文学笔记》，更是为鲁迅全面、立体地了解当时的苏联文坛信息，提供了宝贵的信息通道。因为上田进的这一系列连载文章，几乎囊括了所有苏联文坛的重要作家和聚焦性比较强的评论家们的文学创作动态。我们知道，鲁迅当年非常厌恶一些"革命文学者"只从外国的文学理论中选取一部分引入到中国，热闹一阵之后就不了

---

① 　鲁迅在《文艺与批评·译者附记》中曾讲过这样一段话："末一篇是在一九二八年七月，在《新世界》杂志上发表的很新的文章，同年九月，日本藏原惟人译载在《战旗》里，今即据以重译。"（《鲁迅全集》第 10 卷，第 331–332 页。）另外，在《文坛的掌故》中，也提到了"但前几天看见 K 君对日本人的谈话（见《战旗》7 月号），才知道潘叶之流的《革命文学》是不算在内的。"（《鲁迅全集》第 4 卷，第 123 页）

了之的行为。[①]并希望能有人来系统地译介苏俄文学。显而易见，上田进的译介工作正是鲁迅所期望的做法。这个可能鲁迅在杂志上看到上田进的译介文章之后，很快便产生了亲近感的原因。

那么走近上田进之后，鲁迅从上田进本人及其所译介的文学理论中，具体借鉴到了哪些东西呢？尤其是在鲁迅翻译的那篇上田进的论文《苏维埃文学理论及文学批评的现状》中，二者的共鸣点到底在哪里？鲁迅的重译工作又具有怎样的意义？

一、关于《苏维埃文学理论及文学批评的现状》及翻译

在本章的开篇处，笔者已经介绍过，上田进的这篇论文主要是以 1925 年纳普（即全俄罗斯无产阶级作家协会——笔者按）成立至 1932 年苏共中央委员会对纳普内部出现的帮派主义倾向提出批评，并对其提倡的"辩证唯物主义的创作方法"做出修正意见为止的一段时间，为大背景写成的。在该文中，上田进对斯大林于 1930 年秋作出的"当下的文学理论与我们的社会主义建设实践严重脱轨"的批评，颇为留意，因为他觉得斯大林此时之所以会提出这样的批评，与当时苏联社会状况的改变，有密切关系。并进而分析说：

在苏联的各个领域，社会主义化的进程已在大都市和农村获得了全面的推进。社会主义化的经济建设，也取得了前所未有的成绩。集团农庄运动更是获得了巨大的成功（例如，我们已经统一了全体贫中农人口的百分之六十二，

---

① 　如在《现代新兴文学的诸问题·小引》中，鲁迅就讲过："至于翻译这篇的意思，是极简单的。新潮之进中国，往往只有几个名词，主张者以为可以咒死敌人，敌对者也以为将被咒死，喧嚷一年半载，终于火灭烟消。如什么罗曼主义，自然主义，表现主义，未来主义……，仿佛都已过去了，其实又何尝出现。"（引自《鲁迅全集》17 卷，北京：人民文学出版社，1973 年版，第 186 页）。关于这一时期的鲁迅文艺思想，丸山升曾评论说："在这一时期，最多见的就是所谓'新的'思想和文学等频繁登场，但都不会扎下根来，只流行一时便就都销声匿迹。鲁迅的这句话无疑是对中国的这一新文化之根基的浅薄发出的批判——甚至可以说是哀叹。"（译自丸山升著：《鲁迅と革命文学》，纪伊国屋书店，1972 年，第 138 页。）

以及全耕地面积的百分之七十九）。在新的大工厂建设方面以及在其他工场、集团农庄、苏联农场等地方，突击队的工作和社会主义化的竞争，更是得到了暴风雨式的发展。这些都是在苏维埃联盟体内实际发生着的状况。（中略）这些劳动者和集团农庄的农民们，非常希望自己的这一投身于斗争中的身影，能够明确地反映到他们的文学作品中去。换言之，就是说我们如何才能把这些在社会主义的建设中展露出来的整体新面貌，体现到我们的文学中去的问题——已然成了现今文学的中心课题。①

在此基础上，上田又进一步分析说："以斯大林的信为契机，我们可以看到，苏联的文学理论已向新的阶段（中略）迈出了一步。而把这一站到新的高度上去的苏联文学理论的现状整体展示出来的，就是第一届纳普批评家会议。"并又以引用吉尔波丁在这次会议上所作的报告的形式，作了如下表述。

弗里契经常喜欢引用普列汉诺夫对社会上层建筑和下层建筑关系的见解来说明自己的立场。却不知道普列汉诺夫的这些论述，与马克思和列宁的社会主义定义，是完全背道而驰的。②

目前，无产阶级文学所面临的整体性的课题，就是如何把社会主义式的劳动英雄们的形象表现出来的问题。以及如何去打造出"文学的马格利特建设局"的问题。③

为了全面起见，上田在介绍完吉尔波丁的发言之后，又对法捷耶夫在大会上所作的发言，进行了介绍。他说：

法捷耶夫也承认，苏联文学界确实有进行自我批判的必要了。但他同时

---

① （日）上田进：《ソヴェート文学理論及び文学批評の現状》，《マルクス・レーニン主義藝術学研究》，昭和7年8月号，第131页。
② 同上，第134—135页。
③ 同上，第132页。飞鸟井雅道在文中解释说，"马格利特建设局"亦可翻译为"磁铁金属工场建设局——五年计画推进机构之一"。《日本プロレタリア文学史論》，第152页。

也警告说："在进行自我批判时，一定要把握好度。不可以做得太过分。不能把真正的敌人和只是犯了错误的同志混为一谈。"（中略）也说了"不进行一场有关创作的论争，我们的无产阶级文学也就无法得以前进"的话。

　　从法捷耶夫的发言内容及语气，我们不难看出他在说这些话时，是有所顾虑的。这也不难理解，毕竟此时纳普还执掌着作家协会的话语权。但尽管如此，从法捷耶夫的这几句话中，我们还是能够读出几分他对纳普的不满情绪。而且颇具反讽意味的是，上田援引法捷耶夫的这些表述，企图去批评的恰恰是打着无产阶级的现实主义的旗号，推崇法捷耶夫作品的日本纳普领导人藏原惟人。我们在第六章中已经介绍过，为了修正由青野季吉提出的"目的意识论"所带来的负面影响，藏原惟人继其后提出了无产阶级的现实主义的创作理论。即后来的"辩证唯物主义的创作方法"。但由于这一创作方法在具体的文学实践中过分强调了文学创作中的"布尔什维克"化而导致了比青野季吉的"目的意识论"还严重的不良后果。通读上田的这篇论文，我们可以清楚地看到，该篇论文虽然是在介绍苏联文坛的现状，但译介者想借题批评日本文坛现状的目的清晰可见。尤为值得我们留意的是，如前文所述，"社会主义的现实主义"的创作方法已在苏联国内的文学界被正式提出来，还是在 1934 年的纳普总会之后。所以单纯地按时间顺序计算，我们也可知上田近乎提前两年就感知到这一新的文学理论即将要出世的前兆了。这让笔者不得不为其敏锐的文学嗅觉所触动。但同时也想去进一步追问，到底是什么因素让上田具有了这样的敏锐性？

　　笔者认为，上田进的这一敏锐性很可能与他自身的无产阶级文学观有密切关系。如在《六月创作批判》中，他曾如此阐述过自己的文学观。

　　无产阶级正期待着自己的艺术能够把他们自己已然喷涌出来的力量表现出来。而对于我们现在的无产阶级艺术家来说，能否找到一个将这一力量和盘托出来的方法、并将其盛放到这一力量的容器中去，已是一项急需我们去解决的重要工作。（中略）也就是说，能否把无产阶级所亲眼看到的这个世界正确地描述出来，是体现我们无产阶级艺术家之力量所在的一个衡量标准了。

　　（中略）

　　这就看我们的无产阶级作家如何把无产阶级者亲眼所见的自己的生活，

吸收到自己的作品中来了。①

可见上田本人所持有的无产阶级文学创作观，与吉尔波丁等人的立场极为相近。这无疑为他们在立场上产生共鸣提供了必要的前提和基础。还有，上田在《革拉特珂夫的现代文学论》及《苏联文学的近况》中，也以赞同革拉特珂夫和沃朗斯基的意见的形式，发表过如下几点看法。

我认为，我们必须让我们现在正在亲身经历着的所有过程、事件、人物、问题等，成为我们艺术家的创作主题。几百万的建设者不希望这些东西（即题材——笔者按）等到了明天再来被挖掘。而是现在、就在今天，要尽快地通过艺术化的形式把它们具象化出来。这是他们对我们的作家所提出的要求。他们希望并期待着能够在自己的作家的作品中，看到自己、感受到自己的存在。（中略）能否从我们的生活中提炼出我们生活的特质，捕捉到我们生活中的各种典型事例，把整个建设的过程、当前的形势、人物以及其他我们眼前所见的一切复杂的面貌，完整地、正确地、以艺术的形式将其具象化出来——这已是我们的作家当前必须要去完成的使命。②

我们现在须要讨论的，是有关社会主义的写实主义的问题。因为它将有助于我们把所有有关社会主义建设的真实阐述给我们的大众；有助于把迈向无产阶级社会的真实进程讲述给他们听。那么，怎样才算是按照社会主义的现实主义的方法去写作了呢？对这个问题，我们可以这样回答。即，去真实地描写吧。但同时我们也须讲清楚，我们虽然主张社会主义的现实主义创作方法，但我们也不拒绝革命的浪漫主义。所谓革命的浪漫主义，就是那种有助于武装我们的为了未来而斗争着的人们，能够明确指引我们走向未来的浪漫主义。是能够把那些为了社会主义、为了未来的社会而英勇斗争着的人们，理想化起来的浪漫主义。或许有人会质疑：这样可以吗？我们的回答是：当然可以。而且还

---

① （日）上田进：《六月創作批評》，《战旗》，1928 年 7 月，第 43 页。
② （日）上田进：《ソヴェート文学ノート〈グラトクフの現代文学論〉》，《文艺评论》杂志，1934 年 3 月，第 65 页。

是必要的。必须要这样去做。①

　　上田进的这些或转述或自己提出的创作主张——比如要"真实地描写"等观点，乍看上去与藏原惟人的无产阶级现实主义的立场并无两样。但只要去细致的斟酌对比一下就会发现，在他们二者之间还是存在着一些非常本质性的差异。即上田进虽然提倡现实主义，但并不拒绝革命的浪漫主义。甚至如引文中所述，他不仅同意用浪漫主义的手法去描写那些为了未来的社会而英勇奋战的人们，而且他还认为这是必要的。这与藏原惟人所提倡的被教条化了的现实主义主张截然不同。尤其是与"唯物辩证法的创作方法"出入甚大。几乎等于从正面批评了前辈理论家藏原惟人。这一点差异是我们不应粗心漏掉的东西。其实，在这些评论文章中所展示出来的上田进的无产阶级文学观及作家论，并不是进入 1930 年代之后才生成的。查阅他早年发表过的一些评论文章，发现早在 1928 年前后，他就已经开始主张与社会主义的现实主义创作方法相近的观点了。无疑，这些先决条件是他能够在苏联文坛内部还没有正式提出"社会主义的现实主义"之前，就能将其译介到日本来的一个主要原因。

　　只是令人不解的是，对上田进早期介绍的带有社会主义的现实主义文学色彩的理论毫无兴趣的鲁迅，且是在苏联文坛内部的立场——包括吉尔波丁等主要理论家的立场在内——还都没有得以清晰和成熟之前，为什么会突然去翻译上田进的《苏联文学理论及文学评论的现状》呢？

　　带着这个问题，我们先来看一段鲁迅在 1933 年九月号的《现代》杂志上发表的一篇短文《关于翻译》。在这篇文章中，鲁迅从上田进翻译的《恩格斯的倾向文学论与马克思主义文学理论的诸问题》②中，引用了如下一段话。

　　还有，在今日似的条件之下，小说是大抵对于布尔乔亚层的读者的，所

---

① （日）上田进：《ソヴェート文学の近况》,《プロレタリア文学》杂志《国际文学ニュース》栏目，昭和 8 年 2 月，第 47 页。

② 上田进的译文曾在《思想》杂志上（1933 年 7 月号）刊登。关于这一"倾向文学论"，上田进曾在《エンゲルスの倾向文学論——未発表の手紙——》（收录于《プロレタリア文学》,1933 年 10 月）与《「倾向文学論」と「イブセン論」——未発表の手紙二——》（收录于《文藝》, 1934 年 3 月号）中，也曾有过多次论述。

以，由我看来，只要正直地叙述出现实的相互关系，毁坏了罩在那上面的作伪的幻影，使布尔乔亚世界的乐观主义动摇，使对于现存秩序的永远的支配起疑，则社会主义的倾向的文学，也就十足地尽了它的使命了——即使作者在这时并未提出什么特殊的解决方法，或者有时连作者站在那一边也不是很明白。①

显而易见，在这段表述中的，"正直地叙述出现实的相互关系，毁坏了罩在那上面的作伪的幻影，使布尔乔亚世界的乐观主义动摇，使对于现存秩序的永远的支配起疑，则社会主义的倾向的文学，也就十足地尽了它的使命"的观点，应该是最吸引鲁迅的亮点。因为这与鲁迅在 1930 年代中期所秉持的革命文学观高度一致。也是自藏原惟人等提出无产阶级的现实主义的创作方法以来，最容易让鲁迅产生共鸣的一个基本创作观。如前文中我们已介绍过的鲁迅在 1934 年写给姚克与李桦宛的信中所多次提到的"其实只要写出实情，即于中国有益，是非曲直，昭然俱在，揭其障蔽，便是公道耳"②，"先生所说的关于题材的问题。现在有许多人，以为应该表现国民的艰苦，国民的战斗，这自然并不错。但如自己并不在这样的漩涡中，实在无法表现，假使以意为之，那就决不能真切，深刻，也就不成为艺术。所以我的意见，以为一个艺术家，只要表现他所经验的就好了"③的主张，就与上田的论述颇为近似。比对这二者的共通性，我们就不难理解鲁迅为什么会对上田进的现实主义的创作方法及描写实际生活的立场，表示赞同的态度了。

事实上，在鲁迅晚年创作的小说集《故事新篇》中，就有很多与上田进的主张——即"要表现社会主义化的劳动的英雄"的立场，大有相呼应的地方④。其实，多年以来一直以描写阿 Q、孔乙己、祥林嫂、润土等所谓"社会

---

① 《鲁迅全集》第 4 卷，第 569–570 页。

② 引自鲁迅于 1934 年 1 月 25 日写给姚克的信。收录于《鲁迅全集》第 13 卷，第 17–18 页。

③ 引自鲁迅于 1935 年 2 月 4 日写给李桦的信。收录于《鲁迅全集》第 13 卷，第 372 页。

④ 如尾上兼英就有关《故事新篇》中的人物指出，"这里的人物已不是象征性的超人，是自己调查，（征求人们的意见）做决定的超人集团出现宣言。波兹德涅耶夫女士将禹与墨子比拟成毛泽东与朱德。另外，武田泰淳氏也依据在苏联地区的形成及成长的现实，说这才使作品有了闪光点。"引自尾上兼英著：《鲁迅私论》，东京：汲古书院，1988 年，第 88 ~ 89 页。

弱势"阶层人物为主要对象的鲁迅，在晚年确实有想换一个风格或角度，试着去塑造出一些新人物形象的意向。以便从以往的单一灰色调的描写社会上落伍人物形象的手法中走出来，去描写一些能给人民以乐观和光明感的英雄人物形象。无疑，在这一文学思想及创作模式的转折过程中，鲁迅与上田进的文艺理论共鸣，尽管其影响程度的大小很难把握，但一定是发挥过一些积极作用。另外，众所周知，鲁迅晚年对萧军和萧红以古代人物为原型创作的作品，予以过高度评价。这一点也值得我们注意。因为这很可能与鲁迅本人此时所抱有的文学观及创作立场的转变有关。只是遗憾的是，如前文所述，鲁迅本人毕竟太过缺乏前线战斗的真实体验了。所以直到生命的最后，也未能写出一篇直接描写在一线战斗着的英雄人物的形象来。不仅读者，想必鲁迅本人对此也颇感遗憾吧。甚至是感受到了几许无奈。否则就不会在进入 1930 年代之后，对已经多年不谈的厨川白村，突然开口评价说那句："我以为这是因为作家生长在旧社会里，熟悉了旧社会的情形，看惯了旧社会的人物的缘故，所以他能够体察。对于和他向来没有关系的无产阶级的情形和人物，他就会无能，或者弄成错误的描写了"（已出）的话了。

或许正是因为有了这样一个自我认识，所以晚年的鲁迅似乎便放弃了自己去创作革命文学作品的愿望，转而开始参考着上田进的译本，翻译起了果戈理的长篇小说《死魂灵》。有关鲁迅翻译《死魂灵》的意图及心情，我们稍后会作进一步地讨论。在这里，让我们还是先回到刚才鲁迅所引用的上田进的那段话："即使作者在这时并未提出什么特定的解决，或者有时连作者站在那一边也不很明白"上来。前面我们已经讲述过，上田进的这一创作立场及主张，已与主张革命文学者必须先"以前卫者的眼睛"来武装自己，而后才能写出符合人民革命现状的革命文学来的藏原惟人观点，相差很多。甚至可以说上田的这些论述，从正面批判了藏原惟人的主张。那么鲁迅译介上田进论文的目的，也就很清晰了。即鲁迅是想借此向外界表示，他要对自己多年以来一直认同的现实主义的创作方法，做出些适度地修改和调整了。

当然，由于除了这一篇论文之外，鲁迅对上田进的社会主义的写实主义创作方法再未作其他论述，所以我们也不宜把鲁迅的译介目的过于限定在一个社会主义的现实主义创作方法上。至少这可能不是鲁迅翻译上田进论文的所有意图。众所周知，进入 1930 年代之后，中国的左翼文坛内部也出现了很浓重的宗派主义倾向。而且在"左联初期的作品中，作者的主观观念的正确与否，也开始备受重视，出现了格式化的取材倾向，以及任凭主观情绪化去呐喊的倾向也日渐突出了"①。所以鲁迅译介上田进的这篇论文，也可能只是为了给这一新出现的左倾倾向，敲一下警钟。

接下来，我们再来谈谈鲁迅从上田进那里重译果戈理的长篇小说《死魂灵》的目的。

二、从《死灵魂》到《翻译夜话》

首先，我们来看一段鲁迅在随笔《〈题未定〉草》中，就有关重译《死魂灵》的过程，说过的一段话。

可恨我还太自大，竟又小觑了《死灵魂》，以为这倒不算什么，担当回来，真的又要翻译了。于是"苦"字上头。仔细一读，不错，写法的确不过平铺直叙，但到处是刺，有的明白，有的却隐藏，要感得到；虽然重译，也得竭力保存它的锋头。里面确没有电灯和汽车，然而十九世纪上半期的菜单，赌具，服装，也都是陌生家伙。这就势必至于字典不离手，冷汗不离身，一面也自然只好怪自己语学程度的不够格。②

1935 年 5 月 17 日，鲁迅在写给胡风的信上中，又一次提到了有关《死魂灵》的翻译。说："这些天，我在翻译《死灵魂》，大脑一片空白（中略）他的讽刺表达真是千锤百炼（中略）太棘手了。上田进翻译得不错，但是跟德文译本有些不一样的地方，仔细考察，应该是他的错译"③。

从这两段话，我们不仅可以再次确认到鲁迅翻译《死灵魂》时参照的是上田进的日文译本，同时从他"跟德文译本有些不一样的地方，仔细考察，应该是他的错译"等表述，还可以得知鲁迅对上田进的译本进行过细致的品味和分析的事实。但没有提到其他日文译本。其实，在当时的日本文坛，《死灵魂》

---

① （日）丸山升：《左翼文藝運動》，收录于前野直彬编《中国文学史》，东京大学出版会，1975 年，第 289 页。
② 《鲁迅全集》第 6 卷，第 363 页。
③ 《鲁迅全集》第 16 卷，第 107 页。

的翻译已有三个版本。其中远藤丰马的译本①几乎与上田进的译文同期，鲁迅应该也见过他的翻译②，但鲁迅却没有参照他的翻译。可见对鲁迅来说，上田进的翻译还是最值得信赖和重视的对象。客观事实上，除了上面我们已经引用过的两个资料之外，有关《死灵魂》的翻译问题，鲁迅又多次提到过上田进的翻译方法。可见除了新近的革命文学理论，仅就译介俄罗斯文学这一领域，鲁迅也是比较喜欢上田进的翻译作品。

只是似乎好景不长，在翻译《死灵魂》的过程中，鲁迅对上田进的翻译方法也逐渐开始抱有质疑甚至是不满的情绪了。而且使鲁迅不满的还不仅仅是因为"他的错译比较多"，而是缘于更为本质和更为深刻的翻译立场的对立。如在前面我们已介绍过的《〈题未定〉草》中，鲁迅就说过如下一段话。

动笔之前，就先得解决一个问题：竭力使它归化，还是尽量保存洋气呢？日本文的译者上田进君，是主张用前一法的。他以为讽刺作品的翻译，第一当求其易懂，愈易懂，效力也愈广大。所以他的译文，有时就化一句为数句，很近于解释。我的意见却两样的。只求易懂，不如创作，或者是改作，将事改为中国事，人也化为中国人。如果还是翻译，那么，首先的目的，就在博览外国的作品，不但移情，也要益智，至少是要知道何地何时，有这等事，和旅行外国，是很相象的；它必须有异国情调，就是所谓洋气。其实世界上也不会有完全归化的译文，倘有，就是貌合神离，从严辨别起来，它算不得翻译。凡是翻译，必须兼顾着两面，一当然力求其易解，一则保存着原作的丰姿，但这保存，却又常常和易懂相矛盾；看不惯了。③

鲁迅的这一篇随笔发表之后，不久上田进就从他的朋友那里听说了这篇文章。还发表了一篇题为《翻译夜话》的短文，专门就鲁迅所提出的批评意见，予以了认真的正面回应。上田进说：

---

①　（日）远藤丰马译：《死灵魂》，东京：文化公论社出版，昭和9年。
②　据《鲁迅目睹书目—日本书之部》（前出）所整理，鲁迅曾购买过远藤丰马的译本。参考第77页。
③　鲁迅：《"提未定"草（一至三）》（已出），第364页。

那么我是如何处理的呢？就是大胆地利用现代语言进行翻译。毕竟让现在的我回到果戈理的时代是不能的。对于读者而言，也无法一一用果戈理时代的观念和感觉来阅读。不管怎样，这种感觉和观念的东西是无法处理的。觉得自己能够做到那也是假定的，不是真实的。所以，我决定了，我除了用我现在所拥有的观念和感觉来理解、用现在的语言来表达之外，别无他法。读者也抱着这种态度来阅读就可以了。

但是，中国文坛首屈一指的大家鲁迅对这个翻译提出了不满。去年夏天，我的朋友中山省三郎告诉我，说中国一流的文艺杂志《文学》上登载了一篇鲁迅的随笔《题未定草》，文中有批评我的内容。但是，即使鲁迅不赞成，我也不会放弃我的想法。我今后还将以此翻译态度继续进行下去。

不过在这里我想稍做一点辩解。我并不是主张将外国的作品都随随便便地日本化。毋庸置疑，日本化本身也是有限度的。但是，与此同时，也应该站在翻译的角度来考虑。大体而言，翻译是日本将外国的作品用日本的思想、感情、感觉来加以理解并将理解后的内容用文章表达出来的过程。阅读翻译作品的人，大体也是以日本的思想、感情来阅读的。即原作虽然不能完全日本化，但是翻译出来的东西则百分之百的与原作相同也是不可能的，这是众所周知的事实。只是有很多人没有意识到这一点罢了。这也是我想稍加强调的地方。①

有关这位上田进早稻田大学俄文科是的同班同学中山省三郎②，目前笔者所掌握的资料不多。所以他与鲁迅的关系——如他是通过什么样的通道和契机接触到鲁迅的这篇随笔的问题，目前尚难论证。但从上田进的这三段引文，我们可以断定，在鲁迅与上田进之间进行的这场对话中，这位中山省三郎先生发挥了弥足珍贵的搭桥作用。只是遗憾的是，到目前为止，笔者还未找到一篇

---

① （日）上田进：《翻译夜话》（已出），第 123 页。
② （日）中山省三郎（1904.1～1947.5），出生于茨城县。诗人、俄国文学翻译家。1929 年与上田进同期毕业于早大俄文系。在学期间与火野苇平等创办过杂志《街》。后来与日夏耿之助、北原白秋等往来关系密切。作品有《羊城新钞》《飘渺》及随笔《海珠钞》等。译著有屠格涅夫的《散文诗》、《猎人日记》。

鲁迅正面回应上田进这篇文章的资料。甚至从实证主义的角度去论证的话，我们连鲁迅是否阅读过上田进的这篇反驳文章都无法证实①。或许主张翻译家"不应该由自己的爱憎，将原文改变"②，且认为"译本，不但在输入新的内容，也在输入新的表现法"③的鲁迅与主张"我除了用我现在所拥有的观念和感觉来理解、用现在的语言来表达之外，别无他法"的上田进之间，就翻译问题所秉持的立场原本就无法弥合，完全没有可商榷或讨论的空间。所以即便是鲁迅看到了上田进的这篇文章，想必也是选择了以不作声的方式来冷处理的做法。

不过，即便如此，我们也不能认为鲁迅已经完全否认或是排斥了上田进的翻译。因为在1935年6月28日，鲁迅在写给胡风的信中又专门提到上田进说："《静静的顿河》我看该是好的，虽然还未做完。日译本已有外村的，现上田的也要出版了"④。可见，鲁迅对上田进的翻译活动依旧抱着很大的关切。

此外，比起理清鲁迅与上田之间在翻译问题上到底秉持怎样的不同观点和立场的问题，笔者更关心的是为什么他们两人同时都对《死魂灵》表现出了那么大的热情？因为这一追问会更为本质、也会更为深刻地向我们展示出在鲁迅与上田进之间所存在的那些互动关系。

我们已经讨论过鲁迅通过藏原惟人重译《毁灭》的动机，是因为他和藏原惟人一样，把《毁灭》视为是创生无产阶级文学新形式和新内容的典型之作。且因《毁灭》所塑造出来的人物形象是鲁迅所想象的真正的革命家的形象，所以鲁迅等人才不惜余力地去推荐和译介。但奇怪的是，对继《毁灭》之后同是在自己的最晚年重译的长篇巨作《死魂灵》，鲁迅却没有做过太多理论层面的解释和定位。即在译介过程中所表现出来的积极性和热情，与前者有极大的差异。这让笔者不禁想去追问，在身体日渐虚弱之时还坚持翻译这部长篇

---

① 翻阅《鲁迅目睹书目—日本书之目》，我们可知鲁迅有购买过《书物展望》杂志的经历。而上田进除此一篇之外，在该杂志上再没发表过其他文章，所以很可能是上田进听说了一些有关鲁迅在上海的阅读信息，才故意把自己辩驳的文章投给了《书物展望》。

② 《鲁迅全集》第4卷，第494页。

③ 《鲁迅全集》第4卷，第391页。

④ 《鲁迅全集》第13卷，第490页。

巨著并直到生命的最后的鲁迅，到底是抱着怎样的心态和目的去重译的《死魂灵》呢？

　　果戈理（N.Gogol）的《死魂灵》第一部，中国已有译本，这里无需多说了。其实，只要第一部也就够，以后的第二部——《炼狱》和《天堂》已不是作者的力量所能达到了。果然，第二部完成后，他竟连自己也不相信了自己，在临终前烧掉，世上就只剩了残存的第五章，描写出来的人物，积极者偏远逊于没落者：这在讽刺作家果戈理，真是无可奈何的事。①

　　其实，这一部书，单是第一部就已经足够的，果戈理的运命所限，就在讽刺他本身所属的一流人物。所以他在描写没落人物，依然栩栩如生，一到创造他之所谓好人，就没有生气。例如第二章，将军贝德理锡且夫是丑角，所以和乞乞科夫相遇，还是活跃纸上，笔力不让第一；而乌理尼加是作者理想上的好女子，他使尽力气，要写得她动人，却反而并不活动，也不像真实，甚至过于矫揉造作，比起先前所写的两位漂亮太太来，真是差得太远了。②

　　这是鲁迅评价《死魂灵》的两段文字。分别引自鲁迅的《第二部第一章译者附记》和《第二部第二章译者附记》。虽然说只引了两段，但就文字量而言，这两段引文已基本覆盖了这两篇《译者附记》的一半篇幅。这与译完《毁灭》之后鲁迅撰写的长篇《译者附记》相比，其差异跃然纸上。而且从评论的立脚点和切入的角度和深度去看，这两篇《译者附记》与《毁灭》之后的《译者附记》也有本质上的不同。如前文所述，鲁迅译介《毁灭》时，是站在独立文论的角度来推介的。即把《毁灭》看作是一部代表一类新兴文学种类的典型作品来看待的。而评论《死魂灵》时，鲁迅却始终把自己的立脚点放在了一般性作品的艺术手法鉴赏的层面上。如上面那段引文中后半部分的描叙："将军贝德理锡且夫是丑角，所以和乞乞科夫相遇，还是活跃纸上，笔力不让第一；而乌理尼加是作者理想上的好女子，他使尽力气，要写得她动人，却反而并不活动，也不像真实，甚至过于矫揉造作，比起先前所写的两位漂亮太太来，真

----

① 《鲁迅全集》第 10 卷，第 453 页。
② 同上，第 455 页。

是差得太远了"等文字，让我们感觉不到任何鲁迅是立足于某一文坛大背景或是大理论依据下去阅读该作品的意味。但对果戈理创作能力的局限性的分析，却是入木三分，颇具启示意义。甚至让笔者回想起了鲁迅对有岛武郎的《宣言一篇》产生共鸣时期的思想状态。即此时鲁迅的创作观，似乎又回到了先前文学者只能写自己所熟悉的人物和历史事件，跨越阶级去创作是非常困难的立场上来了。笔者认为这一变化非常值得留意。因为这很可能是鲁迅对 1920 年以来的运动式的文学理论斗争开始失去兴趣，并重新回归到对文学本身内在规律的探索中来的一个信号。换句话说，就是经过了近十年的无产阶级文学理论的摸索和斗争之后，鲁迅似乎开始察觉到自己身上作为无产阶级文学者所无法弥补的局限性，于是又回到了自己最为擅长的讽刺性与批判性文学创作风格上来了。也就是说，鲁迅在晚年——几乎是至临终之前——之所以会把自己所有的余力都投入到《死魂灵》的翻译上去，就是想要向外界宣告，自己已回归到思考文学本位的问题上来的这一事实。倘若这一推理成立，那么就等于作为文学者的鲁迅从新形式与新内容的创生这一方面对无产阶级文学的可能性做了一次细致的探索之后，最终得到是一种绝望感，并因此而又回到了自己的文学原点上来了。这是笔者在动笔之初所没有想到的一个结论。

那么鲁迅起初为什么会被上田进的论文所吸引呢？让我们再来一起看几段鲁迅在杂文集《南腔北调集》中所说过的话。

政治和经济的事，我是外行，但看去年苏联煤油和麦子的输出，竟弄得资本主义文明国的人们那么骇怕的事实，却将我多年的疑团消释了。[①]

而我相信这书所说的苏联的好处的，也还有一个原因，那就是十年来，说过苏联怎么不行怎么无望的所谓文明国人，去年已在苏联的煤油和麦子面前发抖。[②]

十月革命之后，它们总是说苏联怎么穷下去，怎么凶恶，怎么破坏文化。

---

① 《鲁迅全集》第 4 卷，第 434 页。
② 同上，第 437 页。

但现在的事实怎样？小麦与煤油的输出，不是使世界吃惊了么？[①]

至一九二〇年顷刻，新经济政策实行了，造纸、印刷、出版等项事业的勃兴，也帮助了文艺的复活，这时的最重要的枢纽，是一个文学团体"绥拉比翁的兄弟们"。[②]

这三篇文章分别写于 1932 年 4 月 21 日、5 月 6 日和 5 月 9 日。我们知道，鲁迅如此高频度地重复言及同一件事的现象，并不多见。而且除了这一时期之外，鲁迅也在很少去直接评价苏联的社会状况。笔者对鲁迅的这一表现颇感有趣。因为这与鲁迅翻译上田进论文的时间完全吻合。而且如前文所述，上田进在这一时期也曾对快速变化的苏联社会状况寄予过极大的期待，并做了系统、详尽的介绍。而上田进之所以会去关注苏联社会的这一变化，也是因为他相信这一社会状态的变化，必定也会给文学界带来新的变化。而如前文所述，上田进的这一系统的译介活动是最吸引鲁迅的亮点。也就是说，鲁迅与上田进的互动关系不是一个偶然行为。而是以对彼此的信任和依托作为支撑的。如果说上田进是通过苏联社会状况的变化来预言了苏联文坛将要出现的新的文学动态，那么鲁迅也应该是以同样的视线，察觉到的这一"现状"。所以才在连日本国内的文学界还未对上田进的译文做出任何反应的情况下，就把上田进的论文翻译到了中国。只是如前文所述，最后鲁迅通过重译《死魂灵》的方式，向我们示意了他最终的选择还是回归到传统的"文学本身"上来。这一流变的过程及与上田进对果戈里等俄国文学的理解的不同，无疑也颇具深远的启示意味。

[①] 《鲁迅全集》第 4 卷，第 439 页。
[②] 同上，第 444 页。

第八章　审视革命的理性：鲁迅与平林初之辅

第一节　问题的提出

从资产阶级的知识分子厨川白村在面对新兴无产阶级文学思潮时所表现出来的困惑，到"根红苗正"的无产阶级出身的文学者上田进为了实现革命文学的质变而做的最后一搏，可以说，行文至此，笔者踏寻和梳理日本近代文学者参与社会革命活动的历程，也算告一段落。而且，我们也见证到了与这一流变的日本无产阶级文学思潮一路相伴走来的鲁迅，此时也以驻足于《死魂灵》的方式向我们示意了民国时期的那一代中国知识分子在经历了那场席卷全社会的革命文学运动之后，最终也开始转向符合自身文学特质的过程。换句话说，有关中日两国近代文学者参与革命运动的结果怎样？是非得失又如何？的问题，本文已为我们揭开了它的面纱，让我们基本看清了它的真实的容颜。

可是在临近了尾声之时，笔者心中还是有一个小小的疑问，难以释然。即为什么对日本无产阶级文学运动中出现的每一个重要文艺理论家均予以过细致关照与研究——甚至是译介的鲁迅，唯独对"初期日本无产阶级文学理论的建设者，也是后期日本无产阶级文学理论的批判者"[①]的平林初之辅，自始至终未置一句评语呢？莫非是因为鲁迅没有觉察到平林初的存在吗？还是因为他不了解平林在日本左翼文坛上的地位？就笔者的推论而言，这两种可能性存在的几率非常小。因为我们在前文各章中已经介绍过，鲁迅对日本左

---

① （日）红野敏郎：《平林初之辅——初期文芸時評をめぐって——》，《文学》杂志，东京：岩波书店，1966 年 7 月，第 38 页。

翼文学思潮的研究和关注可谓是细致周全，几乎没有盲点。客观事实上我们在鲁迅的藏书目录中，也能查找到三本平林初之辅的著作文集①。所以鲁迅不知道平林的存在的可能性可以完全排除。而且，当时与鲁迅的合作关系较为密切的两大出版公司——商务印书馆和大江书铺，已在上海出版了七部平林初之辅的文集了。②所以鲁迅对平林在当时日本左翼文坛上的存在感及影响力不会一无所知。何况平林还是日本左翼文坛上第一位运用马克思主义唯物史观来论述无产阶级文学的第一人呢。这可是鲁迅当年最为期盼的革命文学理论家的一个典型③。所以无论从哪一个角度去推论，鲁迅都不可能不知道平林的文笔活动。只是令人匪夷所思的是，面对这样一个理想的左翼文学理论家，鲁迅自始至终就是没有以任何形式在任何场合谈及过平林初之辅。这到底是什么原因呢？

接下来，笔者想就对这一奇怪的现象，做一点推理性的讨论。

但在进入这一核心问题的讨论之前——即在回答为什么鲁迅会对平林如此漠不关心的问题之前，我们还是先来了解一下平林初之辅其人，以及他在日本无产阶级文学运动中发挥过的具体作用和担当的角色。然后再回头来回答这个问题。

---

① 鲁迅购买的平林初之辅文集，分别是：

（1）平林初之辅译：《白き石の上にて》。购买日期不明。

（2）平林初之辅著：《無産階級の文化》，1927年12月14日。

（3）平林初之辅著：《文学理論の諸問題》，1929年12月17日。

② 在1930年代前后，被译介到中国的平林初之辅文集，有以下7部。

（1）周梵公/任鸿隽译，《科学原理》，上海商务印书馆，1926年1月。1933年10月再版。

（2）阮有秋译，《资本主义文化与社会主义文化》，太平洋书店，1928年10月。

（3）方光焘译，《文学之社会学的研究》，大江书铺，1928年。

（4）陈望道译，《文学与艺术之技术的革命》，大江书铺，1928年。

（5）林骙译，《文学之社会学的研究方法及其适用》，太平洋书店，1928年3月。

（6）施复亮/钟复光译，《近代社会思想史要》，大江书铺，1929年11月。

（7）许亦非译，《近代社会思想史》，上海中华书局，1931年10月。

③ 参考鲁迅著《对于左翼作家联盟的意见》一文。文中鲁迅语重心长地说："我那时就等待有一个能操马克思主义批评的枪法的人来阻击我"。收录于《鲁迅全集》第4卷，第241页。

第二节　平林初之辅与日本无产阶级文学

平林初之辅生于明治 25 年（1892）1 月 8 日，家住现今京都府野郡弥荣町（"町"相当于中国的村镇或城区街道一级的行政单位——笔者按）。父亲是该町的机构办事员，还兼营一些农田。所以从家庭经济条件及儿时的成长环境来看，平林的家庭背景应好于青野季吉和上田进，但似乎不及厨川白村和藏原惟人。更比不上有岛武郎的官商背景。或许与片上伸的比较相近。

据年谱资料记述[1]，小学时的平林是一个颇为淘气的孩子。到了高中之后才开始懂得学习，成绩也随之进入优等生的行列。只是性格也变得越来越内向，时常沉湎于读书而很少外出玩耍。同时，也是从这一时期开始，平林还尝试着创作过一些俳句和短歌作品，其中有几首还登上了当时最受中学生欢迎的《中学世界》杂志，受到过当时名噪日本歌坛的女歌人与谢野晶子（1878-1942）的嘉奖，被选为该刊最优秀的作品之一。

明治 43 年 4 月，平林高中毕业后考入了京都师范学校（现京都教育大学前身——笔者按）。从这一时期起，他的读书范围开始不断扩大，涉猎范围也越来越广，不仅对上田敏的《文艺讲话》[2]等高深文艺理论丛书表现出极高的兴趣，对契诃夫等人的俄国文学作品也表现出了非同寻常的偏好。尤其值得我们注意的一个迹象是，从这一时期开始，他还与日本初期社会主义者堺利彦等人开始了往来关系，且从后来平林的发展轨迹来看，这些代表新思潮和新思想的风云人物们，带给他的影响还是不小的。因为在大正 2 年（1913）年初——即在平林还有一个多月就拿到毕业证离校工作之际，他却突然办理了退学手

---

① 此处重点参考了昭和女子大学近代文学研究室编：《近代文学研究丛书》第 33 卷（昭和 48 年）中所收录的《平林初之辅》一文，第 64 页。
② （日）上田敏：《文藝講話》，金尾文渊堂，东京，1907 年。另据木村毅回忆，在京都师范学校读书期间，平林初之辅还去拜访过上田敏，得到过上田敏的鼓励和认可。参考木村毅著：《ロシア革命の思い出》（《文学》，东京：岩波书店，1979 年 9 月号，第248 页）。

续，独自一人跑到东京去了。笔者认为，这一举动的背后，就有堺利彦等人的思想启蒙与在意识形态方面的影响大有关系。

不过，有关平林临近毕业之际突然办理退学手续离校的问题，在不同的资料中有不同的记述和解释。大致归纳起来有两种：一个是说他本人因不喜欢当教师，所以才在毕业就职之前自动离校，去选择其他职业了。还有一个是说因为他此时的思想意识形态出现了所谓的"偏激"倾向，所以被师范学校开除了。然后才离校北上的东京。

笔者比较认同第一种说法。即是平林是自己放弃师范专业毕业生的发展道路，北上东京的。因为在《平林初之辅文艺评论集》的附录《年谱》①中，明确记载着他离开学校时，还给学校留过一张字条的真实事迹。且到了东京之后，也未见他有丝毫的犹豫或是彷徨、踌躇的迹象，而是为了弥补自己的英语成绩而直接进入了东京正则英语学校去补习，并于同年九月又非常有计划地考入了早稻田大学英文科。可见他北上东京的发展路线图，是早已计划和安排好的。绝非冲动之举或是计划外的盲目行为。倘若是被学校突然开除而不得不去另谋的出路，想必他做不到如此的应对自如。另外，在其他相关年谱资料中，也有记述平林转去东京时，父亲已经去世，母亲还是在接到学校的通知之后才知道儿子已退学去了东京的事。可见在出发之前，平林就已拿定决不回头的主意了。其心意之坚、谋划已久的事实，无须再有质疑。②

只是他本人可能也没预想到，当他选择了早稻田大学的英文科，并在那里结识了片上伸、吉江乔松（1880-1940）等人的那一刻，他的未来发展方向，其实就已经被确立下了一大半了。因为很快，他就在片上伸等人的影响和引导下走进了当时最为热门的文艺理论批评界。又在大学毕业后的第二年，顺利地成为《大和新闻》社《文艺时评》专栏的编辑及主笔记者。且初出茅庐的平

① 该《年谱》认为，平林初之辅被开除学籍的原因是因为他的擅自离校。请参考《平林初之辅文藝評論全集》下卷（东京：文泉堂书店，昭和50年5月）第887页。
② 有关平林初之辅的生平传记，本人重点参考了一下几份资料。
（1）《近代文学研究丛书》第33卷，昭和女子大学近代文学研究室编，昭和45年6月，第63-124页。
（2）《平林初之辅文芸评论集》下卷附带《年谱》，文泉堂书店，昭和50年5月，第885-905页。
（3）《プロレタリア文学研究》，芳贺书店，昭和41年10月，第119-168页。

林，如平野谦（1907-1978）所指出[①]，借助这一平台，很快就在日本的大正文艺理论批评界获得了不错的口碑和声望，成为新生代文艺理论批评家中，最受瞩目的一位。

但如我们在讨论厨川白村及青野季吉等人时已介绍过的情形一样，平林步入文坛的大正 8 和 9 年，正是日本社会资产阶级和底层无产阶级民众之间的利益对抗最为激烈、社会变革也最为迅猛的时期。整个日本社会都处在动荡不安的状态之中。如平林加盟《大和新闻》社的那一年，就爆发了所谓"粮食骚动"。而他辞去《大和新闻》社的工作，调入国际通信社的那一年——即大正八年"一月，河上肇的个人杂志《社会问题研究》问世；二月，长谷川如是闲等人创办的《我等》杂志问世；三月，由前一年成立的新人会筹办的机关报《民主》杂志创刊；四月，堺利彦等人筹办的《社会主义研究》和《改造》杂志问世；五月和六月，荒畑寒村等人创办的《日本劳动新闻》及《解放》杂志出版。也就是在这一年的二月，大原社会问题研究所也正式宣告成立了。由山川均、荒畑寒村等组建的劳动组合研究所，也是在同年十二月成立的。大正九年年初，更是发生了所谓的"森户辰男避祸"事件。日本史上的第一个五一劳动节也是在这一年的五月举行的。年末，日本社会主义同盟也宣告成立[②]"。不难想象，这样一个社会思潮和社会风气整体左倾的氛围中，青年平林的思想倾向，无疑会受到影响。何况，此时在他身边的两个最为亲密的朋友，还是青野季吉和市川正一（1892-1945）呢。众所周知，这两个人可是后来日本左翼革命文学运动的急先锋。在与他们共事的过程中，平林一定或多或少地被他们的思想意识所影响。当然他也可能影响了别人。事实上据青野回忆[③]：他们三个人在大正 9 年的秋天，一前一后相继进入国际新闻社工作之后，就开始借助该公司的方便条件，从美国订购英译版马克思和恩格斯、列宁等人的著作来读了。翌年——即大正 10 年 10 月，他们又与后来加入到该新闻社的佐野文夫和市川义雄等人合作，共同创办过一期名叫《无产阶级》的杂志。可见，此时他

① （日）红野敏郎：《平林初之辅——初期文芸時評をめぐって——》，《文学》，东京：岩波书店，1966 年 7 月，第 727 页。
② （日）平野谦：《平林初之輔のこと》。《平野謙全集》第 1 卷，东京：新潮社，第 415 页。
③ 《平林初之辅 / 藏原惟人 / 青野季吉 / 中野重治集》，东京：筑摩书房，第 418 页。

们的左倾思想已经基本形成。而且开始向外界发出自己的声音了。

不过值得注意的是，虽然青野季吉和市川正一都是平林在早稻田大学读书时的师兄，但在当时的文艺理论批评界，前两者的活跃程度与著书立说的影响力，都不及这位学弟。尤其是平林的第一部评论集《无产阶级的文化》①出版之后，一时间更是名声鹊起，甚至被视为是日本左翼文坛第一位用科学的唯物主义史观来论述日本无产阶级文学的先驱性人物。其存在感已非前两位所能企及。

那么在日本无产阶级文学理论还没有得到清晰表述和理论建构的那一时间点上，作为左翼文坛最具影响力的革命文艺理论家，平林具体又做了哪些有助于日本无产阶级文学理论发展的论述呢？

下面我们就以这部《无产阶级的文化》为切入点，来具体讨论一下这个问题。

《无产阶级的文化》共收录了二十篇论文。分为前编和后编两个部分。各编均等的收录了十篇文章。并分别附加了小标题。前编为《从无产阶级的立场看艺术与文化》，后编为《从无产阶级的立场看政治与社会问题》。从这两编的副标题，我们也大抵能猜想得到，作为初期日本无产阶级文学理论的建构者的平林，在这部评论集中最想阐述的是什么。即当马克思在人类社会中发现了"阶级"的存在之后，文人知识分子该如何去重新认识既有资产阶级的文化与艺术的本质的问题，以及新兴无产阶级文学为什么一定会成为下一个社会文化生活中必不可少的存在的理由等。显然，平林的这些论述，也是为了回应来自既有文坛知识分子——如菊池宽等人所发出的"文学与阶级无关"的批判与指责。因为在这部评论集中，平林用了大量的文字论述了因为文学的艺术性本身就来自于它所处的那个时代和社会，所以完全与社会的"阶级"毫无关系的文学其实是不存在的道理。尤其是该部评论集的前五篇论文：《走向无产阶级的独立文化》《民众艺术的理论和实际》《无产阶级的艺术》《第四阶级的文学》《唯物史观的文学》等，都是试图从文艺理论的根本原理出发，给菊池宽等人提出的质疑予以回应的尝试。如在《民众艺术的理论和实际》中，平林就说："在今天，民众艺术的问题已不再是单纯的艺术的问题，而是民众的问题②"。

---

① （日）平林初之辅：《無産階級の文化》，东京：泰文社，1923 年。
② 平林初之辅：《無産階級の文化》，《平林初之輔文藝評論全集》上卷，第 23 页。

这一说法非常值得我们留意。因为这是第一次给日本无产阶级文学的属性及特质，作出明确规定的一个表述。同时，平林还强调说：

我们再没有以为了不朽的艺术为借口来批判民众解放运动的权利了。且听听那些自古以来的大诗人讲给民众的话吧，有几句是能被民众真正听进去的呢。再看看咱们的民众，他们也看不懂歌德和坦丁的作品。所以处在今天这样一个过渡性的历史阶段，我们只能针对贵族艺术提出民众艺术的概念，针对资产阶级的艺术提出无产阶级的艺术概念与其对立。这是为了把艺术（从资产阶级的手里——笔者按）夺回来还给民众而拉响的一次全方位的改革进行曲。有鉴于此，我们可以给无产阶级的艺术一个明确的定位，即：它是一个战斗的艺术。①

我曾经说过，民众艺术必须是个战斗的艺术。现在这句话依然没有错。（中略）因为处在革命前期的无产阶级艺术本来就是为了真正的无产阶级艺术的诞生而做准备的战斗的艺术。且要向这个方向不断地集中和纯化。或许有人会说：那是有"倾向的艺术"或说那是"邪道的艺术"。对这些（批评指责——笔者按）我们不防直接承认它。正如很多伟大的艺术在发生和发展的初期，都会有一个特殊的倾向性一样，当从旧艺术的角度去看时，这些艺术固然都是"邪道的艺术"了。所有的伟大艺术都曾被这样认为过。所以我们也干脆就将这一特质赤裸裸地说出来，承认它。还有，我们的无产阶级艺术家要扔掉那些只在有限的文学战场上展开战斗的偏见。相反，要有广阔的、立足于无产阶级对资产阶级的大战线上去看问题的自觉。②

依笔者之管见，在日本左翼文坛，平林是第一个把无产阶级的文学定性为"战斗的艺术"的文学者。同时，他还清楚地讲出了无产阶级的文学及文化，是一个过渡性的文化形式的本质。并道明了其中的原因。即因为"一旦无产阶级的文化真的实现了，它就不是无产阶级的文化了。它将不属于任何一个阶级，而属于全人类。但在没到那一天之前，我们只能先去努力树立起一个独

---

① 同上，第26页。
② 同上，第33页。

立的无产阶级文化，别无选择。① ”

平林的这一论述非常值得我们关注。因为它比科学地论证了无产阶级文学是一个过渡性文学形式的托洛茨基的《文学与革命》，还要早一年多。可见平林虽然是当时日本左翼文学理论界的一位急先锋，但他对革命文学运动的本质理解得非常清醒。这与后来的激进派马克思主义文学者们有很多且是本质上的不同。有关这一问题，我们稍后再做细致讨论。在这里暂不做过多分析。

总之，在这部评论集中，平林即系统又全面更不乏激情地论述了为什么一定要建立无产阶级自己文化的问题。同时也阐明了为什么无产阶级文学一定会诞生且一定会强势发展下去的理论依据和客观现实基础。对无产阶级文学及其文学运动或有的特点及科学唯物主义历史观与新兴文学之间的关系等一系列热门议题，也都予以了一一论述。其中，他明确地告知了既有文坛的知识分子们，因为无产阶级文学运动的最终宗旨就是要从根本上改变现有的社会制度，所以它的社会性、革命性和思想性是与生俱来的。这一开诚直白的宣告，在当时具有非常重要的作用。因为它开宗明义，从理论的角度直接告知了那些主张"为了艺术而艺术"的资产阶级文学者：有一种文学它就叫革命文学。它既不是简单的革命，也不是单纯的文学。而是以文学的形式去推动革命的一种艺术形式。但它毕竟还是属于文学的范畴，所以平林同时对左翼文学者也提出了一个要求，即无产阶级革命文学作为文学的一个门类，必须也要具备作为文学所应具备的基本要素。只是"因为现在处于社会变革的过渡时期，所以像其它社会生产关系中的革命性要素都在增多的道理相同，作为意识形态领域中的一个艺术形式，文学中的革命要素也会自然增大。"② 平林的这一论断，无疑对当时处于理论弱势中的无产阶级文学者来说，是一副极强烈的兴奋剂，也是一场及时雨。因为它给无产阶级革命文学为什么会把"革命性"放在最重要的位置上去的做法，提供了一个"合理"的理论依据和解释。并依据这一逻辑，他又进一步指出说："只有社会进化到所谓阶级或是使阶级对峙的因素都完全消失了之后，政治化的革命运动才会消失。在到那一天之前，即在这个社会正在进行一场全方面的改造的前夜，有关社会学的所有学问，到最后都只能听到这样一

---

① 同上，第 13 页。
② 同上书，第 49 页。

句话：或者战斗或者死，或者血战或者灭绝，这是我们难以挣脱的命运。①"

而在第二部评论集《文学理论的诸问题》所收录的一篇题为《艺术价值的问题》中，他对当时出现的一些理论方面的混乱局面，也予以了深度分析与解释。很有说服力。

但是当我们遇到以下这样一个命题时，问题可能就没有那么简单了。

坦丁的作品中没有无产阶级的意识形态。而辛克莱的作品通篇都贯穿着无产阶级的意识形态。所以，是不是坦丁的作品的艺术性，就不如辛克莱的作品好呢？

或许有人会大加赞赏地这样回答：那是当然！因为艺术作品的价值是由那个作品所附有的意识形态来决定的。只有那些能为无产阶级的胜利做出贡献的作品，才具有真正的艺术价值！

或许也会有人这样说：那不对！因为意识形态不是决定文学作品整体价值的要素。而且，是否对无产阶级取得胜利有贡献，也与艺术本来的性质没有任何关系。

我认为，之所以会出现这种复杂的讨论，就是因为有一些马克思主义作家或是评论家，他们不仅是马克思主义者，同时也是作家或批评家的原因。这两种身份角色的重叠存在，是导致这一困惑出现的主要因素。因为马克思主义者评价文学作品的基准，归根结底是从政治性和教育性的角度来出发的。而一般的作家或批评家在评价文学作品时，是基于所谓的艺术性的立场。我们的很多马克思主义批评家或是作家们，就是在去调节这两个基准对立的关系并试图去将它们统一起来时，才在认识上出现了分裂。并衍生出了上述不一致的意见。

在这些人当中，有的认为政治的价值与艺术的价值就像两条平行的直线，是完全可以合并的。胜本清一郎氏还给这个或可合并的东西起了一个新的名

---

① 同上，第28页。

字，叫"社会的价值"。并认为社会的价值同时也是艺术的价值。如果有人认为除却这个社会的价值还有其他的价值，他就认为那是一个绝对迷惘的认知。但他却不知，这样一来，其实他自己也就等同于把艺术的价值给完全消解掉了。有关这一点，藏原惟人氏似乎与胜本氏持有基本相同的意见。①

平林的这些论述，无疑给当时还处在朦胧混沌状态下的日本无产阶级文学运动带来了巨大的理论支撑。借用平野谦的一句话说，就是"平林通过对文学的历史性和阶级性的研究，赋予了艺术新的意义。并成功地强调了'艺术可以作为阶级斗争武器'的一面，阐明了无产阶级文学本身存在的意义和可能性。（中略）尤其是他基于唯物史观展开的文学理论建构，更是让处在模糊状态下的日本无产阶级文学找到了自己可以站稳脚跟的立足点。仅就这一点，平林为日本无产阶级文学的发展所做出的贡献就是非常大的。"②

笔者非常同意平野谦的这一评价。尤其是到了1921年1月——即，代表日本无产阶级文学运动勃兴的标志性杂志《播种人》创刊，平林与青野等人一同成为该杂志的正式会员并开始积极发表文章之后，就有关社会变革期的文学的存在方式及文学与社会、文学与政治的功用性问题等，都提出过具有开创性意义的观点。在回击菊池宽等人的理论攻势方面，也提供了强有力的理论支持。如菊池宽在批评无产阶级的文学者说："艺术的本质是不变化的。如果说无产阶级的艺术当真存在，那么它也不是艺术的本质的问题，而是表面的或是外在的形式上的问题。也就是说用阶级来区分艺术的做法是极其肤浅的"③。"倘若真想为无产阶级做点什么，那么有胆有识的人，当务之急应该是去手握炸弹站到街头上去，而不是去写小说、做评论这种不温不火的小事"④时，平林就反驳说：文学的本质无非涵盖以下三个内容。（A）满足作者发表自身思想感情的欲求；（B）取悦读者，并借此唤起读者的高雅情操；（C）启蒙社会，

---

① 同上书，第263–264页。
② 昭和女子大学研究室编：《近代文学研究丛书》第33卷，第89页。
③ （日）菊池宽：《芸術本体に階級なし》。收录于《菊池宽全集》第6卷，东京：文艺春秋新社，第454页。
④ （日）菊池宽：《プロレタリア文芸に対する疑問》。收录于《菊池宽全集》第6卷，第460页。

通过教育读者的方式推动人生和社会的更加美好。但是"因为社会是进化着的，所以文学的目的及机能也会随着社会的进化而变化。想给文学限定一个绝对的且是一个永恒不变的单一目的（这里，平林把"目的"与"本质"视为是同一概念——笔者按）是不可能的[①]"。所以他认为，在阶级对立异常尖锐的20世纪初期，立足于"阶级"的立场来思考文学的问题，毫无肤浅之说。而且他还认为，"最近兴起的所谓阶级艺术的运动，至少在其本质上，他就是阶级斗争的一个表现，是阶级斗争的一个局部战场。所以也必须要成为阶级斗争的一部分。因为这已经不是一个简单的文学运动"[②]的问题了。在他看来，"革命前夕的无产阶级艺术，本来就是为了无产阶级的诞生而做准备的战斗的艺术"[③]。所以自然也没有理由轻视这些拿笔投入到革命运动中去的人。换句话说，即在他看来，一个人选择拿起笔还是选择拿起枪，那只是参与革命的方式及方法和角度的不同而已。在本质上并没有什么区别。甚至在他看来，无产阶级文学运动本身也是社会政治革命运动的一个重要组成部分。所以倘若文学者本人同时也是马克思主义者，那么平林并不反对他们参加到直接的战斗中去。更何况，就领导革命这一事而言，"民众也需要自己的指导者。而这个指导者绝不会从河的对岸走来。只能由那些能够理解民众历史使命，且又能走近民众、能够站到民众的前头一起承担责任的人来做。[④]"

如前所述，平林的这些论述给初期脆弱的日本无产阶级文学运动所带来的理论支撑是巨大的。据说"プロレタリア文学"（音译为"普罗列塔利亚文学"——笔者按）——即无产阶级文学这一概念本身，就是由平林第一个提出来并使用的。[⑤]其目的就是为了与以反抗贵族文学为主要抗争对象的"民众文学"概念及在阶级论背景下提出来的"劳动文学"概念加以区分。于是，随着这些理论建构的不断成熟与扩大，很快，平林初之辅便被推到了日本无产阶级文学运动的核心领导位置上，成为该运动的领军人物。且据青野季吉记述，此

① （日）平林初之辅：《文学理論の諸問題》，《平林初之輔文藝評論全集》上卷，第209页。
② 同上书，第131页。
③ 同上，第32页。
④ 同上书，第24页。
⑤ （日）平野谦：《政治と文学》，东京：未来社，1976年8月，第210页。

时的平林不仅对革命文学理论比较热衷，对实际的社会运动也曾颇有兴致，甚至还去过一些地方城市巡回演讲过。可见其参与革命的积极性是非常高的。事实上，1922年12月，他曾加入过第一次组建的日本共产党组织。这一举动，可以说是他愿意投入到革命中去的一次具体表现。

只是令人意想不到的是，当青野季吉等人沿着他所主张的"艺术可以作为阶级斗争的武器"的论述，进一步去提出无产阶级文学的创作者应先抱有明确的革命"目的意识"时，这位曾经也主张过"抱着一定的目的意识去创作文学作品，并把它利用到政治斗争中去是必要的也是不得已"的观点的人，居然回头开始批评青野季吉的言论了。而待到藏原惟人等新生代革命文学者们持着更加激进革命文学观，打出无产阶级文学须去布尔什维克化时，这位初期无产阶级文学运动的领军人物，更是公然地站到了批判这些观点的位置上去了。如在《政治的价值与艺术的价值——再论马克思主义的文学理论》中，平林就说："既然马克思主义文学也是文学，那么仅有这些（政治价值——笔者按）是不够的。道理就像我们不能把共产党宣言说成是最优秀的艺术品一样。"① 在《关于批评家的任务》中，他又严辞批评那些抱有极左思想倾向的人说："如果只有有助于无产阶级的工作和发展的文学才是好的、对的文学，而不利于无产阶级的工作和发展的文学就是坏的、恶的文学，那么这已经是在自然主义文学盛行时，被否定过一次的文学和文学的道德了。（略）有意识地去创作作品，它所附有的价值其实已经不是什么艺术的价值了，那只是教育的或是政治的价值而已。"②

看这些批评文字，确实会令人生疑。以为此时的平林的革命文学观及艺术立场已发生了一百八十度的大转变。因为如前文所述，平林可是日本左翼文坛中最早提出"艺术可以作为阶级斗争的武器"的人。对照其前后言论的反差与立场的相悖，着实令人难以琢磨。但笔者认为，这无需大惊小怪。因为我们只要去细读平林此间发表的其他文章，就会发现平林初的文学观其实自始至终都没有质的改变。如果有人觉得他转向了，那一定是把注意力过度集中到平林

---

① （日）平林初之辅：《政治的価値と芸術の価値——マルクス主義文学理論の再吟味——》，新潮社，昭和4年。后收入《平林初之輔文藝評論全集》上卷，第269页。
② （日）平林初之辅：《批評家の任務について》，《平林初之輔文藝評論全集》上卷，第358页。

曾主张的"艺术可以作为阶级斗争的武器"这一个论点上了。而没有看到他曾经强调过的："（如果说——笔者按）批判社会主义的文学是文学的旁门左道的说法是不成立的，（那么——笔者按）认为不是社会主义的文学的文学就不是真正的文学的看法也是不成立"①的主张。其实，如平林本人所讲："与承认持有目的意识的文学也是文学的道理相同，我同时也承认'为了艺术的艺术'也是艺术的观点"②。这就是平林最有代表性的"二元 论"观点。即在他看来，文学作为一门艺术可以只为所谓美学意义上的存在而存在。但由于文学的美的感受本身受制于所属的那个时代大背景，所以只是强调了绝对意义上的只为艺术的艺术是不存在的客观现实。这里不存在承认了前者就必然否定后者的逻辑关系。而他之所以去支持文学为社会政治革命活动服务，是因为他觉得当时的日本社会正处在激烈的变革时期，阶级斗争异常激烈，处在这样一个阶段，作为社会学领域的一个重要组成部分，文学若能为革命所用，无可厚非。因为文学这一艺术形式本来就是即有美学属性，又有社会学功用的一种艺术形式，这两种属性并不矛盾或是对立。前者让文学拥有了可以纵向跨越历史时空和横向跨越民族和区域空间的力量，而后者则使文学拥有了可以随着时代的变化和不同社会的要求而变化的能力。或许在平林看来，理想的革命文学应该是这二者的统一结合体，而不是此消彼长的敌对性存在。这也是平林根据他所理解的辩证唯物主义历史观所形成的一个独具特色的革命文学观。更是他认定无产阶级革命文学必定是一个"过渡性的文学"的一个主要理论依据。

若单从文学理论的角度来讲，平林的这一认识无疑是符合文学的本质规律和结构的论断。其理论逻辑，用一个比喻来说明，就是《诗经》所反映的内容，毋庸置疑一定是《诗经》出现的那个年代的中国社会。但《诗经》中如"窈窕淑女君子好逑"等词句所勾画出来的人性之美，却是一个可以跨越历史局限性和阶级差异的一种艺术要素。

这一认识显然是正确的。然而遗憾的是，由于他自身的理论阐述确实有些缺乏清晰度，甚至让人感到有些前后自相矛盾——如他的"艺术可以作为阶级斗争的武器"的论述与青野季吉所主张的革命文学者须先抱有明确的目的意识的观点，到底有什么何差异的问题，他谈的就很模糊，不易区分。于是他的

---

① 同上书，第 210 页。
② 同上，第 223 页。

这些理论叙述，即便是在日本无产阶级文学阵营内部，也没有得到多少知识分子的理解与支持。其实，他的这一逻辑思维，若分解开来解释并不难懂。即平林在支持文学可以为革命所用时，是给自己设定了有一个前提条件的。就是无论什么文学，其作者最初的创作动机必须是要"自然成长"的，而不是外在环境给作者限定出来的一个固定的"目的意识"形态。因为他认为在一个特定的政治任务下产生的文学作品，只能起到一点教育和宣传的作用，对革命的积极作用反而微乎其微。所以他无法赞同青野季吉的目的意识论主张。认为那是本末倒置的做法。万一扼杀掉了革命文学者的创作初始动力，必将适得其反。而他本人去支持革命文学者可以为一定的目的意识形态去服务时，也是给自己预设了一个大前提。即这一目的意识本身必须是由作者自发的——即是"自然成长"的目的意识，而非外部强加。换句话说，他的立场就是无论哪一类型的文学，既然是文学，那么文学作品本身必须要具备一定的艺术价值。而后在此基础之上，倘若能为革命所用，方可再去思考如何才能为革命服务的问题。这与青野季吉所主张的凌驾于作家个人思想情感之上的目的意识论有着本质的不同。反过来说，就是青野季吉的目的意识论所延续和发展的是平林立场和观点的表象，而非平林主张中最为核心和灵魂的部分。所以平林才会调转枪口批评曾经和自己在一个阵营内战斗过理论家青野季吉。

其实，尊重作家个人的主体创作动机，把它放在一切文学创作活动中最重要位置上的立场去，是平林一贯的主张和态度。从未改变过。如在早期发表的一篇评论《排斥即兴的小说》中他就曾说过："在某种意义上，大众小说不是真正挽救小说的方法。如果想真的挽救小说，比起这些次要的东西，更应该去快点把第一重要的东西——即作者的创作欲望激发起来"[①] 的话。可见对于平林来说，无论是哪一种文学，作者本人的创作欲望都是最为核心的要素。无产阶级文学也不例外。所以他本人才在倡导无产阶级文学的政治价值时，从未放弃过对文学艺术价值的追求一样。这也是他坚决反对把一个特定的政治"目的意识"形态强加给作家的做法的一个原因。因为在他看来没有任何艺术价值的文学作品，往往对革命本身没有什么积极意义。平野谦曾解读平林的这一理论逻辑说："能为无产阶级的胜利做出贡献的就是善的，反之则是恶的这一评

---

① 同上书，第 393 页。

价基准，通常来说，已是道德层面的问题了。更是政策性的问题。所以如果说马克思主义文学是唯一能够把这一文学的政策性与艺术性结合起来的艺术形式，那么就应该从艺术论的角度，一起来对其具体的结合方式和方法进行斟酌和讨论。"①

　　然而遗憾的是，平林的这一看似矛盾但实际上极具理性和科学性的"二元 论"革命文学观，在当时的日本左翼文坛始终未能得到认同、借鉴和发展。甚至被很多学者认为这是因为他本人未能彻底摆脱"小资"文化意识的影响和"小资"家庭出身的束缚②才形成的一个自相矛盾的文学观。就连曾经在一个文化阵营中战斗过的同志胜本清一郎（1899-1967）也出来批判他说："（文学的——笔者按）社会的价值同时也是艺术的价值，所谓艺术的价值之类的东西，其实原本就是不存在的"。③

　　这些来自同一阵营的伙伴们的不理解与不支持，无疑令平林大为失望。于是原本就对"非合法"状态下强行推进革命文学运动的做法就抱有怀疑态度的平林，开始逐渐远离日本无产阶级文学运动的中心，转向了更为理性的文学本质论研究上去了。

　　其实，细读平林的生平传记资料，会发现，就在他加入日本共产党组织的那一时刻，他的身上就已经一些值得注意的现象了。即他的实际行为与思想倾向开始出现背离。如在加入日本共产党组织的同年同月，他却反而辞去了便于开展社会政治革命运动的国际通信社的职务，开始与时政性很强的工作岗位保持了距离。而此间发表的文章的内容，也有了多元化的趋势。尤其是对自己年轻时倾心过的自然科学，兴致越来越浓。不仅在同年 5 月出版了他的第一本《科学概论》专著，还翻译了朱利安·赫胥黎（1887-1975）的《人类在自然界的位置》等名作。翌年 2 月又出版了一本《生物学概论》。可见他的兴趣志向的位移幅度有多大了。另据青野季吉回忆，从 1920 年代末期开始，平林对稳定的生活环境的渴求似乎越来越强烈，而对激进的革命活动却越来越疏远。笔者认为，这可能与他的女儿的出生，且身体健康状况不佳等因素也有关系。当然，

① （日）平野谦：《平林初之辅のこと》，《平野谦全集》第一卷，新潮社，第 419 页。
② （日）大和田茂：《社会文学·一九二〇年前后——平林初之辅と同时代文学——》，东京：不二出版社（株），1992 年 6 月。
③ 该处引文转译自《平林初之辅文藝評論全集》上卷，第 265 页。

也与后来的日本左翼文坛日益左倾——尤其是由他提出的无产阶级文学的政治价值被不断拉高，而他从未否定过的无产阶级文学的艺术价值却被日渐放置到一边的新趋势，也有很大关系。于是在 1924 年 9 月前后——即关东大地震给日本的左翼文学团体带来致命打击之时，他对日本无产阶级文学运动的态度便表现得愈加冷漠，甚至是站到了批评和否定无产阶级文学的立场上去了。尤其是小林多喜二和宫本贤治等新生代政党派左翼作家走上历史舞台的前沿，提出"党的文学"概念之后，平林就几乎退出日本无产阶级文学运动的中枢了。转而去潜心研究学院派的文学理论问题，大有从"文学的本质"出发，要从根本上去解释清楚文学与政治的关系的意图。有关这方面的探索，我们可以从他在这一时期出版的评论集《文学理论的诸问题》的章节设计中，也能窥见一二。

第一篇　文学的本质的问题
　　　　关于文学的本质（一）
　　　　关于文学的本质（二）
第二篇　文学方法论的问题
　　　　文学方法论
　　　　爱弥尔·左拉的文学方法论
第三篇　关于艺术价值的问题
　　　　政治价值与艺术价值
　　　　诸家艺术价值论的批判
　　　　作为商品的近代小说
第四篇　技术及形式的问题
　　　　文学及艺术的技术性革命
　　　　对文学新形式的期望
第五篇　文艺批评的问题
　　　　文艺批品论
　　　　关于文艺批评家的人物
　　　　文艺批评与文艺政策
第六篇　论我国小说界的现状
　　　　排斥即兴性的小说
　　　　论心理描写的小说

通读这本评论集的内容，平林试图从学院派文学理论的角度来阐释清楚无产阶级文学与传统文学之间的承接关系的意愿，清晰可见。尤其是有关文学的政治价值与艺术价值的讨论，对日本左翼文坛的影响很大。直至 1960 年代，这一议题还都是讨论和反思日本无产阶级文学运动成败得失的核心焦点。甚至如平野谦所总结：这一命题的论述，后来便成了支撑日本无产阶级文学运动发展的一个轴心。[①]

同时，平林还认为，由于"在日本未曾出现过像欧美国家那样的自由主义的黄金时代。也没出现过民主主义的时代。今后会不会出现也无从推论，或许干脆就不出现了也是有可能的"[②]，所以"要想解开这个谜，就必须先把日本这个变态的资本主义发达史——即对明治以来的历史——进行一次深入分析"[③]才可以。于是他本人便开始着手做这件事。且在大正十三（1924）年四月，出版了一本题为《日本自由主义发达史》的专著，从社会政治学的角度，完成地日本近代的自由主义发展全过程，予以了一次梳理和反省。可谓意义深远。

此后，这位对自然科学问题情有独钟且富有理科思维特质的革命文学者，便基本告别了日本左翼文坛。而且让人意想不到的是，晚年的平林居然还迷上了侦探和科幻类小说，不仅发表过《侦探小说坛的诸倾向》《当下文坛与侦探小说》等开日本侦探小说研究之先河的作品，还身体力行地去创作过一篇题为《山吹町的杀人案》的侦探小说。只是遗憾的是，就在平林的侦探小说创作工作刚刚要开花结果之时，悲剧发生了。年仅三十八岁的平林初之辅，在巴黎参加第一届国际文艺家协会的途中，突发胃肠炎，客死他乡了。

但笔者在这里想提请注意的是，当我们评价"转向"后的平林时，不宜用非此即彼、或左或右的单线条或对立的思维方式来下结论。因为他在离开日本无产阶级文学运动的领导位置之后，依然心系着日本无产阶级文学运动的理论重建问题和发展方向。如在法国开会期间他给朝日新闻社发来了几份稿件

---

① 昭和女子大学近代文学研究室编：《近代文学研究丛书》第 33 卷，1970 年，第 89 页。
② （日）平野谦：《平林初之辅のこと》，《平野谦全集》第一卷，东京：新潮社，昭和50 年，第 416 页。
③ 同上书。

中，就有一篇题为《プロ文学かマルクス文学か》（可译为《是要普罗文学呢还是马克思文学呢》——笔者按）的评论。从中，我们可以清楚地看到他对日本无产阶级文学运动依然抱着很高热情的事实。其实，综合阅读此间他所发表过的文章，我们可以明白，他当年反对的，其实只是在被政府认定为非法组织的前提下还要坚持冒着危险去推动斗争性无产阶级文学运动的做法本身，而不是无产阶级文学运动所秉持的理念。即他所否定是日本无产阶级文学运动的具体组织方式和方法，而不是内容。尤其是进入 1930 年代，当革命文学者阵营中开始出现有人被捕的现象之后，他就更加坚信，日本无产阶级文学运动应该重新回到文学的启蒙性和大众化以及民主主义的构建这一起始点上来是正确的道理。即须对此前的革命文学运动模式做一些必要的修正和反省，最好能够在议会普选制的合法框架下去与资产阶级的政治和文化进行斗争。这一主张无疑有他的合理性和科学性。然而在那个马克思主义文学思潮处于全盛期的历史阶段，这一理性的提议却几乎没有得到日本左翼文坛的认真思考和回应。直到1934 年，在日本政府的打压下左翼文学运动一败涂地，革命文学者纷纷转向了，才有人想起了平林初之辅的斗争路线。只是如前文所述，这位难得富于理性和冷静思考性格的无产阶级文学者，却在未能等到自己再次发挥作用之前，便中年陨落了。

　　回顾平林一生的理论摸索，可知他所思考的问题，其实并不复杂难懂。总括起来，无非就是在推动无产阶级文学运动的过程中，该如何客观且合理地处理好文化艺术的创作与文学为社会政治革命服务之间的平衡的问题。众所周知，作为社会政治运动的一个重要组成部分，日本的无产阶级文学运动从其诞生之日起，直至 1970 年代日渐沉寂，如何面对文学与政治的纠葛，一直都是困扰这一文化运动发展进程的一个重要因素。其实，就本质而言，如何处理好文学与政治的关系，也就是如何处理好文学的自主性与文学的功利性之间的平衡的问题。站在今天，回顾当时的日本无产阶级文学运动，我们当然很容易就能发现这一事关革命文学运动本质的追问。但在当时却并未得到充分的认知和把握。至少在 1920 年代，大多数的左翼文学者都无条件的或是未经科学和合理性的思考的前提下，便就急匆匆地投入到了那场革命文学运动中去了。这是为什么到了 1930 年代中期，当革命文学运动面临了严厉的政治打压之后，会有那么多左翼文学者纷纷发表"转向"声明，离开革命队伍的一个重要原因。相对于这些人，平林能够在 1920 年代初期，就从正面指出这一问题的不可避免性，并专文讨论了文学的政治价值与艺术价值可否能够并行不悖的问题，实在难得。

第三节　鲁迅与平林初之辅

　　回顾完平林的人生轨迹及文学理论的探寻之路径之后，想必很多人已经明白了为什么鲁迅对平林初之辅表现出冷漠与不关心，会引起笔者的特别关注的道理。即当我们把平林在日本无产阶级文学发展史中所发挥的具体作用和影响力与鲁迅对这一时期日本无产阶级文学运动所投放的热情，并列摆放在一起时，就会发现，鲁迅对平林的这一置若罔闻的态度，确实令人诧异。因为平林当年所论述的有关马克思主义文学的艺术价值与政治价值的问题，与鲁迅自有岛武郎的《宣言一篇》之后，也曾一度犹豫和困惑并亲力亲为地去思考过的无产阶级文学的可能性及历史意义如何认识的问题，一脉相通。所以单从"话题性"的角度去推想，鲁迅也不应该对平林的理论阐述如此冷漠与无视。何况如前文所述，在当时的中国文坛已经有 7 本平林初之辅的翻译文集了。其中胡秋原翻译的《政治的价值与艺术的价值》还先在《小说月报》上连载了。《文学的社会学的研究方法及其适用》一书，更是出了两个版本的中文翻译。可见无论从在中国文坛上的知名度还是从文艺理论方面的影响力来看，平林的存在都远在青野季吉和上田进等人之上。可是鲁迅对他的文笔活动就是没有表现出过任何感应。

　　这到底是为什么呢？

　　带着这一疑问，笔者又去翻阅了一遍鲁迅购买过的那几本平林初之辅文集。几经观察之后，似乎发现了一点线索。就以《无产阶级的文化》为例，如下图所示，有的页面用"○○"替代的避讳字，已多达半页纸面以上。而且不仅这一处，除了首页简短的《序言》之外，打开鲁迅购买的这本平林初之辅文集，还会发现该部论文集从开篇第一段开始，就是大量的避讳字。

　　避讳字所占比例之大，已达到了即便是熟悉文字检阅规则的人，也很难理解文章原意的程度。毋庸置疑，这一现象必定给鲁迅的平林初之辅理解及走近和接受他的文艺思想，带来了巨大的阻碍。或许鲁迅阅读平林文章的热情在

入口处，就被消耗殆尽了。否则平
林所倡导的无论是无产阶级文学还
是马克思主义文学，只要是文学，
首先就须具备作为文学所应具备的
艺术价值和魅力，然后再去思考是
否可以为革命、为政治所用的主张
和观点，与鲁迅在革命文学论争时
期所秉持的文学不应为了宣传而去
宣传，相反，应该先把文学本身创
作好，然后倘若这部好的文学作品
有可能对政治革命及宣传有益，才
可拿去为政治、为革命服务的观
点，极其相似。即在鲁迅与平林之

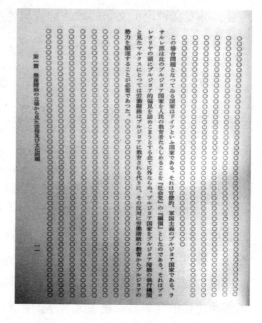

间，找到可以共鸣的点不是一件难事。然而这些原本可以为鲁迅和平林互动及
往来起来的契机性因素，都胎死腹中了。很显然，罪魁祸首就是这些大量的避
讳字。

　　当然，这一因素可能还只是外在的或说是形式上的阻力。而非本质性的
原因。因为鲁迅购买的第二部平林初之辅文集《文学理论的诸问题》，就几乎
没有避讳字了。倘若鲁迅真的只是因为避讳字的缘由而未能走近平林，那么
《文学理论的诸问题》的内容，也足可以引起鲁迅的关注——甚至是共鸣。因
为该部论文集中所收录的一篇题为《艺术价值的问题》的文章，与鲁迅和中国
革命文学派展开激烈论战时所争论的议题，有密切关系。换句话说，如果只是
因为避讳字，那么鲁迅在这一时间点上仍然有走近平林的契机和可能。但是客
观事实是，鲁迅自始至终对平林都保持了沉默。置若罔闻。所以笔者认为，在
这一沉默的背后，一定还有其他更为强烈和更为本质的让鲁迅对平林产生抵触
感的东西。

　　那么这个阻碍到底又是什么呢？

　　为了找到它，我们来一起读几段该部论文集所收录的这篇论文《艺术价
值的问题》。

　　作为引文，下面的篇幅可能会有些冗长。但为了能够展示出平林初之辅
整体的理论框架及体系，包括他对无产阶级文学及马克思主义文学所秉持的具

体立场及观点，暂且我们就不顾及篇幅等问题，摘译几段附在这里。

虽然马克思主义也只是一个世界观，但它目前最为紧要的目标，是把无产阶级者都组织起来，从资产阶级的手里夺取政权。为了这一政治目的，自然就需要把所有无产阶级者的力量都团结起来。所以无论是文学还是艺术，都必须要成为实现这一政治目标的手段。当我们从这个角度去看文学作品时，其实任何一部文学作品，都只是一个宣传或煽动的工具而已。不同之处，仅在于有的是间接的，而有的却是直接的。这一解释在政治性上是完全正确的。也就是说，在马克思主义政党的艺术程序中，所谓艺术作品的价值，就是要看它为无产阶级的胜利做出多少贡献。这是一个无可厚非的事情。而党组织对党员作家及批评家提出这样的要求甚至是命令，也是理所当然的事。有人说艺术不是（革命的——笔者按）手段，文学也不是宣传的工具。然而这种单纯的只是从文学的立场发出的喊叫，其实是毫无意义的。因为争取无产阶级的解放和胜利，是马克思主义者绝对不能妥协的一个底线。

所以，对于马克思主义的批评家来说，评价作品的根本基准，其实很简单，就是看它是否满足了这一纯然的政治性的基准。作为马克思主义的作家和批评家，也必须要认可和接受这一基准。作为一个作家或是批评家，无论他怎样的优秀，当他拒绝了这一最为根本的基准的那一刹那，他其实就已经不是马克思主义的作家或是批评家了。因为不管怎么说，他须知道自己首先是一个马克思主义者。然后才是一个作家或是一个批评家。即对于一个马克思主义者来说，艺术的价值必须要服从政治的需要。

拿一个实际的作品——如契诃夫的作品来说吧。我们说契诃夫是一个非常优秀的作家应该不会有多少人持反对意见。但若从是否拥护革命这一政治化的必要性去看时，或许他的作品并不被看好。那么面对这样的作品，我们的马克思主义批评家就须严格地对其剧作做出批评。甚至可以通过无产阶级的国家权力，禁止他的作品上演。①

从这几段译文，我们很容易看出，平林是站在认同并支持"政治挂帅"

---

① （日）平林初之辅：《芸術価値の問題》，收录于《平林初之辅文藝評論全集》上卷，第265-266页。

模式的无产阶级文学创作观立场上的人。甚至他还认为，站在无产阶级文学的立场上去看"任何一个文学作品，都只是一个宣传或煽动的工具而已。不同之处，仅在于有的是间接的，而有的却是直接的。"显而易见，这与鲁迅的革命文学观有极大的反差。在前文中我们已经介绍过，鲁迅在《壁下译丛·小引》中曾批评过中国的一些革命文学者。说他们"近一年来中国应着『革命文学』的呼声而起的许多论文，就还未能啄破这层老壳，甚至于踏了『文学是宣传』的梯子而爬进唯心的城堡里去了"①。鲁迅的这一主张与上面平林所表述的观点和立场差异很大。尤其是当鲁迅看到平林同意党组织可以去指导甚至是可以去命令无产阶级的文学家的立场时，便完全失去了深入阅读的兴致吧。因为鲁迅一向认为，文学是一个有余裕的产物，文学作品的创作也须依靠作家自身情感的自然流露才可以，不能受任何人的指使。笔者认为，这一有关革命文学的基本立场和态度的相悖，是导致鲁迅未能走近并译介平林的一个根本原因。

当然，笔者的这一推论也可能会招来质疑。因为鲁迅对基于平林革命文学观及立场衍生出来的更为激进的青野季吉和藏原惟人的马克思主义文论，都采取了先介绍后批判的做法，为什么偏偏对平林初之辅一个人，区别对待？

笔者认为，这可能与鲁迅接触这几个人的文学理论的时间，有前后差异有关。鲁迅购买平林初之辅第二部论文集《文学理论的诸问题》的时间是1929年12月。众所周知，此时中国左翼文坛有关革命文学的讨论，已从文学的革命价值及宣传手段的讨论走出来，是年年底都已经开始酝酿和筹备成立左联了。即平林的理论在中国已成"过去式"时，鲁迅才看懂他的论述内容。于是在那个新的理论接二连三，很多观点和立场转瞬间便会失去存在价值的时代，鲁迅只能对平林的论述"视而不见"了。而时隔近一个世纪之后，当我们再去回顾这段中日近现代文学者的交流史时，就只能看到鲁迅对平林的"置若罔闻"之冷漠表象了。

当然，平林初之辅的无产阶级文学观也并非"清一色的左倾"立场。因为接着上面那几段引文，平林又紧接着作了如下一段解释。

但是，契诃夫的文学作品的艺术价值会不会因受到这些政治形势的变化

---

① 《鲁迅全集》第10卷，第307页。

的影响，以及国家权力的命令或是政党的决议等因素，在一夜之间就完全消失了呢？

我的回答是：不会的！而且我还相信，不仅是我一个人，任何人都会这样判断。其实不仅是契诃夫的文学作品，以波特莱尔或者是埃德加·爱伦·坡等人的文学作品为例也一样。众所周知，这些人的文学作品，若从对无产阶级的胜利是否有用的角度来说，都是毫无贡献的。甚至别说是贡献了，其中有一些人的作品甚至连对一般人的福祉和进步都不会起到多少积极地推动作用。那么对于这样的作家和他们的作品，我们是否可以否定他们的艺术价值呢？这些作家所描写的颓废性和不健康性，别说是对无产阶级的革命斗争毫无益处，就连对促进人类文明的一般性进步事业，也都会起到反作用的。但是尽管如此，我们依然须去承认他们的作品或多或少还是具备一些艺术价值的这一事实。这一点是不能否认的。[①]

不过，可能是因为平林本人意识到自己的这些论述可能会招来误解的缘故，紧接着上述这些言论，他又对无产阶级文学及马克思主义文学的政治价值及艺术价值到底在哪里的问题，做了如下补充阐释。

性急的读者或许要说我：你一定是想否定艺术作品中的政治价值或是抱着想消弱艺术作品中的政治价值的企图和目的，才来讨论这个问题的。然而，我的意图正好与此种推测相反。我恰恰是为了正确地认识文学作品中的政治价值，并为了证明的它的重要性才提出先把这种文学作品中的政治价值从艺术价值中区分出来的主张。因为倘若不这样，而只是用一句"社会的价值"概念来总述，将这些完全不同的东西都打进一个包裹里去而不加以区分，反而会有把所谓无产阶级文学或马克思主义文学的特殊性消灭掉的危险。

马克思主义文学作为无产阶级文学的一个重要组成部分，其实也可视其为是无产阶级文学的一个别称。因为它与无产阶级文学一样，都是被附加了特殊政治使命的文学。是为了夺取政治权力而产生的文学。这是一个不允许有一点糊涂的客观事实。也不允许对其抱有应付一下或是蒙混过关即可的态度。同

---

① （日）平林初之辅：《芸術価値の問題》，《平林初之輔文藝評論全集》上卷，第266页。

时，对那些想以艺术或文学的名义对无产阶级文学和马克思主义文学进行"合理化"的企图，我们也须予以彻底的回击。另外，马克思主义可以把艺术和文学看作是一个社会现象来阐释，但艺术和文学本身却没有必须服从马克思主义的命令或是遵守其规定，成为其政治斗争的一个工具的义务。肩负这一义务的，只有无产阶级的文学和马克思主义的文学。即我们对无产阶级文学不应以艺术的立场而是从政治的立场，不是从文学理论的角度，而是从政治理论的角度去合理化才可以。

（略）倘若你明白了这个道理，就能明白为什么那些认为无产阶级文学缺乏存在的根基的看法是一个极大误解的道理。[1]

综合这几段引文的内容，我们基本可以看清楚平林所秉持的马克思主义文学观及无产阶级文学观的基本面貌。总括起来，就是他既不同意用传统文学的美学特质去否定无产阶级文学及马克思主义文学的存在的合理性的做法，也不同意用无产阶级文学及马克思主义文学的政治标准去衡量一般文学的艺术价值。即在平林看来，无产阶级文学及马克思主义文学就是无产阶级文学和马克思主义文学。在创作目的及文学属性上，它与一般的文学艺术有着本质的不同。因为无产阶级文学及马克思主义文学是"阶级与阶级，压抑者与被压抑者形成鲜明对立的社会结构里才产生的文学。是暂时放下了文学本身的艺术享受，甚至为了消灭阶级的存在宁可选择或多或少地妨碍文学本身的发展进程也要继续优先政治革命工作的一种文学形式。也是为了满足紧迫的政治需要，不惜牺牲其他要素的文学"[2]。所以对无产阶级文学来说，政治的价值是高于一切其他价值的，并且仅凭这一点价值，它就具有了发生和存在下去的历史意义。只是这一价值与历史意义不同于一般的传统文学，有其历史时间的局限性。所以平林断定无产阶级文学及马克思主义文学终究是一个过渡性的文学形式。这一点与资产阶级文学获得历史认同的过程是一样的。因为"回顾那段资产阶级革命最为激烈的时期历史"[3]，会发现，直到后来夺取了政权，成为统治阶级，资产阶级革命派所倡导的"友爱""和平"等文化理念，才成为国民文化的基

---

[1] 同上书，第267–268页。
[2] 同上，第268页。
[3] 同上，第268页。

本内涵。这就是被后来的日本学界称之为"二元 论"的无产阶级文学观的基本内涵与框架。其实，平林的论述逻辑并不复杂。一言以蔽之，就是要求把传统文学和无产阶级文学完全切割开来认识，不能混为一谈。也不是此消彼长的对立概念。这是他为什么会一边支持无产阶级文学的合理性与历史必然性，同时又极力维护非革命文学的艺术价值的原因。笔者认为，这一看似矛盾的"二元 论"逻辑，其实非常具有启示意义。因为它消解了无产阶级文学与既有传统文学之间的尖锐对立关系。提供了一个可以共生的理论依据。这对当时的日本左翼文学运动来说，无疑是一件好事。尤其是他依据马克思主义的唯物史观得出的由于无产阶级文学是以消除社会不平等的阶级的存在而存在的一种特殊的文学形式，所以它必定是一个过渡性的文学形式的论述，其历史意义不容小觑。倘若不是因为避讳字过多等的原因，以及他的这一"二元 论"多有自相矛盾的倾向，想必鲁迅一定会对他的这一独特论述所触动。至少在际遇并超越上田进的译介理论之前，鲁迅就应该能明白无产阶级文学作为一个文学现象，由于它过多地承担了政治和革命的任务，所以终会迎来破产的这一宿命。因为平林的论述逻辑概括起来，就是：一个文学者一旦参与了革命，他就不是文学者了，而是一位革命者。而真正的革命者又很难写出具有传统美学价值的文学作品，那些为了革命而去创作的革命文学最多也只能起到一点宣传和教育的作用，又算不上是真正的"文学"，所以革命文学必然是一个过渡性的文学，只在革命时期有效。

回顾当年活跃于中日两国革命文学界的文学者，我们会发现他们当时之所以感到困惑，就是因为很多革命文学者兼顾了革命家与文学者这两种身份。即他们一方面将自己定格为文学者，但在客观事实上所从事的又都只是为革命服务的政治工作，于是大多都如青野季吉那样，时常徘徊在"到底是应该去搞文学呢还是社会主义？"（已出）的两难中。倘若他们早一点接受了平林初之辅的"二元 论"逻辑，或许就从这一政治与文学的纠葛中摆脱出来了。客观事实上，如平野谦等活跃于1950年代和1960年代的一批左翼知识分子最后之所以得以解脱，正是因为他们后来大都认可了平林的这一"二元 论"革命文学观。当然也可以倒过来理解，说正是因为这些近代文学者从困扰他们多年的文学与革命、文学与政治的纠葛关系中走出来了，才理解了平林的"二元 论"论述的科学性。而鲁迅由于错过了与平林的共鸣契机，也使得他本人及他身边的中国革命文学者们，多枉受了几年文学与革命的纠结之苦。倒是凭借着自己的理性与研究，提前感知到了革命文学的非科学性的一面的平林初之辅，早早地就放弃了文学者的革命道路，坦然地走向了充满知性游戏色彩的侦探小说领域了。至于哪条路更具历史意义，那就是仁者见仁、智者见智的问题了。

但有一点是非常清楚的。即从有岛武郎的《宣言一篇》发表之后，鲁迅所感受到的困惑与迷茫，究其根本原因，也与他想把"文学与政治"、"文学与革命"的关系统合起来，最好能够合二为一，走出一条文学者的革命道路的愿景有关。倘若鲁迅先行理解了平林初之辅的这一"二元 论"逻辑并接受了他的这一立场，那么对青野季吉、藏原惟人、上田进等人的文学论，或许也就不会动心了。当然，假如历史真的是那样的，那么我们今天所探寻的，一定是一条完全别样的文学者的革命之路。只可惜，历史是无法假设的。只能尽可能地去全面认识它、了解它、审视他、借鉴它。

第九章 结语

(一)

除却在明治末期就展露出社会革命倾向的初期日本社会主义文学运动之外，本书通过梳理和挖掘厨川白村、有岛武郎、片上伸、青野季吉、藏原惟人、上田进、平林初之辅等七名日本文学者的革命文学论内涵，以及存在于他们之间的内在连带关系，可以说，对日本整个无产阶级文学运动的发展史——从 1921 年《播种人》发行前后至 1934 年"纳普"解散为止的一段日本文学史，予以了一次全方位且又细致深入的关照与检讨。同时，借助鲁迅的视线，对这七名日本文学者的革命立场及主张，也予以了一次"编年史"体例的纵向论述。这一研究，无论是在研究方法上还是在研究范围的设定上，可以说都是一次新的尝试。且在此基础上，笔者又把这一流变的日本无产阶级文学发展史放置到了中日两国近代文学理论相互影响与相互接受的语境中，予以了重新审视，勾勒出了一条中日两国文学者相互借鉴又相互影响的跨国文化交流史的脉络。应该说，这是本书最大的一个亮点。同时对至今为止的诸多先行研究所未涉及或是未能予以清晰论述的遗留问题，也予以了一次补充说明。

日本学者藤井省三在《村上春树心底的中国》中，曾就自己所采用的研究方法说，这是"以中国为抓手来解读村上文学，反过来又以村上春树为抓手来解读中国文化和中国社会"[①]的一种方式。作为比较文学研究的一个方法，本书亦采用了与此方法近似的一个切入点。即用日本无产阶级文学理论及文学思潮的流变过程，来解构了鲁迅的革命文学论内涵；又通过鲁迅对日本无产阶级文学的接受与阅读过程，重新阐释了 1920 ～ 1930 年代的日本无产阶级文学

---

① （日）藤井省三：《村上春樹のなかの中国》，东京：朝日新闻版，2007 年 7 月，第 4 页。

理论的演化过程及相互的连带关系。包括沉潜在这一文学运动底部的政治与文学的纠葛。这对我们重新思考"如何文学、怎样政治"这一古老而又新鲜的学术命题，无疑多有裨益。

只是如奥野健男早在 1960 年代初就曾质疑过的："'政治与文学'的理论框架，作为大正和昭和时期文学理论的中心主轴，在今天已经彻底破灭。围绕'政治与文学'的关系展开的诸多激烈争论，站在今天的社会状况和文学生态上回头去看时，显然也已都成了伪命题。没有三分钱的价值。[①]"那么从奥野健男的这一批评算起，时间又已过去半个多世纪的今天，笔者再来提起这一议题，又意欲何在呢？

首先，我们须知道，奥野健男是一位对无产阶级文学持有些许偏见的批评家。所以对他所做出的批评与否定意见，我们须带着一些理性与冷静的心态去面对。同时，如本书在《引言》中所讲过的，有关"政治与文学"以及"社会与文学"的命题本身，也是一个与时俱进的活概念。在不同的历史时期，会有不同的解释和认知。自然也会有不同的重新去叩问的价值。不可以仅以一个时过境迁的理由，就将其附带的价值及意义全部抹杀掉。

当然，这一存在的意义也会因立场的不同而有所不同。但即便如此，我们再退一步，不谈立场和思想，仅从历史学研究的角度出发，有关日本无产阶级文学运动中的一些历史事实，至今也遗留着很多未解之谜。还须我们后学继续去努力挖掘与阐释才可以。所以笔者不是很赞同奥野健男面对历史性问题所展示出来的态度。

那么本文通过鲁迅与日本无产阶级文学运动的比较研究，得到了哪些新的发现与心得呢？

（二）

首先，本文至少为我们勾勒出了一条此前未曾予以细微关注、但在参加革命运动的过程中，它曾实实在在地困扰过当时的文学者的一个思想和行为的线。即，文学者到底该如何去面对社会革命运动的追问。

---

① （日）奥野健男：《奥野健男文学论集》第二卷，昭和 51 年 10 月，东京：泰流社，第 148 页。

　　或许是因为日本最著名的无产阶级文学者小林多喜二的牺牲事迹太过壮烈，以及领导日本无产阶级革命运动多年、在革命文学理论方面也颇有建树的藏原惟人和宫本显治两人在被捕入狱之后，表现出来的不屈不挠的精神也太过耀眼的原因，导致时至今日，我们谈起日本的无产阶级文学运动，思维就会或多或少地被这些"伟大的革命人物"形象所牵制，从而在有意无意中，淡忘了那一代革命文学者也曾为革命文学作为"文学"本身的发展所付出的艰辛努力与探索、乃至困惑的经历。而客观事实是，如本书在第二章至第八章的内容中所论述，追溯这些革命文学者的根源，我们会发现，他们最初都只是一个热爱文学的"文学青年"。且都是在学生时代便开始发表文章，文学天分与才能不容置疑的一代优秀的知识分子。但是因生逢了那个马克思主义文学思潮在全球范围内高扬的时代，最后都不得不落入革命与文学相倾轧的命运之中。在某种意义上，可以说一场日本无产阶级文学的运动，就是一部纷繁复杂的文学与社会、文学与政治、文学与革命相纠葛斗争的历史。如厨川白村，作为一名获得过天皇银表奖的优等生，原本他只是一个深信文学是作者本人"苦闷的象征"的人，坚信文学与特定的阶级或政治集团体无关，甚至认为为了特定的阶级或集团去做宣传和说教的文学不是真正的文学，是愚蠢的，没有任何意义。然而就是这样一位彻头彻尾的"资产阶级"知识分子，最终居然在那个大的时代潮流的推动下，还是把目光投向了当时日益高涨的劳动文学运动。甚至最后还被动地站到了思想的"十字街头"，高声质问自己："To be or not to be, that is the question"。

　　片上伸又何尝不是呢？作为一名自然主义文学理论的倡导者，他原本也只是一位推崇"没思想""无解决"文学观的新潮学人。但亲身经历过那场震撼世界的"十月革命"之后，也站到了承认无产阶级文学的合法性的立场上来了。并从文学内在的规律角度出发，晚年尽全力为无产阶级文学的必然性和特殊性问题而去呐喊和辩护，直至病逝，还都在为无产阶级文学的成长成熟，探寻着新的形式和内容。足见其执着与笃信之深。

　　青野季吉虽然与这两者的处境略有所不同，是因为生活状况的太过困窘才加入到革命文学的队伍中来的，但就天性而言，无疑他也是一位喜欢文学的感性少年。否则也就不会在"是要文学呢还是要去社会主义"的犹豫中徘徊挣扎了。即便是作为马克思主义社会运动家的藏原惟人，其内在的精神气质，也与前几位基本相同，虽然在革命立场和文学观上不曾经历过前几位文学者那般的矛盾与困惑，但他的一生也是在如何才能把自己的政治理念与文学愿景完美地结合起来的探寻中度过的。而有岛武郎、平林初之辅和上田进等，更是饱尝了文学与社会、文学与政治的拉扯之苦。可以说，这一革命与文学的挣扎之苦，是那一代日本文学者们的集体命运。本文在第二章至第八章的论述中，之所以对每一位文学者的生平事迹，都予以了细致挖掘，也是为了再现出这些活跃于 1920 至 1930 年代的中日革命文学者们的集体困惑与苦恼。从而让我们看清楚文学者参与革命的归宿与命运。当然，如此细致地去挖掘研究，也是因为至今为止的先行研究对这方面的问题的关照还远远不够。

（三）

不过，在借助鲁迅的视线去重新审视日本无产阶级文学者们的理论发展进程及流变的过程中，笔者最大的收获，还是看到了鲁迅本人的革命文学论内涵的多样性与复杂性——甚至是一种不稳定性。因为从颂扬"象牙白塔"式资产阶级文学厨川白村，到盖着党旗下葬的无产阶级政党作家上田进，他们之间的文艺思想及立场、观点的跨度毕竟太大了。而鲁迅居然在他们身上都找到了可以共鸣的点。这一方面让我们看到了鲁迅借鉴和接受新兴文艺理论的广度和宽度，但这同时也表明了当时的鲁迅的革命文学观及立场，也是非常流动的。可以说没有什么明确的自我定位。这是笔者始料未及的发现。也使笔者颇为吃惊。因为多年以来，笔者眼中的鲁迅形象是：骨头最硬，最正确、最勇敢、最坚决、最忠实、最热忱的中国文学革命主将。然而，如本书所示，纵观鲁迅接受日本无产阶级文学理论的每一个细节及进程，我们看到的是一个也曾深深犹豫、困惑、甚至是徘徊过的鲁迅身影。这使得笔者愈加相信，日本鲁迅学者竹内好所勾画出来的"启蒙者鲁迅"形象，以及丸山升所塑造出来的"革命人鲁迅"形象，以及长堀祐造主张的"同路人鲁迅"形象等，其实都只是为我们展示出了鲁迅的一个侧面而已。并非全像。至少在与日本各个时期的左翼革命文学思潮共鸣的那十几年时间里，在鲁迅的内心，就革命文学论本身而言，并没有一个明确的、清晰的文学理念或主张。换句话说，这一时期，是鲁迅文学理念的空白期。所以鲁迅才甘心情愿地将自己大量的物力、人力和精力，投入到系统翻译马克思主义文艺理论丛书的工作中去了。或许鲁迅那句感谢创造社的话："我有一件事要感谢创造社的，是他们'挤'我看了几种科学底文艺论，明白了先前的文学史家们说了一大堆，还是纠缠不清的疑问"所蕴含的意味，远非字面意义那么简单。

（四）

最后，笔者想就本书中所未能谈及的几个遗留问题，再做一点简单的整理与归纳。以便为今后进一步的深入研究，预留一个切入点。

毋庸置疑，鲁迅观察日本无产阶级文学运动流变的视线，绝非本文所列举的这一条。也没有局限于本书所列举的这七名文学者。日本无产阶级文学运动本身，其内容也远非本书所提炼出来的这一条单线。其内涵无疑要比这更加丰富，所涉及的范围也更为广泛、复杂和多元。所以在今后的研究中，笔者想在现有的基础上，再扩充一些考查的对象。比如鲁迅与中野重治的关系就是一个不容忽视、值得探讨的课题。因为在鲁迅与中野重治的革命文学观中不仅存在着很多同质性的东西，在他们二者之间，确实也存在着清晰地互动记录。而且作为比较文学的研究对象，鲁迅与中野重治的互动关系还具有时间差和双向性的特质。即在二战之前，主要是鲁迅在借鉴中野重治的论述。而在二战之后——尤其是在 1950 至 60 年代，鲁迅成为日本读书界最受欢迎的外国作家之后，中野重治又成了鲁迅的忠实读者——甚至可以说是追随者。这一历史性的变化背后，无疑蕴含着丰富的文化历史深意。值得我们去进一步深入探讨和研究。

此外，还有一位日本左翼文学者的存在也不容忽视。即学者型的文学批评家岗泽秀虎。竹内荣美子曾在一篇文章中指出："这位在日本无产阶级文学运动中处在非主流位置上的人物，在当时的文学运动中却意想不到地发挥了极为重要的作用。[1]"比如他翻译的《党的组织和党的文学》一书，"不仅给旷日持久的艺术大众化论争画上了句号，还为推动艺术运动的布尔什维克化提供了一个有力的理论根据。名声很大。[2]"笔者曾对岗泽秀虎生前发表过的一些文章及参与过的文学活动等情况，做过一些调查。发现这位在文学史上并不引

---

① （日）竹内荣美子：《プロレタリア文学運動とソヴェートロシア文学理論——中野重治・蔵原惟人・岡沢秀虎に見る一断面》，《文学》杂志。东京：岩波书店，2003 年 3 月，第 53 页。
② 同上。

人注目的左翼文学者，确实如竹内荣美子所述，对日本无产阶级文学运动的发展，做出了不小的贡献。因为他不仅同上田进一样，曾系统地翻译过苏维埃文坛的文学理论，而且作为早稻田大学俄文系的教授，还替当时的日本左翼文坛承担了很多泛政治化的文学者所无法承担的工作。比如那篇《以理论为中心的俄国无产阶级文学发达史》就是最具有代表性的一部学术专著，影响力很大。而沿着片上伸、上田进等早稻田大学俄文系出身的左翼文学者的理论摸索动向一路探寻着走来的鲁迅，在片上伸病逝之后，很快就把关注的视线投放到了岗泽秀虎的身上。如鲁迅在重译藏原惟人和外村史郎合译的《苏维埃的文艺政策》时，就重点提到过岗泽秀虎的文艺理论译介工作，且在该书于1930年4月以《文艺政策》为题，作为《科学的艺术论丛书》的一个组成部分被翻译出版时，作为附录资料，鲁迅还把岗泽秀虎的这篇论文特别附在了该书的后面。又在撰写《后记》时，重点提示说：

　　但较之初稿，自信是更少缺点了。第一，雪峰当编定时，曾给我对比原译，订正了几个错误；第二，他又将所译冈泽秀虎的《以理论为中心的俄国无产阶级文学发达史》附在卷末，并将有些字面改从我的译例，使总揽之后，于这《文艺政策》的来源去脉，更得分明。这两点，至少是值得特行声叙的。[①]

　　可见在鲁迅眼里，岗泽秀虎的存在也是一个非常重要关注对象。毕竟这本《文艺政策》是鲁迅开始学习和研究苏维埃文学理论之后，所收获的一个重要理论成果。岗泽秀虎的身影能够出现在这本书中，这一事实本身就具有一定的象征意义。那么在鲁迅的革命文学论的形成过程中，岗泽秀虎到底发挥了怎样的作用呢？同中野重治的问题一样，有关这方面的研究，只能待今后逐渐去完善和补充了。

　　笔者相信，等到这些日本左翼文学者的面纱被一一揭开之后，我们就可以看到中日近代文学者参与革命的整体归宿与命运。那一场景和结论，无疑会对今后的知识分子提供一个宝贵的经验。让更多的文学者找到自己参与社会政治工作的一个有效途径和科学方式及方法。使文学者的革命，更具现实意义。

---

① 《鲁迅全集》第17卷，北京：人民文学出版社，1973年。第673页。

主要参考文献

1. 厨川白村著 :『厨川白村全集』, 东京 : 改造社, 1929 年。

2. 有島武郎著 :『有島武郎全集』, 东京 : 筑摩书房, 昭和 50–60 年。

3. 片上伸著 :『片上伸全集』, 谷崎精二编, 东京 : 日本図書センター, 1997 年。

4. 藏原惟人著 :『藏原惟人評論集』, 东京 : 新日本出版社, 1966–1979 年。

5. 平林初之辅著 :『平林初之輔文藝評論集』, 东京 : 文泉堂书店, 昭和 50 年。

6. 『日本プロレタリア文学全集』, 东京 : 新日本出版社, 1985 年。

7. 『日本プロレタリア文学評論集』, 东京 : 新日本出版社, 1990 年。

8. 大宅壮一著 :『大宅壮一全集』, 东京 : 苍洋社, 1980–1982 年。

9. 山田清三郎著 :『プロレタリア文学史』, 东京 : 理论社, 1966 年。

10. 飛鳥井雅道著 :『日本プロレタリア文学史論』, 东京 : 八木书店, 1982 年。

11. 飛鳥井雅道著 :『日本近代の出発』, 东京 : 塙书房, 1973 年

12. 浦西和彦著 :『日本プロレタリア文学の研究』, 东京 : 櫻枫社, 1985 年。

13. 栗原幸夫著 :『日本プロレタリア文学とその時代』, 东京 : 平凡社, 1971 年。

14. 小林茂夫著 :『プロレタリア文学ノート』, 东京 : 青磁社, 1987 年。

15. 池田寿夫著 :『日本プロレタリア文学運動の再認識』, 东京 : 三一书房, 1971 年。

16. 祖父江昭二、竹内好著 :『プロレタリア文学』(『日本文学史』第 13 卷, 东京 : 岩波书店, 昭和 34 年。

18. 祖父江昭二著 :『近代日本文学への射程』, 东京 : 未来社, 1998 年。

19. 祖父江昭二著：『二〇世紀文学の黎明期』，东京：新日本出版社，1993 年。

20. 佐々木基一著：『リアリズムの探求』，东京：未来社，1970 年。

21. 大和田茂著：『社会文学・一九二〇年前後』，东京：不二出版，1992 年。

22. 大岡昇平、平野謙、埴谷雄高、花田清輝編：『政治と文学』，东京：学艺书林，昭和 43 年。

23. 竹内好著：『竹内好全集』（第 1 － 3 卷），东京：筑摩书房，1980 年。

24. 丸山升著：『魯迅 その文学と革命』，东京：平凡社，昭和 40 年。

25. 丸山升著：『魯迅と革命文学』，东京：紀伊国屋書店，1975 年。

26. 藤井省三著：『ロシアの影 夏目漱石と魯迅』，东京：平凡社，1985 年。

26. 藤井省三著：『魯迅事典』，东京：三省堂，2002 年。

27. 藤井省三著：『魯迅と日本文学』，东京大学出版社，2015 年。

28. 長堀祐造著：『魯迅とトロッキー』，东京：平凡社，2011 年。

29. 北冈正子著：『魯迅 日本という異文化のなかで』，关西大学出版社，平成 13 年。

30. 今村与志雄著：『魯迅と伝統』，东京：劲草书房，昭和 47 年。

31. 今村与志雄著：『魯迅と一九三〇年代』，东京：劲草书房，昭和 47 年。

32. 佐佐木基一著：『魯迅と現代』，东京：研文出版，1982 年。

33. 鲁迅论集编集委员会：『魯迅研究の現在』东京：汲古书院，1992 年。

34. 芦田肇编：『中国左翼文藝理論における翻訳・引用文献目録』，东京大学东洋文化研究所，东洋学文献中心丛书第 29 辑。

35. 中岛长文编刊：《鲁迅目睹书目 日本书之部》，1986 年。

36. 鲁迅著：《鲁迅全集》，人民文学出版社，1973 年。

37. 鲁迅著：《鲁迅全集》，人民文学出版社，2005 年。

38. 鲁迅著：《鲁迅全集》（日语版），学研社，平成 4 年。

39. 钱理群著：《心灵的探寻》，河北教育出版社，2000 年。

40. 钱理群著：《鲁迅作品十五讲》，北京大学出版社，2003 年。

41. 冯雪峰著：《冯雪峰忆鲁迅》，河北教育出版社，2001 年。

42. 伊藤虎丸著、李冬木译 :《鲁迅与日本人》,河北教育出版社,2000 年。

43. 周作人 周建人著 :《书里人生》, 河北教育出版社, 2000 年。

44. 曹聚仁著 :《鲁迅年谱》, 香港 : 三育图文文具公司, 1972 年。

45. 王润华著 :《鲁迅小说新论》, 台北 : 东大图书股份有限公司, 1992 年。

46. 程麻著 :《沟通与更新 ——鲁迅与日本文学关系发微》, 中国社会科学
出版社, 1987 年。

47. 赵京华著 :《周氏兄弟与日本》, 人民文学出版社, 2011 年。

关于《附录一》《附录二》《附录三》的说明

笔者在完成本书稿第六章《重建革命的希望：鲁迅与上田进》的过程中，得到了上田进的侄子尾崎洋一先生的大力支持与帮助。其中，尾崎洋一先生提供的一篇由其父亲尾崎宏次（即上田进的弟弟——笔者按）撰写的未公开发表稿《上田進こと尾崎儀一·断想》——即《附录一》的内容，及由尾崎宏次先生珍藏的上田进与其二弟尾崎英次之间的通信资料《上田进弘前通信》——即《附录二》的内容，颇具史料价值，弥足珍贵。也是作者得以完成"鲁迅与上田进"这一比较文学研究课题的一个重要史料支柱。鉴于本文在论述的过程中对这两份资料多有引用和参照，且这两份资料在其他地方又很难查询得到的现实，现以"附录"的形式，将其完整地附在这里。

当然，选择抄录这两份资料，笔者也是有一点"私心"的。即除却提供参考的目的之外，也想以此形式对上田进本人表达一份纪念之意，同时，也是为了给这份原始资料多找一个备份和保存的地方。更是为了对尾崎洋一先生给予笔者的热情支持，表达一份谢意。

《附录三》则是作者在研究上田进的生平资料时，收集整理出来的一份《上田进译著作品目录》。本书探讨的七位日本文学者中，除了上田进之外，均已有全集类作品集出版，相关资料相对容易查阅。只有上田进，几乎已被日本学界所遗忘。至今也没有系统的著作集问世。作者在完成这一课题的过程中，也因此而大费了些周章。为了便于后来者的参考与查询，现将这份由笔者自己整理分类出来的《上田进译著作品目录》，亦附录在此。但笔者声明，该目录并非完全之作。亦或有疏漏之处。仅供参考，再待日后逐渐完备。

附録（一）　上田進こと尾崎義一・断想（遺稿）

尾崎宏次著

　兄のことを書く機械はほとんどなかった。兄儀一は、異母兄であった。私とは七つも年齢がへだたっていた。兄はロシア文学者としてその生涯を終えた。結核をわずらって、弘前で死んだ。なぜ生まれ故郷である信州でなく、弘前がさいごの地になったか、ということについては、私は推察を持っているけれども、たしかなことはいえない。

　私たちの父は、小県郡の岩下村を出て、上京した。上京するとき、幼児の儀一を村の本家にあずけた。東京の生活は思うにまかせなかったらしいが、再婚した。母は七人の子供をうんだが、いま生き残っているのは、私と芳雄、謙　の三人である。大正初期の不況下で、父は失業し、なんでも信州人であり藤原銀治郎をたよって、植民地のカラフトゆきを決めたということである。製紙会社、炭鉱会社、また製紙会社と転々として、落合、登里帆、知取という町へ移り住んで、もう国境までそう遠くない知取町で死んだ。

　私は知取町で小学校を終えて、富原中学校へ入った。富原町は今ジーサハリンクスというロシア名になっている。中学へ入るときに戸籍抄本をみて私はなじめて義一が異母兄でありことを知った。小学校の卒業式に着ていったカスリの着物とハカマは、信州にいる義一ガ着たおふるだよ、と母に言われた。

　カラフトにはアイヌ、オロチョン族のほかに、どの町にも朝鮮人と、革命におわれてきた白系ロシア人ガ住んでいた。ロシア人はたいてパン屋であった。

　南カタフトの中央部の一番ほそくなった地帯の東側に知取という炭鉱の村があった。小学校には教室が二つしかなかった。夏、兄が従兄の盛信と二人でこの寒村へやってきた。朝、起きて、二人が寝ている部屋をのぞくと、一人は長髪で、髪がふとんからはみたってしていたので、女かなと思った。兄との初対面である。内地からやってきた二人は毎日テニスをしては遊んでいた。兄弟という感覚にみじんも不純なものははいっていなかった。

　私は一九三三年に上京して東京外国語に入るのだが、このときから思想問題にめざめ、それと同時に貧乏なるものを知った。それは、兄が秋田雨雀のひとり娘千代子と結婚して、早稲田を卒業後にロシア文学の翻訳者として活動をはじめた時期にあたるが、雑司ヶ谷にあった秋田家へ行っても、近くにあった兄の安アパートへ行っても、底なしの貧乏ぐらしをみたからであった。最近、兄の日記をよむ機械があったが、某日、とうとう一銭も金がなくなった。タバコも吸えない、と書いてあるのにも別におどろかなかった。私はそういう関係から晩年の秋田雨雀を助けることになるが、この先生の金銭にかんする無関心ぶりは徹底していた。思いきって、あるとき、その徹底ぶりを先生になだすと、自分でも知っていて、若いときに強くトルストイの影響をうけたせいらしい、と言った。原稿がカネになるということを恥としていた。晩年には、今月はお金が足りません、と書いたハガキを私はなんどか受けとった。

　千代子は結核で若くして横浜の久保山病院で死んだ。静江という娘をのこしたが、この子も、戦後に十和田湖ちかくの山中で自殺した。私は遺体をひきとりに行って、現場をみたが、あたりの風景の美しさに茫然した。

　ショーロホフの『静かなドン』を訳した兄は、うまれた子に静江という名をつけた。

　思いつくままに書いているので、話はとびとびになるが、兄の仕事について、私はモスクワで岡田よし子からロシアでの評価をきいた思い出を持っている。一九五六年に私は毎日会った。彼女と一緒にカラフトの人でもあったので、上田進というペンネームで仕事をしていたのを岡田よし子は知っていた。上田中学で学んだので、兄はこのペンネームをつけた。中学四年から早稲田へ入る。

　「ショーロホフの翻訳も好評ですけど、上田さんの名訳は、こちらでは『プーシキン詩抄』だと言われてるのよ。私もあの詩抄は好きです。」

　「プーシキン詩抄」は一九四八年に山川書房から出版された。おそらく絶版にあったであろう。

　兄と一緒の生活をした時期が二度ある。一度は千代子が病魔にたおれ

て久保山の病院にはいったときで、近くの一軒家をかりたのである。入院費
が払えなくて、兄はしばしばカラフトにいる父に電報をうったりしたので、
しまいには父の方からナシトカナラヌカという返電がきたときには困った。
母のほうは後妻という立場を気にかけていたのであろう、ときおり十円とか
二十円とか送金してよこした。母のへそくりであったろうが、当時のカネと
しては大きかった。私が一九三七年に都新聞の文化部へ入社したときの初任
給が四十円だったから、十円、二十円の価値は低くない。二度目の共同生活
は、弟の芳雄もまじえて、三人で、杉並の西永福町に家を借りた。兄は寝た
きりで、結核の三期だった。たまに布団を干そうというのでたたむと、下の
タタミはくさったようになっていた。佐々木孝丸、催承喜が近くにいて、ゆ
ききした。生活費はもちろん私と芳雄が出した。共同生活ではないが、しば
しば私が訪ねたのは、兄の鵠沼時代である。義姉の千代子がまだ元気で、割
にあかるい生活であった。学者である松岡静雄氏や哲学者林達夫さんをよく
訪ねたのは、この時期である。翻訳の仕事は、午前中決まった時間に机に向
かって、一日予定の枚数がくるまで、幾帳面につづけていた。大きな露和辞
典をひろげてこつこつやる仕事であった。のちにゴリキイの「チェルカッ
シ」の訳が岩波文庫に入ったときは喜んでいた。たしか林達夫さんのスイセ
ンであったと思う。

　ショーロホフの『静かなドン』を訳すときは、信州へ帰って、神川村
岩下の本家で仕事をした。農民のコトバを信州弁で訳した。本が出たとき、
村の青年に読ませたら、ロシアでもこんなコトバを使うですか、と言う者が
いて、笑い話になったことがある。娘に静江という名をつけたのは『静かな
ドン』にちなんだのであった。

　私も弟の芳雄も、太平洋戦争の末期一九四四年に兵隊にとられて、二
人ともシンポールまで送られたので、それから歿するまでの兄の生活は知
らない。応召をくらう三、四年ぐらい年前から、兄は翻訳の仕事で生涯を過
ごす気はない、ということをよく口走った。ペンをとるなら小説を書かなけ
ればだめだと言っていた。いくつか書いてから、佐久間象山にとりかかった
ところまで知っているが、結局、小説家ではなかった。文体から推して、兄
は詩人であったと思う。「プーシキン詩抄」を読んで、私はそう思った。最
後に共産党に入ったのも私は知らなかったが、あとで「党員証」という詩を

残したのを読んでも、そう思った。私は学生時代に兄のお尻について習いては、中野重治、壷井繁治、坂井徳三、上野壮夫という人たちに会い、かたわらで話を聞いていると、詩の話が多かった。ロシア文学者では横田瑞恵がいちばん親したかったし、ロシア語の師と仰いでいたのはブブノワさんであった。ブブノワさんは小柄で品のよい女性であった。画家である。東京外語のロシア語教授だったから、私はしばしば学校内で見かけていた。

兄の詩心は信州の農村の青年たちの内面をよくのぞいていたにちがいない。信濃毎日新聞の学芸部と協力（？）してだと思うが、「農村雑記」という農民のドキュメントを文学として昇揚させようとした仕事があるが、私は「農村雑記」を兄の仕事の代表のなかに入れたい。早大在学時代には映画監督になろうと思っていたが、病弱であきらめたと言っていた。後年プドフキンの映画論を訳したのは、偶然ではなかった。

私がしばしばくつついて行ったのは、神田神保町にあった大竹博吉経営のナオカ社という出版社であった。兄がゴーゴリの『死せる魂』を訳して出したのはナウカ社である。紙数がつきがので、私的なことを少しておく。

兄義一は一九〇七年（明治四十年）十月二十四日に生まれ、一九四七年（昭和二二）に弘前の鷹揚社診療所で死んだ。秋田雨雀の娘千代子と結婚したが、千代子は一九三七年（昭和一二）に他界した。三年後に武田家と仲が悪かったらしい。マンの定、再婚後の兄は信州の親戚とも折合いが悪くまった。弘前で死んだのは、親友の木村隆昭氏を頼って移住したからであった。木村氏もおなじように肺結核で苦しんでいた。クスリのない時代であった。

葬儀は二月二十七日に党員葬として行われた。私が着いたあとに神川村から英次がかけつけた。上田進としての仕事については秋田雨雀が葬儀に来てくれた人たちに説明をした。一人娘として残された静江を、秋田先生がひきとって育てるといって譲らなかったので、私は賛成した。後年上京してきた時、静江を栄養学校に入れて、独立させようとしたが、自殺した。恋愛に破れたせいらしいが、もちろん真相は分からない。いま未亡人一枝は逗子に住む。

最近、一枝のところから兄の日記（主として一九三〇年代のもの）の処理について相談があったので、上田市に住む尾崎行也にその整理を依頼した。いずれ公表してもいいと考えている。

附録（二）　上田進　弘前通信（一）
——疎開から終戦前後——（昭和十九年—二十年）

尾崎英次

　　上田進が弘前に疎開したのは昭和十九年五月で、東京は連日 B29 の空襲下にあった。

　　生来あまり健康体でなかった彼は、宿痾ともいえる肺結核に犯されていて、良薬の入手も困難な時局だけに、病勢はかなり進んでいた。そうした身体で気候的に恵まれない陰鬱な東北の都市に、あえて疎開先を求めたのはなによりも湿気を忌む病気の上からみれば、無謀な処置といえるだろう。しかしこの土地には、早稲田大学時代からの同級生で、地主でもあった木村隆昭氏がいたことと、近くの黒石市の実家には、秋田雨雀さんが、孫に当る静江をつれて、既に疎開していたことが、彼をあえてこゝに落付かせることゝなった。ゆうまでもなく、先妻の千代子は秋田氏の長女であり、静江は彼との間に生れた唯一人の娘であるので、義父と親友と愛娘とゆう血縁と友情が弘前を選ばせたことゝなる。

　　この書簡は、昭和二十二年二月二十四日に彼が死去するまでの間に、私に寄せられたものゝ総てゞあるが、戦中から終戦、そして民主化運動への参加、執筆活動の内容等々、晩年の彼の生活を知る上からは、かくことのできない貴重なものと思はれる。

　　したがって年代順に収録することとした。

昭和十九年五月十八日付、ハガキ

　　　　（弘前市北横町、田下方）
　　十五日に東京をひきはらい、弘前に移ってきた。これからいよいよ北

の国の生活がはじまるわけだ。どんな生活が展開されてゆくか、

　皆目見当がつかないが、しかし、なんとかして生き抜いてゆくつもりなり。

　身体の方は、二十時間の汽車の旅にもほとんど疲労を感じないほどに恢復してきた。　では、皆さんによろしく。

同年　五月二十一日付、ハガキ

弘前へきてから、そろそろ一週間になるが、まだなかなかおちつかぬ。

　さて、お願ひ一つ。弘前へ寄留届をだすのに、戸籍謄本がいるので、一部送ってもらひたい。何分たのみます。

同年　五月二十八日付、ハガキ

戸籍証明書ありがたう。

男子出生の由、おめでたう。

遥かに北の国から、祝意を表する。

註、男子出生の由は、小生の長男が五月十九日に誕生したことである。

同年　五月二十九日付、手紙

今日は大へんなお願ひをする。

　疎開は大体四、五百円であがると考へてゐたら、実際は千円ばかりかかってしまった。それで目下甚だ困窮してゐる。こちらへきて、半年ぐらゐは暮す予定の金まで、すっかり疎開費用につかってしまったからである。そこで、何とか生活費を捻出することを考へねばならなくなり、最後の決心をすることにした。といふのは、信州にあるぼくの地所を売りはらひたいと思ふのだ。といっても、ワデの田と堂裏の畑は、君に提供することにしたので、これはもはやぼくのものではない。(君の方で都合がつき次第、登記をするようにしてもらひたい)。

　要するに、僕の土地といへば、「下の家の宅地」だけである。こいつを

手ばなしたいと思ふ。だが、これは君らの方と地つゞきでもあり、めったな人に売れないと思ふので、実は長野の隈川（章一）にでも買ってもらひたいと思ふのだが、どうだろう？　坪数は百二十九坪ある。但し、碑の敷地もその中にふくまれてゐるのだが、隈川の場合ならば、それまで勘定してもらっても、かまわないと思ふ。値段は、そちらの相場がわからないので、決定的なことはいえないが、僕の希望としては、一坪五円位には買ってもらひたい。（余りやすくては、手ばなすことは断念する。）この件を一つ斡旋してもらへないだろうか。

　隈川の方へも、さっそく手紙を書くつもりでゐる。

　身体がよくなり次第、ぼくも女学校の先生なぞやるつもりでゐるのだが、まだやうやく起きてぶらぶらしてゐるのが関の山で、どうしても秋ごろからでなければ駄目だと思ふ。まさか、こゝまで流れてきて、無理をして、死んでしまふ手もなからうぢゃないか。

　一枝も、何か仕事があり次第、働きに出ることになってをり、目下木村が探してゐてくれる。

　だが、それにしても、さしあたっての生活費に事を欠く始末なので、右の如き、大へんなお願ひをするわけなり。よろしくたのみますぞ、

　また君が不審に思ふだろうことは、東京に相当の金をもった母や弟たちがゐるのに、僕がこうゆうことをしなければならないことだ。

　この点について彼らがもう少し人情をもってくれたら、僕が地所を売るなんて、馬鹿げた考へをおこさなくて済むわけなんだが――、つまり僕がこんな考へをおこした所以を想像してもらいたい。

　右のような次第故、何分の努力をお願ひする。

　知らぬ他国へきて、さしあたっての生活費にも事欠くとゆうのは、いさゝか心細いものなり。御推察を乞ふ。

　しかし、元気はなくさない。地所を売っても、借金をしても、何としても、何としてゞも生きぬかなければならないのだ。これもまた人生修業の一つだと思って、ばんがってゐる。この成果は五年後を期待せられよ――。

　いまゐる家は、実はあまりいゝところではない。ほんの仮の住居のつもりで、木村がさがしておいてくれたところで、他にいゝところが見つかり次第、引き移るつもりだ。だから、大切な手紙は「弘前市徳田町三六、木村

隆昭方」宛にしてもらった方がいいと思ふ。

　では、何分よろしくたのむ。君の第二世出世に対し、何かお祝ひの品を送りたいと思っても、目下、右の如く甚だ困窮してゐるので、言葉のお祝ひだけで、勘弁しておいてくれ、いづれ生活が立ちなほったら、改めて然るべくお祝ひをすることにいたそう。

　兵隊の戦死は、気の毒なり。惜しい男を死なせたものだ。

　いつか織ってもらったネコは、唯一の記念品として、大切にこちらまで持ってきた。

　遺族の人たちに、よろしく言ってくれ。

　では、みなさんによろしく。

　（来る早々、一枝が悪性の流感で寝込んでしまったので、まだ黒石へいってゐない。明日か明後日、出かけてゆくつもり。）

　註　兵隊とは部落の友人で、長村常蔵君のアダ名。彼はサイパン島へ輸送途中、母船共撃沈され、戦死した。

　ネコは農作業用に使用するネコのこと。東京の住居の廊下にこれを敷いて、じゅうたん代りに愛用していた。

同年　　六月八日付、ハガキ

昨日手紙をだしたら、入れちがひに君の手紙がきた。
御高配多謝。何分よろしくたのみます。

同年　　六月七日、手紙

　拝啓、此の前の手紙の件、如何相成ったであろうか！

　実は、長野の方へも手紙を出しておいたところ、隈川から、大体において引受けたといふ返事をもらった。

　たゞ、値段の点が、坪五円では少し高いと思ふといふことであった。——此の点は、小生は固執しないから、適当なところで折り合ひたいと思ふ。

　右のような次第故、何分よろしく斡旋を乞ふ。

　生計がいよいよ心細くなってきた故、なるたけ早く話をきめてもらい
たい。たのみます。

同年　　六月十七日付、手紙

拝啓、
電報為替、たゞいまたしかに受け取った。
御厚志の段、たゞへ感泣の他なし。
あつくお礼申し上げる。
　いづれ君からの手紙を待って、改めて返事を書くつもりでゐるが、と
りあえずお金をうけとったお礼だけ申しあげておく。
　では後便でまた。
　註　「下の家の宅地」は、叔父（隈川）とも相談の上、私が買ひとるこ
ととした。併せて、ワゼの田と堂裏の畑も名義変更の登記することに決め、
金は「自作農創設資金」を借りる方策をとった。（時の神川村長だった金井
正さんの助力によるものであった。）日本勧業銀行への書類手続きを済ませ
ると、これを裏付けとして、村の信用組合から千円を借用し、直ちにこれを
電報振替で送金したのである。

同年　六月二十二日、手紙

拝啓、
　先日はお金ありがとう。たしかに拝受した。これでまた当分は命がつ
ながるといふもの。段々の御厚志、ただへ感謝の他なし。
　これによって、また当分心おきなく療養し、早く健康になって大い働
き、御厚志にむくゐたいと考えてゐる。
　御申込の件、万事承知。さっそく別便にて、実印を送るから、万事そ
ちらでよろしきよう、御取り計らひくだされたし。ずゐぶん面倒でもあり、
相当の費用もかゝることゝ思ふけれど、何分よろしくたのみます。
　一枝の勤め口も、急に話がきまり、弘前高等家政学校に音楽の教師と
して、月給五十五円で奉職、数日前より出勤してゐる。

　　それやこれやで、どうやら少しづゝ生活の目途がついてきたので、小生もこれからおちついて大いに勉強しようと思ってゐる。

　　まあ、三年か五年も勉強したら、少しはものになるかと思う。

　　引かれ者の小唄と嗤ふなかれ—、

　　少しは元気が出てきた証拠なり。

　　先はとりあえず、お礼まで。

　　二伸　君の方から金がきたのと同じ日に、隈川からも二百円送ってくれた。そちらの話、どうなってゐるのか皆目当がつかないけれど、僕としてはやはり大いに感謝してゐる次第である。

　　しかし、この方はぢきに返済するつもりである。

同年　六月二十六日、ハガキ

　　実印を送っておいたけれど、うけとってくれたことゝ思ふ。そちらのこと、万事よろしく取り計らってくれ。

　　昨日、急に左記のところに引越した。こんどはなかなかいいところなんで、おちつくつもりだ。とりあえずおしらせする。

　　　　　　　　弘前市親方町五一、堀内方

　　　　　　　　　　　　　　　　　　　尾崎義一

同年　八月三日付、手紙

　　たびたび手紙ありがたう。

　　こちらからは、特別に報告することもないので、御無沙汰してゐる。身体の調子は、だんだんいゝ。一枝は毎日学校へ通ってゐる。

　　宏次と芳雄に召集がきたやうだが、僕は弟共にたいして、いさゝか腹を立てゝゐるので見送りには行かぬ。

　　いづれ三年か五年もすれば、お互ひに諒解し、仲直りする時もくるかと思ふが、それまでは妥協しない。中途半端なところで妥協して、お互ひに自分をごまかしてゐるのは無意味だ。

　　それまでは、僕は自分には弟はないものと考へてゐる。

弘前もなかなか暑い。

　註　宏次、芳雄両君には、同じ日に召集令状がきた。本籍地が私の家
となっていたので、私は電報で両君に連絡をとると同時に、この模様を手紙
で知らせたのである。入営先は同じ松本五〇連隊であった。

同年　九月十九日付、ハガキ

先日、実印たしかにうけとった。いろいろお手数をかけたことと、恐
縮してゐる。

　ちょうど一ヶ月位まへから、腎臓をわるくして寝てゐる。出先きで、
ぶったほれて、病院へかつぎこまれたりした。一時は腎臓結核の疑い濃厚
で、腎臓を切りとる覚悟をしたが、その後の経過がいゝので、どうやら切ら
ずに済みさうだ。いよいよ身体ぢう、傷だらけになってきて、困ってゐる。

同年　十月十日付、ハガキ

その後腎臓の具合が、どうも思はしくないので、青森市の県立病院へ、
先月の二十八日から入院して、精密検査をしてもらってゐる。

　おそらく痛い検査である。手術をするかしないかこの検査の結果によ
って決まるのだが、なるべくなら、手術はしたくないものである。いづれに
しても、すっかり快くして帰りたいと思ふので、まだ当分は入院してゐなけ
ればなるまい。

青森市県立病院　新病棟六号室

尾崎義一

同年　十一月三日付、手紙

先日は手紙ありがたう。

　こんどは大分御心配をかけたが、去る三十一日に、無事退院して、弘
前にかへってきたから、他事ながら御安心を乞ふ。

　手術をしなくて済んだのは、大儲けだと思ふ。手術といへば、何しろ

臍から背骨まで切って、腎臓を摘出するのだから、後が一年もかゝるといふ。そんなことになったら、ワシャカナワンヨー、

まあ、これを免れたゞけでも、よかったわけだ。三十五日の病院生活で、腎臓の方はすっかり快くなった。但し、身体が大分衰弱してゐて、抵抗力がなくなってゐるから、当分静養して、体力の恢復に努めるやうにと申し渡された。

だから、今年一杯ぐらゐは、静養期間をきめて、ゆっくりやることにする。

――

お金のこと、御心配いたゞいてありがたう。

しかし、今度のところは、こちらで何とか都合がつきさうだ。いよいよどうにもならなくなったら、また援助をたのむことにするが、まあ出来るだけは、こちらで都合をつけて、がんばるつもりなり。

御厚志、あつく感謝する。

――

もうそろそろ、こちらは冬ごもりの支度だ。

今年の冬は、初めてなので、相当辛いことゝ思ふ。

まあ、何とか早く丈夫になって、また一働きしたいものなり。

同年　十一月十六日付、手紙

手紙ありがたう。

風邪をひいた由、後を大切にされたし。

小生もその後だんだんに具合よく、このごろは、炬燵にあたって一日中起きてゐられる位になった。

隈川のところで、子供が生まれたさうで、老ひてますます盛んなことにて、お目出度いことである。

拙作「疎開記」は、隈川より再三の懇望にて、一部送っておいたものなり。よかったら、長野へいったときにでも読んでみてくれ。上田進は、どんなに貧乏しても、病気をしても、たとへ乞食になっても、文学に精進してゐることだけはわかると思ふ。

　　——

　　こちらはもう毎日雪がちらついてゐる。数日前には五、六寸つもった。これから半年の冬ごもりだ。

　　病気の静養をしながら、爐辺で大いに本をよんだり、思索にふけったりするつもり。

　　——

　　クルミを少々欲しいのだが、送ってもらへないだろうか—、出来たらたのむ。

　　代金は送るから、何分お願ひする。

　　では、また……

昭和二十年一月十三日付、手紙

　　新年おめでたう。東京の友人たちからは、今年はおめでたうと云ふ気にならんと云ってきたが、こちらは空襲もなく、至極平穏なので、やはりお正月らしい気分がする。年取り風景は、信州よりも、もっと田舎風で、なかなか風情がある。

　　はじめての北の国の冬は、雪の多いのにびっくりした。道の両側につみあげた雪は、家々の二階まで埋めてしまってゐる。僕らの住居も、まるで雪のなかの穴ごもりといった形だ。しかし、雪がつもってからは、空気がきれいになって、身体の調子、非常にいゝ。

　　寒さの方は、信州で鍛へてきてゐるから、大して恐ろしくはない。むしろ信州の方が寒いと思ふ。もっとも、寒に入ってからは、相当に凍みて、昨日は、机上の万年筆が二本（インクを一杯いれてあったのが）破裂してしまった。いつか上田で買った自慢の奴も、美事に破裂してしまったよ。

　　一年半ほど中絶してゐた象山の仕事を、またこの正月から、再び着手した。こんどは少しまとめたいと思ふ。

　　しかし出版の見当は全然つかないから、当分、先生でもやって、生活の安定を計りながら、頑張るつもり。たしかに石坂洋二郎式だ。

　　石坂洋二郎が、いまこの弘前へ疎開してきてゐるので、この頃親しくしてゐる。弘前へきてもう半年以上になるが、大分友人もできてきた。

——

先日手紙で、金井村長が止めたのを知り、残念に思ってゐる。この時局に、大いに活躍してもらひたいと思ってゐるのに。後任に、山辺が出るなんて、とんでもない時代錯誤だよ。もうあんな人の時代ではないのになア。天下の神川村も、影がうすくなりさうだな。若い時代の人たちが、大いに踏張らなければならん時だと思ふ。

暮に送ってもらった金は、実にありがたかった。正月のおめでたさが、倍になったやうな気がした。さっそく子供に（静江）にスキーを買ってやったりした。

一枝が、はじめてのボーナスを貰ふといって意気込んでゐたが、もらってみたら、たった二十円で、くさってゐた。

では、今日はこれくらゐで止める。炬燵にあたってこの手紙を書いてゐるのだが、ときどきペン先をあたゝめないと、凍って書けなくなる。

みなさんによろしく。

ではまた。

同年　三月六日付、手紙

手紙ありがたう。第二世の写真拝見。なかなか丈夫さうで結構だ。どうかすこやかに育つことを祈る。

こちらは何十年来の大雪で、ついさきごろまで、汽車もほとんど不通に近い状態であった。山も村も町も、雪にうづまってゐた。一丈の上はあったろう。街の通りにつみあげた雪は、どこでも二階の屋根までとゞいてゐた。

往来の高さが、二階と同じになってしまったところが、いくらもある。屋根の雪おろしといふ仕事を二日ばかりやってみたが、雪がおれの背丈よりも高いので、手がつけられぬ。二日やったら、身体がいたくなったので、止めた。

三月に入ってから、急に湿気が加はり、どんどんとけはじめてきたが、それでもまだ五尺や六尺はある。大へんなところである。

とうとう炬燵にかぢりついて、風邪ひとつひかず冬ごもりを仕通した。

象山の勉強を大分した。序章と第一章は東京で書きあげておいたので、いま第二章を書きつづけてゐる。あわてず、さわがず、悠々と書きつづけてゐる。いつ本になるか皆目当もつかぬが、書いておきさへすればいゝと思って書いてゐる。

　第二章あたりから、象山と梁川星巌が活躍しだして、非常におもしろくなる。

　何十年来の寒さで、みんな大分よわりこんでゐる。木村は、また少し身体の調子わるく、もう一ヶ月以上寝こんでゐる。秋田老人（雨雀さん）も、少し腎臓がわるいといって弱りこんでゐたが、もうすっかり快いやうだ。石坂洋二郎は、顔面神経痛で、顔が半分曲ってしまってゐたが、これも近ごろ大分なほった。

　僕は幸ひ、病院から出て以来、実に好調で、美事冬をのり切ったので、みんなから感心されてゐる。

　村の様子、なかなかむづかしいやうだな。

　一雄君（尾崎）が助役になれば理想的だ。次期の村長といふ見とほしもついて、はなはだよろしい。

　信州へは、ときどきB29がくるやうだが、その辺は大丈夫だろうね。しかし、くれぐれも注意してほしい。

　こちらはまだ、全然こない。が、雪が消えたら来るかもしれんと覚悟してゐる。

　そのうち好い機会があったら、一度出かけてきてみてくれ。

　では、みなさんによろしく。また書く。

同年　四月三十日付、手紙

　手紙ありがたう。やうやくこちらも雪がすっかり消えて、春らしくなってきた。桜は漸くチラリホラリと咲きはじめたところで、もう一週間もしたら見頃といふことになるだろう。

　まだ朝夕は相当冷える。

　身体の調子、その後すっかり快い。ボツボツ学校の先生でもはじめやうかと思って、話をもちだしてゐるのだが、このごろは中学でも、先生といふものは、学問を教へるよりも、勤労作業の監督が主なので、ちょっと困ってゐる。まだそこまでは身体の自信がないのでね。けっして贅沢をいってゐるわけではないのだが、自分の健康が許す範囲で出来る勤め口が欲しいと、目下画策中である。無理とわかってゐてやるのでは、結局アブハチ取らずといふことになっていまふから。

　小説の方は、毎日コツコツ書いてゐる。「象山」はもう大分進んだ。初めからだと、もう四百枚を大分越した。夏までには、第一冊分を完結したいと思ってゐる。これを書いてゐて生活していける世の中だと、文句はないのだがね……

　絵もこのごろまたボツボツ描きだした。いろいろと展覧会の計画もあるから、大いに出品して、大いに気焔をあげるつもりなり。

　先日、川田義雄が弘前にきたので、一晩つきあって、一杯のみながら、大いに談じた。実に面白い男だ。すっかり意気投合した。これからときどき弘前へやってくるといってゐた。このごろはアキレタ・ボーイズの四人分を一人でひきうけて、一人でギターをもって歌ひまくり、喋舌りまくって歩いてゐる。

　東京が焼けてしまったので、いろんな芸人連中がやってきて、面白い。弘前にゐると、ぼくもチョイトした紳士なので、さういった芸人連中がよく挨拶にくるよ。大したものだ。

　いつのまにやら、妙な顔役になって、劇場は大抵木戸御免だ。

　太郎親分（東海林氏の呼称）から、数日まへにハガキがきて、小石川邸宅が十三日の空襲で灰燼に帰した旨、報じてきた。但し荷物は早稲田の東遡閣の方に運んでおいたので、助かったさうだ。軽井沢へ疎開したいのだが、荷物が出ないので困ってゐると言ってきた。

　弘前へもこのごろは大分、東京の罹災者、疎開者が流れこんできてゐる。おれの借りてゐる家にも、子供三人づれの疎開者がきて、おそろしく賑やかになってきた。どこの家でも、疎開者の一組や二組ゐない家はない状態だ。

　敵機の来襲はいまだ一度もないが、雪がきえたので、そろそろやってくるのではないかと思ひ。用意おさおさ怠りない。今朝も防空演習で、四時ごろ叩きおこされた。

　点呼は、こちらで受けることになり、五月二十二日ときまった。もう
少したったら、髪も切らなければならない。これも国家のためと思って、い
さぎよく切るよ。但し、医者と相談して、激しい運動は、御免蒙らせてもら
ふことにする。

　石坂洋二郎とは、相かはらずちょいちょい逢ってゐる。石坂氏も、ま
た昔にもどって、もう一度学校の先生をやらうかと思ふなそと言ってゐる。

　木村もやっと元気になって、学校に出てゐる。女房も元気なり。

　黒石のおぢいさん（秋田雨雀さん）も、子供も（静江）すこぶる元気。
子供も、もう四年生になったのだから、早いものだ。試験休みには、ずっと
弘前へきて遊んでいった。

　林檎は、相かわらず豊富。このごろは鰊がたくさんくる。野菜も相当
手に入る。かなり食生活は裕かなり。

　以上、近況報告まで。いづれまた。

　みなさんによろしく。

同年　六月十一日付、手紙

大分御無沙汰した。失敬！

手紙ありがたう。信州もなかなか大変だな。

時局柄、まあ大いにがんばってくれ。

　二、三日まへに東京の友人から報告がきて、先月二十五日の爆撃で西
永福町一帯がすっかりやられてしまったことを知った。ぼくらがゐた家もや
けてしまったし、となりの佐々木孝丸の家もやけてしまったし、崔承喜の家
もやけてしまったさうだ。山室君の家だけは、幸ひ助かったらしい。

　いまになって、生命拾ひをしたやうな気がしてゐる。とにかく大変な
ことになったものである。

　先月の二十二日に、生まれてはじめての点呼をやった。頭を刈って、
サッソウと出かけていったのだが、身体検査が「丙」の「要注意」ときてゐ
るので、すっかり傷病兵扱ひにされて、大へんらくであった。その傷病兵の
一隊をひきつれて、おれが執行官のまへで号令をかけて、呼名点呼をうけた
のだが、執行官殿、「著述業」といふのがわからなくて、苦笑させられた。

身体の調子大分いゝので、学校の先生でもはじめやうと思ってゐるの
だが、なかなかおれを勤めさせてくれるところがないので、弱ってゐる。先
日家政女学校の校主から、おれと石坂洋二郎と二人で出てくれないかといふ
交渉があり、これは面白い話なので、出るつもりでゐたところ、校長から反
対が出て、おぢゃんになってしまった。結局、石坂氏も止めにしてしまった
んだが……。どうも僕らは、少し使ひにくいらしいな。

しかし、このまゝでは全然収入がないんだから、また少し方面でも変
えて、何とか勤め口をさがしてやらうと考えてゐる。

目下のところは、相かわらず「象山」をコツコツ書いてゐる。もう
五百枚を突破した。いよいよ調子がでてきて、面白くてたまらん。絵も、さ
かんに描いてゐる。大分作品ができたが、近いうちに展覧会をやらうと思っ
てゐるので、それが済んでから、いゝのを贈呈しよう。

一枝は、お天気さへよければ、毎日生徒をひきつれて、作業に出かけ
るので、フーフー言ってゐる。

黒石のおぢいさんも元気だ。

子供も非常に元気だ。大分田舎の子供らしくなってきた。そろそろ、
こちらへ引き取らうと考へてゐる。

木村もやっと元気になり、また人形芝居をはじめてゐる。

こっちでも、国民義勇隊の組織が進み、昨日の朝は、町会の義勇隊の
結成式に参加したりした。

敵機はまだ一度もやってこないが、防空準備はやってゐる。家にゐる
と、さかんに防空壕掘りなどに引張りだされて、かなわん。

やっと初夏らしくなってきた。郭公がしきりに鳴き、田植がそろそろ
はじまる。林檎は、つひこないだまであったが、さすがにもうそろそろおし
まひになってきた。このごろは、さかんにワラビや竹の子や、その他いろん
な山菜を食はされてゐる。

ではまた。

皆さんによろしく。

同年　八月十七日付、手紙

大へんなことになってしまった。今となっては、何も言ふことなし。

先日は手紙ありがたう。

実は七月から、石坂洋二郎といっしょに、佐官待遇の軍属として、弘前師団報道部の嘱託になり、文字どほり手紙を書くひまもないほど忙しく働いてゐた。

しかし、かうなっては、もう何もすることがなくなった。

また、書斎の生活にかへることになるだろうと思ふ。

建物疎開にかゝり、四、五日前に、一時表記のところにおちついたのだが、戦争終結とゝもに、こゝも追ひ立てを食ひ。また数日中に、別のところに移らなければならぬ。

いづれこんどおちついたら、すぐまたしらせるから、そちらの様子なども報せてほしい。

これからさき、どうなるのか、まるで見当がつかぬ。

今のところは、何も言ひたくない気持だ。

もう少しおちついたら、またゆっくり書きたいと思ふ。

みなさんによろしく言ってくれ。

弘前市土手町一四一、福原方

上田　進

註　終戦と共に、手紙の差出人は上田進名義となった。

同年　十月十六日付、手紙

手紙ありがたう。大家族になって大へんだな。ことに食糧事情が、かう詰まってきてゐる現在、君の心配は大へんなものだらうと推察してゐる。

僕の方は、報道部の仕事なぞ、もうとっくの昔におしまひになってしまった。そして上田進は本来の上田進に立ちかへって、新しい日本の建設に、新しい日本文化の確立に、さっそうと登場しやうとしてゐるのだ。

君は僕に、女学校の先生にでもなれといふ。とんでもない話ぢゃないか。戦争中は手も足も出なかったから、仕方なし、女学校の先生でもやって糊口をしのがうと考えたのだが、かうして治安維持法がなくなり、特高警察がなくなり、われわれは公然とわれわれの連動ができる時代になってゐる

・259・

と、女学校の先生なぞ、おかしくって、できやせんよ。第一、それぢゃあっ
たら上田進がかわいさうである。

　時勢の急変とゝもに、俄然おれはそっちこっちから引っぱりだこにな
ってゐる。別に自慢するわけではないが、石坂洋二郎とコンビになって、お
れはいまでは完全に青森県全体の文化運動の指導者になってしまった。但
し、この青森県の連中は、非常にケツの穴が小さくて、排他的なので、他国
者であるおれは、もっぱら石坂氏を表面に立てゝやってゐるのだが、実際の
指導権は、まあ僕がもってゐるといってもいゝぐらゐだ。むかしの経験が物
を言ふのだ。

　次に、この地方の社会運動が、俄然活発にはじまった。その方面でも、
僕は顧問のやうな形になり、これから一あばれしてやらうと思ってゐる。君
の手紙を見ると、信州の方では、社会運動の動きなぞ一向かんじられない
のだが、一体どうしたことか！。最もおくれてゐるといはれている、この青森
県でさへ、運動は澎湃としておこりはじめてゐる。先進国信州が立ちおくれ
ては恥ではないか！治安維持法がなくなり、特高警察がなくなり、憲法改正
まで行はれやうとしてゐる。時勢の動きは、僕らが予想してゐたよりは、は
るかに速いテンポで進行してゐる。ぼんやりしてゐたら、眼をまわしてしま
って、何が何だかわからなくなってしまふぞ。日本の民主々義化を完成する
力をもってゐるものは、真の意味の社会主義政党しかないのである。共産党
も合法政党にならうとしてゐる世の中である。いよいよわれわれの時代がき
たといふ気がする。しかし、これがアメリカの手によってなされ、われわれ
自身の力でやれなかったことが口惜しい気がする。しかし、これからさきの
担当者は、われわれ以外にはないのである。

　次には、自分の文学の仕事である。これもどうやら、ボツボツ出版が
はじまる模様が見えてきて、「象山」はいま一軒の出版屋から話がきてゐる。
いづれにしても、われわれの物が、かなり自由に出版できるやうになると思
ふ。何しろ政府の検閲がなくなったんだからな。愉快だよ。いまゝで検閲で
ばかり苦しめられてきた僕らには、実に世の中が明るくなったやうな気がす
る。これから、書斎にも大い閉ぢこもって、ぢゃんぢゃん書くつもりだ。

　さきごろ、弘前の文化協会が主催で、青森県全体の美術展覧会をやっ
た。終戦後はじめての催しで、大成功、毎日千人以上の観覧者があった。進

駐軍も大分見にきた。そして、愉快なことには、この展覧会で、僕の絵が二枚売れた。五百円が一枚、八十円のが一枚。これで当分の生活費ができたといふわけ。原稿がまだあまり売れないで、絵が売れるのだから、いさゝか自分で苦笑した。

　それから、もう一つ僕の仕事としては、進駐軍との文化的親善である。この地方の文化人たちと、進駐軍のなかにゐる文化的な仕事をする連中との交歓、親善につとめ、日本の真の文化を大いに進駐軍に知らせてやらうと考へてゐる。それで先日、進駐軍の参謀の少佐と逢って話してきたが、なかなか話のわかる連中だ。ことに将校たちは教養が相当高いから、こちらがよほどしっかりしてゆかないと、軽蔑されてしまふ。さういふ意味で、この仕事も、この地方のつまらぬ文化人たちに任せておいては日本の恥になるやうなおそれが多いので、僕がその役を買って出てゐるわけだ。

　そんな具合で、このごろは全く八面六臂の活躍で、いそがしい、いそがしい。

　今日はやっと一日の暇をみつけ、それに長雨があがって、久しぶりの秋晴れになったので、大鰐温泉へ休養にきた。こゝの温泉の一番いゝ宿屋で、実はそこのマダムと友たちになったので、気がるにやってこれるのである。

　久しぶりでのんびりしてゐる。これから太郎親分（東海林）にも手紙を書かうかと思ってゐる。

　となりの部屋では、さっきからしきりに謡をうなってゐる。まるでむかしの温泉気分だ。

　たゞ、今夜もこゝには進駐軍の将校が三人ばかり泊りにきてゐるので、それがわづかに今日の時代色を見せてゐるだけだ。

　僕もまた早く東京にかへって、一あばれしたいと思ふのだが、まだ東京の方が食糧事情、住宅事情があまりよくないらしいので、来年の春ごろまでは、こちらで頑張るつもり。しかし、東京にゆけるやうになったら、すぐに出てゆくつもりだ。

　では、今日はこれくらゐで止めておく。

　また書く。

　　　　　大鰐温泉　　加賀助旅館にて

註　私の家へは兄の家族五名が東京から、叔母の子供三名が名古屋から疎開してきていて、私の家族四名を加えると、十二名の賑やかさであった。

同年　十一月十一日付、ハガキ

仙台から松島の方を、一週間ばかり旅行してきた。一年半ぶりの旅行で、なかなか面白かった。これは松島のスケッチなり。
「象山」の出版の目鼻もついた。大い頑張ってゐる。
社会運動も、漸く軌道にのってきて、忙しい。

同年　十二月五日付、ハガキ

手紙ありがたう。
いよいよ面白い世の中になってきた。お互ひに大いにがんばろう。
最近、表記のところに転居した。こんどはおちついた住居だ。もう雪も一、二尺つもり、いよいよ冬ごもりの時期となった。これからうんと勉強できる。
いづれ近いうち、近況詳しくしらせる。弘前市東町四一、三上方

附录（三）　　上田进著作一览表

作　品　名	雑　誌　名	出版年月
『引き止めるのは誰だ！』	『前　　衛』	昭和三年四月
『吹雪』	『新興文学』	昭和四年一月
『詩二篇』	『新興文学』	『新興文学』
『一八七一、三、一八の巴里』	『戦　　旗』	一九二八年六月
『六月創作批評』	『戦　　旗』	一九二八年七月
『労農詩集』	『戦　　旗』	一九二八年八月
『横顔』	『戦　　旗』	一九三十年六月
『五月祭』	『左翼芸術』	昭和三年五月
『ヤマコフスキイの思ひ出』	『ナップ』	昭和五年九月
『第一六回党大会に対するベズイメーンスキイの演説』	『ナップ』	昭和五年一十月
『青春』（詩　ベズイメーンスキイ』	『ナップ』	昭和六年五月
『詩人ベズイメーンスキイの農民文学論』	『ナップ』	昭和六年八月
『スターリンの演説とラップの任務』	『ナップ』	昭和六年一十月
『ソヴェート文学理論及び文学批評の現状』	『マルクス・レーニン主義芸術学研究』	昭和七年八月
『ソヴェート同盟』	『マルクス・レーニン主義芸術学研究』	一九三二年一一月
『ソヴェート文学運動の方向転換の理論的考察』	『マルクス・レーニン主義芸術学研究』	一九三二年一一月
『ソヴェート同盟のラジオ芸術』	『プロレタリア文学』	一九三二年二月
『告』	『プロレタリア文学』	一九三二年九月
『新しき段階に立つラップ――十二月総会に於ける報告と決議――』	『プロレタリア文学』	一九三二年四月
『文学団体の再組織問題』	『プロレタリア文学』	昭和七年七月
『文学サークルと職業組合の問題』	『プロレタリア文学』	昭和七年一十月
『拾五周年をむかえるソヴェート文学』	『プロレタリア文学』	昭和七年一一月

『悲劇の夜』（翻訳）	『プロレタリア文学』	昭和七年一一月
『ドニエプロストロイにて』（報告文学）	『プロレタリア文学』	昭和七年一一月
『ソヴェート文学の近況』	『プロレタリア文学』	昭和八年二月
『マルクス芸術の問題』	『プロレタリア文学』	昭和八年四／五合併月
『エンゲルスの傾向文学論』	『プロレタリア文学』	昭和八年一十月
『ソヴェート　大百科辞典』	『クオタリイ日本文学』	昭和八年七月
『ひらかれた処女地（一）』	『文化集団』	昭和八月八月
『ひらかれた処女地（二）』	『文化集団』	昭和八月九月
『断章』（ベズメンスキイ）	『文化集団』	昭和九年二月
『海外作家伝①』（パンフョーロフ）	『文学評論』	昭和九年三月
『グラトコフの現代文学論・ほか』	『文学評論』	昭和九年三月
『海外作家伝②』（ショーロホフ）	『文学評論』	昭和九年四月
『はげしい空』	『文学評論』	昭和九年五月
『ロジューフの「社会主義リアリズム論」ほか』	『文学評論』	昭和九年六月
『おちかを廻って』	『文学評論』	昭和一十年一十月
『十二月党員を歌った詩二つ』（プーシキン）	『文学評論』	昭和一十年一二月
『チヤアダユフに』（詩　プーシキン）	『文学評論』	昭和一一年一月
『さよなら、ゴリキイ!』	『文学評論』	昭和一一年八月
『エンゲルスと今日の文学』	『文学案内』	昭和一一年二月
『セラフイモ——ウイチ論』	『批　　評』	昭和八年六月
『忠兵衛をめぐって』	『文学界』	昭和一一年三月
『おちか一家の夏の話』	『文学界』	昭和一三年一二月
『ソヴェート文学ノート（ツルゲネフ批判）』	『浪漫古典』	昭和九年四月
『文章のこと』	『作　　品』	昭和九年一一月
『プーシキン断想』	『作　　品』	昭和一三年七月
『二つの希望（ロシア文学）』	『作　　品』	昭和一四年六月
『オストロフスキイ（紹介）』	『新　　潮』	昭和一一年五月
『ゴーリキイなきあと——ソ文学の近状——』	『新　　潮』	昭和一一年一一月
『華ヶしい論戦』について——ソヴェート文藝雑誌に現われた諸問題——』	『新　　潮』	昭和一二年三月

『動乱渦中の世界の文化は如何に動きつつあるか——ソヴェートの文化面の動き——』	『新　潮』	昭和一二年三月
『肥大漢』（特別寄稿　マクシム・ゴーリキイ）	『文　藝』	昭和八年一一月
『「傾向文学論」と「イブセン論」』	『文　藝』	昭和九年三月
『エフ・シルレルのこと』	『文　藝』	昭和九年四月
『風刺作家シチェドリン　評論』	『文　藝』	昭和一一年一月
『ヤマコフスキイの断片』	『文　藝』	昭和一一年四月
『先駆者プーシキン』	『文　藝』	昭和一一年一十月
『大衆文藝（時評）』	『文　藝』	昭和一二年三月
『ソヴェートの文藝雑誌とその傾向』	『文　藝』	昭和一二年一二月
『四川少年——「鄧靖華」より』（翻訳）	『文　藝』	昭和一三年四月
『地方文化通信——長野県——』	『文　藝』	昭和一四年二月
『ブルジョア文学及びプロレタリア文学における個人の問題』	『文　藝』	昭和八年七月
『断　想』	『文藝春秋』	一九三四年八月
『ソヴェート詩』	シリーズ『ロシア文学研究』（岩波書店）	昭和一四年
『チェルカッシュ』	『ロシア・ソビエト文学全集』（修道社）	一九五七年
『零落者の群』	『岩波文庫』	昭和一三年
『幼年時代』	高山書店	昭和二二年
『プーシキン詩抄』	改造社	昭和一六年
『ひらかれた処女地』（上・下巻）	『文化評論社』	昭和二三年
『ロビンソン物語』	『日本詩人全集』（創元文庫）	一九五二年
『イゼルギリ婆さん・秋の一夜』	岩波書店	一九五五年六月
『映画監督学とモンタージュ論』	往来社	昭和六年
『建設期のソヴェート文学』	叢文閣	昭和七年
『黄金の仔牛』（上・下）	歴程社	一九五一年
『死せる魂』	ナウカ社	昭和九年
『ゴーリキイ研究』	隆章閣	昭和八年
『静かなドン』（一～三巻）	河出書房	昭和二二年
『セワストポリ戦記』	改造社	昭和一六年

后 记

（一）

如果说有关农民革命的问题是属于史学问题的研究范畴，有关工人革命的问题是属于社会学问题的研究范畴，那么有关文学者的革命的问题，就应该属于哲学研究的范畴了。这是笔者依据自己的直觉，大胆分类出来的一个假设。并没有科学依据。只是模糊地觉得，如此分类似乎也不无道理。

但遗憾的是，显而易见，这本书未能给作为一个哲学命题的《文学者的革命》的内在逻辑，给予多少突破性的阐释或科学的分析。只就几个文学者以文学的方式参与社会革命运动的过程及结局作了些梳理。算不上深入挖掘。这是缘于笔者的能力实在有限，情非得已。幸好，笔者最初研究鲁迅与日本近代文学者之间的交流关系也不是为了解决这一哲学化的大命题。而是出于另一个目的：把遗失了的 1922 年《鲁迅日记》找出来。

（二）

众所周知，1941 年 12 月 15 日，许广平女士在战火中的上海曾被日本宪兵队扣押并遭受过电刑之苦。而此次与许广平女士同遭厄运的，还有鲁迅的部分藏书及书信等资料。其中，最令人惋惜的，就是 1922 年的《鲁迅日记》在事后不翼而飞了。

笔者对这一日记遗失事件一直抱着几分好奇和不解。总是禁不住想问：为什么丢失的只是 1922 年一年的日记？

虽然目前依旧没有确凿的证据，但和很多学人的推测大体相同，笔者也觉得这很可能是因为 1922 年的鲁迅日记里出现了很多敏感人物的名字。例如当年被日本特高警察视为"要注意的人物"的片上伸，就是在 1922 年秋天到访的北京，且在北京，与鲁迅等中日两国文化人士有过密切的往来。也就是说，1922 年的《鲁迅日记》肯定不是遗失的。而是在返还给许广平女士时被故意扣留。当然，这样推论或许有人会觉得说不通。因为如果真的是被扣留的，那么战争结束都已经这么多年，比鲁迅日记更为机密的资料都已公开的今天，它为什么还不浮出历史地表？笔者的回答是，可能是因为后来时局发生了巨大变化，很多情形失去了管控，所以才在最后的环节导致了日记的遗失。时至今日，都杳无踪迹。

但笔者同时坚信，《鲁迅日记》被人为焚烧或是被处理掉的可能性也不大。毕竟鲁迅生前在日本就已是"家喻户晓"的大作家。声望非同一般。扣押鲁迅日记资料的日本宪兵队队员，毋庸置疑，一定更是了解鲁迅存在感的知情人。所以于公于私，他们主动去销毁掉《鲁迅日记》的可能性不大。基于这一推理，虽然理性想来，这份鲁迅日记能够再次出现在世间的可能性已经极其渺茫，但笔者依旧抱着希望，相信有一天它会奇迹般地出现在我们眼前。而这些年，笔者之所以能够一个一个地去挖掘至今为止很少被学界所关注，但与鲁迅都有过某种往来的日本文学者的个人讯息，也是因为这一渴望奇迹出现的心愿一直没有泯灭。此间，笔者尤其对片上伸的私人藏书抱有过极高的兴致。倒不是说《鲁迅日记》有可能藏在他的手里，而是因为笔者在调查和研究的过程中发现，片上伸手里很有可能保存着鲁迅的未公开信件。只是遗憾的是，几经周折，最后虽然联系到了片上伸的子嗣后裔，但被告知片上伸病逝之后，接管他私人藏书财产的长子片上晨太郎在二战结束后不久也因病去逝，而接管片上伸遗留书籍资料的片上晨太郎的妻子在晨太郎去世之后又很快改嫁离开了片上家，且这位儿媳可能是对片上伸私人藏书资料的珍贵性缺乏认识，所以在离开片上家时，将片上伸遗留下来的书籍等资料一并处理掉了。据片上伸的女儿说（笔者曾与其通过信函——笔者按），为此事，他们亲族兄弟之间还弄得颇不愉快。而笔者的调查和怀抱着希望，也在此处落入了更深的无奈与绝望之中。

但值得欣慰的是，在这一挖掘的过程中，我先后完成了《鲁迅与上田进》《鲁迅与片上伸》《鲁迅与藏原惟人》《鲁迅与青野季吉》《鲁迅与橱川白村》等五篇论文。所以虽然发现奇迹的梦想破碎了，大有失意之处，但这几篇论文，却给了我些许的慰藉。也算是给自己一个交代吧。

（三）

当然，能够完成这些论文并以这些题材为核心内容，顺利地提交了博士论文并获得通过，我还要感谢我的导师藤井省三先生。若不是先生的鼓励和引导，我断然写不出一本学术专著来。而且就我个人的私生活而言，如果没有藤井先生的指引，我现在可能还在日本东北的一个小山城——中国人比较熟悉的电影《阿信》中原型人物的故乡——山形县谋生。这样说，可能会引来误解，以为我厌恶了在那个偏僻山城的生活，一直在期盼离开。事实正好相反，我至今都很留恋在山形小城度过的那段日子。更怀念那里朴朴素素的人们。先生把我从那里拉出来使我感到"庆幸"的，倒不是因为他让我从小山城中挣脱了出来，而是因为先生的热情改变了我的"活法"，让我成了一个"读书人"。过了不惑之年，自己对自己的天性越来越有所了解的今天，笔者愈加感悟到，做个"读书人"是非常适合我"秉性"的一个选择。所以，这本书将要出版之时，我首先想感谢我的导师藤井省三先生。感谢先生的知遇之恩。

另一位要感谢的，是庆应大学的教授长堀祐造先生。从我的第一篇刊登在学术期刊上的论文开始，在日本发表过的每一篇论文，几乎都无一遗漏地得到过长堀先生的指导和帮助。甚至可以说，长堀先生在我身上投入的热情与精力，都不亚于自己的导师。这是我的幸运。

当然，还有我的硕士导师长尾直茂先生。长尾先生是第一位"手把手"指导我做"日式"实证研究的老师。如果没有他当年每周一次高密度的面谈指导，想必我进入博士课程之后，断然不会那么快就进入具体问题的研究状态。

最后，我也想以此书稿给我的父母一个交代。十余年漂泊在外，未尽几次伦常孝道。颇有遗憾，更有愧疚。唯有感念于他们多年来的放任与信任。没有这些，我想我是很难走到今天的。深深感谢，感谢你们给予我的来去自由与无牵无挂。